Na Companhia da Cortesã

Obras da autora publicadas pela Editora Record

Marcas de nascença (Coleção Negra)
O nascimento de Vênus
Sob minha pele (Coleção Negra)
Transgressões

Na Companhia da Cortesã

SARAH DUNANT

Tradução de
ANA LUIZA DANTAS BORGES

EDITORA RECORD
RIO DE JANEIRO • SÃO PAULO

2008

CIP-Brasil. Catalogação-na-fonte
Sindicato Nacional dos Editores de Livros, RJ.

Dunant, Sarah
D93n Na companhia da cortesã / Sarah Dunant; tradução de Ana Luiza Dantas Borges. – Rio de Janeiro: Record, 2008.

Tradução de: In the company of the courtesan
ISBN 978-85-01-07725-7

1. Veneza (Itália) – História – 1508-1797 – Ficção. 2. Cegas – Ficção. 3. Cortesãs – Ficção. 4. Anões – Ficção. 5. Romance inglês. I. Borges, Ana Luiza Dantas. II. Título.

CDD – 823
07-4287 CDU – 821.111-3

Título original norte-americano:
IN THE COMPANY OF THE COURTESAN

Imagem de capa: Alinari Archives/CORBIS/LatinStock

Impresso no Brasil

ISBN 978-85-01-07725-7

PEDIDOS PELO REEMBOLSO POSTAL
Caixa Postal 23.052
Rio de Janeiro, RJ – 20922-970

EDITORA AFILIADA

Nota Histórica

A HISTÓRIA DA EUROPA NA PRIMEIRA METADE DO SÉCULO XVI é a história de uma convulsão política e religiosa. Uma Igreja Católica corrupta, centralizada em Roma, viu-se desafiada pelo surgimento do protestantismo, originado da rebelião de Martinho Lutero, em 1517, e que se espalhou rapidamente pela Alemanha e norte da Europa.

A Itália ainda era um grupo de cidades-estados, vulneráveis ao ataque interno e ameaçadas de invasão estrangeira, sobretudo pela França e pela Espanha, esta governada por Carlos V, imperador do Sacro Império Romano.

As cidades italianas mais poderosas eram Roma e Veneza. Com Florença em declínio, a arte e a cultura da Alta Renascença tinham-se deslocado para Roma, sob a proteção dos papas. Nesse meio tempo, Veneza, na boca do Adriático, continuava no auge de seu sucesso. Uma república governada por um grande grupo de famílias nobres, gozava de uma notável estabilidade política doméstica, de uma população cosmopolita, do controle do Mediterrâneo ocidental e de uma economia extraordinariamente rica, baseada no comércio interno e externo. Veneza era uma sedução para os mercadores, viajantes e aventureiros.

A história que estão para ler tem início em Roma, em 1527.

Parte Um

Capítulo Um

Roma, 1527

MINHA SENHORA, FIAMMETTA BIANCHINI, estava tirando as sobrancelhas e colorindo os lábios quando o inconcebível aconteceu: o exército do Sacro Império Romano pôs explosivos no muro da cidade eterna de Deus, abrindo nele uma brecha e para seu interior acorreu um bando de soldados famintos e enlouquecidos que se lançaram a saques e brutalidades.

Naquele tempo, a Itália era um verdadeiro tabuleiro de xadrez para as ambições de metade da Europa. A ameaça de guerra era tão regular quanto a colheita, alianças eram feitas no inverno e rompidas na primavera, e havia lugares em que mulheres geravam filhos de pais invasores diferentes, ano sim, ano não. Na grande e gloriosa cidade de Roma, tínhamos vivido com conforto sob a proteção de Deus, mas fazia parte da instabilidade daqueles anos até mesmo que o mais santo dos padres fizesse alianças ímpias, e um papa com sangue dos Médici nas veias era sempre mais propenso à política do que a orações.

Nos últimos dias, antes que o horror se instalasse, Roma ainda não conseguira se convencer da iminência de sua destruição. Rumores se propagavam como mau cheiro pelas ruas. Os pedreiros que reforçavam os muros da cidade falaram de um exército poderoso de espanhóis, sua selvageria aprimorada com os bárbaros do Novo Mundo, acrescido de coortes de alemães luteranos, estimulados pelo sumo das freiras que tinham estuprado na viagem para o sul. Porém, quando a defesa romana, liderada pelo nobre Renzo de Ceri, marchou pela cidade, catando voluntários para as barricadas, esses mesmos gigantes sedentos de sangue se tornaram homens semimortos, marchando arqueados, quase de joelhos, seus traseiros quase se arrastando no chão, para dissipar toda a comida podre e o vinho ruim que haviam consumido avidamente pelo caminho. Nessa versão, o inimigo era tão patético que, mesmo que seus soldados conseguissem reunir forças para erguer suas armas, não teriam artilharia para ajudá-los. Com o número suficiente de atléticos romanos nas ameias poderíamos afogá-los em nossa urina e zombaria, quando tentassem escalar as muralhas. É sempre mais fácil falar do que fazer, ainda assim o prospecto de derrotá-los com urina e muita perícia foi tentador o bastante para atrair alguns aventureiros sem nada a perder, inclusive o cavalariço, que partiu na tarde seguinte.

Dois dias depois, o exército chegou aos portões e minha senhora me enviou para recebê-lo.

Nas ruas, ao entardecer, nossa cidade barulhenta, de moral questionável, tinha-se fechado como um molusco. Aqueles com dinheiro suficiente já tinham comprado seus próprios exércitos particulares, enquanto o restante da população se arranjava com trancas nas portas e janelas cobertas, às pressas, com tábuas. Apesar de meus passos serem curtos e gingados, sempre tive o senso de direção de um pombo-correio e, apesar de toda a sinuosidade, Roma, há muito tempo, estava traçada na minha cabeça. Minha senhora, certa vez, entreteve um cliente, um capitão da frota mercante, que interpretou minha deformidade como uma graça divina especial, e me prometeu uma fortuna se eu descobrisse, para ele, um caminho marítimo para as Índias. Mas nasci com um pesadelo recorrente: o de um grande pássaro me capturando com suas presas e me lançando em um oceano vazio, e por isso, e outras razões, sempre tive medo de água.

Quando os muros ficaram visíveis, não distingui nenhum vigia nem sentinela. Até agora, nunca tínhamos precisado desse tipo de coisas, já que nossas fortificações tortuosas eram mais para o deleite de antiquários do que para militares. Subi por uma das torres laterais, minhas coxas arranhando por causa dos degraus altos, e parando para retomar o fôlego. No corredor da ameia, duas figuras estavam em posição relaxada, recostadas no muro. Acima de mim, acima deles, discerni uma onda grave de lamentos, como o murmúrio de uma congregação respondendo à litania na igreja. Nesse instante, minha necessidade de saber o que era suplantou o meu terror de descobrir, e subi, arrastando-me pelas pedras irregulares e quebradas, o máximo que pude, até, do alto, vislumbrar a cidade.

Abaixo, até onde a vista alcançava, estendia-se uma grande planície de trevas, perfurada por centenas de velas tremeluzentes. O lamento ressoava como um vento lento atravessando a noite, o som de um exército unido em uma prece ou falando consigo mesmo durante o sono. Até então, acho que mesmo eu havia sido conivente com o mito de nossa invencibilidade. Agora, sabia como os troianos deviam ter-se sentido ao olharem para baixo de suas muralhas e visto os gregos acampados em frente, a promessa de vingança cintilando em seus escudos polidos sob o luar. O medo atravessou minhas entranhas quando pelejei para descer para a ameia e, com furor, fui rápido chutar os sentinelas para acordá-los. Perto, seus capuzes se tornaram capelos e distingui dois monges jovens, com idade para mal atarem sozinhos suas borlas, seus rostos pálidos e cansados. Estiquei-me o mais que pude e me coloquei na frente do primeiro, pondo a cara na dele. Abriu os olhos e gritou, achando que o inimigo havia-lhe enviado, antes, do inferno, um demônio pateta e sorridente. Seu pânico contagiou seu companheiro. Levei os dedos aos lábios e sorri largo de novo. Dessa vez, os dois deram um grito estridente. Tive meu quinhão de prazer em assustar clérigos, mas nesse momento desejei que tivessem mais coragem para resistirem a mim. Um luterano ávido os teria atravessado com sua baioneta antes que tivessem tido tempo de dizer *Dominus vobiscum*. Fizeram o sinal-da-cruz freneticamente e, quando os interroguei, agitaram as mãos na direção do portão de San Spirito, onde, disseram, a defesa era mais forte. A única estratégia que aperfeiçoei na minha vida é a de manter a barriga cheia, mas até eu sabia que San Spirito era o ponto mais vulnerável da cidade, com os vinhedos do cardeal Armellini atingindo as ameias e uma casa de fazenda edificada nas pedras da própria muralha.

O nosso exército, tal como era quando o encontrei, estava amontoado ao redor do edifício. Dois sentinelas provisórios tentaram me deter, mas eu disse que tinha ido participar da luta, e caíram numa gargalhada tal que me deixaram passar, um deles ajudando com um chute que nem de longe acertou o meu traseiro. No campo, metade dos homens estavam abobados de terror, e a outra metade, de bebida. Não achei o cavalariço, mas o que vi me convenceu de que uma única brecha ali e Roma se abriria como as pernas de uma esposa ao seu belo vizinho.

De volta à casa, encontrei minha senhora acordada em seu quarto, e lhe contei tudo o que tinha visto. Ela ouviu atentamente, como sempre fazia. Conversamos um pouco e, então, quando a noite nos envolveu, ficamos em silêncio, nossas mentes afastando-se da nossa vida atual, repleta de conforto, riqueza e segurança, para os horrores de um futuro que mal conseguíamos vislumbrar.

Quando o ataque aconteceu, à primeira claridade da manhã, já estávamos em ação. Eu tinha levantado os criados antes do alvorecer, e minha senhora os tinha instruído a porem a grande mesa no salão dourado, dando ordens ao cozinheiro para matar o porco mais gordo e começar a preparar um banquete semelhante aos que costumávamos reservar aos cardeais e banqueiros. Apesar dos resmungos dos que discordavam, a sua autoridade era tal – ou, possivelmente, o seu desespero – que qualquer plano, no momento, era confortante, mesmo um aparentemente sem sentido.

A casa já havia sido despojada de seus bens mais ostentosos: os grandes vasos de ágata, as travessas de prata, os pratos de maiólica, os copos de cristal com dourado de Murano, a melhor roupa de cama, tudo tinha sido escondido três ou quatro dias antes, envolvido primeiro com tapeçarias de seda bordadas, em seguida por tapeçarias flamengas pesadas, e guardado em dois baús. O menor deles era tão adornado de marchetaria na madeira e dourado que teve de ser recoberto com tecido grosseiro de aniagem para protegê-lo da umidade. Foram necessários o cozinheiro, o cavalariço e os gêmeos para levar os baús para o pátio, onde um grande buraco tinha sido cavado sob o pavimento de pedras próximo às latrinas dos criados. Depois de enterrados e cobertos com uma manta de fezes frescas (o medo é um excelente laxativo), soltamos os cinco porcos, comprados a um preço inflacionado, alguns dias antes, e eles revolveram até não poder mais o terreno, grunhindo de um prazer que só porcos são capazes de sentir na merda.

Com todos os vestígios dos bens preciosos apagados, minha senhora pegou seu suntuoso colar — que tinha usado na festa na casa Strozzi, onde os cômodos eram iluminados com esqueletos com velas nas costelas, e o vinho, muitos juraram depois, tinha sido tão abundante quanto sangue — e deu duas grandes pérolas a cada criado. As restantes, ela lhes disse, seriam para dividir entre eles, se os baús fossem encontrados ainda sem serem abertos depois que o pior tivesse passado. A lealdade é uma mercadoria que fica mais cara quando os tempos são violentos, e como patroa, Fiammetta Bianchini era tão amada quanto temida, e, dessa maneira, ela inteligentemente acirrava a competição dos homens entre si, assim como com ela própria. Quanto ao lugar em que escondera o restante de suas jóias, bem, isso ela não revelava.

O que restou, depois de tudo isso feito, foi uma casa modesta, de uma riqueza modesta, com alguns ornamentos, dois alaúdes, uma madona pia no quarto de dormir e um painel de madeira de ninfas no salão, decoração suficiente, considerando-se sua profissão duvidosa, mas sem o ranço do excesso que tantos de nossos palácios exalavam. De fato, algumas horas depois, quando ecoou um grande grito e ressoaram os badalos dos sinos da igreja, um mais rápido do que o outro, informando-nos que as nossas defesas tinham sido penetradas, o único aroma de nossa casa era o do porco assando lentamente, cada vez mais suculento em seu próprio sumo.

Aqueles que viveram para contar falavam com uma espécie de reverência sobre essa primeira violação das muralhas; de como, à medida que, ao longo do dia, a luta se tornava mais acirrada, uma cerração tinha ascendido lentamente dos pântanos atrás da linha inimiga, espessa e sombria como molho de carne, envolvendo os atacantes, de modo que a força da nossa defesa só pôde disparar contra eles com precisão quando, como um exército de fantasmas, surgiram urrando da bruma, enfim quando já estavam em cima de nós. Depois disso, qualquer que fosse a coragem que tivéssemos reunido jamais seria páreo para a quantidade que podiam disparar. Para diminuir a nossa vergonha, fizemos uma presa de peso quando o disparo de um arcabuz abriu um buraco do tamanho de uma hóstia no peito de seu líder, o grande Carlos de Bourbon. Mais tarde, o ourives Benvenuto Cellini alardeou a quem quisesse ouvir a sua pontaria miraculosa. Mas, na época, Cellini se vangloriava de tudo. Ao ouvi-lo falar – o que ele nunca parava de fazer, desde as casas nobres a tabernas nos bairros humildes –, pensaríamos que toda a defesa da cidade tinha ficado em suas mãos. E nesse caso, seria a ele que deveríamos culpar, pois sem líder, não havia nada que detivesse a loucura do inimigo. Dessa primeira abertura, inundaram a cidade como uma grande onda de baratas. Se as pontes sobre o Tibre tivessem sido destruídas, como a cabeça da força da defesa, e como de Ceri tinha aconselhado, poderíamos tê-los capturado em Trastevere e os mantido sob controle tempo suficiente para reagrupar uma espécie de força de combate. Mas Roma tinha optado pelo conforto e não pelo bom-senso, e com a ponte Sisto tomada logo no começo, nada mais os deteria.

Portanto, no dia seis do mês de maio do ano de Nosso Senhor de 1527, teve início a segunda pilhagem de Roma.

O que não pôde ser resgatado ou carregado foi massacrado ou destruído. Hoje é comum se ouvir que foram os *lansquenets* protestantes que fizeram o pior. Embora o imperador do Sacro Império Romano, Carlos V, tenha sido o defensor, por juramento, de Deus, não deixava de usar as espadas de hereges para expandir o seu exército e aterrorizar seus inimigos. Para eles, Roma era um lucro fácil, a casa do próprio Anticristo, e os mercenários, que o rei, convenientemente, havia se esquecido de pagar, estavam frenéticos tanto para forrar seus bolsos quanto para polir suas almas. A Igreja toda era um monturo de corrupção, todo convento era um repositório para prostitutas de Cristo, todo órfão era espetado por uma baioneta (seus corpos pequenos demais para desperdiçarem disparos), cada qual uma alma salva da heresia. Mesmo que tudo isso seja verdade, porém, devo dizer que ouvi tanto imprecações espanholas quanto alemãs misturadas com os gritos, e aposto que, quando as carroças e mulas finalmente partiram de Roma, carregadas de baixelas de ouro e tapeçarias, seguiram tanto para a Espanha quanto para a Alemanha.

Se tivessem sido mais rápidos e roubado menos em seu primeiro ataque, teriam capturado o maior prêmio de todos: o Santo Padre em pessoa. Mas, quando chegaram ao palácio do Vaticano, o papa Clemente VII tinha erguido suas saias (e encontrado, sem dúvida, um bando de cardeais espremidos debaixo de sua gorda barriga) e, com uma dúzia de sacos cheios, às pressas, com jóias e relíquias sagradas, havia debandado, como se o Diabo estivesse em seus calcanhares, para o Castel Sant'Angelo, a ponte sendo içada atrás dele, com os invasores à vista e uma dezena de padres e cortesãos ainda pendendo de suas correntes, até terem de derrubá-los e observarem-nos se afogar no fosso embaixo.

Com a morte tão próxima, aqueles ainda vivos entraram em pânico em relação ao estado de suas almas. Alguns clérigos, vendo a hora de seu julgamento diante de si, recebiam confissões e davam indulgências gratuitamente, mas houve outros que fizeram pequenas fortunas vendendo o perdão a preços exorbitantes. Talvez Deus estivesse observando enquanto trabalhavam: certamente quando os luteranos os descobriram, amontoados feito ratos nos cantos mais escuros das igrejas, seus hábitos bojudos, apertados ao redor de seus corpos, a fúria do castigo foi ainda mais justa ao serem destripados, primeiro de seus bens, depois, de suas entranhas.

Nesse meio tempo, em nossa casa, à medida que o clamor de violência crescia a distância, estávamos ocupados polindo os garfos e o segundo melhor conjunto de copos. No quarto, minha senhora, que tinha sido escrupulosa como sempre no que dizia respeito à sua beleza, deu os toques finais em sua toalete, e desceu. Da janela de seu quarto, agora, podia-se ver uma figura ocasional movendo-se ruidosamente pelas ruas, a cabeça virando para trás enquanto corria, como se temeroso da onda que viria. Não ia demorar, e logo os gritos ressoariam perto o bastante para distinguirmos as agonias individuais. Estava na hora de convocar nossa própria força de defesa.

Eu já havia reunido todos os criados na sala de jantar quando ela chegou. Sobre a sua aparência, falo depois. A criadagem estava familiarizada com o poder de sua aparição e, nesse momento, estava mais interessada em salvar a própria pele do que ficar pasma, admirando-a. Ela apreendeu a cena com um único olhar de relance. À sua esquerda, Adriana, sua criada pessoal, estava acocorada, abraçando a si mesma com tal força que parecia não conseguir respirar. Baldesar, o cozinheiro, estava à porta, rosto e braços luzindo de suor e gordura do espeto da carne, enquanto, no extremo da mesa recém-posta, cada um dos esguios gêmeos que faziam o serviço doméstico segurava uma taça de cristal com a mão direita, sendo o grau de tremor a única diferença discernível em sua aparência.

– Se não consegue segurá-la com firmeza, Zaccano, ponha-a em algum lugar. – A voz de minha senhora soou forte e grave. – Nossos visitantes não vão agradecer-lhe por conduzi-los a seus lugares por cima de cacos de vidro.

Zaccano soltou um gemido quando seus dedos se afrouxaram ao redor do pé da taça, deixando-a cair na mão esquerda aberta de Giacomo que, como sempre, parecia prever o que seu irmão faria.

– Muito bem, Giacomo. Você serve o vinho.

– Senhora...

– Baldesar? – respondeu ela, sem se virar completamente para olhar para ele.

– Há três armas nas adegas. E na cozinha, tem uma gaveta cheia de facas. – Limpou as mãos na calça. – Se cada um de nós pegar uma...

– Se pegar uma, diga-me, por favor, como vai trinchar o porco? – E então, ela se virou e o olhou nos olhos.

Ele sustentou seu olhar.

– Desculpe-me, senhora, mas isso é loucura. Não soube o que está acontecendo? Agora, nós somos os porcos. Estão nos colocando no espeto, como pedaços de carne.

– Certamente, estão. Mas, apesar dessa grosseira falta de requinte, duvido que tenham a temeridade de saciar sua fome nos assando e comendo depois de nos matarem.

Do seu lado, Adriana emitiu um gemido e caiu no chão. Fiz menção de ir até ela, mas Fiammetta me impediu com um olhar de soslaio.

– Levante-se, Adriana – ordenou ela asperamente. – Qualquer um sabe que, quando uma mulher está no chão, é muito mais fácil erguer suas saias. Por isso se levante. *Já*.

Adriana se levantou, o protesto preso em sua garganta. A sala vibrou com a sua ansiedade.

Fiammetta virou-se abruptamente, e vi a fúria colidir com o medo.

– O que está havendo com vocês todos? – Bateu com as mãos na mesa, com força suficiente para fazer os talheres tilintarem. – Reflitam. Eles não podem massacrar todos nós. Os que estão vivos salvarão a própria pele tanto pela astúcia quanto por quaisquer facas cegas, pelo que, você deve saber, eu o desculpo, Baldesar, porque seus molhos compensam seus cortes desastrados.

"Quando chegarem aqui, suponho que ainda haverá aqueles famintos de bocetas e sangue, mas também haverá outros, fartos disso. O inferno tosta também seus próprios diabos, e essa matança frenética tanto pode causar náusea quanto enlouquecer. Portanto, vamos protegê-los de si mesmos. Vamos abrir a casa para eles, oferecer-lhes conforto e hospitalidade, uma arte em que estamos bem treinados. Em troca, embora fossem levar de qualquer maneira, vamos oferecer a eles os talheres, cristais, tapeçarias, berloques, e tudo o mais que puderem arrancar das paredes, e, se tivermos sorte, pouparão nossas vidas. No mínimo porque, quando se está na estrada há muitos anos, é um grande conforto poder ficar em uma casa, assim como ter um lugar seguro onde guardar sua pilhagem, e a única coisa melhor do que uma boa prostituta é um bom cozinheiro. E esta casa, devo lembrar a vocês, tem as duas coisas.

No silêncio que se seguiu, quase ouvi os aplausos de uma platéia diferente: de clérigos, de banqueiros, de eruditos, homens poderosos que, tendo comido e bebido até se fartar, deleitavam-se com a arte de um bom debate com uma bela mulher, especialmente quando o refinado era temperado com o não refinado – talento que se sobressaía em minha senhora. Mas, agora, não tinha ninguém aplaudindo. Estariam acreditando nela? Tinha-me parecido convincente o bastante. Mas isso não importa. Contanto que não debandassem. Ninguém se mexeu.

Ela respirou fundo.

– Portanto... para quem preferir... a porta é logo ali.

Esperou.

Finalmente, o cozinheiro se virou, resmungando...

– Estou sozinho lá dentro. Se quer uma boa comida, vou precisar da garota para me ajudar.

– Ela não está preparada. Vai ter de se virar com um dos garotos. Zaccano. Não precisa ficar aflito. Não vai ficar separado de seu irmão por muito tempo. Giacomo, você cuida das velas. Quero-as todas nos castiçais quando começar a escurecer. Adriana, você vai se vestir com a sua melhor roupa. Pegue o vestido azul no baú e um par de sapatos de seda para combinar. Passe um pouco de ruge, mas só um pouco. Tem de transmitir delicadeza, e não sedução. E não leve o dia todo com isso.

A garota, agora, pega entre a alegria e o terror, correu para a escadaria. Quando a sala esvaziou, Fiammetta sentou-se na cabeceira da mesa. Então, com o seu rosto iluminado, percebi uma leve camada de suor em sua pele.

– Correu tudo bem – sussurrei. – Ninguém vai embora.

Encolheu os ombros e fechou os olhos.

– Pois então, provavelmente, morrerão aqui.

Ficamos com os ouvidos atentos por um momento. O barulho lá fora aumentava. Em breve, essas poucas almas perdidas se transformariam em uma torrente de homens ensandecidos.

A dúvida, de qualquer maneira, já estava ali. Tudo o que fiz foi dar-lhe voz.

– Vamos conseguir?

Ela sacudiu a cabeça.

– Quem pode saber? Se estiverem tão mortos de fome e exaustos como dizem, talvez tenhamos uma chance. Vamos rezar para que sejam os espanhóis. Nunca conheci nenhum que não privilegiasse os prazeres da vida à devoção à morte. Se são os luteranos, então vai ser melhor que seguremos nossos rosários e esperemos o martírio. Mas antes levarei o que puder de jóias.

– Para quê? Que vão para o inferno, suborne os guardas.

A sua risada se inflamou como uma pequena chama de esperança.

– Esquece-se de que sou a cortesã do cardeal, Bucino. Já recebi graças o bastante para me ver, pelo menos, no Purgatório.

– E o anão da cortesã do cardeal fica onde, nisso tudo?

– Pequeno o bastante para ser oculto sob uma muda de roupa da penitente – respondeu ela, e enquanto falava, uma voz destacou-se, por um instante, do clamor, com algumas palavras erradas, mas reconhecíveis.

– *Casas de la gente nobile... Estamos aquí.*

O inimigo, ao que parecia, tinha chegado. Se a graça pertence a Deus, há aqueles que dizem que a sorte pertence ao Diabo e que ele cuida disso sozinho. Só sei que Roma, nesse dia, foi um playground para o destino, e quando vieram empilhar os corpos nas fossas, havia tantos inocentes massacrados quanto culpados que tinham sobrevivido. Quanto à nossa posição, deixo que os outros concluam por si mesmos.

Minha senhora levantou-se, alisou as saias, uma mulher elegantemente vestida levantando-se para receber seus convidados.

– Vamos torcer para que o seu capitão não tenha ficado muito para trás. Eu não gostaria de desperdiçar meu melhor brocado dourado com uma turba de soldados. É melhor você checar a Adriana. Se ela parecer a filha de alguém, talvez sobreviva mais tempo que uma criada. Se bem que uma virgem óbvia demais também nos arruinaria.

Movi-me em direção à escada.

– Bucino.

Virei-me.

– Ainda se lembra de como fazer malabarismo?

– Quando se aprende algo muito cedo na vida, não se esquece mais – respondi. – Com que gostaria que eu jogasse?

Ela sorriu.

– Que tal com as nossas vidas?

Levou mais tempo do que esperávamos para eles chegarem. Mas a violação e a pilhagem são negócios que consomem muito tempo, e havia muito o que fazer nesse campo. Já estava quase escuro, quando me ergui no telhado para vê-los tomar a rua embaixo. Dobraram a esquina gritando, nove ou dez deles na frente, suas espadas brandindo, as bocas abertas como poços negros, os corpos aos trancos, indômitos, como se fossem titereados pelo Diabo e dançassem a sua música. Atrás deles, seguiam uma dúzia ou mais puxando uma carroça empilhada até o alto, e um pouco atrás deles, um homem montado a cavalo, que, embora pudesse ser seu capitão, claramente não mais liderava desde o front.

Quando alcançaram a nossa piazza, pararam por um instante. A cidade estava cheia de casas ricas, todas trancadas e com as venezianas fechadas. Dois dos homens oscilavam sobre seus pés. Roma oferecia um vinho melhor do que a triste região rural, que haviam devastado e, a essa altura, já haviam entornado tonéis goela abaixo. Um homem grande, que estava atrás, emitiu um rugido e pegou, com fúria, um machado na carroça. Ergueu os braços bem no alto, oscilando um pouco o corpo enquanto corria antes de baixar o machado na janela da loja de especiarias, na esquina. Dava para ouvir o eco do golpe pelo edifício e, então, os gritos alvoroçados de dentro. O som atraiu o resto como mariposas à chama. Esses doze só precisaram de dez minutos para destruírem o que estivesse no seu caminho. Atrás deles, outros olhavam atentamente o resto da praça. O oficial tinha quase desmontado quando me afastei do telhado para avisar minha patroa. Mas o pátio embaixo já estava vazio, e voltei para a beirada, a tempo de ouvir as portas principais serem destrancadas e vê-la sair para o lusco-fusco da praça.

O que viram, quando as portas se abriram e a revelaram? A essa altura da sua vida, Fiammetta Bianchini tinha recebido mais do que lhe cabia em elogios, muitos deles substanciais o bastante para serem postos no fundo de um suntuoso baú debaixo de um monte de esterco. Mas por enquanto, vamos manter as coisas simples, como os homens com que ela se deparou. Ereta, como só as mulheres ricas conseguem se manter, acostumadas a montar com a cabeça erguida, acima da multidão, e bela. Sua pele era lisa e clara como alabastro, e seus seios levantados em seu corpete tecido com fios dourados que tanto revelava quanto ocultava: uma sedução modesta perfeita em uma cidade de celibatários ricos que precisavam fingir virtude mesmo quando andavam pelas ruas com seus paus erguidos como mastros, debaixo do hábito clerical.

Seus olhos eram verdes como a mata, seus lábios cheios e vermelhos, e nas maçãs do rosto, um leve toque cor de pêssego. Mas era o seu cabelo o que a distinguia. Pois a minha senhora tinha um cabelo que mais parecia um rio dourado em uma cheia de primavera, seus matizes mais vivos do que a precipitação das águas; os tons branco dourado e do girassol misturados com mel e castanha, tão estranho, e ainda assim, tão natural que era, claramente, uma dádiva divina, e não uma dádiva dos frascos de algum boticário. E como não usava anel em seus dedos e não tinha marido em sua casa, quando entretinha, ela o usava solto, de modo que à noite, quando o humor a dominava, jogava a cabeça para trás rindo ou fingindo vexação, a espessa cortina de cabelo ondeava com ela, e se estivéssemos perto, juráamos que o sol se mostrara só para nós.

Portanto, sim, esses campônios fedendo a morte e bebida pararam de supetão, quando ela apareceu. Na época, Roma estava cheia de mulheres encantadoras, muitas cada vez mais adoráveis, e qualquer uma delas seria um trago fresco para homens morrendo de sede. Mas poucas tinham a sagacidade de minha senhora, mais afiada que faca amolada, ou sua astúcia quando diante de uma peleja.

– Boa noite, soldados da Espanha. Fizeram uma longa viagem e são bem-vindos em nossa bela cidade. – Sua voz era forte e seu vocabulário apurado com um punhado de mercadores espanhóis e clérigos itinerantes. Uma boa cortesã é capaz de seduzir em várias línguas, e Roma havia treinado as melhores. – Onde está o seu capitão?

O homem a cavalo do outro lado da praça estava se virando, mas havia outros mais perto. Agora, que a sua voz tinha rompido o feitiço, começaram a se mover na sua direção, uns na frente dos outros, sorrindo largo e estendendo os braços em uma súplica exultante com facas nas mãos, uma atração a mais em seus encantos.

– Eu sou o capitão – respondeu ele com a voz engrolada, enquanto atrás os outros homens gritavam e vaiavam. – E você deve ser a puta do papa.

Estava quase em cima dela, que não se moveu, simplesmente aprumou ainda mais o corpo, até ficar quase duas polegadas acima dele.

– Putas, senhor, já as tiveram. Esta é a casa de Fiammetta Bianchini. Oferece comida e alojamento para homens que ainda não experimentaram a verdadeira hospitalidade romana.

Ele resmungou, olhando fixo para ela, como se as palavras o confundissem. Atrás, mais três avançaram, cheirando a matança. O capitão tinha desmontado, e abria caminho pelo amontoamento de homens. Do meu lado, no telhado, as mãos de Zaccano tremiam tanto que comecei a me preocupar com a arma que ele segurava. Era difícil achar dois irmãos mais belos em Roma, mas a sincronicidade das personalidades de Giacomo e Zaccano era tal que separá-los apresentava sempre grande perigo. Sem o cavalariço, entretanto, não tivemos escolha.

Outro soldado, o rosto enegrecido da fuligem de cartuchos vazios, empurrou seu companheiro para o lado e avançou para a minha senhora, chegando ainda mais perto do que o primeiro. Sua mão moveu-se na direção do corpo dela. Ela não se mexeu até ele ficar a uma polegada de seu peito. Então, com a velocidade de uma andorinha vespertina, ergueu a mão e afastou a dele com um tapa. Seu grito foi tanto de indignação quanto de dor.

– Lamento, senhor – fez ela, e rápido como uma mancha de tinta, sua mão esquerda tinha retirado um lenço de seda bordado do bolso, estendendo-o a ele. – Suas mãos estão sujas. Depois de se lavar, terei prazer em conhecê-lo. Por favor... fique com o lenço.

Ele o aceitou e, depois de ter-se limpado rapidamente, virou-se de novo para ela. Mas se para devolvê-lo ou acrescentar algo, nunca descobri, pois, nesse momento, minha mão escorregou e Zaccano interpretou minha cutucada de pânico como sinal para agir. O disparo, misericordiosamente, reverberou muito acima de suas cabeças. Os olhos dos homens giraram para cima. Ao longo do telhado, três armas e meia dúzia de cabos de vassouras talhados grosseiramente de modo a se parecerem com canos de bacamartes, estavam apontados para a rua embaixo. Com a fumaça do disparo ainda no ar, a casa dava a impressão de estar defendida. Temos discordado sobre esse momento, ela e eu. Eu acho que, embora ela ainda não tivesse perdido o jogo, o disparo fez com que parassem para pensar. Ela é de opinião que teria vencido mesmo sem isso. Como aconteceu, a hesitação durou tempo suficiente para o capitão conseguir passar pelos homens.

Era da altura dela, porém magro; até mesmo seu rosto tinha mais osso que carne, e apesar de, depois de ter-se limpado, perder dez anos da sua idade, a expressão em seus olhos não se suavizou. Matar é um negócio adulto, mesmo quando são jovens que o realizam. Um mapa grosseiro da cidade estava preso em seu cinto. A julgar pelo tamanho da carroça, isso os tinha tornado melhores caçadores de tesouros do que aqueles que agiam às cegas. Ele e seus homens tinham pilhado mais do que o bastante para torná-los ricos, mas a sua posição e suas estratégias lhe permitiam a escolha das coisas mais preciosas. E uma delas estava diante dele, nesse momento.

– Meu senhor – ela sorriu. – Por favor, perdoe meus criados. Eles são excessivamente zelosos da proteção de sua senhora. Sou Fiammetta Bianchini, e é uma honra convidá-lo e a seus homens para um banquete em minha casa. Bucino! – E apesar de sua voz chegar a mim, ela não desviou os olhos do rosto do capitão. – Está me ouvindo? Estamos entre amigos e não precisamos de armas. Jogue-as do telhado e voltem para a cozinha.

Fizemos como ela mandou. Três armas velhas e seis cabos de vassouras bateram no pavimento de pedras embaixo, os soldados gritando de deleite por nosso subterfúgio patético.

– Senhores. Podemos lhes oferecer leitão com molho de trufas, capão assado, lúcio salgado e uma seleção dos melhores salames. Não vai acreditar no tamanho...

As gargalhadas dos homens transformaram-se em apupos de prazer e minha senhora riu junto com eles, se bem que não o bastante para tirar a sua concentração da presa à sua frente.

– Acompanhados de marzipã, pudim de leite, frutas cristalizadas, juntamente com o melhor da nossa adega. Temos a melhor qualidade de velas de cera de abelha, com óleos aromáticos, a doce música do alaúde, tais como as com que o próprio Santo Padre se deleita, e depois de terem comido e bebido, poderão dormir em lençóis limpos sobre palha fresca, nos cômodos aqui embaixo e estábulos. Enquanto para o senhor, capitão... – E nesse ponto, ela fez uma pausa de não mais de um segundo. – Há uma cama de madeira esculpida e um colchão de penas de ganso, macio como uma nuvem. Nossa casa é sua por quanto tempo quiser. Quando partir, poderá levar os bens que escolher. Tudo o que pedimos é que nos dê a sua proteção daqueles que porventura apareçam.

Acho que, se ele fosse bem-nascido, poderia ter cruzado com ela antes. Ou talvez ele tivesse vivido em sonhos até então. Bem, agora, ela era bastante real. Todos os homens estavam olhando para ele. Apesar de ser possível que tenha cometido menos matança do que alguns deles – aqueles que dão as ordens também se sujeitam ao risco –, era inteligente o bastante para conquistar a sua atenção. E por enquanto, pelo menos, a sua obediência. Embora isso pudesse ter a ver com o cheiro da carne de porco assando que, atravessando as portas abertas, alcançava a praça. Juro que, mesmo do telhado, pude ver a baba escorrer de seus lábios.

Ele balançou a cabeça, assentindo, depois relanceou os olhos em volta e sorriu largo.

– Hospitalidade romana! O que lhes disse? – gritou ele, e os homens bradaram à sua volta. – Ponham a carroça no pátio e embainhem as armas. Hoje, dormiremos em camas macias, tendo lady Bianchini como anfitriã. Vamos lhe mostrar como as maneiras dos espanhóis se comparam à riqueza romana.

Virou-se para ela e lhe estendeu a mão. E embora não estivesse menos suja e manchada de sangue do que a do outro homem, ela a segurou, e fez uma reverência.

Quanto a mim, bem, voltei a fazer malabarismo. No lugar de bolas, depois que nossos convidados tinham-se empanturrado, peguei meia dúzia de recipientes de cobre com pomadas da minha senhora e os girei no ar, à luz das velas, embora seu perfume de almíscar oferecesse pouco alívio contra tantas bocas abertas arrotando mau hálito. Homens embriagados podem se tornar os piores inimigos de um anão, pois a sua curiosidade se torna facilmente violenta. Porém aqueles já haviam tido a sua cota de sangue, pelo menos durante algum tempo, e só queriam ser entretidos. Portanto gritaram e aplaudiram minhas proezas, riram largo de minhas caretas, e gargalharam quando bamboleei pela sala com um guardanapo na forma da coroa papal sobre a minha cabeça, abençoando todos que se aproximavam para tocar minhas vestes. Assim, Adriana manteve sua virgindade, o cozinheiro, suas facas, e a nossa patroa, o seu colar de pérolas e o seu melhor jarro de Murano. Por essa noite, pelo menos.

No entanto nem todos sobreviveram. Antes da noite se encerrar, a sede de sangue retornou e dois homens enfiaram os espetos um no outro, sobre a mesa de jantar. A nossa casa tinha visto cardeais e diplomatas perderem no jogo as taxas de uma pequena cidade pelo direito de dormir, naquela noite, na cama de minha senhora. Mas ninguém antes tinha morrido disputando quem beberia no copo de vinho e quem beberia na taça prateada. Em segundos, um apertava a garganta do outro, que agitava a faca contra ele. Quando o capitão desceu do quarto, não completamente vestido e a espada desembainhada, a luta tinha acabado e os dois jaziam no chão, vertendo sangue na poça de vinho vermelho. Estavam tão bêbados que, se fosse sono e não morte, aposto que não se lembrariam de nada quando acordassem. Envolvemos os dois corpos em lençóis velhos e os jogamos escada abaixo para a parte mais fria da adega. Lá em cima, a festa prosseguia sem qualquer alteração.

O excesso acabou exaurindo-os. No pátio, até mesmo os porcos dormiam, suas grandes carcaças chapinhando sobre nosso tesouro enterrado. O cheiro na casa era o mesmo. Fedia a arrotos e urina, cada sala cheia de homens pesados e roncando, alguns sobre cobertores, outros sobre palha, alguns deitados onde tinham caído. Pelo menos, agora, eram inimigos leais. Nossas portas foram fechadas com trancas e ferrolhos, com os sentinelas praticamente em coma, as jarras vazias do lado. Na cozinha, o cozinheiro tinha adormecido sobre a pia, enquanto Adriana e os gêmeos estavam dentro da despensa, a tentação de sua beleza tirada do caminho por essa noite, e eu estava sobre a mesa, catando fragmentos de ossos de porco e ensinando palavrões em espanhol ao papagaio de minha senhora, que, embora nunca fosse me agradecer, eu tinha salvado de ser assado nessa noite. Lá fora, os ruídos da cidade formavam um coro enfurecido, do inferno: disparos distantes misturados com gritos e uivos em *staccato*.

*

Em algum lugar na calada da noite, o horror se aproximou quando um homem em uma das casas vizinhas começou a gritar; um único grito prolongado de agonia, seguido de gemido e grito, depois outro grito, mais outro, como se estivessem retalhando seus membros, um por um. Os que mantinham suas casas trancadas tinham mais o que poupar do que suas peles. Onde um mercador rico esconde suas moedas ou sua mulher esconde suas jóias? Quantos cortes suporta até lhes dizer onde procurar? O que valem anéis caros se já não se têm dedos para usá-los?

A batida na porta lateral aconteceu nesse mesmo instante.

– Bucino? Adriana? Abram. Pelo amor de Deus... – Uma voz rouca, depois, uma tosse rouca.

Um dos guardas resmungou, e continuou a roncar. Abri a porta e Ascanio caiu em meus braços, seu peito arfando sem ar, e seu rosto brilhando de suor. Ajudei-o a se sentar no banco e a beber um pouco de vinho diluído, o líquido derramando-se do copo por causa de seu tremor.

– Meu Deus, Bucino – exclamou ele, vendo o caos em que estava a cozinha. – O que aconteceu aqui?

– Fomos ocupados – repliquei frivolamente, cortando, para ele, uma fatia da carne que sobrara. – E estivemos entretendo o inimigo.

– Fiammetta?

– Está lá em cima, com um capitão da guarda espanhola. Usou de seus encantos para comprar a sua proteção.

Ascanio riu, mas voltou a se curvar, e, por instantes, não pôde falar, por causa da tosse.

– Acha que, quando a morte vier, ela oferecerá uma trepada antes? – Como todo homem em Roma, Ascanio desejava a minha patroa. Era assistente do maior gráfico e gravador da cidade, Marcantonio Raimondi, homem cuja estatura o tornava um freqüentador ocasional das *soirées* de minha senhora, e assim como seu mestre, Ascanio conhecia os costumes da sociedade. Quantas noites não tínhamos, nós dois, nos sentado e conversado, e bebido os restos da festa, falando de escândalos e política até tarde da noite, enquanto os poderosos iam para a cama com a bela? Apesar de Roma, agora, estar sendo punida por sua mundanidade e decadência, também tinha sido local de admiração e vibração para aqueles com talento ou perspicácia para dela usufruir. Se bem que não mais...

– De onde está vindo?

– Do estúdio de Gianbattista Rosa. Os demônios luteranos levaram tudo. Escapei vivo por um triz. Corri o caminho todo com a barriga perto do chão. Agora sei como vocês, anões, vêem o mundo.

Recomeçou a tossir. Enchi de novo o seu copo e o ergui para ele. Sua origem era do campo, mas era detentor de um cérebro rápido e dedos hábeis para colocar as letras na impressora; assim como aconteceu comigo, sua destreza o fez ir mais longe na vida do que esperava. Os livros de seu mestre estavam nas bibliotecas dos principais eruditos de Roma, e a oficina gravava a arte de homens que o próprio papa empregava para embelezar seus tetos e paredes sagrados. Mas a impressora também imprimia folhetos com sátiras e mexericos, para serem colados no pedestal da estátua de Pasquino, na Piazza Navona. Alguns anos antes, uma série de gravuras pareceu excessivamente carnal até mesmo para os olhos firmes de Sua Não-Santidade, e Ascanio e seu mestre experimentaram a hospitalidade de uma prisão romana, que deixara os dois com o peito debilitado. Havia uma piada de que eles, agora, misturavam a tinta, para obter aguadas mais leves, com seu próprio catarro. Mas a intenção era boa. No fim, ganhavam a vida propagando notícias, e não as criando, e portanto, não eram nem ricos nem poderosos o bastante para serem inimigos de alguém por muito tempo.

– Cristo, viram o que está acontecendo lá fora? Um verdadeiro ossário. A cidade está em chamas, até quase as muralhas. Bárbaros malditos. Levaram tudo o que Gianbattista tinha e incendiaram seus quadros. Na última vez que o vi, estava sendo surrado como uma mula para carregar as carroças deles com seus próprios bens. Ah! Que Deus os amaldiçoe! – Sob o escorredor de pratos, o cozinheiro resmungou e derrubou uma colher de pau no chão. Ascanio deu um pulo, como um peixe saltando para fora d'água. – Vou lhe dizer uma coisa, Bucino, vamos todos morrer. Sabe o que estão dizendo nas ruas?

– Que é o julgamento de Deus por nossos pecados?

Assentiu com a cabeça.

– Esses hereges alemães nojentos estão recitando a queda de Sodoma e Gomorra enquanto destroem os altares e saqueiam as igrejas. Vou lhe dizer mais uma coisa. Não me sai da cabeça aquele louco pendurado na estátua de São Paulo, arengando sobre o papa.

– "Vejam os bastardos de Sodoma. Por seus pecados, Roma será destruída" – recitei, fazendo a voz bem grave.

Tinha sido o assunto da temporada: como o homem enlouquecido, de cabelo cor de fogo e o corpo nu e fibroso, tinha saído da cidade, subido nos ombros de pedra de São Paulo, com uma caveira em uma das mãos e um crucifixo na outra, amaldiçoando o papa por suas maneiras diabólicas e predizendo a pilhagem da cidade no prazo de 14 dias. A profecia pode ser uma arte divina, mas imprecisa: dois meses se passaram, e ele continuava na prisão.

– Mas como? Você realmente acha que, se Roma tivesse mudado seu comportamento, isto não estaria acontecendo? Devia ler mais as fofocas de seus próprios jornais, Ascanio. Este lugar tem sido indecente há décadas. Os pecados do papa Clemente não são mais graves do que os de todos aqueles santos defraudadores que vieram antes dele. Não estamos sofrendo por desrespeito à religião, mas por má política. Esse imperador não tolera desafio de ninguém, e qualquer papa que se oponha a ele, especialmente um Medici, estará sempre se arriscando a ter seus colhões esmagados.

Ele deu um risinho de escárnio e tomou mais um gole de vinho. Os gritos recomeçaram. De novo, o mercador? Ou, dessa vez, seria o banqueiro? Ou o gordo tabelião, cuja casa era ainda maior do que a sua própria pança, e que ganhava a vida selecionando os melhores pedaços das propinas que processava no tesouro papal? Na rua, a sua voz era a de um bode castrado, mas em agonia os gritos dos homens se assemelham.

Ascanio estremeceu.

– O que possui que seria tão precioso de que não abriria mão, Bucino?

– Nada, a não ser meus colhões – repliquei, e lancei para o ar duas das pomadas de minha senhora.

– Sempre com a resposta inteligente, hein? Não é de admirar que ela o ame tanto. Pode ser um pequeno e feio beberrão, mas conheço um bom número de homens em Roma que trocariam suas fortunas pela sua, mesmo agora. Você é um sujeito de sorte.

– A sorte dos danados – repliquei. Estranho como agora, que estávamos tão perto da morte, a verdade parecesse se manifestar tão facilmente. – Desde quando minha mãe me viu pela primeira vez e desmaiou de horror. – Sorri largo.

Olhou-me fixamente por um instante, então sacudiu a cabeça.

– Não sei o que fazer com você, Bucino. Apesar de seus membros contorcidos e sua cabeça grande, é um sujeitinho bem arrogante. Sabe o que Aretino costumava dizer de você? Que a sua simples existência já era um desafio a Roma, porque sua feiúra era mais verdadeira do que toda a beleza da cidade. Eu me pergunto o que ele diria disso tudo, hein? Ele também sabia que isso ia acontecer. Disse isso quando destruiu o papa em seu último *prognostico*.

– Ainda bem que ele não está aqui agora. Os dois lados já teriam posto fogo em sua pena.

Ascanio não falou nada, simplesmente baixou a cabeça sobre a mesa, como se fosse demais para ele. Houve um tempo em que o encontraríamos curvado sobre as máquinas, altas horas da noite, imprimindo folhetos recentes de mexericos, para manter a cidade informada dos movimentos de seu próprio intestino. Tinha gostado disso, na época. Suponho que o fazia se sentir dono de uma fatia. Mas o ranço da cela da prisão havia ressecado o seu espírito e bombeado amargura em suas veias. Deu um gemido e se levantou bruscamente.

– Tenho de ir. – Continuava a tremer.

– Pode ficar aqui, pelo menos por um tempo.

– Não, não posso... tenho de ir.

– Vai voltar para a gráfica?

– Não... não sei. – Estava em pe, de lá para cá, os nervos irrequietos, os olhos em toda a parte ao mesmo tempo. Lá fora, os gritos do vizinho tinham-se transformado em gemidos desvairados, esporádicos. – Sabe o que vou fazer assim que isso terminar? Dar o fora daqui. Estabelecer-me em outro lugar, por conta própria. Experimentar a boa vida.

Mas a boa vida se esvaía à nossa volta. Seus olhos, mais uma vez, dardejaram.

– Devia vir comigo, Bucino. Tem cabeça para a contabilidade. E esses dedos de malabarista serão hábeis com a máquina de composição. Pense nisso. Mesmo que sobreviva, as melhores prostitutas duram somente alguns anos. Dessa maneira, nós dois vamos ficar bem. Tenho dinheiro, e com o nosso conhecimento das ruas secundárias da cidade, aposto que sairemos daqui, de maneira segura, ainda hoje à noite.

Houve um ruído dentro da casa. Alguém tinha-se levantado e se movia. Ascanio estava à porta antes que eu tivesse tempo de responder. Tinha voltado a transpirar, e sua respiração era difícil. Acompanhei-o até a entrada principal e, como ele tinha sido amigo, mostrei-lhe um caminho que levava ao portão de San Spirito, onde ontem havia um muro e, hoje, um buraco escancarado. Se conseguisse chegar até lá, teria uma chance.

Lá fora, no escuro, a praça estava vazia.

– Boa sorte – despedi-me.

Ele se manteve rente ao muro, a cabeça baixa, e quando dobrou a esquina tive a impressão de que jamais tornaria a vê-lo.

Ao voltar para a cozinha, notei alguma coisa no chão debaixo da mesa, que devia ter caído da sua roupa quando se levantou para partir. Era uma bolsa de tecido. Nela havia um livro pequeno, escarlate, encadernado em couro: os sonetos de Petrarca, impressos com letras douradas, fixados com cantoneiras prateadas, e um fecho comprido, elaborado, com uma série de números. Era material de uma biblioteca de erudito, o tipo de objeto que firmaria a reputação de um impressor em uma nova cidade. Teria ido atrás dele se não tivesse ouvido passos lá fora. Desse modo, ocultei o manuscrito sob meu gibão um segundo antes de minha senhora aparecer à porta.

Estava com um penhoar de seda, o cabelo solto despenteado, e a pele em volta da sua boca, vermelha e inchada, arranhada pela barba por fazer do capitão. Mas seus olhos brilhavam. Era um dos seus grandes talentos fazer parecer que seu copo se esvaziava no mesmo ritmo daqueles à sua volta, permanecendo completamente sóbria, muito tempo depois que a luxúria deles se misturava com o álcool.

– Ouvi vozes. Quem estava aqui?

– Ascanio. Vindo do estúdio de Gianbattista. O pintor foi capturado e seu trabalho, destruído.

– Oh! E Marcantonio e a gráfica? Teve notícias dele?

Sacudi a cabeça.

– Ah... – Ela sentou-se no lugar dele, pondo as mãos, voltadas para baixo, sobre a mesa. Balançou a cabeça devagar, esticando o pescoço como se despertando de um longo sono. Era um gesto que eu conhecia bem. Há vezes, quando o trabalho requer muito esforço ou se estende por toda a noite, que gosta que eu suba no banco atrás dela e massageie seus ombros. Mas não nessa noite. – Onde está Adriana?

Apontei para o armário.

– Enroscada com os gêmeos. Virgem intacta, aliás, todos eles. Se bem que não sei por quanto tempo. Como está o nosso capitão?

– Dormindo irrequieto, agitando-se como se continuasse na guerra.

Fez uma pausa. Não perguntei. Nunca pergunto. Por isso, acho, ela quase sempre me conta.

– Devia tê-lo visto, Bucino. No sexo, foi bem espanhol. Tão preocupado com a sua reputação, que a ansiedade o enfraqueceu. Talvez esteja ficando farto de seu próprio poder. Acho que estava quase alegre por ter outro substituindo-o, depois de tanto tempo. – Sorriu levemente, mas sem achar graça. Os gritos deviam ter atravessado as persianas do quarto tão claramente quanto a cozinha. – Mas é jovem debaixo daquela sujeira, e não creio que possamos contar com a sua proteção por muito tempo. Temos de contactar o cardeal. É a nossa única esperança. Os outros são amigos somente nos bons momentos, mas se o cardeal ainda estiver vivo, e as tropas de Carlos têm motivos suficientes para serem gentis com ele, já que defendeu tanto a causa do imperador na Cúria, tenho certeza de que nos ajudará.

Olhamos um para o outro por cima da mesa, os dois pesando nossas chances.

– Nesse caso, devo ir já – resolvi, pois sabíamos que não havia outro para fazer isso. – Se eu for rápido, poderei estar de volta antes de a casa despertar.

Ela olhou ao longe, como se ainda fosse uma questão de debate. Então, pôs a mão dentro do penhoar, depois colocou o punho sobre a mesa, à minha frente. Segurava meia dúzia de rubis e esmeraldas, suas bordas um pouco lascadas por tê-las retirado de onde estavam incrustados.

– Para a viagem. Leve-as. Podem ser seu quinhão de pérolas.

A praça estava silenciosa, nossos vizinhos ou mortos ou eficientemente amordaçados. Ao meu redor, Roma estava entre o fogo e o amanhecer, parte da cidade faiscando como carvão quente no escuro, enquanto nuvens de fumaça encapelavam-se a este, em direção a um céu cinza diáfano, pronto com a promessa de mais um dia perfeito para matança. Movi-me como Ascanio, próximo ao chão e as arestas dos muros, antes de entrar na avenida principal. Passei por alguns cadáveres nas sarjetas. Uma vez, alguém gritou atrás de mim, mas de maneira irregular, e poderia ter sido o grito de alguém tendo um pesadelo. Mais adiante, uma única figura surgiu do escuro à minha frente, movendo-se como se atordoada e sem me ver. Quando passou, eu o vi agarrando sua camisa, com uma massa de sangue do que poderiam ter sido suas próprias entranhas.

O palácio do cardeal ficava na altura da Via Papalis, onde o povo se aglomerava boquiaberto para aplaudir as suntuosas procissões da igreja em direção ao Vaticano. As ruas aí são tão elegantes, que precisamos nos vestir bem só para percorrê-las. Porém, quanto maior a riqueza, maior a devastação, e mais forte o mau cheiro da morte. Na luz do alvorecer, havia corpos para tudo o que é lado, alguns fragmentados e imóveis, outros se contorcendo ou gemendo baixinho. Um pequeno grupo de homens se movia, metodicamente, pela carnificina, buscando sobras de riquezas, como urubus arrancando olhos e fígados. Estavam muito absortos em seu negócio para me notarem. Se Roma fosse Roma e não um campo de batalha, eu teria de tomar mais cuidado na rua. Apesar de ser do tamanho de uma criança, as pessoas distinguem meu andar bamboleante a distância, e até perceberem o dourado das minhas roupas – e, às vezes, mesmo assim –, podem se sentir propensos a todo tipo de crueldade. Mas nessa manhã, no caos da guerra, eu teria parecido simplesmente pequeno, e portanto nem presságio nem ameaça. Embora eu ache que isso não explique por que não morri. Pois, no caminho, vi muitas crianças empaladas e feitas em pedaços. Tampouco por ter sido astuto, pois tropecei sobre os restos de todos os tipos de homens, alguns dos quais, a julgar por suas roupas – ou o que restava delas –, teriam gozado de uma posição superior e mais riqueza do que eu, embora isso pouco valesse agora.

Mais tarde, quando as histórias dos sobreviventes que gritavam na noite falassem das inúmeras maneiras que um inimigo pode extrair ouro de uma carne ressequida e perfurada, ficou claro que aqueles mortos nesse primeiro ataque tinham sido afortunados. Mas na hora eu não pensava assim. Para cada alma morta por que eu passava, havia outra semimorta, escorando-se nos muros, olhando espantada para os cotocos de suas próprias pernas ou tentando pôr de novo para dentro suas próprias tripas.

Curiosamente, não era de todo terrível. Ou talvez não fosse terrível justamente por ser tão estranho. Em alguns lugares, a sensação era quase a de uma representação teatral selvagem. Na área mais próxima ao Vaticano, dominada, agora, pelos alemães, as ruas estavam cheias de fantasias. Era um prodígio os invasores saberem com quem lutar, tantos estavam usando as roupas de suas vítimas. Vi homens baixos submersos em veludos e peles, os canos de suas armas para o alto, guarnecidos com pulseiras preciosas. Mas o espetáculo mesmo era apresentado por suas esposas e filhos. As mulheres que acompanham exércitos mercenários são legendárias, vivendo como gatos no cio ao redor da fogueira do acampamento. Mas essas mulheres eram diferentes. Eram luteranas, hereges feias, motivadas tanto por Deus quanto pela guerra, seus filhos concebidos e amamentados na estrada, magros e duros como seus pais, as feições abruptas como entalhes em madeira. Nos corpos magros, os vestidos bordados com pérolas e saias de veludo caíam como tendas, os pentes incrustados de pedras presos em cabelo sem viço, e faixas de caudas de seda preciosas se enegreciam no sangue e lama atrás delas. Era como olhar um exército de espectros surgindo do inferno, dançando.

Para os homens, os hábitos religiosos foram a recompensa maior. Vi mais de um "cardeal" pelas ruas, em togas vermelho-sangue, os chapéus para trás, e grandes jarras de vinho nas mãos – se bem que nenhum se deu o trabalho de se vestir com hábitos de padres, pois mesmo no caos as regras da hierarquia não lhes conferiam riqueza suficiente. Hereges podem ver o diabo na decoração, mas são tão vorazes quanto qualquer outro homem quando a ostentação vem do ouro de verdade. Nessa manhã, não havia nenhum cálice ou jóias preciosas, *monstranci,* na lama. Em compensação, as sarjetas estavam repletas de cerâmica e madeira espatifadas; estátuas de Madonas e Jesus desmembradas, o bastante para manter a guilda de escultores trabalhando por mais meio século. Depois, vinham as relíquias. Sem a fé, a costela de Santo Antonio ou o dedo de Santa Catarina não passam de ossos velhos, amarelecidos, e, nessa manhã, pedaços de santos cobriam as ruas, fragmentos que peregrinos teriam caminhado quinhentas milhas para beijar ou rezar, um dia antes. Se chegaram a realizar algum milagre na sarjeta, eu nunca soube, embora a igreja tenha usado a palavra não muito tempo depois para descrever sua recuperação, e os santuários reabrissem tão rapidamente quanto qualquer loja; tão rapidamente, juro, que a onda seguinte de peregrinos crédulos estaria oferecendo seus *scudi* para ver o que bem poderia ser o fêmur de um peixeiro ou o dedo de uma prostituta.

A casa do nosso cardeal era uma das mais elegantes de Roma. Minha senhora era a sua favorita há anos, e ele lhe era tão leal quanto qualquer homem seria à sua esposa. Era um homem inteligente, um membro honroso do círculo íntimo do papa, tanto como político quanto como prelado, até ter posto sua habilidade a serviço de dois lados: apoiando o papa em seus jogos de poder, mas também defendendo a causa do imperador. A sua imparcialidade era notória e, teoricamente, isso teria salvo a sua vida. Teoricamente...

Havia dois homens armados do lado de fora da entrada do palácio. Ginguei até eles, sorrindo largo e me pavoneando como um homem que tivesse um cérebro tão amassado quanto seu corpo. Um deles olhou-me fixamente, cutucando-me com a baioneta. Guinchei de uma maneira que sempre parecia agradar homens armados, e então, abri bem a boca, enfiei dentro dois dedos e retirei um pequeno rubi que deixei na palma da mão. Depois, perguntei se poderia ver o cardeal. Primeiro em um alemão capenga, depois, em espanhol. Um deles respondeu com um vômito de palavras, depois me agarrou e forçou abrir minha boca, mas o que viu o fez me soltar rapidamente. Repeti o exercício até ter outra pedra do lado da primeira. Então, fiz a pergunta de novo. Cada um pegou um rubi, e me deixaram entrar.

Do vestíbulo principal, pude ver o pátio. Uma grande quantidade de bens de Sua Eminência estava empilhada pronta para ser levada, se bem que nada tivesse valor. Era um homem instruído, o cardeal da minha senhora, com uma galeria de artefatos preciosos, cujo valor era mais a sua idade do que o peso de qualquer metal precioso. Quando entrei, ouvi um grito vindo lá de cima e vi quando um Hércules musculoso de mármore despencou da balaustrada, sua cabeça e braço esquerdo sofrendo uma amputação instantânea ao se chocar com a laje da pavimentação embaixo. Na metade do corredor, um homem usando uma camisa suja, sem olhar para mim, estava esfregando o chão. Sentou-se com o olhar fixo na cabeça decapitada. A sentinela se aproximou e o chutou, fazendo-o cair de lado. Isso era o fim da lealdade à Sua Eminência: quando um exército não foi pago por tanto tempo quanto esse, claramente não faz diferença se a presa de guerra vem do amigo ou do inimigo.

Observei-o se levantar e se virar para mim. Movia-se como se suas pernas fossem tão arqueadas quanto as minhas, mas então, ficar de joelhos por tanto tempo devia ter sido uma novidade para um homem da sua estatura clerical. Reconheceu-me imediatamente, e seu rosto se iluminou por um segundo, esperando – o quê? Que eu tivesse chegado liderando um exército de grandes soldados romanos, cujos pares provavelmente teriam existido na antiguidade de que ele tanto gostava? Mas a esperança logo se dissolveu. Como um dos homens mais eruditos de Roma, sempre mantivera uma certa nobreza na sua aparência. Não agora. Seu cabelo ralo estava colado na sua cabeça como tufos de capim presos a um solo duro, e sua pele estava quase amarela; saúde, riqueza e confiança mundana tinham-se exaurido. Pareceu não fazer muito sentido pedir-lhe ajuda. Ele não viveria tempo bastante para isso. Mas, apesar de seu mundo estar ruindo, seu cérebro continuava rápido.

– Sua senhora tem de saber que não restaram protetores ou patronos – advertiu ele, com urgência na voz. – O próprio papa está sitiado. A

Catedral de São Pedro transformou-se em estábulo para a cavalaria imperial, e com o príncipe de Bourbon morto não há líder para deter a matança. A única esperança é os soldados atacarem uns aos outros, e no tumulto, conseguirmos fugir, enquanto disputam o espólio. Diga-lhe que fará melhor se fingir devoção religiosa ou procurar outra cidade onde sua beleza e inteligência sejam mais apreciadas. Esta Roma... a nossa Roma... desapareceu para sempre. – Relanceou os olhos, de maneira nervosa, para a devastação de sua vida. – Diga-lhe que continuo a imaginá-la Maria Madalena e a pedir a Deus o seu perdão para ela, e para mim.

Embora eu me movesse o mais rápido possível, o caminho de volta foi mais demorado. Talvez tenha sido o meu desespero, pois sem uma pessoa de poder para nos defender teríamos de enfrentar a possibilidade de sermos espremidos, espremidos até explodirmos. O mundo estava ruindo, mas o dia era claro e rosado e a pilhagem recomeçara furiosamente. Passei por ruas em que a profecia do cardeal já se concretizava, e onde dois exércitos disputavam a próxima matança. Movi-me rapidamente, esquivando-me por ruas secundárias, até minhas pernas ficarem entorpecidas com o esforço e eu ter de parar para recuperar o fôlego. Entre a sua casa e a nossa, uma grande tropa de luteranos seguia o exemplo dos espanhóis, sua violência ainda mais bárbara por ter restado tão pouco para saquear. Tomei o caminho mais longo para evitá-los, contornando pelo este, passando perto o bastante da oficina e gráfica de Marcantonio para ver como toda a área tinha sido invadida ou incendiada, seus habitantes tendo sido feito reféns ou mortos. Quando alcancei nossa quadra, o sol estava alto, seu calor acirrando a sede de sangue. Agora, nossos invasores tinham-se tornado defensores, com soldados alemães e espanhóis brigando e gritando uns com os outros. Dessa vez, corri até a exaustão, de modo que, quando cheguei à nossa praça, estava tremendo tanto do latejar de minhas pernas dormentes quanto do medo, que só fazia aumentar. As sentinelas haviam desaparecido do nosso portão, e as portas do pátio estavam abertas para qualquer um com armas.

No pátio, os porcos estavam grunhindo como se estivessem sendo arrebanhados contra os muros, e um grupo de homens, inclusive o cozinheiro, estavam afundados na merda e laje da pavimentação, desencavando os baús. No frenesi da busca do tesouro, ninguém notou um anão enrugado entrando.

A cozinha estava vazia. Encontrei Giacomo e Zaccano na sala de jantar, sentados escorados na parede, vidros e louças estilhaçados por toda parte. Quando me aproximei, Giacomo ergueu os olhos, mas Zaccano permaneceu com sua cabeça em seu peito, um buraco mais escuro do que o veludo vermelho em seu paletó sob o peito esquerdo, mas nítido, portanto nem profundo nem cruel o bastante para ter levado sua alma. Fiquei bem em frente de Giacomo, de modo que nossos olhos ficaram no mesmo nível e perguntei o que tinha acontecido. Olhou para mim e abriu a boca, mas apenas um fio de sangue correu. De Adriana, não havia sinal.

Dirigi-me à escada. Ao pé da escada, uma figura estava encurvada, tremendo. Debaixo da sujeira e fedor que exalava, reconheci o nosso cavalariço. Havia um corte profundo em sua face e ele parecia estar morrendo de medo, mas todos os seus membros estavam intactos, e seus dedos remexiam nervosamente uma única pérola imunda. Sem dúvida, tinha-se iludido que, traindo sua patroa e entregando seu tesouro, fosse ganhar o resto do colar.

– Onde ela está?

Ele encolheu os ombros.

Cuspi na sua cara e subi a escadaria como um cachorro, pois me movo mais rapidamente dessa maneira quando estou cansado.

Insisto que tínhamos sido abençoados em comparação a muitos. Se a cidade tivesse sobrevivido ao massacre, a nossa seria uma das muitas casas com motivos para celebrar. No mínimo porque Fiammetta Bianchini estava para completar seus 21 anos. Estava na flor de sua mocidade. Desde os 15 anos, quando sua mãe a trouxera, virgem, para Roma, tinha dormido com uma lista generosa dos homens mais ricos e mais instruídos da cidade. E com eles havia aprendido coisas que certamente a ajudariam agora. Pois enquanto uma esposa é posse do marido e deve conhecer e ser fiel a um único homem, e uma prostituta comum pertence a todos e por todos é usada, minha senhora tivera sorte, pois tinha sido capaz de escolher alguns de seus cortejadores e, dessa maneira, havia conservado algo de si mesma. Isso, combinado com sua sagacidade, treinamento e beleza, tinha-lhe dado uma certa confiança em questões da carne negadas à maior parte das mulheres. Portanto, se agora a sorte e as circunstâncias estavam contra ela, certamente as aptidões da sua profissão a ajudariam a sobreviver à provação. Ou era assim que eu me confortei quando cheguei ao patamar.

De detrás da porta, ouvi um murmúrio, quase como o ritmo de um cântico. Girei a maçaneta, esperando encontrá-la travada. Mas a porta se abriu.

Minha senhora estava ajoelhada do lado da cama, de combinação, a cabeça baixa e coberta, de modo que não era possível ver o seu rosto. Havia uma bíblia na sua frente, com as páginas rasgadas e sangue espirrado. Do lado dela estava uma mulher magra com a pele do rosto como couro de porco, seus lábios movendo-se em uma oração constante, enquanto atrás, outra, muito maior, segurava uma tesoura esculpida.

Harpias luteranas – tão à vontade com a faca quanto com a palavra de Deus. Viraram-se quando entrei, e no momento do choque recíproco entre nós, vi o chão coberto, até a altura dos tornozelos, por cordas de cabelo dourado.

A mulher gorda com a tesoura veio na minha direção gritando. Bati a porta e deslizei ao seu redor. Minha senhora gritou, o xale caindo de sua cabeça. Vi sua face riscada de sangue, seu couro cabeludo como restolhos em um trigal, branco nos lugares que o fogo havia chegado à raiz. Seu cabelo, seu grande rio de beleza e riqueza, tinha desaparecido.

– Oh, não. Por favor. Não devem machucá-lo – gritou, agitando os braços como uma mulher demente. – Este é Bucino, de quem falei. O doce, triste Bucino, cujo corpo carrega um terrível estigma, mas cuja mente sempre foi simples e poderá ser tão confortada com o amor de Deus.

A mulher se deteve por um segundo, olhando assustada para mim. Sorri largo, arreganhando os dentes e grasnando um pouquinho. Ela deu um passo para trás, pasma com a minha monstruosidade.

– Oh, Bucino, venha se ajoelhar conosco e escutar o que tenho a dizer. – Minha senhora estendeu as mãos para mim, e, então, sua voz tinha mudado e ela falava devagar e com cautela, como se fosse débil mental. – Fui escrava da prostituta da Babilônia, mas estas boas mulheres me mostraram o caminho do verdadeiro Cristo. Nossos bens, nossas roupas, nosso tesouro oculto, foi tudo ofertado a Deus. Assim como a minha alma. Fui retirada do mal da minha profissão para renascer através da infinita misericórdia de Deus. E, com essa finalidade, engoli cada uma das últimas jóias do meu orgulho. E quando você tiver feito o mesmo poderemos, então, rezar juntos, e com a grande misericórdia de Deus, poderemos começar nossa jornada a uma vida melhor.

Primeiro apertei minhas mãos no meu colete, depois na minha boca e, juntando o máximo de saliva que consegui, engoli o resto de rubis e esmeraldas enquanto me ajoelhava, meio sufocado e repetindo o nome do Senhor, agradecendo por nossa salvação.

Assim sendo, nessa mesma noite, quando o escuro era mais profundo e nossos conquistadores protestantes dormiam o sono dos justos e dos bem acomodados em colchões de penas de ganso, nós, os hipócritas e danados, escapulimos do estábulo onde tínhamos sido alojados com o que restara dos porcos. Com nossas tripas moendo gemas, movemo-nos silenciosamente pelos escombros de Roma, até, finalmente, alcançarmos a muralha rompida em San Spirito, onde o frenesi desse primeiro ataque tinha deixado buracos escancarados na alvenaria, buracos demais para serem policiados no escuro.

Por onde tinham entrado em bandos, saímos furtivamente, uma deformidade e uma prostituta de cabeça raspada, curvados, derrotados. Caminhamos durante a noite toda, e quando a noite transformou-se em alvorecer nos vimos nos misturando com uma caravana de refugiados que marchava lentamente, alguns já destituídos de tudo, outros ainda carregando nas costas o que restara de suas vidas. Mas a sua boa sorte foi breve, pois com as primeiras claridades os abutres apareceram em carroças: soldados extraviados que, em vez de saquearem a cidade, pilhavam onde conseguiam. Se minha senhora tivesse sido violada, mas deixada com seu cabelo e boa aparência, juro que ela estaria deitada de novo, e eu, sem dúvida, a seu lado, um alvo para a prática da baioneta. Mas a sua cabeça ensangüentada e o perfume da pocilga os manteve a distância. De qualquer maneira, não tínhamos nada de valor a ser roubado, exceto um pequeno volume de Petrarca. Como bons cristãos, tínhamos todos os nossos bens em nosso interior.

Permanecemos puros o quanto conseguimos (os que não comem ficam sem defecar por mais tempo; essa foi a sabedoria que adquiri durante esses dias momentosos), e então, na terceira noite, quando não agüentávamos mais, desviamos da estrada para a floresta e achamos um córrego, à margem do qual nos agachamos até a soltura dos nossos intestinos nos tornar, se não ricos, pelo menos solventes de novo. Embora o triunfo fosse pequeno em comparação a tudo o que tínhamos perdido, era melhor do que a morte, e animamos um ao outro em sua doçura. Nessa noite, nós nos banqueteamos de cerejas e água da nascente – contra a corrente das nossas abluções – e contamos nossas bênçãos, que somavam doze pérolas grandes, cinco esmeraldas e seis rubis, o maior dos quais minha senhora tinha precisado untar com seu óleo para o rosto para conseguir fazê-lo descer por sua garganta. Meu Deus, como deve ter sido engolir seu futuro enquanto as harpias batiam à porta? Era uma garganta digna de orgulho, e foi o que eu lhe disse quando nos sentamos abraçados no escuro, tentando manter os sons da floresta benignos em nossa imaginação de habitantes de cidade.

– Na verdade, foi. Um ato muito mais valente do que você engolir suas esmeraldas irrisórias. E... – interrompeu-me antes mesmo de eu ter tempo de responder – tampouco quero ouvir nenhuma das piadas do estilo Bucino sobre como sou bem treinada nesse tipo de coisa.

E, embora não tivesse tanta graça assim, eu estava tão exausto, tão esgotado pelo esforço para não demonstrar o meu medo que, quando comecei a rir, não consegui mais parar. Depois de me morder, a gargalhada, como um mosquito, atacou-a, de modo que, apesar de ficarmos pedindo o tempo todo silêncio um para o outro, logo estávamos os dois dobrados e impotentes, como se com a nossa hilaridade pudéssemos gozar do Destino e garantir a nossa sobrevivência.

Quando acabou, recostamo-nos nas árvores e olhamos fixo para o vazio, exaustos do nosso esforço para nos mantermos vivos.

– Então – disse ela, por fim –, o que vai acontecer agora, Bucino? O que vai acontecer agora?

– Bem, você daria uma freira encantadora, durante algum tempo – repliquei. – Embora possam questionar a intensidade do seu ardor ao verem com que violência raspou a cabeça. – Mas, apesar da gargalhada de antes, isso não era um assunto com que se brincar, e senti que um arrepio a percorreu. No escuro, era difícil ver seu rosto, embora o terror em seus olhos fosse bastante aguçado e o talho em sua testa estivesse com sangue o bastante para sobressair em sua pele alva. Respirei fundo. – Ou podemos aguardar o momento propício para nos recuperarmos da derrota, e quando estiver curada, recomeçarmos tudo. A cidade não vai ficar ocupada para sempre, e nunca há de faltar homens com bom gosto, que vão querer o que tem para lhes oferecer.

– Não em Roma – respondeu ela, sua voz tão carregada de raiva quanto de medo. – Não vou voltar para lá. Nunca mais. Por nada neste mundo.

Achei razoável sua decisão, já que a maioria dos homens, especialmente aqueles com algo a esquecer, gostam de suas mulheres doces como cordeiros, e quando chegasse o tempo em que houvesse algo por que valesse a pena retornar, estaríamos os dois muito velhos para colher as recompensas. Nada de Roma então.

Dei de ombros, mantendo a voz despreocupada.

– Onde então?

Nós dois sabíamos a resposta, é claro. Com a guerra limpando seus dedos sangrentos por toda a região, havia somente um lugar aonde ir. A uma cidade rica e estável, governada por homens que tinham dinheiro e boas maneiras com que pagar o que os soldados pegassem com suas baionetas. Um estado independente, que sabia valorizar a beleza e o talento para o comércio, onde exilados inteligentes, com imaginação o bastante, podiam fazer fortuna. Alguns a consideravam o melhor lugar do mundo, o mais próspero e o mais pacífico. Exceto que, apesar de todas as histórias sobre suas maravilhas e magia, eu nunca tinha querido ir para lá.

Mas a escolha não era minha. Nesses últimos dias, ela havia arriscado e perdido mais do que eu, e merecia, se é nisso que estava pensando, retornar à sua cidade.

– Vai dar certo, Bucino – animou-me. – Entendo o seu medo, mas se conseguirmos chegar lá, acho que pode dar certo. Seremos, então, sócios, você e eu. Dividiremos tudo, despesas e ganhos, cuidaremos um do outro. Juntos, eu juro que vamos conseguir.

Olhei fixo para ela. Meus ossos doíam da corrida. O meu estômago contraía-se e eu estava morto de fome. Queria voltar a dormir numa cama, a comer carne de porco, em vez de cheirar a porco, a estar de novo na companhia de homens que tinham cérebro além da sede de sangue, que viam riqueza em mais do que uma pilhagem grosseira. E, mais do que tudo, não queria mais andar só pelo mundo. Pois o mundo se tornara um lugar muito mais aconchegante depois que tínhamos encontrado um ao outro.

– Está bem – repliquei. – Contanto que eu não molhe os meus pés.

Ela sorriu e pôs a mão sobre a minha.

– Não se preocupe. Não vou deixar que a água o consuma.

Chegaram à noite, remando do continente.

No quebra-mar em Mestre, o atarracado e deformado começou a barganha. Estava óbvio pelo estado das suas roupas e bagagem escassa que os dois tinham vindo de longe, e esse forte sotaque romano, juntamente com a insistência de viajar ocultos na noite para evitar as patrulhas de pragas, forneceram o pretexto para o barqueiro cobrar o triplo do que a viagem valia. Nesse ponto, a mulher interveio. Era alta e magra, coberta como uma turca, de modo que não se pudesse ver seu rosto, mas falava o dialeto com tal perfeição e regateou de maneira tão decidida que o barqueiro quase se tornou o perdedor, aceitando só ser pago quando os tivesse deixado exatamente em uma certa casa na cidade.

A água estava negra e encapelada sob nuvens densas. Assim que deixaram a margem, o escuro os envolveu, o único som sendo o das ondas contra a madeira, de modo que, por um certo tempo, pareceu que estavam entrando em mar aberto, e que a cidade na água, de que as pessoas falavam com tanta admiração, não passava de uma idéia, uma fantasia construída da nossa necessidade de milagres. Porém, assim que a escuridão ficou completa, foi rompida por luzes cintilando no horizonte à frente, como a iridescência do cabelo da sereia capturada pelo luar na superfície da água. O barqueiro impulsionou o barco com remadas fortes e regulares, e as luzes cresceram e se expandiram até, finalmente, os primeiros edifícios tomarem forma, pairando sobre a água, como uma série de lápides pálidas. Um corredor de marcadores de madeira coloridos ficou visível, orientando-os do mar aberto para o que parecia um canal de foz larga, onde choupanas e armazéns se erguiam nas duas margens, os quebra-mares entulhados de pedras e madeira de construção, chatas sólidas enfileiradas nos ancoradouros. O canal seguiu indolentemente sinuoso por centenas de metros, até se deparar com uma faixa de água mais ampla.

O barqueiro dirigiu o barco para a esquerda, e a vista começou a mudar. Passaram por residências e uma igreja, a fachada de tijolos austera estendendo-se para o céu, o átrio plano e vazio. Então, quando uma meia lua furtiva surgiu das nuvens, começaram a aparecer casas maiores dos dois lados, suas fachadas douradas e marchetadas parecendo crescer diretamente da água. A mulher, que havia feito a travessia sem nenhuma dificuldade, como se fosse uma viagem que realizasse diariamente, sentava-se imóvel. O deformado, em contraste, estava agarrado à borda do barco, seu corpo atarracado tenso como o de um animal, a cabeça grande de um lado para o outro, com medo tanto do que podia ver quanto do que podia não ver. O barqueiro, que envelhecera testemunhando a admiração das pessoas, reduziu a velocidade na esperança de que a vista lhe rendesse uma gorjeta. O canal, ali, era amplo e negro, como um grande corredor encerado em uma mansão ainda maior. Apesar da hora tardia, havia mais alguns barcos, parecendo particulares, lustrosos e finos, com pequenas cabines no centro e figuras solitárias em pé na popa, manobrando com um único remo comprido, movendo-se sem fazer esforço pela água escura.

Na luz pálida, cerácea, os edifícios em cada margem se tornavam mais suntuosos, parecendo palácios fantasmagóricos, com três ou quatro andares, as entradas baixas, alguns degraus de pedra os separando do mar encapelado. Em alguns, as grandes portas permaneciam abertas, dando para vestíbulos cavernosos, com uma fila de barcos adelgaçados amarrados do lado de fora, as proas prateadas reluzindo sob uma lamparina ocasional. A mulher agora estava animada, seus olhos nos andares superiores, onde sob filas de janelas em arco a pedra ornada de gregas brilhava como renda ao luar. Muitas estavam escuras, pois já era tarde da noite, mas em algumas, o lampejo dos candelabros suspensos e as várias velas prestavam testemunho da riqueza extraordinária e iluminavam espaços grandes que repercutiam o som, de modo que podiam formar silhuetas de figuras em movimento e a cantoria de vozes jogadas e tragadas pela água.

A cada cinqüenta, cem metros, havia uma brecha entre as casas, e a pedra cedia lugar a outros canais, estreitos como dedos e escuros como o Inferno, correndo para o principal. Depois de viajarem por mais ou menos vinte minutos, a mulher fez um gesto para o barqueiro e ele girou o barco para um desses canais. O mundo escureceu de novo, os lados das casas ascendendo como muros de despenhadeiros, obscurecendo o luar. O avanço tornou-se mais moroso. Um pouco mais adiante, um calçamento começou a acompanhar a água. Ali, o ar era mais quente e úmido, o calor do dia ainda na pedra, e havia cheiros: de podre, o odor penetrante de urina, os perfumes da pobreza. Até mesmo o som era diferente, o bater da água mais surdo, quase raivoso, quando ricocheteava e ecoava nos muros estreitos. Passaram por baixo de pontes, tão baixas que se estendessem o braço as tocariam. O barqueiro teve de remar com mais atenção, seus olhos como os de um gato perscrutando o escuro. Essas passagens estreitas entre os edifícios se fundiam umas nas outras em ângulos diferentes, em alguns casos tão repentinamente que ele tinha de parar o barco antes de virar, e ao fazer isso, gritava para avisar alguém que porventura estivesse vindo na direção contrária. Ou alguém gritava antes, a voz se torcendo e caindo na noite. A etiqueta da água parecia exigir que aquele que gritasse primeiro seria o primeiro a se mover, e o outro deveria esperar. Alguns tinham velas em jarros de vidro no convés, de modo que apareciam do escuro como vaga-lumes dançando, mas outros permaneciam escuros, a visão da água sendo a única evidência de sua passagem.

Remaram devagar pelo labirinto, até alcançarem um canal maior, onde as casas eram, de novo, mais ricas. À frente, um dos barcos lustrosos, pretos, deslizou na direção deles, dessa vez iluminado por uma lamparina vermelha suspensa. A mulher ficou alerta instantaneamente, indo para o extremo da embarcação, para ver melhor. A figura na popa pareceu fundir-se no escuro, sua pele e sua roupa do mesmo tom da noite, mas a cabine era mais colorida, decorada com cortinas e borlas douradas e, quando as duas embarcações se aproximaram, foi possível entrever uma mulher jovem vestida com elegância, seus seios altos e seu pescoço da cor do luar e, do seu lado, a sombra de um homem com os dedos em seu cabelo. Quando os barcos passaram um pelo outro, uma mão com anéis puxou as cortinas para ocultá-los e, no ar noturno parado, o movimento enviou uma fragrância de lavanda e almíscar pela água. No barco a remo, a mulher fechou os olhos, a cabeça para cima, como um perdigueiro farejando o ar, e muito tempo depois que o barco passara, ela permaneceu assim, perdida naquele momento, respirando profundamente. No outro canto do barco, o anão a observava atentamente.

O silêncio foi rompido pela voz do barqueiro:

– Falta muito? – murmurou, os braços doendo com o prospecto da viagem de volta. – Disse que era em Cannaregio.

– Estamos quase chegando – replicou ela e, depois, como que para si mesma: – Faz muito tempo. – Alguns instantes depois, guiou-o por uma extensão menor de água. O canal levava a um beco sem saída onde uma casa de três andares assomava diante deles, uma ponte de madeira frágil do lado.

– Pronto. É aqui. Chegamos. – E agora a sua voz estava excitada. – Pode aproximar o barco dos degraus. O ancoradouro é à esquerda, no lado.

Ele parou e firmou o barco. O edifício parecia ameaçador, o reboco descascando, persianas quebradas fechadas. A maré tinha subido durante a viagem, e a água cobria ruidosamente o degrau superior. Ele jogou suas malas nas pedras molhadas e exigiu seu dinheiro com grosseria, e apesar de o anão tentar persuadi-lo a esperar até as portas serem abertas, quando começaram a bater, ele já havia desaparecido no escuro escorregadio.

O som de seus punhos na madeira ressoaram no ar em volta.

– Abram – gritou ela. – É Fiammetta voltando para casa. Abra as portas, mãe.

Esperaram. Ela gritou novamente. Dessa vez, uma luz tremeluziu no primeiro andar, e alguém apareceu à janela.

– Meragosa?

Uma voz de mulher resmungou.

– Abra a porta. Sou eu. – Acima, a figura pareceu hesitar, então fechou a veneziana, e ouviram movimentos quando alguém desceu a escada. Por fim, a grande porta de madeira foi aberta e uma velha apareceu, grossa como uma carroça e ofegando com o esforço, uma única vela em uma lamparina na sua mão.

– Meragosa! – A mulher, reprimida por tanto tempo, se excitou. – Sou eu, Fiammetta.

– Fi-Fiammetta. Madona! Não a reconheci. O que aconteceu com você? Achei... Bem... soubemos o que houve em Roma... Todo mundo está falando nisso... Achei que estava morta.

– Bem poderíamos estar, pelo estado em que nos encontramos. Pelo amor de Deus, nos ajude a entrar.

A mulher se afastou um pouco, mas não o bastante para deixá-los passar.

– Onde está minha mãe? Dormindo?

Meragosa emitiu um leve gemido, como se alguém a tivesse golpeado.

– Sua mãe... eu... Que Deus nos ajude, achei que você soubesse.

– Soubesse o quê?

– A sua mãe... está morta.

– O quê? Quando? Como? Como eu poderia saber?

– Há seis meses. Enviamos... uma mensagem para você. Em Roma.

No escuro, era impossível ver os olhos de qualquer uma das mulheres.

– Uma mensagem. E o que dizia?

A resposta foi, de novo, um murmúrio.

– Só isso... bem, que ela havia falecido.

Houve um breve silêncio. A mulher mais jovem baixou os olhos e, por um instante, pareceu hesitar, como se não soubesse o que sentir. O anão se aproximou dela, sem tirar os olhos de seu rosto. Ela respirou fundo.

– Nesse caso, Meragosa, parece que agora, você está vivendo na minha casa.

– Não... quer dizer... – A velha gaguejou. – A sua mãe... Ela ficou doente de repente, e no seu leito de morte, disse que eu podia ficar... por tudo o que tinha feito por ela.

– Oh, *carina*. – A sua voz agora foi mais macia, como uma carícia no pêlo de um gato. – Todos esses anos de prática e continua a mentir tão mal quanto uma velha puta. O aluguel desta casa é pago com o meu corpo, e viemos tomar posse dela. Bucino, traga nossas malas. Nosso quarto é no primeiro andar, em cima da entrada.

– Não. – O corpo da mulher bloqueou o caminho. – Não podem ficar. Aceitei... inquilinos. Eu... eu precisava de dinheiro... para conservar a casa.

– Então, eles podem dormir no patamar até partirem pela manhã. Bucino.

O anão passou rapidamente pelas pernas da mulher, que gritou, cuspindo uma palavra.

– Do que o chamou? De rato-d'água? É melhor ter cuidado, Meragosa. De onde estou, você é o único verme que vejo nesta casa.

Houve um silêncio. Nenhum deles se moveu. Então, de súbito, a velha deu passagem, resmungando, ficando de lado para que entrassem.

E assim a jovem e o anão entraram no escuro, a água marulhando avidamente nos degraus atrás deles.

CAPÍTULO DOIS

Veneza, 1527

MEU DEUS, ESTA CIDADE FEDE. NÃO EM TODA PARTE – ao longo dos molhes, o ar nos deixa tontos com o cheiro dos restos de especiarias, e no Canal Grande, o dinheiro compra brisa fresca com luxo –, mas onde estamos, as casas desgastadas se erguem da água malcheirosa e uma dúzia de famílias vive amontoada, uma em cima da outra, como legumes apodrecidos, a decadência e a imundície fazendo arder nossas narinas. Vivendo como vivo, com o nariz perto do chão, há vezes em que me é difícil respirar.

O velho que, todas as manhãs, mede o nível do poço em nosso campo, diz que o cheiro é pior por causa do ar encanado do verão e que, se a água baixar mais, terão de começar a introduzir as barcaças de água potável, e então, somente aqueles com dinheiro terão água para beber. Imaginem isso: uma cidade construída sobre a água morrendo de sede. Segundo ele, neste verão, a situação está tão ruim porque a guerra atraiu uma leva grande de refugiados, e com eles, a ameaça da peste. Os viajantes que chegam por mar com a epidemia, disse ele, são descobertos porque a cidade envia funcionários a bordo de todos os navios mercantes, para investigar febre ou pústulas, e se encontram sintomas, despacham os suspeitos para uma das ilhas externas, para a quarentena. Por isso não existe mais lepra em Veneza; restam apenas algumas almas enlouquecidas que observam seus próprios membros apodrecerem em um velho hospital cercado de água. Mas não conseguem deter todo mundo, e nos dias atuais, o continente oferece tanto risco quanto o mar aberto. Ele olha fixamente para mim enquanto fala, pois desconfia de como chegamos lá. Aqui, os mexericos correm mais rápido do que o cheiro. Do outro lado dos estreitos canais, mulheres tagarelam e se queixam, como gaivotas esfomeadas, e a chegada de um anão desperta a curiosidade das almas mais taciturnas. Provoquei expressões embasbacadas em cada comerciante por milhas em volta, e em frente à nossa casa, uma velha beberrona estrábica, desdentada, fica à janela dia sim, dia não, os olhos em todas as direções ao mesmo tempo, de modo que, se minha senhora e eu falamos de qualquer outra coisa que não o tempo, temos de fechar as janelas, pois não existe essa coisa de segredo quando as palavras atravessam tão livremente a água.

Mas independente dos rumores, o velho continua a falar comigo, sem dúvida porque é solitário e porque a sua idade o curvou de modo a se aproximar do meu tamanho, o que faz com que minha boca fique na altura de seus ouvidos moucos, e ele acabe me ouvindo melhor do que aos outros. Ele mora na mesma quadra da cidade há oitenta e um anos, e se lembra de tudo, do grande incêndio nos estaleiros, iniciado com a faísca do casco de um cavalo, até a Batalha de Agnadello, há quase vinte anos, quando Veneza foi derrotada por uma aliança de estados italianos, e o governo ficou tão envergonhado, diz ele, que processou seus próprios generais, e tudo o que se ouviu por dias foi o som das pessoas gemendo nas ruas e na água.

Veneza, como nunca parava de dizer a quem quisesse ouvir, era então a melhor e mais bela cidade do mundo, mas agora, as prostitutas ameaçavam ser mais numerosas do que as freiras, e só havia blasfêmia, escárnio, pecado. Apesar de me dar o maior prazer acreditar nele – pois a cidade que descreve certamente poderia fazer a nossa fortuna –, a impotência freqüentemente torna os velhos resmungões, já que, à medida que a morte se aproxima, é mais reconfortante imaginar que estão deixando o Inferno pelo Paraíso, em vez do contrário.

Ainda assim, nesses primeiros meses, quando minha senhora não podia sair de casa e eu galgo os caminhos entre os canais, seus mexericos soam agradáveis aos meus ouvidos, e o tornam meu historiador e primeiro guia.

Mas primeiro, somente dormir, um grande, profundo sono, nossos corpos ávidos do esquecimento que chega com a segurança. No quarto acima do canal, minha senhora está sobre a cama de sua mãe como uma mulher morta. Eu coloquei um catre junto à porta, meu corpo servindo de tranca contra a curiosidade malévola da velha. Hoje, às vezes, penso nesse sono, pois nunca experimentei algo semelhante nem antes nem depois; foi de tal modo agradável que me senti tentado a trocar o Paraíso pela promessa desse profundo esquecimento. Mas não estávamos prontos para morrer, e na manhã do terceiro dia, despertei com raios de luz que atravessavam as venezianas quebradas e uma fome lancinante. Pensei na nossa cozinha em Roma, no peixe assado, sua pele crocante e borbulhando ao sair do forno, o gosto do leitão recheado com alecrim e alho, e a maneira como o mel quente escorria nos bolos de amêndoas feitos por Baldesar, de modo que tínhamos de lamber as pontas dos dedos para ficarmos satisfeitos. Minha mão foi para a protuberância acima de minha virilha, do tamanho de um pequeno volume de Petrarca e uma bolsa com esmeraldas, rubis e pérolas, uma forma, agora, mais tranqüilizadora para mim do que qualquer agitação de desejo.

Minha senhora continuava a dormir, seu rosto semi-oculto no colchão, o turbante imundo apertado na sua cabeça. Lá embaixo, na cozinha abafada e úmida, Meragosa me recebeu com o grito de um papagaio pasmo, como se o próprio íncubo do Diabo tivesse entrado. Em uma panela sobre o fogo, havia um líquido fervendo, que antes talvez contivesse a substância de ossos de animais, se bem que agora quase nada restasse. Quando perguntei o que mais havia na casa, ela se agitou e gritou de novo, cuspindo insultos em seu pânico. Há muitas coisas cruéis na vida, mas não há nada mais desprezível do que uma prostituta velha, pois apesar de seus corpos ficarem flácidos, seu apetite permanece voraz, atormentando-as com recordações da barriga saciada e roupas belas, que sabem que nunca mais terão. Portanto, quando lhe perguntei onde havia um bom penhorista, a batalha entre a desconfiança e a cobiça ficou patente na sua cara.

– Por quê? O que tem para vender? – perguntou ela, seus olhos percorrendo astutamente o meu corpo.

– O bastante para pôr carne no seu mingau.

– O único empréstimo feito aqui é por judeus – disse ela direto, e depois me lançou um olhar malicioso. – Mas todo mundo sabe que enganam os estrangeiros. É melhor que deixe eu mesma negociar.

– Assumo o risco. Onde os encontro?

– Onde? Ora, aqui em Veneza, têm o seu próprio gueto. É fácil. – Sorriu largo. – Se conhece a área. – Virou as costas para mim, voltando a sua atenção para o fogão.

Do labirinto que é esta cidade, falarei mais tarde. De qualquer maneira, é o que a torna legendária a partir das histórias de visitantes ricos sovinas demais para contratar guias ao chegarem, e que acabavam flutuando nos canais secundários com as gargantas cortadas e sem suas bolsas. Saí a pé. A nossa porta dos fundos se abria para uma rua com a largura para duas pessoas. Esta, por sua vez, levava, por uma ponte, para outra que, finalmente, dava em uma pequena praça ou campo, como a chamavam. Foi aí que me deparei com o velho do lado do seu adorado poço. E, apesar do timbre da sua voz ser grosseiro, seus gestos eram muito simples. Mais tarde, quando hesitei, as ruas estavam agitadas, com pessoas entrando e saindo da igreja e os comerciantes a quem pedi informações, pois, como logo percebi, não era raro para o venezianos irem direto de Deus para os judeus com o fim de levantarem dinheiro, o sacramento do comércio seguindo seu caminho santo para um estado fundado nas trocas financeiras.

O Gueto, quando o encontrei, parecia uma cidadezinha dentro de uma cidade, cercada por muros e grandes portões de madeira; dentro, as casas e lojas se amontoavam e misturavam. As casas de penhores estavam marcadas com toldos azuis na frente, adejando como velas ao vento. A que escolhi era de um rapaz de olhos negros e suaves, um rosto comprido, parecendo ainda mais comprido por cachos esparsos. Levou-me para uma sala nos fundos, onde examinou, longa e atentamente, as nossas duas últimas esmeraldas, com lentes especiais, Veneza sendo a cidade dos especialistas em lentes, tanto de lupas quanto de falsas lentes. Em seguida, explicou os termos da apólice como estipulado pelo estado, deu-me o documento para assinar e contou minhas moedas. Durante toda a transação, ele me tratou com admirável cautela, sem demonstrar surpresa com a minha estatura (a sua atenção estava mais nas jóias do que em mim), se bem que se me enganava ou não, como eu poderia saber, exceto por minha intuição, bastante prejudicada, então, pela fome?

Lá fora, no calor, o cheiro de meu próprio corpo sujo se tornou tão pungente quanto o da cidade à minha volta. Em uma loja de roupas de segunda mão na entrada do Gueto, comprei uma jaqueta e calça que eu poderia ajustar para o meu tamanho e combinações novas para a minha senhora. Para comer, escolhi coisas fáceis de digerir: peixe-branco cozido no próprio sumo, legumes cozidos e pão, pudim de baunilha e meia dúzia de pães de mel, menos molhados do que os de Baldesar, mas o suficiente para me fazer babar quando os segurei. Comi um na rua, e quando achei o caminho de volta, minha cabeça girava de prazer. No escuro do poço de escada, chamei Meragosa, mas não houve resposta. Deixei uma porção da comida sobre a mesa e levei o resto, com uma garrafa de vinho diluído e copos lascados, ao quarto.

Lá em cima, minha senhora estava acordada, sentada na cama. Relanceou os olhos para mim quando entrei, mas virou rapidamente a cabeça. As venezianas estavam abertas e seu corpo sem as cobertas, com a luz por trás dela. Era a primeira vez, em várias semanas, que tinha-se sentido segura o bastante para se despir, e sua silhueta, agora, mostrava claramente a devastação da viagem. Sob a pele onde antes surgiam suas curvas, as omoplatas se projetavam como tábuas de madeira, e suas costelas pareciam o esqueleto do casco de um navio pressionando com força sua combinação fina. Mas era a sua cabeça o que estava pior: sem o turbante, nosso olhar era atraído imediatamente para a crosta sarnenta e o emaranhado de seu cabelo cortado, a cicatriz dentada que começava no alto de sua testa e ziguezagueava até o contorno do couro cabeludo.

Por meses tínhamos nos concentrado demais em sobreviver para dispensar qualquer atenção ao nosso futuro. O otimismo inicial, naquela noite na floresta, tinha-se dissolvido rapidamente quando retornamos à estrada. Com o exército tendo se afastado, os refugiados ficaram tão ávidos de roubar uns aos outros quanto de salvar a própria pele, e quando chegamos ao porto para tomar o navio para Veneza, a maior parte das embarcações tinha sido requisitada por soldados para transportar o espólio romano. Nas semanas sufocantes que se seguiram, minha senhora foi atacada pela febre, e apesar de eu ter feito tudo o que podia para tratar de seus ferimentos, com os ungüentos que consegui obter, estava claro, agora, na iluminação cruel de nossa segurança, que não tinha sido o suficiente.

Pela expressão de seus olhos, percebi que ela também sabia disso. Só Deus sabe como não tinha ficado feia: só o verde daqueles olhos teria chamado a atenção de qualquer homem na rua. Mas as cidades grandes estão cheias de mulheres que podem ganhar uma refeição levantando as saias. As que o fascinam e escravizam mais do que por um breve período são as que fazem jus a casas e vestidos. E para isso têm primeiro de amar a si próprias.

Ocupei-me com a comida, dispondo o peixe, os legumes e o vinho, embora só tivesse encontrado uma faca cega e um garfo quebrado, que coloquei com um cuidado cerimonioso sobre seus joelhos, e do lado, um vestido limpo. Assim de perto, senti o cheiro dos reposteiros ao redor da cama, persistindo em suas dobras, o odor da doença de sua mãe. A manhã continha mais do que a perda de sua boa aparência.

– É domingo – exclamei animadamente. – Dormimos por três dias. O sol brilha e os penhoristas daqui são judeus que pagam o preço justo por pedras preciosas. – Empurrei o prato para perto dos seus dedos. – A carne é macia, embora o sabor um tanto fraco. Coma primeiro devagar.

Ela não se mexeu, seus olhos ainda deliberadamente fixos na janela.

– Não gosta disto? Tem pudim e bolo de mel, se preferir.

– Não estou com fome – replicou ela, e sua voz, geralmente tão melodiosa, ressoou sem modulação, sem vida.

Uma vez, quando nos conhecemos, ela me contou como, na confissão, muitas vezes a oprimia ter de decidir que pecados admitir primeiro, e já que vaidade e fornicação formavam uma parte necessária na sua profissão, era a gula que via como a sua maior fraqueza. Desde menina gostava de comer.

– Porque o seu estômago encolheu. Os sumos facilitarão estendê-lo depois que começar – insisti.

Subi aos pés da cama com o meu prato e comecei a comer, enchendo a boca com peixe fresco, lambendo o molho dos dedos, concentrando-me na comida, sem tirar os olhos de suas mãos, para poder vê-los se mover. Por alguns instantes, o único som foi o meu, mastigando. Mais um bocado e tentaria de novo.

– Devia ter-me dito – e agora sua voz foi áspera.

Engoli.

– Dito o quê?

Estalou a língua.

– Quantas pedras me restam?

– Quatro pérolas, cinco rubis, e o grande do seu colar. – Esperei. – Mais do que o suficiente.

– Suficiente para quê? Para um milagre?

– Fiammetta...

– Diga-me... por que acha tão difícil olhar para mim, Bucino?

– Estou olhando para você – respondi, erguendo a cabeça e encarando-a. – É você que está evitando me olhar.

Virou-se para mim, seus olhos tão verdes e frios como as duas esmeraldas que eu acabara de penhorar para comermos.

– E? O que vê?

– Vejo uma bela mulher com uma sorte do diabo, precisando se alimentar, e de um bom banho.

– Mentiroso. Olhe de novo. Ou talvez precise de ajuda.

Sua mão deslizou para baixo do lençol encardido, e ela retirou um pequeno espelho com uma moldura de marfim. Em Roma, ela mal passava uma hora sem examinar sua beleza, mas com o Diabo em nossos calcanhares, movemo-nos rápido demais para vaidades, e espelhos são raros no porão de um cargueiro. Girou o cabo do espelho em sua mão, o sol batendo em sua superfície e enviando prismas de luz pelo quarto.

– Parece que Meragosa vendeu tudo o que conseguiu arrancar do piso, mas o que ela desconhecia, não pôde roubar. Estava nas ripas da cama. Quando eu era jovem, este era o cofre de minha mãe para o dinheiro que eu ganhava.

Deu-o a mim. Estava pesado, mas o espelho continuava inteiro. Tive o vislumbre de um rosto sob o grande domo deformado de uma testa, e, por um instante, surpreendi-me comigo mesmo, de novo, pois, ao contrário do resto do mundo, eu não registro a minha feiúra diariamente. Comparada a mim, minha senhora é uma Vênus recém-nascida. Mas, na época, não ganhávamos a vida com a minha aparência.

– Eu me olho no espelho desde que era pequena, Bucino. Examinar o meu reflexo fez parte do meu treinamento. O espelho foi um presente que minha mãe recebeu de um homem que tinha uma loja na Merceria. Costumava ficar na parede do lado da cama, coberto por uma pequena cortina, para proteger a prata do sol. Havia uma prateleira embaixo, onde ela mantinha potes de óleo e perfume, e ela o pegava todo dia, para que eu me visse...

– A fome distorce o mundo tanto quanto um espelho embaçado – interrompi. – Coma alguma coisa e, depois, conversamos.

Ela sacudiu a cabeça com impaciência.

– E toda vez que eu me olhava, ela dizia: "Não faço isso para que fique presunçosa, Fiammetta, mas porque a sua beleza é uma dádiva de Deus, e deve ser usada e não dissipada. Examine este rosto como se fosse um mapa do oceano, seu próprio caminho para as Índias. Pois lhe trará fortuna. Mas sempre acredite no que o espelho disser. Pois enquanto outros tentarão bajulá-la, ele não tem motivos para mentir.

Interrompeu-se. Não falei nada.

– Então, Bucino, ele está mentindo agora? Se está, é melhor que você me diga, porque agora somos os únicos marinheiros deixados juntos nessa empresa.

Respirei fundo. Se eu tivesse sido sagaz o bastante, acho que teria enfeitado um pouco a verdade, já que ela levara a vida toda recebendo elogios, e sem isso, seu espírito ficaria tão debilitado quanto seu corpo. Se eu tivesse sido sagaz...

– Você está doente – comecei. – E magra como uma prostituta de rua. A privação consumiu sua carne. Mas é apenas pele, e a comida a deixará roliça de novo.

– Palavras bem escolhidas, Bucino. – Pegou o espelho da minha mão e o segurou brevemente à sua frente. – Agora, fale de meu rosto.

– Sua pele esta sem viço. Seu escalpo está ferido, está com muito pouco cabelo, e há um corte que segue até a linha do couro cabeludo. Mas seu viço vai retornar, e se o pentear direito, seu cabelo, quando voltar a crescer, vai disfarçar a imperfeição que restar, com facilidade.

– Quando voltar a crescer! Olhe para mim, Bucino. Estou careca. – E sua voz foi o de um lamento de uma criança.

– Você está com o cabelo curto.

– Não. Estou careca. – Baixou a cabeça para mim, seus dedos no couro cabeludo. – Veja, sinta! Aqui. E aqui. E aqui. Não há nenhum pêlo, o cabelo não vai crescer de novo. Meu couro cabeludo está como sulcos na terra depois da seca. Sinta. Olhe. Estou careca. Oh, Cristo... foi nisso que deu o rancor das vacas magrelas alemães. Eu devia ter simplesmente levantado minhas saias no vestíbulo e deixado que os homens me possuíssem. Os membros de duas dúzias de protestantes teriam sido mais fáceis de suportar do que isso.

– Acha mesmo? E o que aconteceria quando transformassem a luxúria deles em seu pecado, e massacrassem todos nós para aliviar a sua culpa?

– Ha! Pelo menos teríamos morrido mais rápido. Agora, morreremos de fome lentamente, por causa da minha feiúra. Olhe para mim. Quanto vale agora o meu talento na cama? Bucino, estou careca, maldição! E estamos perdidos.

– Não – repliquei com a voz tão enfurecida quanto a dela. – Eu não estou perdido, embora você talvez esteja. Você certamente está praticamente morrendo por falta de alimentação, e infectada de melancolia e melodrama.

– Oh. E quando lhe dei permissão para me insultar?

– Quando começou a insultar a si mesma. Somos sócios, já se esqueceu? Foi você quem prometeu que, se eu arrastasse minha carcaça até aqui, juntos poderíamos dar certo. Que acesso é este de autocomiseração? Não foi isso o que sua mãe lhe ensinou. Poderíamos estar procriando vermes agora, como o resto de Roma. Com os ungüentos certos em seus ferimentos e fogo no seu estômago, poderemos estar comendo em baixelas de prata antes do próximo verão. Mas se rasparam seu espírito, além de sua cabeça, é melhor que me diga agora, porque não vim à pocilga desta cidade, onde esgotos correm como veias abertas, quando sou pouco maior do que ratos, para que você desista da nossa sociedade.

Saí da cama. Há aqueles que acham engraçado observar a postura indignada de homens pequenos: quando anões batem os pés, reis e nobres só fazem rir. Mas minha patroa não estava rindo.

– Voltarei quando tiver mais que bílis em seu estômago. – Dirigi-me à porta, e fiquei ali por um longo instante. Quando olhei para trás, estava sentada, olhando para o prato, cabeça baixa e, embora mais tarde tenha negado, lágrimas corriam pelas maçãs de seu rosto.

Esperei. Estendeu o braço e comeu um pedaço da carne do peixe. Observei as fatias irem para a sua boca, vi os filetes de saliva no canto de seus lábios, enquanto mastigava obstinadamente. Fungou e bebeu um pouco do vinho. Fiquei onde estava. Comeu outro bocado, e bebeu mais um gole de vinho.

– Quando ela partiu de Roma, tinha o suficiente para viver bem aqui – observou ela, em um sussurro raivoso. – Era o que queria. Voltar para esta casa e viver como uma dama. Mas tudo o que restou foi sujeira e doença. Não sei o que aconteceu aqui.

Tenho poucas recordações da minha mãe. Ela morreu quando eu era muito jovem. Alguns dizem que foi por causa do fardo de ter gerado uma monstruosidade, mas não acredito nisso, pois, na confusão vaga do passado, há o rosto de uma mulher sorrindo para mim, me segurando, passando os dedos no alto da minha cabeça, como se fosse algo digno de admiração, e não de vergonha. Convivi com a mãe da minha senhora por dois anos, quando o meu emprego se justapôs à crescente saudade de sua terra e à sua decisão de partir. Sem dúvida, tinha sido uma beldade, pois sua postura ainda era mais a de uma dama do que a de uma prostituta, mas a sua expressão tinha-se tornado voraz, de tanto contar moedas. Durante os primeiros seis meses, vigiou-me como um falcão vigia um rato na relva, esperando que se mostre o bastante para ser agarrado, e teria dado o meu fígado por carne de cachorro, se tivesse percebido a falta de um único botão na contabilidade doméstica. Há quem diga que introduziu sua única filha na prostituição para garantir a sua própria velhice. Mas todos os moralistas que conheci ou vivem da igreja ou têm dinheiro para alimentar suas maneiras de santarrão, e de onde eu vim, qualquer um com um comércio lucrativo seria um tolo se não passasse as manhas do ofício para seus filhos. Tudo o que sei é que madame Bianchini era uma mulher obstinada e uma mão-fechada como um cu, quando se tratava de dinheiro. Quando estava com juízo perfeito, era preciso mais do que Meragosa para enganá-la. Embora a minha senhora tivesse sentido a sua falta, quando partiu, já estava bem treinada e não era do tipo de insistir no que não podia ter. Isso também tinha-lhe sido ensinado. No entanto, há vezes, mesmo com os melhores discípulos, em que o desespero vence a vontade.

Voltei para a cama e fui para perto dela. Esfregou os olhos vigorosamente com as costas da mão.

– Lembra do que dizem, Bucino? – disse finalmente. – Quem dorme na cama de alguém que morreu também estará condenado, a menos que seja abençoado com água benta.

– Sim, e as mesmas pessoas dizem que Deus não deixa morrer ninguém no mesmo dia em que vai à missa. Ainda assim, o solo devora bandos de viúvas e freiras devotas diariamente. Como? Nunca tinha ouvido isto?

– Não – replicou ela, e seu sorriso acendeu uma centelha em seu espírito, somente por um instante. Estendeu o copo e o enchi de novo. Dessa vez, tomou um longo trago. – Acha que foi sífilis? Não vi sinal disso nela, e certamente teria me contado se fosse assim. Mas todo mundo sabe que esta cidade tem mais disso do que Roma. Barcos e pústulas andam juntos. Era o que ela costumava me dizer. – Ergueu os olhos para mim. – Realmente decidiu contra a cidade tão cedo, Bucino? Eu avisei que o cheiro seria pior no verão.

Sacudi a cabeça e menti com os olhos. Em outros tempos, ela teria percebido.

– Havia uma garota, quando eu morava aqui – contou ela –, era jovem, talvez só alguns anos mais velha do que eu... Seu nome era Elena alguma coisa, mas a chamávamos de La Draga. Tinha alguma coisa errada com ela, que a fazia andar de maneira estranha, e sua vista era ruim, mas era inteligente e conhecia plantas e sabia curar. Minha mãe conseguia poções com ela. Havia um líquido. Nós o chamávamos de Cordial das Cortesãs. Água benta e rim de égua. Juro que era disso que minha mãe dizia ser feito. Fazia descer o sangue, se estávamos atrasadas. La Draga era capaz de fazer tudo o que é tipo de coisa. Certa vez, me curou da coqueluche quando todos achavam que eu ia morrer. – Passou o dedo no corte da testa, no cabelo espetado. – Se conseguíssemos entrar em contato com ela, acho que saberia o que fazer com isso.

– Se ela estiver em Veneza, eu a encontrarei.

– Quanto conseguiu pelas esmeraldas?

Respondi e ela balançou a cabeça, calmamente.

– Não acho que ele tenha me enganado.

Ela riu.

– Se enganou, foi o primeiro.

Lá fora, uma gaivota gorda passou, gritando para o sol. Ela relanceou os olhos para a janela.

– Sabe, o ar é melhor nos canais grandes. Várias das casas maiores têm jardins, com frangipanas, lavanda e caramanchões de jasmim. Quando minha mãe estava em seu auge, era, às vezes, convidada a esses lugares. Retornava na manhã seguinte e me acordava. Deitava-se na minha cama e me contava dos convidados ricos, da comida e das roupas. Às vezes, trazia um botão ou pétalas que tinha escondido no vestido, embora para mim, cheirassem muito mais a homens do que a flores do jardim. Ela procurava as palavras certas para que eu imaginasse aquilo tudo. Tão doce quanto Arcádia era o mais próximo que ela conseguia.

Olhou para mim e eu soube que o perigo tinha passado.

– Tão doce quanto Arcádia. Agora, temos o que almejar, não acha, Bucino?

Capítulo Três

LÁ EMBAIXO, A COZINHA AINDA ESTAVA VAZIA, e a comida não tinha sido tocada. Na exigüidade da cozinha, com meu estômago saciado, o meu próprio cheiro obstruiu minhas narinas. Calcei a porta com uma cadeira quebrada, em um balde, misturei, a água que estava sobre o fogão com água do poço, e tirei minhas roupas suadas e encardidas. Em Roma, nós nos lavávamos com sabonete veneziano importado, tão perfumado e grande que dava vontade de comê-lo, mas aqui só havia uma lasca dura que, quando o esfreguei bem rápido, fez uma espuma rala suficiente para afogar alguns piolhos, embora eu tenha dúvidas se conseguiu minorar o meu cheiro.

A estrada também me afetara, consumindo a redondez de meu tronco e afinando minhas coxas, de modo que a pele estava flácida. Lavei minhas bolas o melhor que pude, e as segurei por um instante, meu pau enrugado como uma lesma salgada. Fazia algum tempo que já não era empregado tão lucrativamente quanto a minha sagacidade. Apesar de não haver nada a ganhar com minha estatura atarracada (se não consideramos os ohs e ahs de uma multidão entediada assistindo um anão fazer malabarismo com fogo, depois curvetear como se tivesse se queimado), meu corpo e eu vivíamos juntos há cerca de trinta anos, e eu me afeiçoara à sua estranheza – que, afinal, não é tão estranha para mim. Corcundas. Aleijados. Anões. Crianças com bocas unidas ao nariz. Mulheres sem fendas para bebês. Homens com seios, além das bolas. O mundo está cheio de histórias do Diabo na deformidade, se bem que a verdade é que a feiúra é muito mais comum do que a beleza, e, em tempos melhores, geralmente fui capaz de encontrar prazer quando precisei. Assim como homens são governados por seus paus, as mulheres que conheci são animais mais curiosos, até mesmo mais maliciosos, e apesar de ansiarem pelo corpo perfeito, também sentem desejo pela novidade, são suscetíveis ao humor ao serem lisonjeadas, e são capazes de passar a apreciar gostos adquiridos mesmo que não o admitam em público. E assim foi para mim.

No entanto, mesmo nas casas mais ousadas, a imundície e a pobreza não são afrodisíacos.

Estou lavado e vestindo minhas novas velhas roupas quando a cadeira chocalha na porta e Meragosa a derruba e consegue entrar na cozinha. Na mesa, minha bolsa está do lado do prato de comida. Meu punho a cobre rapidamente, mas não rápido o bastante para que seus olhos estreitos não a vejam.

– Uau... Cristo! – Estremece teatralmente, como se com nojo. – O rato se molhou, finalmente. Então, encontrou os judeus?

– Sim. Isso é para você. – Apontei o prato. – Se quiser.

Ela cutucou o peixe com o dedo.

– Quanto lhe custou?

Respondi.

– Foi enganado – sentenciou. – Dê-me o dinheiro da próxima vez, e trato disso para você. – Mas sentou-se e comeu vorazmente. Fico observando por um tempo, depois ponho a cadeira quebrada perto dela. Ela se afasta imediatamente. – Fique longe. Pode ter-se lavado, mas continua a cheirar como esgoto.

Na luta entre a sua necessidade de manter a carteira aberta e a sua repugnância, está tendo dificuldades em manter o equilíbrio. Recosto-me, com cuidado, na cadeira, sem tirar os olhos dela enquanto come. Sua pele parece uma velha bolsa de couro, e quase não há dentes em sua boca. Parece ter sido sempre feia. Do púlpito, sua hediondez seria prova de seus pecados, mas devia ter tido um tempo em que até mesmo ela foi uma uva, quando seus clientes viam doçura, e não decadência. Quantas horas passei observando velhos com pescoços enrugados como de galinhas, tentando não babar sobre a pele de minha patroa, enquanto trocavam lugares-comuns platônicos sobre como a sua beleza é um eco da perfeição de Deus?

A palavra *pecado* nunca escapou de suas bocas. Um deles até mesmo lhe enviava sonetos de amor, em que as rimas moviam-se rapidamente entre o carnal e o divino. Nós os líamos juntos e zombávamos dele. Sedução é muito divertida quando não se deixa iludir por ela.

– Conhece uma mulher chamada La Draga? – perguntei depois de um tempo. – Seu nome verdadeiro é Elena alguma coisa.

– Elena Crusichi? – Ergueu os olhos por um breve instante. – Talvez sim. Talvez não. O que quer dela?

– Minha senhora precisa vê-la.

– Minha senhora, é? Precisa ver La Draga. Bem, que surpresa. O que pode fazer por ela? Tecer-lhe uma peruca?

– O que pode fazer não é da sua conta, Meragosa. E se quiser manter a barriga cheia, vai ter de tomar cuidado com o que diz, a partir de agora.

– Por quê? Por causa do tamanho da sua carteira? Ou, quem sabe, porque tenho agora uma cortesã famosa lá em cima? Eu a vi, não se esqueça. Subi e dei uma boa olhada nela, quando você estava fora. Não vai mais fazer a fortuna de ninguém. Oh, ela costumava fazer, claro. Foi a virgem mais atraente de Veneza por algum tempo. Treinada para fazer a língua de um homem pender para fora da boca a uma centena de passos. Mas agora, isso acabou. Sua xoxota foi forçada, e sua cabeça queimada. É um monstro sem futuro. Assim como você, seu rato.

Quanto mais ela xinga, mais calmo eu fico. Às vezes, é assim que funciona comigo.

– O que aconteceu com a mãe de minha senhora, Meragosa?

– Já disse. Ela morreu. Quer saber como? Apodreceu com doenças que foram passadas por centenas de homens, foi assim. – Enfiou o garfo de novo nos restos do peixe, sem parar de resmungar. – E tive de ficar do lado, respirando o fedor.

Agora, pela primeira vez, entendi por que a mãe de minha senhora tinha partido de Roma, pois sempre me pareceu uma mulher motivada mais pelos negócios do que por saudade de casa. Mas nenhum homem deseja uma carne nova quando administrada por um corpo com sífilis. Ela deve ter percebido que a tinha contraído. Seria melhor morrer discretamente e deixar o espólio para a sua filha.

Esperei até que estivesse com a boca cheia.

– Na verdade, Meragosa, você está enganada – repliquei calmamente. E levantei a bolsa em minha mão, de modo que as moedas tilintassem um pouco, junto com os rubis. – Não foi assim que aconteceu.

– O que quer dizer?

– Quero dizer que a mãe de minha senhora estava muito bem quando chegou aqui. De fato, seus últimos anos foram felizes, tendo sido muito bem cuidada. Mas, há seis meses, ela contraiu a febre. Você cuidou dela e tornou seus últimos dias os mais confortáveis que pôde, já que lhe era muito leal, e ela morreu rapidamente e sem dor. Um fim triste, mas não tão medonho. Consegue se lembrar disso tudo?

Sua boca está aberta, com pedaços de peixe presos nos poucos dentes. Sacudo a bolsa de novo. Mas ela está entendendo. Dá para ver que soma as moedas, calcula a oferta e a contra-oferta.

– Porque, quando a minha senhora lhe perguntar como foi, é isso o que vai lhe contar.

Ela escarra um bocado da comida, que cai na mesa do lado da minha mão. Ignoro, pondo a mão dentro da bolsa e tirando um único ducado de ouro, que ponho na mesa entre nós dois.

– *Se* você disser isso, se contar isso à minha senhora de uma maneira convincente, então garanto que, assim como esta moeda está aqui, haverá carne na cozinha todos os dias do ano, e um novo vestido para você no dia de Todos os Santos. E que até você morrer, será cuidada, e não jogada na pilha de lixo como a megera velha que você é.

Fez um movimento desajeitado na direção do dinheiro.

– No entanto...

E como um malabarista que, mesmo sem praticar há algum tempo, pode se mover com a agilidade de um macaco quando é preciso, pulo para cima da mesa com a minha cara perto da sua, antes mesmo de ela ter tempo para gritar.

– No entanto, se não fizer isso – e apesar de ela gritar, também presta atenção, pois minha boca está perto demais do seu ouvido para que não ouça cada palavra do que digo –, juro que vai morrer muito mais cedo, desejando que eu realmente fosse apenas um rato. Só então terá perdido tantas pontas dos dedos e pedaços de pele, que as pessoas irão se perguntar que demônio mamou em suas tetas enquanto você dormia. – E digo isso abrindo bem a boca, de modo que, mesmo quando ela se contorce para trás, não deixa de ver os dois dentes pontudos limados que ocupam um lugar de honra no céu da minha boca.

– Portanto – prossegui, afastando-me dela e deslizando a moeda brilhante na mesa –, vamos falar de La Draga.

Está demorando tanto que penso se não terá pego o ducado e fugido. Nem mesmo a ameaça de minhas presas de rato a convenceram a me deixar acompanhá-la. Esta curandeira, ao que parece, só vem por meio de uma mensagem, e mesmo então, só para pessoas que conhece. Está quase escuro quando, finalmente, chegam. Minha senhora voltou a dormir, por isso vêm primeiro a mim, na cozinha.

Passei quase toda a minha vida observando as reações das pessoas quando entro em um lugar. Familiarizei-me de tal modo com elas que sei distinguir o medo da aversão, ou até mesmo uma suposta piedade, antes que a expressão tenha-se completado em seus rostos. Portanto, é uma novidade para mim ser agora o espectador, e não o que é observado.

À primeira vista, ela parece tão pequena que bem poderia ser uma criança, embora esteja claro que isso se deva, em parte, a um defeito em sua coluna, que é torcida para a esquerda, de modo que tem de se curvar para compensar, mantendo um ombro mais alto do que o outro. Quanto à sua idade, bem, é difícil dizer, pois a dor incessante causa mais danos a uma pessoa do que o prazer desenfreado, particularmente aos jovens. No seu caso, o impacto é maior no seu corpo. De fato, a visão do seu rosto, presa entre a beleza e o horror, quase pára nosso coração. A pele é branca como a de um fantasma e lisa, cheia sobre os ossos, tornando a forma quase adorável. Até ela olhar para você. Pois tem olhos retirados do túmulo;

covas de morte lívida, grandes, ferozes, abertos com uma camada de cegueira leitosa.

Até mesmo eu, que estou familiarizado com o choque da feiúra, senti-me agredido pela loucura que temi em seu olhar. No entanto, ao contrário de mim, La Draga não precisava sofrer a visão do mundo ofegando diante de sua deformidade. Na verdade, isso não parecia incomodá-la. Certamente, se sente alguma coisa, não demonstra. Levanto-me para cumprimentá-la e lhe ofereço uma cadeira, mas ela declina.

– Vim para ver lady Fiammetta. Onde ela está? – E ficou completamente imóvel na minha frente, tensa e alerta ao espaço ao seu redor, como se pudesse vê-lo.

– Ela... ela está lá em cima.

Balança a cabeça bruscamente.

– Irei vê-la imediatamente. Você é... seu criado, não é?

– Bem... sim.

E agora, a sua cabeça se inclina, como se para ouvir melhor a minha voz, e sua testa franze ligeiramente.

– O quanto é pequeno?

– O quanto sou pequeno? – E fui pego tão de surpresa por sua franqueza que respondo sem pensar. – Por quê? O quanto é cega?

À porta, vi Meragosa sorrir maliciosamente. Dane-se. É claro.

– Já sei que é um anão. – E pareceu sorrir, se bem que o sorriso pareceu meio torto. – Mas, mesmo que não soubesse, seria fácil perceber. A cadeira moveu-se quando se levantou, mas a sua voz vem daqui. – E põe a mão, com a palma para baixo, na minha altura exata.

Apesar da vexação, estou impressionado.

– Então, já sabe o quanto sou pequeno.

– Mas são seus membros que são pequenos, não? O seu corpo é do tamanho do de um homem.

– Sim.

– E sua cabeça é grande na frente? Como se a redondez de uma berinjela a estivesse empurrando.

Uma berinjela? Nos meus momentos mais orgulhosos, gosto de pensar nela mais como o domo do capacete de um guerreiro. Entretanto, suponho que berinjela a descreva bem.

– Desculpe, mas não sou eu o paciente – falo enfezado, pois não daria a Meragosa o prazer de uma lista de minhas deformidades.

– Bucino? – A voz de minha senhora vem lá de cima. – É ela? Chegou?

Inclina a cabeça de novo, mais acentuadamente, dessa vez, como se para localizar o som com precisão, e, neste segundo, parece um pássaro entendendo um canto próximo. Quando se vira, já fui esquecido.

Lá em cima, observo, da porta, as duas se cumprimentarem com uma alegria quase infantil, minha senhora saindo da cama e estendendo as mãos na direção da curandeira. Apesar de La Draga ser mais velha, deviam ainda ser meninas quando se viram pela última vez. Meu Deus, que eventos teriam acontecido entre aquela época e hoje. O que quer que minha senhora saiba, vai sem dúvida me contar depois. Quanto a La Draga, bem, seus dedos são seus olhos, quando move suas mãos sobre o corpo da minha senhora, e sobre seu rosto e, depois, seu couro cabeludo, passando-as pela cicatriz e restos de cabelo, encontrando imediatamente a linha do ferimento malcuidado que corre de dentro do cabelo até a testa. O exame é muito demorado, e a atmosfera no quarto se modifica. Agora, estamos todos em silêncio. Até mesmo Meragosa está tensa do meu lado, esperando o que La Draga vai dizer.

Por fim, deixa cair as mãos.

– Devia ter-me procurado antes.

Sua voz é calma, e percebo o medo nos olhos de minha senhora.

– Teríamos feito isso, só que estávamos ocupados tentando salvar nossas vidas – falei com firmeza. – Isso significa que não pode nos ajudar?

– Não – replicou ela, e se virou para mim, com aquele movimento brusco da cabeça que eu já conhecia. – Significa que o tratamento vai ser mais longo.

A partir dessa noite, minha senhora passou a dormir em lençóis limpos, aquecida pelas mentiras de Meragosa (contadas com o mesmo prazer com que me contou a verdade) e a ser cuidada por uma mulher cega e aleijada, cujos ungüentos e pastas cheiram tão rançosos que, sempre que ela chega, mal consigo esperar para sair para o ar azedo da cidade.

E assim, passamos a viver em Veneza.

Parte Dois

Capítulo Quatro

À MEDIDA QUE A SAÚDE DE MINHA SENHORA melhora e seu cabelo cresce, aumenta o meu conhecimento da cidade.

Começo com o que já conheço: a nossa casa dá para passagens estreitas. A primeira para a segunda, a segunda dá para uma ponte, a terceira para o campo. Seus edifícios amontoados, seu pequeno poço de pedra, sua igreja, o forno do padeiro, de onde o aroma de pão fresco atrai uma pequena multidão todas as manhãs, tudo faz com que se pareça mais com uma aldeia do que com uma grande cidade. Mas toda cidade tem de começar em algum lugar, e o velho me conta que Veneza se originou da laguna. No começo, havia somente dezenas e dezenas de ilhas minúsculas, formadas por grupos de casas assentadas, aleatoriamente, na água do pântano, e todo mundo se deslocava por barcos. Mas, à medida que as comunidades cresciam, com sua própria igreja e campo e poço de água potável, foram-se aglutinando da melhor maneira possível, por meio de edifícios e pontes, até haver uma cidade onde as principais vias eram líquidas, e o sentido da vida era o mar.

Se isso é sua fantasia ou é o fato real, não sei, mas me satisfaz, pois agora vejo Veneza como uma série de círculos maiores e menores, amalgamados e sobrepostos, cada qual uma filigrana de terra e água, como as peças de renda que as freiras produzem como presentes para seus parentes. A cada dia, descubro uma, até traçar o mapa de quase todo o norte da ilha na minha cabeça. Como um Teseu dos tempos modernos, teço fios de memória para me ajudar: a fachada de uma determinada casa, com um mosaico dourado, um santuário com uma madona em um canto, a rampa quebrada de uma velha ponte de madeira, o arco de uma ponte de pedra, os cheiros particulares que vêm de uma viela que dá direto na água. Por esse caminho, venho do gueto dos judeus, no oeste, passo pelas ruas do mercado da Merceria, atravesso a piazza San Marco, acima do convento de San Zaccaria, e passo por cima de uma dúzia de pequenos canais, até as grandes muralhas do estaleiro Arsenale, sem molhar os pés – se bem que a minha confiança é bastante frágil, pois ainda há partes da cidade em que até mesmo uma bússola se confundiria, onde as vielas são tão tortas quanto um prego usado, e os canais são tão retorcidos quanto as veias das mãos de uma velha.

Também os meus sentidos estão se aclimatando. Compreendo melhor o vêneto do velho, pois meu vocabulário é tão estrangeiro quanto o seu, agora, e consigo entortar minha própria boca de modo que meu sotaque faça sentido para os outros. Quanto ao cheiro, bem, ou cauterizou minhas narinas ou a chegada do clima mais frio, com chuvas e tormentas, lavou um pouco a cidade. No verão, eu corri para ficar à frente do fedor, agora corro para me proteger do frio.

Nesse meio tempo, os dedos videntes de La Draga estão tratando do couro cabeludo da minha senhora, e a sua companhia está massageando o seu espírito. O interior da nossa casa, embora continue tão pobre como antes, está agora animado com as risadas, do tipo que só as vozes de mulheres podem produzir, de modo que até mesmo Meragosa perdeu seu azedume. O cabelo de minha senhora está do comprimento do de uma freira rebelde, o pêlo crescendo espesso, e com sol e mel suficientes em sua cor para formar um halo dourado selvagem ao redor de sua face adorável, e o que antes era um ferimento na forma de um raio bifurcado agora não passa da sombra pálida de uma cicatriz. Uma dieta de boa comida encheu seu corpo, de modo que seus seios pressionam os cordões de seu corpete, e apesar de os vestidos que usa ainda carregarem o cheiro de outras mulheres, ela é ferozmente crítica de sua confecção deficiente e das imperfeições do estilo. Na verdade, sua sagacidade retornou afiada o bastante para que fique se queixando de sua inatividade, de modo que na semana passada, depois que o nosso judeu de olhos pretos trocou mais um rubi, comprei-lhe um alaúde, um instrumento inferior de pinho e sândalo, mas com cinco trastos e afinado o suficiente para que seus dedos e voz possam voltar a se exercitar.

Talvez ela possa sentir oportunidade no ar. Pois nas últimas semanas a cidade tem fervilhado com os negócios, já que os primeiros navios chegaram do levante, trazidos mais cedo pelos bons ventos.

Apesar de ter tentado não demonstrá-lo na sua presença, nos últimos meses sofri saudades de Roma, tanto de sua solidez quanto de sua conhecida corrupção. Mas até eu estou agora excitado. Da grande ponte até os molhes no sul da ilha, por toda parte domina o caos do comércio. A ponte levadiça do Rialto abre-se para tantos navios de mastros altos que é quase impossível para as pessoas a atravessarem, enquanto outros barcos se aglomeram no canal, de tal modo que acabam formando suas próprias pontes, um exército de marinheiros e operários formando correntes humanas para desembarcar a carga de mercadorias. Agora, não há mendigos; até mesmo os aleijados mais profissionais reúnem agilidade suficiente para ganhar uma diária. É possível suprir uma vida com o conteúdo desses navios: seda, lã, peles, madeira, marfim, especiarias, açúcares, tintas, metais brutos, pedras preciosas. Sentimo-nos ricos ao olhar tudo isso. Enquanto Roma ganha dinheiro vendendo perdão para pecados, Veneza engorda fomentando-os. Gula, vaidade, inveja, avareza – a matéria-prima para todos que estão aqui, e para cada caixa ou fardo que entra ou sai da cidade, há uma taxa a ser paga ao governo.

A impressão é a de que os governantes deste estado são os mais ricos de toda a cristandade. Evidentemente não há nenhum rei ou a tirania de uma única família para dissipar os lucros. O doge, que parece bastante régio em sua carruagem, com sua plumagem branca e dourada, é mais uma figura cerimonial do que de poder, escolhido por meio de uma série de votações secretas tão enroladas que nem mesmo meu velho consegue explicar direito o processo. Quando ele morrer – o que não vai demorar, acho, pois parece tão ressequido quanto um velho morcego –, a sua família será excluída da próxima votação secreta. Dessa maneira, Veneza se orgulha de ser uma verdadeira república. Um fato que todo mundo conhece, já que ela não pára nunca de falar nisso. Em Roma, quando visitantes venezianos começam a exaltar as virtudes e prodígios da cidade, a maioria das pessoas pega no sono sob o peso da hipérbole. Enquanto outras cidades são ricas, Veneza não tem preço... enquanto outros estados são seguros, Veneza é impenetrável. Veneza: a mais suntuosa, a mais adorável, a mais antiga, a mais justa, a mais pacífica. Veneza – La Serenissima.

Considerando-se tamanho orgulho, eu esperava mais ostentação. Mas a verdade é que os homens que governam esta cidade se parecem mais com padres do que com governantes. São vistos por toda parte, na grande piazza San Marco e por todo a Rialto, em seus mantos compridos e escuros, que mais parecem togas jogadas sobre o ombro, e a boina mais simples sobre a cabeça. Juntos, nas manhãs de sábado, quando o Grande Conselho se reúne, não parecem nada além de um grande bando de corvos bem cuidados. Minha senhora é capaz de decifrar gradações sutis de poder no ataviamento do arminho sobre a zibelina ou pele de raposa, e os matizes variados dos veludos mais escuros, mas para entender perfeitamente as regras, é preciso ter-se nascido nelas – nome de família, casamento e morte são introduzidos em um livro dourado guardado no Palácio do Doge, e checados pelos funcionários para se assegurarem de que a estirpe não foi corrompida por sangue plebeu.

A modéstia dos homens, entretanto, não é nada em comparação à invisibilidade das mulheres. E nesse ponto, minhas andanças se tornam mais atentas, pois se tivermos de ganhar a vida, cabe a mim farejar a competição. No fim do primeiro mês, fiquei em desespero. Embora em toda a cristandade não haja cidades sem leis para manter as prostitutas, tanto as abastadas quanto as modestas, e mesmo as mais ricas, fora das ruas, em Veneza elas parecem realmente trabalhar. Nos dias de mercado, chegamos a ver a matrona ocasional em toda a realeza cambaleando nos saltos altos de um lado do campo para o outro, suas mãos cheias de jóias, sendo assistida por criados nervosos e cães latindo. Mas em geral, as mulheres ricas andam de barcos cobertos ou ficam isoladas em suas casas. As jovens fazem de tudo para chamar a atenção. Garotas bem-vestidas se postam ruidosamente às janelas, mas tem-se de ter o dobro do meu tamanho para ganhar mais do que um pescoço duro, e quando um rapaz, de túnica e coxas coloridas, lança longos suspiros para cima (se os adultos são corvos, os jovens são papagaios espalhafatosos, só pavoneio e plumagem), as garotas se tornam instantaneamente tolas, agitando os braços e dando risinhos, puxadas rapidamente para fora de vista por algum protetor à espreita.

No entanto, todo homem precisa, às vezes, saciar o seu desejo, e onde há virtude pública, há vício privado. O principal bordel fica perto do mercado e do grande hotel residencial onde vivem os mercadores alemães. Com a chegada dos navios, os negócios estão agitados, mas as prostitutas trabalham horas estritas, seu dia ditado, como o de qualquer outro veneziano, pelo dobrar do sino de Marangona, e para manter a paz nas ruas, são trancadas durante a noite. Se um homem precisa de alívio depois da hora do encerramento, tem de se arriscar no labirinto.

O velho do poço fingiu se chocar quando lhe perguntei, pela primeira vez, aonde ir, mas não demorou nada a responder. Uma vez nas vielas, o vício cresce como fungo, e se ele não estivesse tão preocupado com o estado da sua alma, eu poderia lhe mostrar a última variedade: a rua das tetas, onde as mulheres se empoleiram nos peitoris das janelas dos andares superiores, como uma paródia grosseira dos ricos, nuas da cintura para cima, balançando os pés, para que todos vejam por baixo de suas saias. Porém, até mesmo ali, há uma estratégia na vulgaridade; pois, como Meragosa insinua com seu sorriso cheio de lacunas, foi uma idéia do próprio governo, porque o estado está cada vez mais em pânico com o número de rapazes encontrados nas vielas escuras satisfazendo uns aos outros, em vez de pecando como Deus pretendia.

Mas Veneza tem mais do que sodomitas para desafiar a sua pureza. Durante aquelas noites escuras e longas, quando estávamos escondidos, depois de fugirmos de Roma, minha senhora levantou meu ânimo descrevendo imagens da riqueza que poderia se fazer na sua cidade natal, e aprendi então que a cidade lucra ao oferecer o tipo certo de mulheres, quando se trata de nobreza. É um caso simples de matemática sobre moralidade. Se os governantes no livro dourado devem conservar sua riqueza intacta, devem limitar casamentos. Filhas demais com dotes generosos e filhos demais com partes da fortuna da família significam desastre. Portanto, para conservar as linhagens intactas, os conventos de Veneza estão transbordando de mulheres de boa família, e os palácios das famílias são o lar de uma hoste de solteirões, homens bem-nascidos em busca de mulheres com o mesmo bom gosto, mas uma moral convenientemente ajustada, para mantê-los servidos e entretidos.

Entra em cena a cortesã.

E nisso, Veneza sendo a cidade comercial mais bem-sucedida entre os países cristãos, oferta e demanda estão poderosamente afinadas. Assim como o Palácio do Doge tem o Livro Dourado da Linhagem, existe outro livro – um mais vil – que oferece detalhes de outro grupo de cidadãos. Um livro tão infame que até mesmo eu, que era um ignorante em relação a Veneza – exceto o fato de que é uma grande república afundada na água, que combateu os turcos para dominar o mar oriental –, tinha ouvido falar dele antes de chegar. É o Registro das Cortesãs: uma lista de nomes das mulheres mais belas, mais cultas e mais desejáveis, com um espaço, do lado de cada verbete, onde os clientes podem escrever ou ler descrições, preços, até mesmo o valor do mercado.

A única questão é como ganhar um verbete. Como uma cortesã que quer se anunciar em uma cidade onde a ostentação pública é vista como sinal de vulgaridade, em vez de sucesso, deve fazer? A resposta é simples. Já que nenhum negociante competente compra o que não vê, há locais públicos onde vendedores podem anunciar seus produtos. E nisso, apesar de todos os seus protestos de pureza, Veneza não se revela mais virtuosa nem mais criativa do que a própria Cidade Santa.

Pois cortesãs, como todo mundo, vão à igreja.

Capítulo Cinco

ACOMODAMO-NOS, SEPARADAMENTE, NO MEIO, onde fica cheio e onde, apesar de vermos os que estão na frente, não somos vistos. Pois não estamos aí para sermos vistos. Pelo contrário, até termos roupas melhores e uma casa mobiliada para receber, devemos nos manter despercebidos. Se dependesse de mim, ela não teria vindo, de jeito nenhum. Já chamo atenção o suficiente, sozinho, e se formos vistos juntos em público, não seremos esquecidos. Pelo menos sua cabeça e seu rosto estão bem cobertos, embora, graças à ajuda de La Draga, minha senhora quase tenha recuperado completamente sua antiga aparência, sendo capaz de sustentar o olhar de qualquer homem que ela escolha, e como sabe disso, é difícil, para ela, resistir ao desafio. Mas cansei de discutir com ela. Há um limite para quanto tempo pode ficar num ambiente com o cheiro rançoso do preparado mágico em seu cabelo, e quando a sua confiança retornou, tornou-se mais impaciente com meus relatórios de segunda mão.

– Você é o homem que mais conhece uma mulher, Bucino, mas não pode julgar a competição tão bem quanto eu. De qualquer jeito, é pequeno demais para ver por cima dos bancos da igreja e, portanto, certamente vai perder parte do espetáculo. Está na hora de eu observar pessoalmente. Na próxima vez, iremos juntos.

Escolhemos a igreja dos Santi Giovanni e Paolo, que os venezianos chamam de San Zanipolo – eles têm mais nomes para os seus edifícios do que as velhas têm carinho por seus cachorrinhos. Essa igreja tem menos ouro e menos relíquias do que a San Marco, e o seu interior não faz o nosso coração se enlevar como a grande nave abobadada de Santa Maria dei Frari. Mas é grande – uma das maiores na cidade – e poderosa, com os túmulos de mais de uma dúzia de doges, e atrai o grande e abastado rebanho à missa, no mínimo porque tem um belo e espaçoso campo onde, depois do culto religioso, os fiéis podem se misturar, exibindo o corte de sua roupa nova juntamente com sua devoção.

É dia santo, e, nas ruas, reina a alegria. Chegamos cedo para ver a congregação se reunir. O pavimento de pedra vibra com o farfalhar das saias de seda e o bater dos saltos de madeira. Evidentemente nem todas as mulheres são profissionais. Em uma cidade em que as mulheres ricas são isoladas, uma grande igreja é uma praça de mercado para a busca de possíveis contatos para casamento, e com esse fim, até mesmo garotas respeitáveis têm permissão para ousarem mais em seus trajes, com a intenção de se fazerem notar. Ainda assim, qualquer homem com olhos é capaz de dizer a diferença quase que imediatamente.

Segundo minha senhora, o primeiro estratagema é a entrada:

– Pode-se reconhecer uma cortesã bem-sucedida no momento em que ela entra. Uma boa igreja reúne quatrocentos, talvez quinhentos, homens na missa de domingo, e garanto que pelo menos sessenta ou setenta deles estarão tão interessados nas mulheres quanto nas preces, embora alguns talvez ainda não saibam disso. Por isso as melhores cortesãs se vestem tanto para o espaço quanto para os observadores. Tem-se de dar tempo aos homens para examiná-las quando entram, de modo que saberão onde encontrá-las de novo durante o resto da missa.

Há pelo menos quatro mulheres em San Zanipolo, hoje, que sabem como fazer uma entrada, duas morenas, duas louras. Eu as vi, todas as quatro, antes. Chegam com a cabeça erguida, os vestidos tão cheios que, de fato, carregam seus próprios palcos ao redor, o que significa que podem andar devagar como pretendem, suas saias erguidas ligeiramente acima dos saltos e tornozelos, enquanto abrem caminho pelo pavimento de pedra. Acomodam-se nos lugares que escolhem e espalham suas saias, ajeitando seus xales com cuidadosa displicência, de modo a deixar à mostra um vislumbre da pele, mas nada dos seios – pele demais na igreja pode fazer um homem se lembrar do Inferno tão facilmente quanto do Paraíso. Uma das louras, com seu cabelo em uma rede dourada, eleva-se sobre a multidão, pois seus saltos são mais altos do que o resto. Eu precisaria de uma escada para chegar à sua cintura, mas a moda deixa a razão abobada, e já há algumas línguas para fora com a sua visão.

A missa tem início e relanceio os olhos para onde minha senhora está sentada, com seus olhos de lince, interpretando suas posturas tão atentamente quanto examina seu guarda-roupa. Sua voz ressoa em minha cabeça.

O estratagema agora é manter a atenção dos homens em si, mesmo quando não está fazendo nada. Desse modo, acompanha as orações, a cabeça sempre ereta, a voz doce, mas não alta demais, os olhos no altar, mas sempre consciente de que está sendo olhada. O lado ou parte de trás de sua cabeça são tão importantes quanto o seu rosto. Apesar de não usar o cabelo solto, como as virgens, pode-se pentear algumas mechas cacheadas aqui e ali, e trançar o resto coberto por véus dourados ou enfeitados com jóias de modo que o torne tão interessante quanto qualquer retábulo de altar. E se o tiver lavado e untado com os óleos certos – as melhores cortesãs levam mais tempo se preparando para a missa do que qualquer padre –, então seu perfume poderá rivalizar com o do incenso. Embora deva ter o seu próprio perfume, misturado especialmente, e quando ninguém estiver olhando, deve-se espalhá-lo um pouco em volta com as mãos. Assim, os bancos da frente tanto quanto os bancos de trás saberão que você está ali. Porém tudo isso não passa de preparação para o verdadeiro teste – que é o sermão.

Segundo minha senhora, para que esse momento dê certo, primeiro é preciso conhecer a igreja, pois embora possa estar cheia dos homens mais ricos da cidade, se o padre é um pregador do fogo do inferno, que profere suas ameaças bruscas e em rápida sucessão, então qualquer prostituta digna de respeito deve desistir e ir para casa. Mas se for um estudante que nunca ouviu falar em ampulheta, toda cortesã na igreja já está no Paraíso.

Como estamos agora. Embora o pregador na San Zanipolo seja um dominicano que declara abertamente a pureza, admira particularmente sua própria voz, o que é um grave erro, já que é um instrumento agudo e sem profundidade, que mais entorpece do que salva almas. Em dez minutos, os mais velhos já estão com a cabeça afundada no peito. Quando os roncos começam, as virgens ricas se animam, deixando os véus caírem e lançando olhares pudicos de relance como dardos de cupido, enquanto suas mães lutam com o peso de uma dezena de citações bíblicas.

Toda essa excitação forma um anteparo perfeito para um negócio mais sério. Apesar dos olhares argutos das mulheres em minha senhora, também estou interessado nos homens e no que deve estar passando por suas cabeças. Tento me pôr no lugar deles.

Escolho um – eu o notei quando entrou. É alto (como terei sido em outra vida), corpulento, talvez por volta dos 40 anos, e por sua roupa, deve pertencer a uma das famílias governantes, as mangas de seu casaco preto arrematadas com zibelina, e sua esposa tão rica e quadrada quanto uma cama de quatro colunas. Ponho-me no seu lugar. Uma das cortesãs de cabelo escuro está à esquerda, na minha frente. Zanipolo é a igreja que freqüento. Se as coisas correrem bem, espero doar um pequeno altar e ser enterrado aqui. Confesso todo mês e sou perdoado dos meus pecados. Agradeço regularmente a Deus a minha boa sorte, e lhe ofereço a sua parte nisso, ele, em troca, me ajuda a levar os meus investimentos com segurança para a minha terra. Nesta manhã, meditei sobre as feridas do meu Salvador na cruz antes de rezar para que o preço da prata permaneça alto o bastante para que eu reserve um fundo para uma cota em outro navio que parte para a Tunísia na primavera. Desse modo, levantarei um bom dote para a minha segunda filha, que está se desenvolvendo rapidamente e tem de ser protegida da contaminação, pois rapazes realmente desejam ardentemente as fendas nos corpos de mulheres jovens. Na verdade, como os homens mais velhos, às vezes, pois há uma grande e reconfortante suavidade a ser encontrada ali... (Ah... veja! É assim que acontece: aos pouquinhos, a cada pensamento, a passagem do espírito para a carne.) O ar vai-se tornando mais abafado, e a voz do padre prossegue monótona. Mexo-me um pouco, para me acomodar melhor, e a localizo, a cinco ou seis fileiras, ereta em um mar de ombros caídos, sua bela cabeça no alto. É claro que eu sabia que ela estava lá – quer dizer, eu tinha reparado nela antes, quando entrou, como não reparar? –, só que hoje tinha prometido a mim mesmo que não... Bem, não importa. Esclarecemos as coisas, Deus e eu, e um homem merece um pouco de prazer, de vez em quando. Permito-me tempo para olhá-la, e é realmente adorável: cabelo da cor de um rubi escuro – que magnífico não será caindo em cascata por suas costas –, pele dourada, lábios carnudos, e o vislumbre de sua pele quando endireita o xale onde escorregou um pouco sobre o seu peito. Oh, ela é tão adorável que me faz pensar que foi Deus pessoalmente que a pôs aqui, para que possamos apreciar a perfeição sublime de sua criação.

E então – oh, Deus –, ela move a cabeça na minha direção, se bem que não me olhe diretamente. Percebo uma sugestão de sorriso e, depois, o lento movimento de sua língua, umedecendo seus lábios. Ela deve estar pensando em alguma coisa, em algo agradável, sem dúvida. Em alguma coisa muito agradável. E antes que me dê conta, estou duro como uma rocha sob meu casaco e a fronteira entre redenção e tentação já ficou para trás, se bem que não consiga saber quando exatamente a ultrapassei. Assim como na verdade não acho que o fato de ter umedecido os lábios e seu sorriso secreto sejam só para mim, mas também para o banqueiro à minha esquerda, que já desfrutou mais do que seus olhares e está ávido para vê-la girar a língua para ele, sem falar no jovem filho do almirante, cinco fileiras atrás, que se separou recentemente de uma dama, e está de prontidão de novo.

E assim, como minha senhora diria: "Sem uma palavra, o peixe nadou para a rede."

A missa termina, e a igreja se agita enquanto as pessoas começam a sair. Movemo-nos rapidamente e, uma vez lá fora, nos posicionamos na pequena ponte de pedra que dá para o campo, de onde podemos observar o último ato da representação. Faz frio e o céu ameaça chover, mas isso não intimida o grupo de pessoas.

O espaço é tão perfeito para o flerte que parece que foram as próprias mulheres que projetaram o campo. À direita da igreja, quando dela saímos, a nova fachada reluzente da Scuola de San Marco é uma desculpa para todo tipo de galanteio, na medida em que, para apreciarmos a maestria de seus alto-relevos em mármore, temos de nos demorar em alguns lugares, movendo o corpo para a esquerda e para a direita, inclinando a cabeça, até obter o efeito exato. É surpreendente quantas coisas jovens e doces de repente se excitam com o prodígio da arte. No centro, outros grupos se formam ao redor da grande estátua do cavalo. O cavaleiro era algum antigo general veneziano que deixou sua fortuna para o estado, na condição de o imortalizarem, e ao seu cavalo. Ele pediu a San Marco, mas lhe deram Zanipolo. Está ele montado ereto, belicoso, em bronze, orgulhoso, esquecido da ação embaixo, com mulheres e homens trocando olhares, enquanto fingem examinar os músculos tensionados das coxas de bronze do cavalo. Gosto mais do animal do que do homem, mas Veneza é uma cidade que favorece tanto as mulas quanto os cavalos, e apesar de, agora, andar mais seguro pelas ruas, continuo a sentir saudades do poder da andadura e do resfolegar dos cavalos puros-sangues de Roma.

A metáfora do peixe de minha senhora é apropriada, pois agora toda a congregação está aqui fora, como pequenos cardumes em volta das espécies mais raras. Alguns dos homens nadam direto para dentro, outros ficam à borda, como se ainda não tivessem decidido que direção tomar. No centro, as mulheres, giram e flutuam, sem perder de vista nada à sua volta. Seguram lenços ou leques, ou rosários, que às vezes, escorregam de seus dedos, caindo aos pés de um determinado homem. Sorriem, fazem beicinho, inclinando a cabeça, quando a conversa é encetada, cobrindo os lábios de coral com suas mãos alvas, de unhas feitas, quando um elogio ou comentário provoca uma risada nelas ou naqueles à sua volta. Mas, apesar de suas bocas estarem fechadas, seus olhos falam alto.

Sob instruções de minha senhora, saio da ponte e vou para a praça, para observá-las melhor. Um sinal da excitação é o fato de as únicas pessoas a me notarem serem estadistas mais velhos e suas esposas verruguentas, que não conseguem decidir se olham para mim ou estremecem de aversão. Embora eu não seja o único anão na cidade (vi um em uma trupe de acrobatas que atua, às vezes, na praça), sou incomum o bastante para ser um espetáculo, o que é mais uma razão para não sermos vistos juntos, pelo menos até termos voltado à atividade, quando meu feio exotismo pode se tornar parte da atração.

Concentro-me nas mulheres que conheço de outras vezes: a beldade de cabelo escuro com as saias amarelas vistosas, e leque, e a pálida e graciosa, com a pele de uma madona de mármore, e com, ao que parece, uma rede de estrelas em seu cabelo frisado. Dessas, já descobri os nomes e ouvi comentários. O resto ainda estou investigando. Se eu não fosse tão atarracado e feio, tentaria bancar o acólito de algumas delas, junto com o resto dos admiradores. Mas o seu jogo é muito alto e rápido para mim, com olhares de soslaio e sorrisos lançados de um lado para o outro, enquanto as mulheres dividem seu tempo entre os convertidos e os ainda em tentação.

E, desse modo, o atraído encontra o atraente, e a negociação tem início.

Estou para retornar para junto da minha senhora quando algo chama a minha atenção. Talvez seja a maneira como segura o braço, pois dizia-se que tivera a mão direita mutilada no ataque. Agora, ele está atrás de dois outros homens, e minha visão é bloqueada por sua corpulência. Por um instante, parece próximo à mulher de amarelo, depois desaparece de novo. Está barbado, e vejo somente seu perfil, de modo que não posso ter certeza. A última notícia que tive dele foi a de que fugira para a segurança de Mantua e um protetor cuja sagacidade era tão crua quanto a sua. Veneza seria austera demais para ele, imagino. Mas há uma certeza que vem mais da intuição do que do cérebro. E a sinto nesse momento. Está de costas para mim, e observo-o e a outro homem abrirem caminho em direção à mulher com as estrelas no cabelo. É claro. Ele vai gostar dela. Ela o faria se lembrar de alguém, e no livro, sem dúvida, haveria uma anotação sobre a sua inteligência e perspicácia.

Virei-me para a ponte, mas apesar de minha senhora ter olhos de lince, sua visão está obstruída pelo pedestal da estátua.

Lanço um último olhar, mas ele não está em lugar nenhum.

Não pode ser ele. O destino não faria isso conosco.

Capítulo Seis

– SEM BAJULAÇÃO, CERTO, BUCINO? Não é hora para isso.

Estávamos sentados perto de um dique. A água da laguna à nossa frente está tão plana quanto a superfície de uma mesa. Com as pessoas tendo se dispersado, atravessamos a ponte em arco pela Scuola de San Marco, depois seguimos para o norte, acompanhando o canal que sobe do Canal Grande para o litoral, até chegarmos ao topo da ilha do norte. O céu tinha clareado, e apesar de estar frio demais para ficar andando, o ar é limpo e luminoso, de modo que podemos ver para além da ilha de San Michele, até Murano, onde uma centena de oficinas de fundição de vidro expelem finas colunas de fumaça no ar claro.

– Vamos começar pela de amarelo, a que não consegue manter a cabeça parada, nem mesmo na igreja. Ou é famosa ou está desesperada para se tornar famosa.

– Seu nome é Teresa Salvanagola. E tem razão, é a fama que a torna atrevida. Tem uma casa perto da Scuola de San Rocco...

– E uma lista de clientes tão grande quanto suas tetas, não tenho a menor dúvida. Quem são seus protetores?

– Há um mercador de seda e um do Conselho dos Quarenta, embora ela também receba outros. Recentemente, passou a ter relações com um jovem solteiro da família Corner...

– Para quem ela lançava olhares durante a elevação da hóstia. Ela não precisava ter-se dado o trabalho, ele está apaixonado o bastante. Ela é adorável, embora o emplastro em seu rosto provavelmente signifique que começa a mostrar sua idade. Tudo bem, quem é a próxima? A jovem e doce, com o corpete de seda púrpura e renda carmesim. Delicada, com a face de uma madona de Rafael.

– Corre o boato de que não é da cidade. Não descobri muito a seu respeito. Ela é nova aqui.

– Sim, e novata. Ainda achando tudo muito divertido, acho, como se mal acreditasse na sua sorte. Era a sua mãe do seu lado? Oh, não tem importância. Por enquanto, vamos supor que sim. Não pode estar fazendo isso sozinha, sendo tão jovem, e percebi certa semelhança ao redor da boca. Mas você a viu? Oh, havia uma certa graça nessa inocência. Como mel para as abelhas, bzzz, bzzz... Quem mais? Havia uma que não pude ver direito na praça por causa da estátua no caminho. Loura, cabelo frisado, e ombros como travesseiros.

– Julia Lombardino – replico, e vejo de novo, mentalmente, sua coxeadura e o vislumbre da barba quando se moveu no meio das pessoas.

Ela espera.

– E? Até mesmo eu descobri seu nome, Bucino. Ainda não merece ser congratulado. O que mais?

Agora não. Só terá sentido quando eu tiver certeza.

– É veneziana. Inteligente, conhecida por sua instrução.

– Na cama e fora dela, presumo.

– Escreve versos.

– Oh, Deus, poupe-nos de prostitutas poetas! São mais maçantes do que seus clientes. Ainda assim, pelo rebanho que reuniu à sua volta, parece que encanta tanto quanto rima. Há mais alguém que eu deva conhecer?

E, como não tenho certeza de que seja ele, não digo nada.

– Ninguém que importe, não hoje. Há outras, mas todas operam em paróquias diferentes.

– Fale-me delas.

Falo por alguns instantes. Ela escuta com atenção, fazendo, de quando em quando, uma pergunta. Quando termino, sacode a cabeça.

– Se são todas bem-sucedidas, então há mais do que pensei. Roma não tinha tantas.

Encolho os ombros.

– É um sinal dos tempos. Também havia mendigos, quando chegamos. A guerra gera o caos.

Ela passa um dedo na testa. A cicatriz está quase invisível, mas acho que ainda a sente.

– Alguma novidade, Bucino? Sabe o que está acontecendo lá?

Não falamos do passado, ela e eu. Parece-nos melhor olhar para a frente do que para trás. Portanto tenho de pensar antes de responder, porque é difícil saber o que contar e o que omitir.

– O papa fugiu para Orvieto, onde luta para levantar o preço do seu resgate e para onde seus cardeais são obrigados a se dirigir montados em mulas, como se voltassem a ser os primeiros cristãos. Roma continua controlada por soldados, e a água contaminada com os corpos apodrecidos provocou a peste e o cólera.

– E os nossos? Adriana, Baldesar?

Sacudo a cabeça.

– Se soubesse de alguma coisa, me contaria, não? – pergunta ela, sem deixar que eu desvie o olhar.

Respiro fundo.

– Contaria. – Embora me cale sobre as histórias que ouvi de fossas cavadas perto das muralhas da cidade, onde cem cadáveres por dia são empurrados para a cal viva. Sem nomes, sem sepulturas.

– E os outros? Gianbattista Rosa sobreviveu?

– Não sei. Parmigianino parece que está a salvo, assim como August Valdo, embora a sua biblioteca tenha-se perdido. Os alemães a usaram para acender seus fornos.

– Oh, meu Deus. E Ascanio?

Observo-o novamente, lançando-se no tumulto, seu precioso livro deixado para trás.

– Nenhuma notícia.

– Seu mestre, Marcantonio?

Sacudo a cabeça.

– Então, deve estar morto. Se tivesse sobrevivido, estaria em Veneza, agora. As melhores impressoras do mundo estão aqui. – Fez uma pausa. –

E o nosso cardeal? Está morto, também, sim – diz ela, e não há ponto de interrogação em sua voz. Não digo nada. – Sabe, Bucino, às vezes penso naquela noite, quando você retornou das muralhas. Se tivéssemos sabido como seriam as coisas, me pergunto se não teríamos desistido na mesma hora.

– Não – repliquei com calma. – Se tivéssemos sabido, teríamos feito exatamente o que fizemos.

– Ah, Bucino, às vezes você fala como a minha mãe. "O arrependimento é um luxo de mulher rica, Fiammetta. O tempo é breve, e deve seguir com ele, e não contra ele. Nunca se esqueça de que o homem por vir pode ser ainda mais rico do que o de antes." – Sacode a cabeça. – Pense só, Bucino. Algumas mães ensinam suas filhas a rezar o terço. Na minha primeira confissão, eu já sabia coisas que não podia contar a padre nenhum. Ha! Bem, é melhor que ela não possa nos ver agora.

Atrás de nós, os cascos de embarcações batem contra o cais de pedra. Apesar do sol, o vento é frio. Sinto-o retinir em meus ouvidos, e levanto os ombros para protegê-los. Quando era jovem, às vezes sofria dores que se infiltravam no fundo da minha cabeça, e receio que o inverno as traga de volta. Em Roma, ouve-se histórias medonhas sobre o norte: como, às vezes, os dedos das pessoas congelam à noite, de modo que, pela manhã, têm de estalá-los de volta à vida. Mas minha senhora, agora, está quase completamente restabelecida, e em breve, fará calor em todos os lugares.

– É isso. – E sua voz soa diferente, como se o clima também a tivesse modificado. – É como me parece. Se substituímos o solteirão pelo clérigo, e acrescentamos todos os homens de negócios, comerciantes e embaixadores, então o mercado aqui é tão bom quanto em Roma. E se as outras são, todas elas, como as que estavam lá hoje, então, com a roupa certa, posso enfrentar qualquer uma delas.

Fala olhando diretamente nos meus olhos, para perceber qualquer sombra de dúvida que por acaso passe por eles. Seu capuz está puxado para trás e seu cabelo preso em uma faixa larga tecida com flores falsas, de modo que é impossível saber seu comprimento real. Apesar de a decoração ser de segunda mão, o rosto é seu. Em Roma, no fim de seu reinado, tinha ficado famosa por deixar que pintores medissem as distâncias entre o seu queixo, seu nariz e sua testa, para verificar as dimensões da simetria perfeita. Mas o que fazia suas mãos tremerem era a maneira como esses olhos verdes impetuosos olhavam diretamente nos nossos, e as histórias de como, quando estava nua, podia se cobrir somente com sua cabeleira. Essa é a minha única dúvida.

– Sei, penso nisso constantemente. Mas La Draga tem uma fonte. Há alguns conventos onde ela trata de freiras doentes e onde há um mercado de madeixas das noviças. E conhece uma mulher que pode tecer uma nova cabeleira na antiga, usando fios dourados, de modo que mal se nota a junção. Acho que devemos tentar isso. Se formos esperar que o meu cresça o suficiente, já estarei usando tanto emplastro na cara quanto a Salvanagola. Temos bastante dinheiro para isso, não temos? Quantos rubis nos restam?

Respirei fundo.

– Depois do último que troquei, dois, inclusive o grande. E algumas boas pérolas.

– Gastamos quatro rubis em seis meses? Como é possível?

Encolho os ombros.

– Agora, alimentamos uma casa. Seu cabelo cresce de novo e sua face está adorável.

– Mas o preço de La Draga, certamente, não é tão alto, é?

– Não, mas tampouco é barato. Apostamos que se restabeleceria rapidamente, e assim foi. Ninguém duvida da sua habilidade, mas ela cobra a taxa de bruxas, e este é um mercado favorável ao vendedor.

– Oh, Bucino... La Draga não é uma bruxa.

– Não é o que dizem por aí. Se não é, sabe imitar uma muito bem. Seus olhos são pelo avesso e anda como uma aranha com metade das pernas amputada.

– Ha! Você é um anão que anda gingando com o sorriso de um diabinho do inferno, e no entanto seria o primeiro a enfiar um espeto em quem visse o Diabo na sua deformidade. E desde quando passou a escutar mexericos como se fossem verdade?

Olhou fixo para mim.

– Sabe, Bucino, acho que ela o irrita porque passa mais tempo comigo do que você. Devia se juntar a nós. A inteligência dela pode ser tão arguta quanto a sua, e ela enxerga bem as pessoas sem usar a vista.

Dou de ombros.

– Ando ocupado demais para conversas de mulheres.

É verdade que, apesar de a recuperação de minha senhora ser tanto do meu interesse quanto do dela, o assunto interminável da beleza de mulheres pode ser uma chatice também sem fim para um homem. Porém é mais do que isso. Minha irritação, como diz Fiammetta, é verdadeira. Apesar de seus dedos mágicos, La Draga continua a causar arrepios em mim. Deparei-me com as duas, uma vez no fim do dia, em um acesso de riso por causa de alguma coisa que minha senhora contava sobre a maravilha e riqueza da vida em Roma. Não repararam na minha presença imediatamente, e embora ninguém possa ver a cobiça nos olhos de uma mulher cega, juro, que naquele momento, senti nela uma ânsia como a de uma febre resistente, e me perguntei o quanto minha senhora seria sensata acreditando tanto nessa mulher.

Por sua vez, La Draga é tão precavida comigo quanto eu com ela. Não vejo nada de sua risada ou ditos espirituosos: em vez disso, só nos encontramos brevemente no fim de cada semana, quando me procura para receber o seu dinheiro. Ela fica à porta da cozinha, retorcida em seu manto, seus olhos leitosos que dão a impressão de estar olhando para dentro do seu próprio cérebro. O que me convém perfeitamente, pois não a quero olhando dentro do meu. Perguntou-me, algumas semanas atrás, se meus ouvidos doem com o frio, e disse que, se doíam, poderia me dar algo para aliviar a dor. Odeio o fato de ela conhecer tanto do meu corpo, como se sentisse superior a mim, ela com a sua coluna torta e sua cegueira louca. Seus olhos e o fedor de seus remédios fazem-me pensar em me afogar em água espumosa. No começo, quando eu sentia mais saudades de minha terra do que admitia, ela resumia tudo o que eu mais detestava na cidade. Agora, mesmo que eu esteja enganado, é difícil romper o hábito de me opor a ela.

– Bem, tudo o que sei é que ela pode curar mais do que ferimentos e que, apesar de seu corpo curvo, não sente pena de ninguém, muito menos de si mesma. Qualidade que você compartilha com ela. Acho que gostaria dela se lhe desse uma chance. Mas... temos coisas mais importantes a fazer do que discutir sobre La Draga. Juntando as pérolas e o rubi grande conseguimos nos instalar?

– Depende do que comprarmos – replico, aliviado por voltar a tratar de negócios. – Para roupas, é melhor do que Roma. Os judeus controlando o mercado de segunda mão são astutos, e vendem a moda de amanhã antes de a de hoje ficar antiquada. Sim... – Ergo a mão para impedir a sua interrupção. – Sei o quanto odeia isso, mas roupas novas são um luxo de prostituta rica, e por enquanto, as outras terão de servir.

– Então, eu escolho. Isso vale para as jóias também. Seu olho é bom, mas os venezianos são capazes de localizar uma imitação muito antes de um estrangeiro. Também vou precisar do meu próprio perfume. E sapatos. E não podem ser usados. – Baixei a cabeça para esconder o riso: o prazer está muito mais no seu apetite aguçado do que na afobação de seu conhecimento. – E os móveis? Quanto devemos comprar?

– Menos do que em Roma. Tapeçarias de parede e piso podem ser alugados. Também as cadeiras, cômodas, pratos, roupa de cama, enfeites, copos...

– Oh, Bucino. – Bate palmas com deleite. – Você e Veneza foram feitos um para o outro. Tinha-me esquecido de como esta é a cidade das mercadorias de segunda mão.

– Isso porque, aqui, as fortunas se fazem e se perdem com a mesma rapidez. E – falo para que ela não se esqueça de que sou tão bom no meu trabalho quanto ela no dela –, afinal, se temos de alugar uma casa, começaremos com dívidas, e não temos fiador para conseguir crédito.

Ela reflete por um instante.

– Tem outra maneira como se começar?

– Como o quê?

– Alugamos uma casa somente até termos farejado a presa certa.

Dou de ombros.

– Só Deus sabe como voltou a ser linda, mas, mesmo com cabelo novo, vai levar tempo para construirmos uma clientela.

– Não se estivermos oferecendo algo especial. Algo... imediato. – Saboreou as palavras. – Imagine o seguinte: uma linda jovem chega na cidade e se instala em uma casa na praça, onde a sociedade passeia. Ela é nova, pura. Senta-se à janela aberta com um exemplar de Petrarca nas mãos... Meu Deus, até o livro perfeito já temos! E sorri para quem passa. Os rumores correm e um jovem, e outros não tão jovens, vêm olhá-la. Ela não se retira, como manda a modéstia. Ao invés disso, deixa que a olhem mais, e quando realmente os percebe, mostra-se tímida e coquete ao mesmo tempo. Depois de algum tempo, alguns deles batem à porta para saber quem ela é e de onde vem. – E agora, enquanto fala, seu olhar é malicioso. – Você ainda não me conhecia na época, Bucino, mas já desempenhei esse papel com perfeição. Mamãe alugou uma casa perto da ponte de Sisto, por uma semana, quando chegamos em Roma, pela primeira vez. Tinha-me feito praticar cada sorriso e cada gesto durante semanas. Tivemos doze ofertas dentro de dois dias. Doze! A maior parte, de homens de posição. Fomos instaladas em uma pequena casa na Via Magdalena duas semanas depois. Sei, sei que é um risco. Mas nunca fui vista aqui, minha mãe se assegurou disso, e não estou tão velha que não possa passar por mais jovem. Até onde lhes diz respeito, posso ser uma mercadoria fresca.

– Até tê-la entre os lençóis.

– Ah, é aí que La Draga entra em cena. Ela tem um artifício. – Agora, está rindo, de modo que não sei se é brincadeira ou não. – Para mulheres que precisam enganar seus maridos na noite de núpcias. Um tampão feito com goma de alume, terebintina e sangue de porco. Imagine só! Virgindade instantânea. Está vendo? Eu disse que você ia gostar dela. É uma pena que não seja mais alto e tenha menos barba. Poderíamos vesti-lo para que representasse minha mãe. – E agora, nós dois rimos. – Já que é assim, teremos de nos virar com Meragosa, e terei perdido o lance mais alto antes mesmo de alcançarem a metade da escada... Oh, Bucino, precisava ter visto a expressão nos seus olhos. Acredito, realmente, que o tenha enganado por um instante. Com isso não quero dizer que não conseguisse, entende? Oh, faz séculos desde a vez em que o enganei tão bem.

Havia vezes, em Roma – quando o dinheiro corria solto e quando a inteligência em nossa casa era tal, que se tornava melhor lugar para alguém passar a noite, mesmo que não acabasse dormindo com a anfitriã –, em que ríamos até as lágrimas correrem por nossa face. Apesar de toda a corrupção e hipocrisia, a cidade era um ímã para homens inteligentes e ambiciosos: escritores que podiam usar as palavras para encantarem debaixo das saias das mulheres ou lançar sátiras implacáveis como uma chuva de flechas na reputação de seus inimigos, artistas com o talento de despejar, nos tetos, visões do Paraíso com madonas tão belas quanto qualquer prostituta surgindo das nuvens. Nunca vi uma excitação como a que presenciei quando estava com eles, e embora continuemos vivos quando tantos deles estão mortos, ainda sinto terrivelmente sua falta.

– No que está pensando?

– Em nada... No passado.

– Ainda não gosta daqui, gosta?

Sacudo a cabeça. Mas mantenho meu olhar a distância.

– Não cheira tão mal agora.

– Não.

– E com os navios e a volta da minha boa aparência, podemos fazer as coisas agirem a nosso favor.

– Sim.

– Há pessoas que acham Veneza a cidade mais maravilhosa do mundo.

– Sei – repliquei. – Eu as conheci.

– Não, não as conheceu. Conheceu as que se vangloriam da cidade porque fazem dinheiro aqui. Mas essas pessoas não percebem a sua beleza. – Ela olha para fora, para o mar, por um instante, seus olhos se estreitando por causa da luz do sol. – Sabe qual é o seu problema, Bucino? Você vive com os olhos perto demais do chão.

– Porque sou um anão – respondo, com uma irritação que me surpreende. – E me impede de molhar os pés.

– Ah. A água de novo.

Encolho os ombros.

– Não gosta de homens barrigudos, eu não gosto de água.

– Sim, mas quando chegam com a carteira do tamanho de suas panças, supero isso rapidamente. Não posso fazer a água desaparecer, Bucino. Ela *é* a cidade.

– Sei disso.

– Então, talvez tenha de aprender a olhá-la de maneira diferente.

Sacudo a cabeça.

Ela me empurra de maneira brincalhona.

– Tente agora. Olhe. Ali... na sua frente.

Olho. Um vento surge sob o sol e corta a superfície em ondas espasmódicas. Se eu fosse pescador e visse um homem andando na minha direção, sobre a água, certamente largaria a rede e iria com ele. Mesmo que a sua igreja tenha acabado vendendo perdões aos ricos e danando os pobres.

– Está vendo como a luz e o vento se movem sobre ela, de modo que a superfície toda tremeluz? Agora, pense na cidade. Imagine todas essas casas ricas, com seus mosaicos e afrescos, ou os grandes mosaicos em San Marco. Cada um deles foi feito com milhares de minúsculos fragmentos de vidros coloridos, embora, é claro, não notemos isso quando o olhamos pela primeira vez, porque nossos olhos apreendem a imagem como um todo.

"Agora, volte a olhar para a água. Aperte seus olhos, com força. Está vendo? É a mesma coisa, não é? A superfície é composta de milhões de fragmentos de água iluminados pelo sol. E não é somente o mar. Pense nos canais, na maneira como as casas se refletem neles, com perfeição, como imagens em um espelho. Só quando o vento sopra ou um barco passa, a imagem se rompe e estremece. Não sei quando percebi pela primeira vez, eu devia ser criança, pois tinha autorização para, às vezes, dar uma volta com minha mãe ou Meragosa, mas ainda me lembro da emoção que me causou. De repente, Veneza deixou de ser sólida, e passou a ser feita de pedaços, de fragmentos de vidro, água e luz.

"Minha mãe achou que havia alguma coisa errada comigo, porque eu mantinha meus olhos apertados enquanto andávamos. Tentei explicar-lhe, mas ela não entendeu. Seus olhos estavam sempre enfocados no que estava à sua frente. Não tinha tempo para floreios ou fantasias. Por anos achei que tinha sido a única a ver isso. Como se fosse o meu segredo. Então, quando tinha 13 anos e comecei a sangrar, ela me pôs no convento para aprender o decoro e a proteger a minha preciosa goma de alume. De repente, tudo foi tirado de mim. A água, o sol. Em vez disso, para todo lugar que eu olhava, só havia pedra, tijolos e muros altos. Por muito tempo, achei que tinha sido enterrada viva. – Faz uma pausa. – Senti a mesma coisa quando cheguei em Roma.

Olho para o mar lá fora. Costumávamos falar sobre todo tipo de coisa, eu e ela: sobre o preço das pérolas, a ascensão ou queda de uma rival, os castigos do pecado, o julgamento de Deus, e o prodígio de como dois indigentes como nós acabamos sendo convidados para o banquete. Se eu tivesse nascido com o tamanho normal e uma carteira tão grande quanto meu pau, teria sido seduzido tanto por seu cérebro quanto por seu corpo. Mas, como tantas vezes ela me diz, em algumas coisas, sou mais uma mulher do que um homem.

Uma pequena frota de barcos segue de Murano para o litoral norte, seus cascos borrifados de um preto sólido em um mar colorido. Ela tem razão, é claro: se olharmos com bastante atenção, a superfície é seu próprio mosaico, cada fragmento, uma mistura cintilante de água e luz.

Mas isso ainda não significa que não podemos nos afogar nela.

– Quanto tempo levou para se acostumar? – perguntei inflexivelmente.

Ela riu e sacudiu a cabeça.

– Até onde me lembro, acho que só comecei a me sentir melhor quando o dinheiro começou a entrar.

Capítulo Sete

O MUNDO FICOU MAIS AGITADO QUANDO voltamos para o centro. Passamos por grupos ruidosos de homens, alguns rapazes com jaquetas bordadas e pernas tão coloridas quanto as estacas de amarração listradas no Canal Grande. Minha senhora manteve o corpo coberto e a cabeça bem baixa, mas nenhum de nós dois perdeu qualquer excitação no ar. Como uma cidade conhecida por seu senso de ordem, Veneza também percebe a necessidade para o relaxamento. Foram tantos os feriados religiosos desde que aqui chegamos, que perdi a conta dos santos que celebramos. Ao cair da noite, a piazza San Marco se agitava, embora ainda fosse cedo demais para muito tumulto.

Quando viramos para o Campo Santa Maria Nova, ouço os passos tarde demais, e nos atingem de frente. O impacto me joga contra o muro, tirando meu fôlego no mesmo instante em que a vejo perder o equilíbrio e se estatelar nas pedras do calçamento. Os homens estão tão concentrados em seu destino que nem param para registrar o estrago. Porém, na metade do campo, um turco com turbante e mantos vermelhos viu o que aconteceu, e antes de eu ter tempo de me restabelecer, ele está ao lado dela, preocupado com o seu bem-estar.

O manto dela está meio de lado, o capuz caído de sua cabeça, e quando ele a levanta do chão, vejo os olhos dos dois se encontrarem e sei que ela não será capaz de resistir ao desafio.

Se não houvesse tantas normas para atrapalhá-los, acho que os homens olhariam para as mulheres o tempo todo. Quando já têm comida o bastante em suas barrigas, o que mais lhes resta a fazer na vida? Vê-se isso todo dia, com mulheres no mercado ou nas ruas; a maneira como os olhos masculinos se fixam nelas, como ferro atraído por ímãs, tirando seus seios para fora de seus corpetes, levantando as anáguas e abrindo as camisas, saboreando coxas e barrigas, entocando a barba que esconde a pequena prega úmida embaixo. O que quer que os padres possam dizer sobre o Diabo, para a maioria dos homens, é tão natural, que é como se fosse uma segunda língua, o palavrório sob a superfície da vida, mais sonoro do que rezar, mais sonoro até mesmo do que a promessa de salvação. E apesar de eu ser pequeno, sou tão fluente em seu vocabulário quanto qualquer homem do dobro do meu tamanho.

Portanto também compreendo que parte da excitação que um homem sente em um momento como esse pode ser invertida, com a mulher olhando para um homem da mesma maneira. Em toda a minha vida, as únicas mulheres que vi fazendo isso de maneira convincente ou estavam bêbadas ou eram profissionais. E apesar de a maioria dos homens, se são francos, não recusar nenhum dos dois tipos, se tiver chance de escolher, certamente escolherá as do segundo tipo, pois somente mulheres como a minha senhora fazem uma idéia do desejo tanto como uma questão de alegria e malícia quanto de pecado e desespero.

Ou isso foi o que observei nos homens cristãos. Quanto ao efeito do talento de minha senhora sobre um pagão – bem, até agora não percebi nenhum, embora corra o boato de que os turcos são tão ciumentos de suas mulheres que nem mesmo permitem que seus pintores coloquem sua aparência em telas, para que a sua beleza não inflame outros homens. O que, se pensarmos bem, indica que são tão suscetíveis à tentação quanto qualquer outro homem, independente do credo.

Quando recupero o fôlego, tinha acabado. Estavam em pé, olhando um para o outro: ela sorrindo, mais doce do que coquete, a mão no peito, protegendo e expondo a palidez de sua pele, enquanto ele, de olhos escuros em uma face morena, continua olhando, sua atenção tão ardente quanto um raio de sol. Ao que parece, seu talento também funciona com pagãos.

– Machucou-se, senhora? – pergunto em voz alta, abrindo caminho e penetrando no círculo mágico, chutando-a na canela um pouco mais forte do que pretendia.

– Ai! Oh, não, estou bem. Este gentil cavalheiro...? – Interrompe-se.

– Abdullah Pashna. De Istambul, Constantinopla, como ainda a chamam. – E ainda que não haja dúvida de que existem tantos Pashna em Constantinopla quanto Corner e Loredan em Veneza, o nome soa carregado de mistério. – Ao seu dispor. Senhora...?

– Fiammetta Bia...

– Se está bem, estamos atrasados – interrompo rudemente. Ergo os olhos para ele. – Lamento, Magnífico Pashna, mas minha senhora é esperada no convento. – E jogo as palavras com força. – Para visitar suas irmãs.

Para meu desgosto, sua expressão é mais divertida do que ofendida.

– Então, os acompanharei até a porta. Seus conterrâneos venezianos estão brigando entre si em uma ponte no Cannaregio, e a cidade está em polvorosa para assistir ao espetáculo.

– Obrigado. Mas preferimos ir sozinhos.

– É também a sua opinião, milady Bia...?

– Bianchini. – Completa ela delicadamente. – Oh, o senhor é muito gentil – prossegue ela, sua voz como uma pena sobre a pele. – Mas provavelmente é melhor que eu faça o trajeto com meu criado.

Ele olha fixo para nós dois, depois se vira e faz uma ligeira reverência para ela, estendendo a mão. O perfume forte de âmbar-gris de sua luva se ascende para nos atormentar anunciando seu preço. Sinto-a hesitar, e se não houvesse o risco de marcá-la, a teria chutado de novo. Mas ela se mantém firme.

– Então, deixarei que sigam sozinhos. – Deixa a mão cair. – Se bem que, para um homem com saudades de sua terra, como eu, uma mulher de tal beleza e um anão de tal... proporção perfeita e paixão ofereçam uma rara tepidez ao meu coração. Tenho uma casa à margem do Canal Grande, perto do Campo San Polo. Talvez em outra ocasião, quando não precisar visitar suas "irmãs", possa...

– Obrigado, mas... – interrompo.

– Com certeza – acrescenta ela, com doçura.

Puxo-a para irmos, e atravessamos a praça com cuidado, os olhos dele fixos nas nossas costas até dobrarmos a esquina e entrarmos em outra viela. Quando estamos longe o bastante, viro-me para ela.

– Como pôde...

– Ah, Bucino, não me venha com sermões. Sentiu o perfume daquelas luvas. Não é um mercador turco qualquer.

– E você não é uma prostituta qualquer, para pegar homens nas ruas. O que ia fazer? Levá-lo para o seu quarto e deixar que eu entrasse sorrateiramente e roubasse as jóias dele? Seria o fim de tudo aqui e agora.

– Oh, foi um jogo seguro. Ele estava tão ansioso para ver a luta quanto o resto deles. Eu não teria agido desse modo se ele não estivesse assim. Mas tem de admitir que o conquistamos, Bucino. Sem cabelo e vestida com uma roupa usada, ainda assim o atraímos.

– Sim – replico. – Nós o atraímos.

A casa adormece cedo nesta noite. Na cozinha, Meragosa está entalada na cadeira quebrada do lado do fogão, um ronco resmungão saindo de sua boca aberta – pose a que está se acostumando enquanto sua barriga vai-se arredondando à custa das nossas economias. Embora eu não possa afirmar, desconfio que, nas últimas semanas, ela tem retirado alguns *scudi* de cada compra, mas tenho mais coisa a fazer do que vigiar cada movimento seu, e até estarmos prontos para prover a nossa própria subsistência, o diabo que conhecemos é aquele com que teremos de conviver.

Lá em cima, minha senhora está deitada, enfiada debaixo da coberta. Ela agora dorme assim freqüentemente, com a cabeça e rosto cobertos, como se protegendo, mesmo durante o sono, de ataques. Apesar de eu estar extremamente cansado, meu espírito está apreensivo com a excitação do dia, e da janela dá para ver o clarão ao sul, onde a cidade está em festa. Tiro algumas moedas da bolsa entre as ripas da cama e saio para a rua em direção a San Marco.

Embora não admita francamente, a cidade ainda me causa arrepios à noite. Durante o dia, me treinei a andar pelas *fondamenta* mais estreitas do canal sem medo de cair na água. Mas, depois que o sol se põe, a cidade se transforma num pesadelo. No Inferno, o óleo fervendo emite, pelo menos, fumaça, mas em noites sem lua e com iluminação fraca, há pouca coisa que distinga a água negra da pedra negra, e na escuridão o som se move de maneira diferente, de modo que as vozes que lhe ressoam como vindo em sua direção podem surpreendê-lo por trás. Como os parapeitos de várias pontes são mais altos do que o meu nariz e a maior parte das janelas começa acima da minha cabeça, qualquer andança no escuro é como atravessar correndo túneis que dão guinadas, e há momentos em que a água fica barulhenta em todos os lados e a batida do meu coração interfere no meu senso de direção. Movo-me rápido, bem encostado aos muros, onde meus companheiros são ratos que correm velozes um atrás do outro, como elos em uma corrente. O único consolo é que, apesar de parecerem bastante ferozes, sei que têm tanto medo de mim quanto eu deles.

Nesta noite, pelo menos, não estou só nas ruas, e quando chego na Merceria, misturo-me com uma corrente de figuras atraídas feito mariposas pelas luzes da grande piazza.

Em geral, não sou muito inclinado a me maravilhar. Deixo isso para quem tem tempo e estatura. O Paraíso está muito acima da minha cabeça para que eu possa detectar até mesmo uma sombra dele, e o que os outros vêm como grande arquitetura, geralmente me faz estalar o pescoço. De fato, houve vezes, antes de eu me dar conta de como era fácil morrer, em que a suntuosa basílica de San Marco teria sido uma oportunidade mais propícia ao crime do que ao deslumbramento, já que todo grupo de peregrinos ocupados em ficar boquiabertos olhando para cima oferecia lucros para um anão com mãos rápidas. Mas agora, sou um cidadão respeitável, e valorizo demais minha pele grumosa para arriscar ter pedaços dela encordoados entre os Pilares da Justiça, e apesar de o romano em mim continuar a achar os grandes domos e a ornamentação bizantina da basílica exagerados demais para meu estômago clássico, vejo como o seu esplendor incute o temor a Deus – e ao poder do império veneziano – em todos aqueles que vêm admirá-la.

E eu? Bem, gosto mais dos humildes entalhes de pedra ao redor das colunas do Palácio do Doge na *piazzetta* próxima. Não somente são baixos o bastante para eu vê-los, como as histórias que contam tratam mais da vida real: tigelas de frutas tão realistas que a casca dos figos parecem prestes a se abrirem, um cachorro com olhos assustados, com a boca cheia com favo de mel, com as abelhas ainda zumbindo nele, e a minha favorita, a história de um homem cortejando uma mulher, que se estende em volta da coluna, até mesmo – depois do casamento –, na cama, onde se deitam cobertos por um lençol de pedra, o cabelo dela caindo em cascata, em ondas rígidas e cacheadas, pelo travesseiro. Quando eu era jovem, meu pai, que ficou tão chocado com a minha conformação que, por anos, achou que eu era imbecil, deu-me, certa vez, um pedaço de madeira e uma pequena faca, na esperança de Deus ter-me dado um polegar habilidoso. Acho que ele estava pensando nas histórias dos grandes artistas florentinos que foram descobertos na região rural esculpindo madonas nas pedras da estrada. Tudo o que consegui foi esculpir uma peça no meu dedo. Mas me lembro do nome do ungüento que o médico nos deu para estancar o sangue do ferimento, e no fim do dia, eu estava no gabinete de meu pai com uma pilha de livros na minha frente. Provavelmente eu ainda estaria lá se ele não tivesse morrido seis anos depois.

Mas não há lugar para sentimentalismo, não hoje à noite; o local aonde me dirijo está repleto de prazeres, abarrotado de gente e barulho, e iluminado por tantas tochas e velas que os antigos mosaicos no alto da basílica refulgem impetuosamente.

Chego pelo nordeste. Tenho um medo sadio de multidões (nós, anões, somos vulneráveis como crianças no meio de uma multidão, e mais propensos a morrer pisados do que em nossas próprias camas), mas sei que esta vai valer a pena, e abro caminho rapidamente, até ficar perto do palco construído diante da basílica. Um grupo de diabos seminus, enegrecidos, pavoneia-se em volta, gritando obscenidades e cutucando uns aos outros com forcados, apontando-os para a multidão; de quando em quando, um jato de chama salta de um buraco no chão, e um deles é empurrado, aos berros, para um alçapão próximo, só para subir de volta ao palco alguns minutos depois, para animar o povo. Atrás deles, sob a *loggia* norte, um coro de *castrati,* de rostos imberbes, está cantando como uma hoste de anjos, mas tinham construído a sua plataforma perto demais da rinha de cachorros, e suas vozes são meio abafadas pelos uivos dos animais esperando sua vez de morrer. Nesse meio tempo, no outro lado, em um fosso de areia, um homem e duas mulheres grandes estão lutando corpo a corpo, enquanto o povo os incita e, ocasionalmente, se junta a eles.

Em todas as janelas ao redor da piazza, há tapeçarias e estandartes pendendo desfraldados, e os espaços abertos estão apinhados de mulheres nobres jovens, vestidas como se para o seu próprio casamento, de modo que quando se olha para cima, parece que toda a cidade soltou o cabelo e está se exibindo para o povo. Turmas de rapazes de meias coloridas estão reunidas embaixo, gritando para elas, enquanto um velho desfila de lá para cá no meio da multidão, um pau de madeira do tamanho de um bastão se projetando de seu manto de veludo, exibindo alegremente suas miudezas a quem queira olhar.

Passo pela beira da multidão e compro algumas frutas cristalizadas em uma tenda na *piazzetta* perto das minhas colunas amadas, onde os açougueiros e os salsicheiros mantêm suas bancas durante o dia. O grande cais no final está repleto de navios compridos, seus mastros pontilhados com lanternas penduradas, dando a impressão de que o próprio mar está iluminado. Para onde quer que se olhe, há bandeiras do grande leão de São Marco e, em frente aos dois Pilares da Justiça, uma trupe de acrobatas está formando uma pirâmide humana de quatro andares de altura, para ser concluída com um anão no seu topo. Colocaram estacas com tochas ao redor, de modo que o espetáculo está bem iluminado e os primeiros três terços já estão completos. Avanço abrindo caminho, e os espectadores, pensando que faço parte da trupe, me empurram para a frente alegremente. Os dois últimos homens estão, agora, escalando a pirâmide, cautelosos, como gatos jovens, enquanto, do lado, o anão é colocado sobre os ombros de outro acrobata, e espera a sua vez.

Quando o terço superior está seguro, os dois sobem para o alto da pirâmide, o anão acenando para a multidão e oscilando teatralmente como se estivesse para cair. Está vestido de vermelho e prata, e é ainda menor do que eu, embora a sua cabeça seja mais bem proporcionada, o que o torna menos feio, e tem um sorriso malvado. Engancha-se na parte de trás do segundo andar. À luz das tochas, vemos o suor em seus corpos e a contorção dos músculos enquanto se retesam para manter a geometria da forma contra o peso extra. Imobiliza-se por um instante, antes de continuar a escalada. Apesar de a rua estar cheia de atuações projetadas para parecerem mais difíceis do que são realmente, esta não é uma delas. Um anão apto é capaz de fazer todo tipo de coisas que outro homem não consegue, como ficar agachado sobre os calcanhares por horas seguidas ou levantar-se do chão sem usar as mãos (ficariam surpresos com o prazer que as pessoas sentem ao me observarem repetir esse movimento tão simples), mas uma vez em pé, os ossos das nossas pernas são curtos demais para permitirem muita flexibilidade. Por causa disso, somos péssimos acrobatas, mas excelentes palhaços, e por esse motivo, somos mais engraçados.

Agora, ele está no terceiro andar, e a pirâmide treme um pouco com a sua falta de jeito. Um dos homens da parte de baixo emite um grito selvagem, e o anão faz uma careta e oscila, de modo que o povo pensa que ele está realmente em apuros, o que faz com que riam ainda mais dele. Mas ele sabe o que está fazendo, e quando, finalmente, chega ao topo e se firma, tira do bolso do gibão um pedaço de seda colorida presa a uma vareta, como uma bandeira, e acena triunfalmente. Depois, a prende nas costas e se curva até ficar agachado como um cachorro, as mãos e pés equilibrados nos ombros de cada um, de modo que, agora, a bandeira adeja como um estandarte em cima dele.

O povo precisa de um instante para apreender o impacto: para perceber, à luz das tochas, que a sua pose reflete a imagem do grande leão alado de pedra no topo do Pilar da Justiça acima dele, sua asa se levantando como a bandeira na sua garupa.

Contra a vontade, eu, como todo mundo, estou aplaudindo entusiasticamente, porque é magnífico e porque, é claro, gostaria eu mesmo de fazer isso.

– Eu nem sequer pensaria nisso, Bucino. Há uma dúzia de maneiras melhores de usar as suas habilidades.

A voz é forte e grave, como a de um cantor a que ensinaram sustentar uma nota por mais tempo do que o coro, e eu a reconheceria em qualquer lugar no mundo. Viro-me e, embora tudo que me ocorra seja o problema que ele vai causar, fico feliz em vê-lo.

– Vejam isso, meus amigos! O homem mais feio de Roma veio a esta cidade mostrar sua beleza. Bucino! – ele grita e me segura pela cintura, levantando-me até meus olhos ficarem no nível dos seus. – Por Deus, homem, que figura. Doze fios de pêlo no queixo não fazem uma barba. E que camisa miserável é esta que está usando? Como vai, pequeno herói? – E me sacode um pouco para dar ênfase ao que diz.

À sua volta, um grupo de rapazes e nobres, encorajados por seus insultos, riem de mim.

– Não riam – fala com sua voz estrondosa. – Este homem pode parecer um bufão, mas é vítima da peça mais cruel que Deus poderia pregar. Nasceu com o corpo de um anão e a mente de um filósofo. Não é verdade, meu amigo pequenino? – Está rindo largo quando me põe de volta no chão, se bem que sua face está um pouco enrubescida pelo esforço para sustentar meu peso.

A verdade é que tampouco ele é uma pintura, mas estava engordando mesmo antes de ter sua mão amputada e seu pescoço marcado com uma cicatriz em ziguezague.

– Ao passo que você, Aretino, tem o corpo de um rei e a mente de um cano de esgoto.

– Um cano de esgoto? E por que não? O homem passa tanto tempo evacuando quanto comendo, mesmo que os poetas queiram nos fazer crer que não.

E os jovens atrás deles apupam com deleite.

– Vejo que encontrou almas que pensam como você nesta cidade estranha.

– Oh, é verdade. Olhe para eles. A nata da safra veneziana. Todos devotados aos meus interesses. Não é verdade, rapazes?

Riem de novo. Mas agora tínhamos passado a falar no dialeto romano, e provavelmente eles só entendem metade do que estamos dizendo. Ele me pega pelo ombro e me empurra para o lado, deixando-os um pouco para trás.

– Então – diz ele ainda radiante –, está salvo.

Faço uma reverência.

– Como está vendo.

– O que significa que ela também.

– Quem?

– Aah, a mulher sem a qual você nunca partiria de Roma, é dessa que falo. Deus, procurei feito louco, nesses últimos meses, notícias de vocês dois, mas ninguém que encontrei sabia alguma coisa. Como conseguiu escapar?

– Corri por entre as pernas deles.

– Não esperava menos de você! Sabia que os canalhas arrombaram a oficina de Marcantonio? Destruíram todas as suas chapas e máquinas, surraram-no até quase matar e, depois, estipularam um preço para o resgate. Duas vezes. Ascanio abandonou-o, sabia disso? Ao primeiro disparo. Roubou os melhores livros de sua biblioteca e fugiu, o calhorda.

– E o que foi feito de Marcantonio?

– Amigos levantaram o resgate e o mandaram para Bolonha. Mas ele nunca mais vai voltar a imprimir. Seu espírito foi destruído junto com seu corpo. Meu Deus, que circo de infâmia. Não leu o que escrevi a esse respeito? A minha carta ao papa? Fez com que até o mais severo dos críticos romanos gritasse de vergonha e horror.

– Nesse caso, estou certo de que suas palavras foram mais reais do que a minha experiência – comento com um ar distraído, preparando-me para a sua gargalhada e o tapa entusiástico nas minhas costas. Como a minha senhora, ele não faz o tipo que esconde seus talentos do mundo.

– Oh, agradeço a Deus a sua deformidade, Bucino. Ou eu o teria como rival. Mas, responda... Fale sério. Ela está a salvo, não está? Graças a Deus. Como foi?

Como foi?

– Foi uma imensa festa da morte – replico. – Embora você tivesse aprovado algumas partes. Juntamente com romanos comuns, a Cúria e as freiras foram quem mais sofreram.

– Ah, não. Agora está sendo injusto comigo. Eu os descompus com palavras, mas até mesmo eu não desejaria as histórias que soube sobre eles.

– O que está fazendo aqui, Pietro?

– Eu? Onde mais eu estaria? – Elevou a voz fazendo um gesto para os homens atrás dele. – Veneza. A mais bela cidade do mundo.

– Achei que tivesse dito isso de Roma.

– E disse. E era. No passado.

– E Mantua?

– Ah, não. Mantua está cheia de imbecis.

– Isso quer dizer que o duque deixou de achar seus poemas lisonjeiros?

– O duque! Ele é o mais imbecil de todos. Não tem nenhum senso de humor.

– E Veneza tem?

– Ah... Veneza tem tudo. A jóia do Oriente, a república orgulhosa, a amante dos mares orientais. Seus navios são o útero dos tesouros do mundo, seus palácios são a pedra e o glacê, suas mulheres são contas de pérolas em um colar de beldades e...

– E seus protetores não sabem como fechar suas carteiras.

– Ainda não totalmente, minha pequena gárgula. Embora todos, nesta cidade, sejam mercadores nobres, com bom gosto e apetite. E dinheiro. E estejam ansiosos em transformar Veneza na nova Roma. Nunca gostaram do papa, e agora que ele está derretendo as próprias medalhas para pagar seu resgate, podem pôr as mãos em todos os seus artistas favoritos. Jacopo está aqui. Sabia? Jacopo Sansovino. O arquiteto.

– Veja só! – exclamo. – Talvez, finalmente, ele consiga algumas encomendas decentes.

– Ora, ora. Já tem trabalho para ele. Aquelas corcovas de camelos de chumbo sobre a sua monstruosidade dourada... desculpe, a grande basílica, estão desmoronando, e não há ninguém aqui que faça a menor idéia de como sustentá-las. Não está entendendo, meu amigo pequenino. Aqui, somos grandes. E logo estaremos exercendo ainda mais influência. Portanto... onde mesmo disse que ela está?

Sacudi a cabeça.

– Ora, deixe disso. Ela continua com raiva de mim? Quando se viu a morte de perto, o que significa uma pequena calúnia? De qualquer maneira, a tornou famosa.

– Era famosa o bastante sem isso – replico. E a recordação de sua traição insensibiliza-me ao seu encanto. Afasto-me dele. – Tenho de ir.

Põe a mão em meu braço para me deter.

– Não há nenhuma disputa entre mim e você. E nunca houve. Vamos, por que não me leva até ela? Esta cidade tem riqueza bastante para todos nós.

Fico parado e não digo nada. Ele retira a mão.

– Sabe que poderia mandar que o seguissem. Por Deus, eu poderia tê-lo assassinado na rua. Aqui, os assassinos têm uma taxa mais alta de êxito do que em Roma. Sem dúvida isso tem a ver com toda essa água escura. E que me lembre, não é algo de que você goste. Deus, Bucino, deve realmente venerá-la para tê-la acompanhado até este mundo molhado.

– Achei que tinha dito que era a mais bela cidade do mundo.

– E é. – Faz um gesto na direção dos rapazes atrás, aumentando a voz. – A mais bela cidade do mundo. – Depois, diminui o tom de novo. – Eu poderia ajudá-la.

– Ela não precisa da sua ajuda.

– Oh, acho que precisa. Se não precisasse, eu já teria ouvido falar dela. Mas por que não lhe pergunta?

O grupo se aproxima e o circunda de novo. Ele envolve, com sua mão boa, o ombro de um deles, e penetram juntos na multidão, não sem antes me lançar um último olhar. Olhando-os, agora, com mais atenção, percebo que não estão tão bem-vestidos a ponto de serem donos das ruas. Se bem que não se note isso pela maneira como as percorrem.

Uma coisa é certa. Nem mesmo com a goma de alume e o sangue de porco de La Draga vai dar, agora, para simular virgindade. Desgraçado.

A casa está escura quando entro mas, ao subir a escada, ouço música vindo do quarto.

Abro a porta sem fazer barulho. Ela está tão concentrada em tocar que não percebe a minha chegada. Está sentada na beira da cama, de frente para a janela, uma perna sobre a outra, debaixo de suas saias, de maneira a apoiar melhor o alaúde, e a luz de uma vela barata a seus pés lança sombras tremeluzentes ao redor de seu rosto. Sua mão esquerda está no braço do instrumento, enquanto os dedos da sua mão direita estão curvos e se movem feito pernas de aranha pelas cordas. O som me faz estremecer, não somente pela beleza – sua mãe, que foi escrupulosa no que se refere ao desenvolvimento de seus talentos, tinha-a posto para aprender antes mesmo de começar a andar –, mas porque falava das possibilidades da nossa vida futura. Não a tinha escutado tocar desde a nossa expulsão do Éden, há quase um ano, e a sua voz, apesar de não ser a das sereias que impeliram Ulisses para as rochas, é doce o bastante para, se houver bebês acordados e agitados por perto, acalmá-los e adormecê-los. As notas sobem e descem enquanto a música tece a história da beleza pura e do amor perdido. Nunca deixo de me surpreender como uma mulher cujo trabalho é sugar a semente de uma dúzia de paus enrugados tem uma voz pura o bastante para competir com a de uma freira virgem. O que só prova que, apesar de Deus odiar os pecadores, às vezes poupa suas maiores dádivas para eles. Agora, vamos precisar de todas elas. Seus dedos se mantêm no alto das cordas quando o som se extingue.

Bato palmas devagar, sem sair de onde estou, à porta. E ela sorri ligeiramente ao se virar, pois é sempre boa em perceber uma platéia, e faz uma reverência graciosa, inclinando a cabeça.

– Obrigada.

– Só a tinha visto tocar para homens – observo. – É diferente tocar sozinha?

– Diferente? – Puxa uma corda e a nota vibra no ar. – Não sei. Sempre toco para uma audiência, mesmo quando ela não existe. – Encolhe os ombros, e penso, como faço de quando em quando, como deve ser estranho ser criado expressamente para agradar aos outros. Uma vocação tanto quanto a de uma religiosa serva de Deus. No entanto, felizmente ela não é nada sentimental em relação a essas coisas. Isso também, suponho, é resultado do seu treinamento.

– Mas este instrumento é um lixo, Bucino. A madeira está empenada, as cordas estão muito retesadas e as cravelhas muito duras para que eu possa alterá-las.

– Bem, ainda consegue cantar muito bem, para os meus ouvidos.

Ela ri.

– Que são de pano quando se trata de música.

– Como quiser. Mas até ter uma cama cheia de amantes, vai ter de se contentar com meus elogios.

Mas ela não faz o gênero de falsa modéstia, e sei que gostou do elogio.

– Então. Como foi? Esteve na piazza?

– Estive. – Ouvi de novo as vozes dos *castrati* em coro com os urros dos cachorros, e vi a bandeira do anão e a asa do leão em silhueta contra o céu noturno lustroso. – E... foi bom.

– Ótimo. Veneza sempre se veste bem para representações teatrais. É um de seus grandes talentos. Talvez você passe a gostar mais da cidade, afinal.

– Fiammetta – chamei baixinho, e ela se virou, pois não a chamo pelo nome com freqüência. – Tem uma coisa que quero lhe contar.

E, sabendo que devia ser algo sério, ela sorri.

– Deixe-me ver. Você acabou conversando com um mercador nobre que tem uma casa no Canal Grande e que passou a sua vida toda em busca de uma mulher com olhos verdes e cabelo louro cortado rente à cabeça.

– Não. Aretino está aqui.

Capítulo Oito

É UMA PENA QUE TENHAM ACABADO INIMIGOS, pois tinham muito em comum. Os dois eram estranhos a Roma, os dois tinham origens humildes, mas instrução suficiente para não recearem os mais poderosos, sempre mais estúpidos. Tinham uma inteligência viva e uma fome ainda mais intensa da riqueza que o predicado poderia lhes proporcionar, e davam a impressão de não conhecer a palavra fracasso. O fato de que ela era mais jovem e mais bela era justo, já que as mulheres fazem suas fortunas com sua aparência e não com a pena. E se ele tinha uma língua mais cruel, bem, isso era porque, apesar de toda a experiência dela com os prazeres do corpo, ele era tão prostituído quanto ela, embora ganhasse a vida vendendo sua inteligência, em vez de seu corpo.

Quando se conheceram, estavam bem estabelecidos, cada um em sua área. Aretino tinha-se infiltrado no círculo externo de Leão X, onde seu relato mordaz sobre os escândalos da época chamou a atenção de um Cardeal Giuliano de Medici, que se tornou seu protetor, tanto para desviar a causticidade de si quanto para dirigi-la para outras pessoas. Quando Leão morreu e a coroa papal ficou disponível, Aretino foi tão eficiente insultando todos os rivais de Giuliano que, quando um deles se tornou papa, foi mais seguro ele desaparecer durante algum tempo. Retornou dois anos depois para a eleição papal seguinte, onde seu cavalo finalmente venceu a corrida. Entra Clemente VII.

A essa altura, a minha senhora era uma força a ser considerada. Nesse tempo, Roma era o lar natural de cortesãs. Na verdade, tinha sido seu berço. Uma cidade repleta de clérigos sofisticados, seculares demais para serem santos, especialmente quando se tratava da questão da carne, logo criou a sua própria corte, com mulheres tão refinadas fora da cama quanto indóceis nela. Tamanho era o apetite de beleza que qualquer garota com espírito e inteligência que se igualem à sua aparência, e uma mãe sendo a sua alcoviteira, podia fazer uma pequena fortuna enquanto sua boa aparência durasse. Aquelas doze ofertas pela virgindade de minha senhora resultaram, primeiro, em uma casa paga pelo embaixador francês, um homem que, como ela diz hoje, tinha simpatia por meninas, mas uma paixão por garotos, portanto ela conheceu cedo a capacidade de atração das roupas masculinas e a sodomia. Apesar de serem habilidades valiosas para uma cortesã bem-sucedida, são restritivas para uma mulher com o seu potencial, e a sua mãe pôs-se logo a procurar outros protetores para ela. Um deles foi um cardeal do círculo do novo papa e, como ele gostava de conversar tanto quanto de copular, a casa de minha senhora tornou-se um lugar tanto dos prazeres da mente quanto do corpo. Dessa maneira, ela despertou a atenção de Pietro Aretino.

Em outra vida, eles realmente se tornariam amantes (ele, então, era bonito, e bastava uma hora na companhia de qualquer um dos dois para perceber como sua inteligência e sua energia inflamariam uma centelha). Mas a mãe de minha senhora era um dragão nos portões, e esperta demais nesse negócio para saber que, quando homens ricos mantêm mulheres no estilo a que estão acostumados, não querem encontrar um satirista enfiando o nariz no seu pote de néctar. O que exatamente aconteceu, não faço idéia, pois era novo na casa e ainda limitado ao ábaco e à cozinha, mas me lembro da manhã em que acordamos e encontramos o nome de minha senhora em uma série de sátiras de Aretino na estátua de Pasquino, sendo usado como um pejorativo para a licenciosidade de Roma. Embora aquilo fosse tanto uma publicidade quanto um insulto para uma boa cortesã, seu comportamento foi descortês, para não dizer coisa pior, e, durante algum tempo as duas partes desviavam de seu caminho para aviltar um ao outro sempre que tinham uma chance.

Mas essa não é toda a história. Pois tem-se de dizer que alguns anos depois, quando Aretino escreveu uma série de sonetos obscenos para apoiar o gravador Marcantonio Raimondi, em desgraça, optou por não usar o nome da minha senhora como uma das prostitutas que expôs. E mais tarde, quando o censor do papa, o carrancudo bispo Giberti, contratou um assassino para esfaqueá-lo nas ruas, minha senhora, quando soube de seus ferimentos, não celebrou como tantos fizeram, mas guardou seus pensamentos para si mesma.

Ela foi para a janela, de modo que não posso ver sua face. Como a maioria das cortesãs, é perita em viver com dois grupos de sentimentos: os que realmente sente e os que finge sentir para divertir seus clientes. Desse modo, freqüentemente se mostra interessada quando está entediada, doce quando está irritada, alegre quando está triste, e sempre pronta a puxar os lençóis para brincar quando tudo o que queria era dormir sozinha.

– Senhora?

Vira-se para mim, e, para a minha surpresa, seus olhos riem.

– Oh, Bucino... não fique tão preocupado. É claro que ele acabaria em Veneza. Só poderia ser aqui. Aonde mais ele iria? Ofendeu quase toda a Itália. E a escumalha sempre se junta na superfície da água. O que foi? Por que está me olhando desta maneira? Não acreditou nas histórias que o povo contava de nós, acreditou? Tudo mentira. Fofoca romana, nada mais. Eu estou pouco me importando com ele.

– Infelizmente não é tão simples assim – observo, um pouco ressentido por ela achar necessário fingir também para mim, se bem que desconfie que seja muito difícil para ela. – Apesar de, pelo que vi, ele talvez ser arraia-miúda, na verdade, aqui, está flutuando bem próximo à superfície. E sabe que estamos em dificuldades.

– Por quê? Como ele sabe disso? O que lhe disse sobre mim? – E, agora, irrita-se só em pensar nessa possibilidade. – Cristo, Bucino, você não pode se rebaixar a ponto de ficar falando sobre nossos negócios, especialmente a um linguarudo venenoso. Enquanto eu apodrecia neste quarto, cabia a você descobrir a situação da cidade. Como não percebeu um sapo tão grande quanto Aretino?

– Possivelmente porque ele não usa vestido – replico sem me alterar. – Não deixe que a raiva embote seu raciocínio. Não lhe disse nada. Não precisei. Mesmo que suas bravatas de influência sejam só meias verdades, o fato de você não ser conhecida aqui a trai por si só, para a nossa desdita.

– Oh! Sobreviver ao massacre de Roma, só para ser sobrepujada por um poeta sensacionalista. Não merecemos isso.

– Não é tão grave quanto pensa. Ele falou afetuosamente de você. Acho que temia que tivesse morrido nos escombros de Roma. Disse que pode nos ajudar.

Ela dá um grande suspiro e sacode a cabeça. Sempre acaba olhando a situação direto nos olhos. Acreditem-me, nem todas as mulheres chegam tão rapidamente aonde precisam estar.

– Não sei. Tem de tomar cuidado com Aretino. Ele é inteligente, e lisonjeia a nossa sagacidade, para então pensarmos que é amigo. Mas irrite-o, e mostrará como tem a língua de uma víbora. E sua pena sempre vai aonde o dinheiro está. A nossa "divergência" foi há muito tempo, mas eu jamais pensaria em ficar em dívida com ele.

Faz uma pausa.

– Ainda assim, tem razão, Bucino. A sua presença decidiu por nós. Agora que ele sabe que estamos aqui, é melhor acabarmos logo com isso, ou seus mexericos se adiantarão a nós. O único motivo por que Veneza não ouviu falar de mim é o fato de eu ainda não ter sido apresentada. Mas estou pronta. Nós dois sabemos disso. E embora esta casa não seja no Canal Grande, com um pouco da cabeleira das freiras e tapeçarias e mobília apropriadas, poderemos proporcionar à xereta na margem de lá algo o que dizer na sua próxima confissão.

Mulheres são embarcações frágeis, seu humor é frio demais e seu coração, suscetível demais à emoção irracional para se equipararem ao homem, afirmam os filósofos, desde São Paulo até o velho que sonda o poço. O que eu digo é que não conhecem minha senhora.

– Você tem a capacidade de recuperação de uma grande prostituta – replico, sorrindo largo. – E toca alaúde como um anjo.

– E você bajula como um balde de água suja. Devia tê-lo deixado com a língua de fora, deixando as bolas caírem do lado da mesa daquele banqueiro. Se...

– Sei, já sei. Se ele tivesse um macaco, em vez de um anão, você teria comprado o macaco. Embora eu duvide que ele gostasse da água mais do que eu.

Está tão tarde, que é cedo. A luz da manhã filtra-se pelas venezianas e traça riscas no piso, e faz tanto tempo desde a última vez que dormi, que não sei mais se estou cansado.

– Oh, Deus! – Ela boceja, se espreguiçando de volta na cama. – Sabe do que mais sinto falta, Bucino? Da comida. Estou tão faminta de algo saboroso que, se ainda estivesse intacta, venderia minha virgindade por um bom prato de sardinhas fritas na laranja e açúcar. Ou carne de vitela com molho de cereja, e abóbora assada com noz-moscada e canela, e...

– Não. Vitela não, javali. Com mel e zimbro. E salada de endívia, ervas e alcaparras. E anchovas, frescas e salgadas... E como sobremesa...

– Torta de ricota com marmelo e maçãs...

– Pêssegos na grapa.

– Bolos de marzipã.

– Terminando com frutas cristalizadas.

– Oh... oh. – E agora rimos. – Socorro! Oh, estou babando...

Tiro um papel encardido do bolso e desembrulho o resto de peras cristalizadas que comprei na piazza.

– Tome. Experimente. – E as estendo para ela – À melhor prostituta e ao meu melhor cozinheiro sob o mesmo teto de novo.

Capítulo Nove

NA MANHÃ SEGUINTE, LA DRAGA E EU nos reunimos na cozinha para negociar o preço da nova cabeleira de minha senhora. Atento aos comentários de Fiammetta, esforço-me para ser mais agradável. Ofereço-lhe um pouco de refresco, mas, a essa altura, desconfiamos igualmente um do outro, e ela recusa, permanecendo à porta, enquanto calcula o total de material e mão-de-obra. Soma tão rápido quanto eu, e quando verifico o total, revela-se mais alto do que eu esperava. Mas o que sei sobre o preço das madeixas de freiras? Ainda assim, reluto em lhe perguntar francamente.

– Humm. Gera um bom lucro ao convento, esse comércio de cabelo, não?

Observo-a inclinar de novo a cabeça. Hoje, seus olhos estão fechados, e sua boca, ligeiramente aberta, de modo que quase parece abobalhada.

– O dinheiro não vai para o convento. Vai para as freiras.

– E daí? As noviças ainda não estão familiarizadas com o costume da caridade?

–Acho que é você que não está familiarizado com os costumes de Veneza – replica ela, sem alterar a voz, e a impressão de abobalhada se desfaz rapidamente. – O melhor cabelo vem das garotas mais ricas. Elas precisam do dinheiro para seus hábitos e para manterem suas celas bem-arrumadas.

– Bem-arrumadas? E você pode dizer o que é bem ou mal-arrumado, pode? – Droga. Saiu mais rápido e, juro, mais cruel do que eu pretendia.

Ela respira mais fundo do que antes, mas a voz permanece tranqüila.

– Posso dizer quando estou em uma peça sem móveis, o piso de laje sem tapetes, e o cheiro de suor e gordura, sim, posso. E como é diferente das pomadas de lavanda e o som de vozes contra os tapetes macios e bem trançados. Talvez você seja uma dessas pessoas que só enxergam com os próprios olhos. Quando for de novo a Merceria, procure o mercador de tapetes, cuja esposa cega avalia a qualidade da trama. Ele tem um negócio bem-sucedido. – Faz uma pausa. – Fui chamada ao convento hoje à tarde. Compro o cabelo ou não?

Penso no cachorro esculpido com o favo na boca. Maldição. É como estar numa sala cheia deles. Vivi tempo demais com mulheres como minha senhora, treinadas para encantarem os homens, sempre abrandando suas ferroadas com lisonjas. Talvez, se ela tivesse olhos e pudesse ver o impacto de sua língua, poupasse mais sua acidez. Se bem que o seu negócio comigo não é o galanteio. E nem o meu com ela.

– Tome.

Abro a bolsa para ela e estendo o número de moedas que pediu. Ela registra o estalo com a inclinação da cabeça, mas quando se move para mim, seu corpo bate na perna da cadeira. Como eu sabia que aconteceria. Ela cambaleia, mas recupera logo o equilíbrio. Percebo uma sombra atravessar seu rosto. Na rua, corre o rumor de que é capaz de preparar maldições misturando suas ervas e ungüentos, e que por isso é melhor não irritá-la. Mas não vai nos amaldiçoar. Nós lhe damos dinheiro demais. Vou até ela e pressiono o metal frio dos ducados em sua mão, e ela a retira como se o meu toque queimasse, se bem que as moedas já estão seguras em seu punho. É minha imaginação ou percebo realmente seu sorriso satisfeito? Todo intermediário que conheço fica com uma parte dos lucros, e aqui, em Veneza, cada um deles é um expert. O que Meragosa me disse, outro dia mesmo, sobre ela? Que apesar de suas maneiras, nasceu pobre como uma prostituta e que mataria sua avó pela quantidade certa de ouro. Evidentemente esta é a maneira como Meragosa avilta todo mundo. Mas o fato é que, em uma profissão como a nossa, sempre há percevejos famintos em busca de um corpo gordo para lhe sugar o sangue, e como estamos magros e fracos demais para arriscar perder qualquer pingo de sangue, precisamos tomar muito cuidado.

Bem, se a nossa estratégia funcionar, não precisaremos de seus remédios por muito mais tempo.

Meragosa, em contraste, é como um cordeiro grotesco, leviano, ansioso e excitado com a idéia do nosso empreendimento. Durante os dias que se seguiram, passou até mesmo a encher baldes de água para esfregar uma década de sujeira das paredes e pintura, preparando-as para a nossa nova vida. Nossa casa tem carrapato em tudo que é canto.

Agora, com minha carteira aberta, os comerciantes judeus de produtos de segunda mão fazem fila para nos servir. A qualidade de suas mercadorias é tal que, mesmo aqueles que os amaldiçoam por trás, estão ávidos por negociar com eles cara a cara. Tenho uma certa simpatia por eles pois, apesar de poderem existir lugares no mundo em que anões participam do governo e judeus têm sua própria terra, em Veneza, assim como no resto dos estados cristãos, eles fazem apenas os trabalhos mais sujos, como emprestar dinheiro ou comprar o que já foi usado, embora tenham-se tornado tão bons nisso que muita gente ressinta-se deles. Isso mais o fato de terem matado Nosso Senhor, o que os torna, aos olhos de muitos, mais temíveis do que o próprio Diabo. Até chegarmos a Veneza, os únicos judeus que tinha conhecido eram homens que pareciam se esgueirar pelas sombras, e por isso não era nada difícil temê-los. Mas esta cidade está tão cheia de estrangeiros com religiões estranhas, que os judeus me parecem mais familiares do que quase todo o resto, e apesar de, à noite, ficarem confinados no Gueto, andam pelas ruas, durante o dia, como qualquer outro homem. Na verdade, o meu jovem penhorista de pele amarelada tem uma tal solenidade por trás de seus olhos escuros que, às vezes, tenho vontade de deixar de lado a transação de dinheiro e me sentar para conversarmos sobre a vida.

É o seu tio que gere o negócio das roupas que escolhemos, pois aqui todo mundo se conhece. Ele chega do Gueto com seus dois assistentes, carregando trouxas imensas nas costas, e quando as desfazem, o quarto de minha senhora é transformado em um mercado de roupas: arco-íris de veludos, brocados e sedas. Vestidos com nuvens de tecido branco mais fino do que a cambraia se irrompendo de suas mangas justas, corpetes decotados, debruados com cordões tentadores, metros e metros de anáguas, um turbilhão de mantos e xales, véus jaspeados com filigranas douradas e prateadas, e sapatos de cordões e sola de madeira, alguns tão altos como cochos de pedreiro, para protegerem mulheres belas da ameaça das marés altas e elevar suas cabeças aos céus. Durante os anos em que tal luxo se tornou lugar-comum para nós, tornei-me fluente na língua de roupas femininas, percebendo como uma determinada cor ou corte cairia melhor em minha senhora. Embora esse não seja um talento que a maioria dos homens se vanglorie de possuir, já que o seu propósito na vida é mais retirar tais peças do que pô-las, descobri que a franqueza é mais eficiente do que a lisonja quando se trata de conquistar a confiança de uma bela mulher. Ou, pelo menos, a que passei a conhecer melhor.

Porém a minha senhora não perde tempo sendo tolerante consigo mesma, e se torna instantaneamente uma comerciante tão arguta quanto o homem diante dela, até mesmo porque, na profusão de roupas de segunda mão, há sempre uma seleção de roupas novas com preço baixo. (Nisso, os judeus são como todo mundo em Veneza, e apesar de, em espírito, obedecerem às leis, não são avessos a uma pequena empresa comercial se os dois lados lucrarem e nenhum for descoberto.) Ela se move pelas pilhas, pegando uma coisa, largando outra, apontando defeitos, perguntando preços, emitindo sons de desagrado quando não há algum item, equilibrando qualidade e preço, e até mesmo o cheiro – "Este aqui podem dar aos cachorros; tem o cheiro da sífilis" –, mas demonstrando entusiasmo com várias peças, geralmente as que não quer comprar, para manter o ânimo do comerciante elevado.

Assim como minha senhora tem seu trabalho, eu tenho o meu. Voltei a ser o mordomo, o contador, o responsável pelo dinheiro. Sento-me com papel e pena, observando o tecido esvoaçar. A pilha de compras vai aumentando, e tão rápido quanto fazem suas somas, eu faço as minhas, portanto quando chega a hora de pagar, sou eu que negocio, enquanto minha senhora simula acessos de melancolia com a ferocidade da pechincha e do preço. E desse modo, todos nós nos portamos com artifícios para a transação ser honrosa e para eles saírem tão satisfeitos pelo que não venderam, quanto nós pelo que gastamos.

Nessa noite, comemos cozido de coelho apimentado, usando nossas novas roupas velhas, ela de brocado verde que combina perfeitamente com a cor de seus olhos, e eu com meias e gibão de veludo novos, com as mangas ajustadas para o meu tamanho – pois nenhum anão pode servir a uma mulher de recursos, em um traje cujas ranhuras são mais por estar gasto do que pelo estilo. Meragosa também gostou do vestido que ganhou, pois embora combine mais com a cozinha que com o salão, é um acréscimo ao que eu prometera e já lhe dera. E nessa noite, ela sai do seu normal para nos alimentar bem, de modo que nós três partilhamos o ânimo elevado com a idéia do que está por vir.

Na manhã seguinte, La Draga chega cedo, carregando cascatas de cabelo louro lustroso, acompanhada de uma jovem cujos olhos são tão vivos quantos os dedos da nossa curandeira. Um dia antes, minha senhora tinha comprado outro xale (idéia dela, não minha), e, agora, quando o põe nas mãos de La Draga, a face pálida da curandeira se ilumina como uma vela. No entanto, imediatamente se mostra insegura, presa entre o prazer e o constrangimento pela cortesia de minha senhora com ela. Quanto a mim, sou cordial, mas saio assim que posso, pois não vou arriscar outro encontro. De qualquer jeito, hoje estou mais interessado em negócios do que na beleza. Já peguei nossa bolsa entre as ripas da cama e vou me encontrar com o meu judeu de olhos escuros para trocar nossas últimas jóias.

Como fazem todos os outros negociantes, os penhoristas abrem suas venezianas com o sino de Marangona. Está chovendo e não sou o primeiro a chegar. Um homem de manto e chapéu estava esperando, com uma bolsa nas dobras de sua capa, tentando parecer que não estava realmente ali. Eu tinha esbarrado com pessoas parecidas com ele. Em uma cidade em que o comércio é a glória, a diferença entre um navio que atraca com uma fortuna em seu porão e um que cai presa da pirataria ou má administração é a falência do mercador que financiou a viagem com dinheiro que ele não possuía. Os que pertencem à família Crow governante têm a vantagem de seu berço, pois até mesmo o mais pobre deles pode vender seus votos aos nobres mais ricos, mais ambiciosos, que procuram subir mais um degrau nos conselhos governantes menores ou senados que formam a pirâmide desse famoso estado. (É um sinal da sofisticação de Veneza o fato de que ainda que toda votação, em qualquer nível do governo, seja secreta, toda e qualquer designação pode ser manipulada. Isso faz com que a corrupção mais óbvia de Roma pareça quase honesta em comparação.) Mas para os comerciantes citadinos, essa rede de segurança não existe, e a mudança da graça para a desgraça é vertiginosamente rápida. Quando formos escolher tapetes, cômodas e aparelhos de jantar, é melhor não especularmos de que vidas falidas estaremos comprando.

O penhorista nos recebe e espero na frente da loja, enquanto eles dois tratam de seus negócios nos fundos. O homem sai mais ou menos meia hora depois, com a cabeça baixa e a bolsa vazia.

No santuário, subo no banco, pego a minha bolsa e a esvazio, despejando as jóias na mesa entre nós. Ele vai direto ao grande rubi, e fico contente em ver seus olhos piscarem diante de seu tamanho. Quando o gira na mão, tento imaginar o preço. Devia realmente tê-la feito sufocar ao engoli-lo, mas, agora, terá valido a pena. Dependendo de sua qualidade, deverá valer uns trezentos ducados. O que, junto com o resto, renderá quase quatrocentos ducados. A recordação da minha senhora conquistando o turco e a visão de suas roupas elegantes trouxe de volta parte da confiança perdida em Roma, de modo que, agora, até mesmo eu consigo nos imaginar alugando uma casa perto do Canal Grande, por algumas semanas. Isca rica para capturar peixe mais rico.

No outro lado da mesa, o penhorista está examinando a pedra através de lentes especiais, os músculos no lado direito de sua face vincados do esforço para manter a lente no lugar. Quantos anos tem? Vinte e cinco? Mais? É casado? Sua mulher é adorável? Ele já se sentiu tentado por outras? Talvez os judeus tenham as suas próprias prostitutas no interior do Gueto, pois não me lembro de ver judias nas ruas. Ele afasta a lente dos olhos e larga a pedra.

– Estarei de volta em um instante – murmura e os vincos em sua testa são mais profundos.

– Algum problema?

Ele encolhe os ombros e se levanta.

– Por favor, espere. Deixo a pedra aqui, está bem?

Ele sai da sala, e pego a pedra. Está perfeita. Nenhuma falha nela. Estava em um colar dado à minha senhora pelo filho de um banqueiro que se apaixonou de tal modo por ela que ficou um pouco demente. Seu pai acabou lhe oferecendo dinheiro para deixá-lo ir. Mais tarde, foi mandado para Bruxelas, para cuidar dos negócios, e morreu da febre. Suponho que esse rubi tenha estado mais perto do seu coração quando em suas entranhas do que ele jamais esteve na vida real, embora ela nunca fosse cruel com aqueles que a desejavam. Era – e, espero, será de novo – um dos riscos da profissão. Ela vai...

O pensamento foi interrompido pela porta sendo aberta. Meu judeu de olhos de corça está acompanhado de um velho, com o cabelo grisalho e uma boina, que se dirige lentamente à mesa, os olhos no chão. Depois de se sentar, pega a pedra e a examina com a lente.

– É meu pai – anuncia o penhorista, com um leve sorriso. – Ele conhece pedras preciosas muito bem.

O velho demora-se. O ar começa a pesar – embora eu não saiba se por causa da exigüidade da sala ou da minha ansiedade crescente –, quando o velho diz:

– Sim... É uma boa pedra, esta aqui.

Dou um suspiro, mas que fica preso na minha garganta quando vejo o rosto do homem mais novo. Ele murmura algo em sua própria língua, e o pai o olha e responde rispidamente. Há mais trocas ásperas, irritadas, entre os dois, e o velho empurra o rubi de volta para mim.

– O quê?

– Seu rubi. É de vidro.

– Mas... mas é impossível. Vieram todas do mesmo lugar. Você viu as outras, você as comprou. Você mesmo me disse que eram de alta qualidade.

– E eram. Ainda tenho duas delas aqui. Posso lhe mostrar a diferença.

Olho fixamente.

– Mas... mas não tem nenhuma imperfeição.

– Exato. Por isso desconfiei. Isso mais o corte. Ouviu meu pai. É uma boa imitação. Em Veneza, são muito hábeis com vidro. Mas uma vez vistos...

Mas não estou mais escutando. Estou no quarto, sentindo minhas mãos sob o colchão para pegar a bolsa, pensando, analisando cuidadosamente milhares de imagens e recordações. Não faz sentido. As pedras saíam do quarto somente quando nós saíamos. E quando a minha senhora dormia, eu também dormia. Ou era verdadeira? Evidentemente houve vezes em que ela ficava lá sozinha. Mas nunca as teria deixado lá, sem a menor dúvida. E para quem? Meragosa? La Draga?

– Não acredito em você. Vi sua cara. Não tinha certeza. E ele... – Apontei o velho, furioso por ele continuar sem olhar para mim – mal enxerga a própria mão na sua frente. Como pode afirmar seja lá o que for?

– Meu pai lidou com pedras durante a vida toda – diz o penhorista delicadamente. – Só lhe peço para examinar quando há dúvida. Ele nunca se enganou. Sinto muito.

Sacudo a cabeça.

– Então vou levá-la a outro lugar – resolvo, saindo da cadeira e pondo as pedras de volta na bolsa. – Vocês não são os...

Então, a voz do velho se eleva, seu tom tão raivoso quanto o meu. E, dessa vez, ele olha para mim. Seus olhos são turvos, quase cegos, como os da louca La Draga, e vê-los faz meu estômago virar.

– O que ele está dizendo? – pergunto, gritando furiosamente.

Seu filho hesita.

– Fale o que ele disse.

– Diz que esta cidade está cheia de intrigas contra nós.

– O que... judeus, é o que quer dizer?

Ele confirma com a cabeça.

– E o que ele acha? Que tenho vindo aqui nos últimos seis meses, negociando pedras boas para, agora, lhes passar uma falsa? É isso?

Faz um gesto com a mão como se para me dizer que era só a opinião de um velho.

– Diga-lhe que quando eu vivia em Roma, a nossa casa era tão rica que jogávamos dados com pedras muito superiores às que chegarão a ver aqui, nesta espelunca.

– Por favor... Por favor, ainda podemos fazer negócio. – E percebo, enquanto ele fala, que estou tremendo. – Por favor, sente-se.

Sento-me.

Fala alguma coisa, com a voz firme, para o velho, que resmunga e se levanta, arrastando os pés em direção à porta. Bate a porta atrás de si.

– Desculpe. Meu pai fica ansioso com várias coisas. Você é um estrangeiro, por isso acho que não sabe. O Grande Conselho votou a favor de fechar o Gueto e nos expulsar de novo de Veneza, embora tenhamos um contrato com eles para ficarmos. Trata-se de dinheiro, é claro, e se pagarmos de novo, sem dúvida poderemos mudar a decisão, mas o meu pai é um ancião da comunidade, e isso o deixa furioso. Por isso, às vezes, ele suspeita das pessoas erradas.

– Eu diria que sim. Não vim para enganá-los.

– Não acho que nos enganaria.

– Mas alguém *me enganou*.

– Sim. E isso foi feito com astúcia. Mas Veneza é uma cidade astuta.

– Mas como? Quer dizer, como... alguém pode fazer uma imitação tão boa? – E percebo o tremor de minha voz enquanto falo. Cinco minutos antes, estava planejando o nosso rico futuro, agora estou girando em um espaço escuro. Oh, meu Deus, meu Deus, como pudemos ser tão estúpidos?

– Ficaria surpreso com a facilidade. Há homens que trabalham nas fundições em Murano capazes de fazer pedras tão perfeitas que, até mesmo, a mulher do doge não saberia que as está usando. Se têm a original, fazem uma cópia não tão boa para substituí-la rapidamente, depois uma melhor, em um pouco mais de tempo. Ouve-se cada história...

– Mas verifico a bolsa diariamente.

– E examina cada pedra?

– Eu, er... bem, não. Só vejo se estão lá.

Ele encolhe os ombros.

– Mas o que está me dizendo? Que não vale nada?

– Em dinheiro, nada. Deve ter custado uns dez, vinte ducados para fazê-la... o que não é tão barato para uma falsificação. Mas foi um bom trabalho. Bom o bastante para que seja usada como jóia. Sua patroa, pois... acho que está vendendo para outra pessoa, não está?

Assinto com um movimento da cabeça.

– Bem, ela pode colocá-la em volta do pescoço, e a maioria das pessoas não vai perceber. Mas se quiser penhorá-la, aqui, comigo, então, não vale nada. Não preciso desse tipo de coisas, e para mim é melhor que não estejam no mercado.

– E as outras?

– Oh, as outras são verdadeiras. E vou comprá-las.

– Quanto vai me dar?

Ele as olha sobre a mesa, movendo-as com o dedo.

– Pelo rubi pequeno... vinte ducados. – Ergue os olhos para mim. – É um bom preço.

Assinto com a cabeça.

– Eu sei. E as pérolas?

– Mais vinte.

Quarenta ducados. Podemos alugar tapeçarias para uma sala, e talvez comprar taças. Se bem que o vinho nelas terá de ser vinagre. Nenhum nobre que se preze se aproximará de nós, ou os que aparecerem uma vez, não retornarão. Contudo, aceito.

Ele pega os papéis para preenchermos o título. Olho em volta. Tinha passado a gostar dessa sala. Com seus livros, livros-razões e canetas, indicavam administração ordenada e perseverança. Mas tudo o que posso sentir agora é pânico, como asas de morcego batendo ao redor de minha cabeça. Ele pulveriza a tinta e empurra o papel para mim. Observa-me enquanto assino.

– Você é de Roma, não?

– Sim.

– E então? Vieram para cá por causa da invasão.

– Sim.

– Foi uma coisa suja, acho. Muitos judeus também morreram lá. Nunca fui à cidade, mas soube que era muito rica. Mas conheço Urbino. E Modena. E aqui é melhor do que essas duas. Mesmo com a nossa altercação com o estado, Veneza é um lugar seguro para nós, os judeus. Talvez porque aqui já exista tantos povos, um diferente do outro, não acha?

– Talvez – replico. – Eu... er... Lamento seu infortúnio.

Ele balança a cabeça.

– E eu, o seu. Se tiver mais coisa para vender, por favor, eu a examinarei para você.

Ao que parece, finalmente, falamos sobre a vida.

Lá fora, o céu está cinza como os edifícios, e o calçamento de pedras está transbordando sob a chuva, de modo que a cidade toda é como um grande espelho, a sua superfície salpicada e rachada em milhões de lugares. Corro como um cachorro, a cabeça baixa, próximo aos muros, minhas pernas na água até meus joelhos, e meu novo gibão de veludo, encharcado em alguns minutos. O esforço repentino faz minhas pernas doerem, mas prossigo mesmo assim. Pelo menos, isso faz com que eu não pense por algum tempo. Não tenho outro lugar aonde ir a não ser para casa, e talvez por estar temendo tanto chegar, em alguma parte do caminho, pego a ponte errada ou a viela errada, e me vejo na ponta da Rialto, onde as ruas estão apinhadas de gente do mercado, e onde há milhares de tavernas e casas de vinho, nas quais pode-se reprimir a memória e beber até o esquecimento total. Eu teria até mesmo entrado numa, se tivesse encontrado o lugar certo, mas ao dobrar a esquina seguinte, dou em uma viela que não reconheço, e de lá, dou na beira da água em ângulo reto com a ponte de Rialto. O Canal Grande aqui está tão repleto de chatas e barcos que servem ao grande mercado de peixe que até mesmo a chuva cheira a carne de peixe e mar.

No outro lado, a multidão da manhã lota a passagem coberta da ponte, quando uma mulher se põe a gritar a plenos pulmões:

– Ladrão! Ladrão!

No mesmo instante, uma figura surge e atira-se contra o povo, escorrega, e avança de novo, ao longo da margem do canal. Ele tenta seguir por terra, onde as vielas o tragariam, mas a multidão é numerosa demais, e ele então salta para uma das chatas e atravessa o canal grande pelos barcos de pesca, amarrados juntos para a descarga. A multidão, agora, grita e se agita enlouquecida, enquanto ele escapa e desliza pelas pranchas molhadas. Já está a meio caminho da margem de cá, perto o bastante para que eu veja o medo em sua face, quando se choca com uma mixórdia de entranhas de peixes e despenca entre os cascos de dois barcos, com tanta força que quase posso ouvir suas costelas quebrando quando bate na madeira.

Um urro de triunfo se eleva do outro lado, e, em alguns minutos, dois pescadores grandões o suspendem, berrando de dor, e o arrastam por cima dos barcos, de volta à margem. Amanhã, se não estiver morto, será dependurado em frente ao escritório do magistrado, perto da ponte, com as costas esfoladas, e sua mão de ladrão pendendo de seu pescoço. E para quê? Uma bolsa com alguns poucos ducados ou um anel ou uma pulseira, dos quais, pelo que sei, as pedras valeriam apenas o vidro de que tinham sido feitas.

Fiquei no dilúvio escutando seus gritos, com a água caindo em cascata por minha face e nariz, correndo com uma mistura de catarro e chuva, e o terror da pobreza como grandes pedras se moendo em minhas entranhas. E quando não mais o ouvi nem vi, virei-me e segui para as ruas principais, de volta para casa.

Capítulo Dez

O PIOR DO AGUACEIRO TINHA PASSADO quando cheguei em casa, e o meu raciocínio, para não dizer o meu espírito, foi, de certa forma, restaurado. Só minha senhora e eu sabíamos aonde eu tinha ido nessa manhã. De modo que a ladra, qualquer uma que fosse, não estaria, necessariamente, ciente de que seu logro havia sido descoberto.

A cozinha está vazia e o manto de Meragosa não está lá, mas a essa hora, ela sempre vai ao mercado, e apesar de ser preguiçosa, gosta o bastante do poder e da fofoca que uma carteira cheia proporciona para enfrentar a chuva.

Subo a escada em silêncio, até chegar ao patamar e poder ver dentro do quarto em frente. Fiammetta está sentada à janela, os olhos cobertos pelo que parece ser uma máscara de folhas umedecidas, e sua cabeça, um emaranhado de cabelo dourado, os novos cachos caindo por baixo de uma fita de seda tecida na metade de sua cabeça. Em qualquer outro momento, eu ficaria trespassado pela mudança. Porém há mais alguém no quarto que chama a minha atenção antes. A jovem se foi, mas no meio da cama, está La Draga, toda enroscada, seus olhos esbranquiçados, cegos, olhando a distância, enquanto suas mãos se movem ligeiras sobre potes e pacotes, e um pequeno prato, no qual está misturando um tipo de ungüento.

Mas embora seja cega como uma ovelha recém-nascida, sabe que estou lá antes que eu apareça à porta. Quando entro, vejo, claro como o dia, uma sombra atravessar seu rosto, e ela recolhe rapidamente as mãos, pondo-as no colo. E percebo imediatamente, em sua expressão, o que Meragosa disse sobre ela: que venderia a própria avó pela soma certa de ouro. No meio de toda essa risada e fofoca, acho que também deve correr a história de nossa fuga de Roma. La Draga não precisava de vista para encontrar uma bolsa debaixo de um colchão ou para sentir o tamanho da pedra, pois, como ela fez questão de me dizer, vê o mundo por outros sentidos, e é inteligente o bastante para saber o que vender a quem e qual o preço. Sei quem nos roubou. E ela sabe que sei, pois vejo o medo em seu corpo antes mesmo de eu acusá-la. Por Deus, não é de admirar que eu tenha desconfiado tanto dela.

– Está confortável? – falo, andando na sua direção. – Não sente necessidade de deslizar seus dedos por entre as ripas para se equilibrar melhor?

– Bucino? – Minha senhora retira as folhas de seus olhos e se vira, tomando cuidado tanto com a glória quanto com o peso de sua nova cabeleira. – O que foi? Meu Deus, o que aconteceu com você? Está horrível.

Na cama, La Draga tinha erguido os braços para se proteger. Mas não precisava ter-se dado o trabalho. Nada no mundo me convenceria a tocar nela. Só a idéia já me deixa nauseado.

– Não aconteceu nada – gritei. – Nada além de esta bruxa aqui ter enganado nós dois.

– Do que está falando?

– Estou falando de roubo e falsificação, é disso que estou falando. Nosso rubi grande é falso, roubado por dedos hábeis, e substituído por um pedaço de vidro. Não tem nenhum valor. Assim como nós. Portanto talvez – falo apontando-a com o dedo –, talvez quando *ela* nos apresentar a sua próxima conta, possa oferecer a você um pequeno desconto por tê-la deixado tão rica. Hein? – E dei um passo na direção da criatura na cama, de modo que ela sentisse o ar de meu hálito no seu rosto, porque, apesar de todas as suas palavras inteligentes, quero vê-la assustada.

– Cristo! – Minha senhora está com a mão na boca.

Na cama, La Draga continua imóvel. Estou, agora, perto o bastante para ver como a sua pele é pálida e leitosa, e perceber as olheiras escuras sob seus olhos e seus lábios tremerem. Levo minha boca para perto de seu ouvido. E está assustada demais, sentindo minha proximidade: posso senti-lo, como um animal, seu corpo febril e assustado, paralisado de assombro, no momento de tensão antes do bote ou da fuga.

– Hein? Hein? – digo, dessa vez gritando.

Agora, por fim, ela se mexe, agitando a cabeça e emitindo um chiado violento por entre os dentes, como o som de algumas serpentes antes de dar o bote. E apesar de poder arrebentar sua cabeça com as mãos, pulo para trás, por causa da violência de sua defesa.

– Ah, meu Deus. Não. Deixe-a em paz. – E minha senhora está me empurrando para trás. – Deixe-a em paz, está ouvindo? Não foi ela. Ela não faz isso. Foi Meragosa.

– O quê?

– Foi Meragosa. Tem de ter sido. Ah, Deus, eu sabia. Sabia que havia algo errado hoje de manhã quando a vi. Talvez mesmo ontem à noite. Não percebeu? Não se interessou pelo vestido. Não podia ter ficado mais indiferente. Depois, quando comíamos, ela estava... Sei lá... estava quase feliz com tudo isso.

Penso retrospectivamente, mas não consigo me lembrar de nada, exceto de seu sorriso amargo e do gosto de seu ensopado de coelho. Que Deus me perdoe a complacência.

– Depois que você saiu, hoje de manhã, ela me perguntou aonde tinha ido. Não pensei em... quer dizer... respondi que tinha ido ver o judeu. Ela saiu logo depois. Achei que tinha ido ao mercado...

Mas não ouço o fim da frase, pois já estou na metade da escada.

Desde a nossa chegada, Meragosa tinha mudado a sua carcaça para um quarto do lado da cozinha. Tinha pouca coisa, mas agora, ainda menos. O velho baú de madeira que guardava suas roupas está aberto e vazio. O crucifixo no prego em cima da cama desapareceu, e até mesmo as cobertas foram tiradas do colchão.

Como? Quando? Em qualquer momento, é a resposta. Em qualquer momento em que saí ou minha senhora estava dormindo ou distraída. Seria perigoso eu ter a bolsa sempre comigo, quando saía. Anões são animais de caça para aqueles mal-intencionados, e um com pedras preciosas na virilha teria acabado sem as pedras e sem as bolas. Mas o erro capital tinha sido o meu julgamento. Achei que entre as minhas garras e promessa de riqueza, a tinha subjugado: que ela veria um futuro mais rico na lealdade do que no roubo. E assim tinha parecido durante todos esses meses. Mas ela só estava esperando o momento propício. Esperando a hora certa para nos espoliar, até mesmo pondo a culpa em outra pessoa. Maldição – eu, cujo trabalho é ser inteligente, me deixei enganar por uma velha prostituta depravada.

Levei mais tempo para subir a escada de volta ao quarto. Quando cheguei, minha cara contou o que minha voz não conseguiu.

Minha senhora deixou a cabeça cair.

– Ah, a megera sifilítica. Juro que nunca a deixei entrar aqui sozinha... Não tirei os olhos dela nem por um segundo... Cristo, como pudemos ser tão idiotas? Quanto perdemos?

Relanceei os olhos para a mulher na cama.

– Ah, pode responder. Não temos mais nada a esconder.

– Trezentos ducados.

Seus olhos se fecharam e seu gemido foi longo e grave.

– Oh, Bucino.

Observei sua face quando o significado da perda infiltrou-se como uma mancha negra nas cores do nosso futuro. Gostaria de me levantar, ir até ela, tocar em sua saia ou pegar sua mão, alguma coisa, qualquer coisa para diminuir a dor do momento, mas agora, com toda a minha fúria despejada, minhas pernas parecem pedaços de mármore, e uma dor profunda, familiar, começa a subir de minhas coxas para a minha coluna. Maldição este meu corpo idiota, atrofiado. Se eu fosse alto e gordo, com as mãos de um açougueiro, Meragosa jamais teria ousado nos enganar. Como devia estar rindo de nós. Só pensar nisso me torna sanguinário.

O silêncio é pesado à nossa volta. Na cama, La Draga está completamente imóvel de novo, a cabeça inclinada, sua face como de cera, como se estivesse absorvendo o sofrimento e o drama à sua volta pelos poros de sua pele. Que se dane ela também. Mas gastei tempo demais sendo idiota, e entre as muitas maneiras como o mundo virou de cabeça para baixo, é que ela agora é uma confidente em nossa desgraça, e sem os ducados do rubi estaremos, muito em breve, entre seus credores.

Dou um passo na sua direção.

– Ouça – começo, e pela maneira como mexe a cabeça, está claro que sabe o que vou dizer. – Desculpe... Pensei...

Ela começa a mexer os lábios em silêncio. Rezando ou falando consigo mesma? Relanceio os olhos para a minha senhora, mas ela está trancada demais na desgraça do nosso infortúnio para me dar atenção.

– Eu me enganei. Eu errei – repeti impotente.

Seus lábios continuam se movendo, como se estivesse recitando palavras mágicas. Nunca dei crédito ao poder das maldições: fui amaldiçoado o bastante ao nascer para não temer ser agredido por palavras, ainda assim, me dá arrepios observá-la.

– Você... você está bem? – pergunto, por fim.

Ela sacode a cabeça ligeiramente, como se minhas palavras a perturbassem.

– Você correu, não correu? Suas pernas estão doendo?

Sua voz soa mais áspera do que antes, concentrada, quase como se falasse com outra pessoa, com alguém dentro dela.

– Sim – respondo com calma. – Minhas pernas estão doendo.

Ela balança a cabeça.

– Suas costas vão começar a latejar, também. Isso porque os ossos da sua perna não são fortes o bastante para suportar o seu tronco. Portanto, pressiona como uma grande pedra a parte inferior da sua coluna.

E, quando ela diz isso, eu sinto a dor como uma pulsação do lado de meu traseiro gordo.

– E seus ouvidos? O frio já os penetrou?

– Um pouco. – Relanceio os olhos para a minha senhora, que já se recuperou o suficiente para escutar. – Mas não como antes.

– Não? Bem, tem de tomar cuidado com isso, pois quando a dor se inflama dentro da cabeça, é o pior de tudo.

Sim, ali está, na minha memória: o gosto das minhas próprias lágrimas quando os espetos em brasa penetram no meu crânio.

Ela franze ligeiramente o sobrolho. Seu rosto agora está virado para cima, os olhos semicerrados, de modo que vejo somente a palidez de sua pele.

– Parece que tem muita coisa errada com você, Bucino. De modo que me pergunto o que tem de certo com você?

É a primeira vez que usa o meu nome, e se aproximando tanto de minha humilhação, me pega de surpresa, de modo que me atrapalho por um instante.

– O que tem de "certo" comigo? Eu... er... – Olho para a minha senhora e, agora, sinto simpatia, mas ela não diz nada. – Bem, eu... eu não sou estúpido. Hã.. não geralmente. Sou determinado. E sou leal e... apesar de gritar, não mordo. Ou em vão, ao que parece.

Ela fica em silêncio por um instante. Então, dá um suspiro.

– Não foi culpa sua. Meragosa odeia todo mundo – observa ela, e, de novo, sua voz ressoa suave. – Desprende-se dela como mau cheiro. Tenho certeza de que não é o primeiro nem o último que ela destrói com sua cobiça.

Ela se põe a juntar seus potes, tateando as tampas, colocando-as no lugar, puxando sua bolsa para perto.

– Voltarei outro dia para terminar o contorno do couro cabeludo.

Faço menção de me aproximar, pensando em lhe oferecer ajuda, se precisar. Mas ela me detém.

– Fique longe de mim.

Ela ainda está arrumando suas coisas quando ouvimos barulho lá embaixo. O que penso? Que Meragosa mudou de idéia e voltou para se desculpar?

Quando o alcanço, já está prestes a subir a escada. Está vestido para visita, com um manto elegante, uma boina de veludo nova, e seco, o que mostra que veio de barco, se bem que, para saber o caminho da nossa casa, alguém deve tê-lo descoberto antes. Maldição. Nunca vou deixar de ser desatento?

Não há motivo para detê-lo agora. Volto rapidamente ao quarto e movo a boca com seu nome para Fiammetta. Ela apruma-se e, ao se virar para cumprimentá-lo, deixa seu novo cabelo cair ao redor de seu rosto, de modo que disfarce o pânico que ali percebo, antes que o sorriso se manifeste.

Vestido de segunda mão, cabelo de segunda mão, mas a beleza de primeira classe. Sem a menor dúvida. Vejo isso no brilho de seus olhos.

– Então, aí está.... Fiammetta Bianchini – exclama ele, movendo as palavras em sua boca como se sentisse seu gosto. – Que prazer revê-la.

– Sim, imagino que sim – replica ela baixinho, e a naturalidade de sua voz faria qualquer um pensar que passara a manhã toda esperando a sua chegada. Continua a ser, para mim, um prodígio: como, mesmo quando o mundo está desmoronando à sua volta, o tipo de desafio que faria qualquer um mijar de medo parece simplesmente torná-la mais descontraída, mais vibrante. – Veneza é grande. Como nos encontrou, Pietro?

– Ah... Lamento. – Ele ri largo e dirige um olhar de relance para mim. – Não queria quebrar minha palavra, Bucino. Mas você é extremamente visível em qualquer cidade. Assim que alguém sabe que está aqui, não é nada difícil descobrir onde está e para onde retorna.

Mercadores de roupas usadas e penhoristas. Ele tem razão. Não havia dificuldade. Espero que quem quer que tenha me seguido esteja agora tossindo as tripas para fora por causa da febre contraída na chuva.

Ele vira-se de novo para ela, e os dois sustentam o olhar.

– Faz muito tempo.

– Sim, muito tempo.

– Tenho de admitir que está tão... radiante... sim, radiante como me lembro.

– Obrigada. Você, por sua vez, parece ter aumentado um pouco. Embora eu suponha que esteja rico o bastante para se dar a esse luxo.

– Rá! Rá! – Sua risada é espontânea demais para significar algo que não prazer. – Não existe nada do mundo tão afiado e doce como a língua de uma cortesã romana. Bucino contou-me que escaparam, mas fico feliz em ver que a sua inteligência permanece tão intacta quanto seu corpo, pois ouvi as histórias mais escabrosas. Você sabe que previ que isso aconteceria, é claro. O meu prognóstico escrito em Mantua, no ano passado.

– Tenho certeza de que sim. E portanto deve ter-se deleitado ao saber como o exército invadiu recitando suas palavras sobre a degradação e corrupção da Santa Sé.

– Eu... não, não. Eu não sabia que... É verdade? Foi assim? Meu Deus, não me contou isso, Bucino.

Olha-me de relance, e tento manter a expressão neutra. Mas ele é sagaz demais para não perceber.

– Ah. Milady Fiammetta, como é cruel em explorar a sensibilidade de um poeta. Mas a perdôo, pois a farpa foi... excelente. – Sacode a cabeça. – Tenho de admitir que realmente senti a sua falta.

Ela abre a boca para revidar com algum dito espirituoso, mas um quê no seu tom a detém. Observo-a hesitar.

– E eu, a sua, senhor... À minha maneira. Sobreviveu a Giberti satisfatoriamente?

Ele encolhe os ombros e levanta as mãos, uma das quais mantém dobrada.

– Deus é generoso. Deu-me duas mãos. Com um pouco de prática, a esquerda poderá dizer tantas verdades quanto a direita.

– Mais, espero – comenta ela, com mordacidade.

Ele ri.

– Oh, ainda pensa mal de alguns versos de minha poesia?

– Não da poesia. Somente das mentiras. Você nunca esteve na minha cama, Pietro, e foi ardiloso ao simular que esteve.

Ele relanceia os olhos para mim e, pela primeira vez, parece notar La Draga, que continua enroscada e em silêncio.

– Bem... – Acho que só está um pouco embaraçado. – Penso que a minha recomendação não lhe causou nenhum mal. Mas, *cara,* não vim para abrir antigas feridas. Só Deus sabe quantas tenho. Não. Estou aqui para lhe oferecer meus serviços.

Ela não fala nada. Preciso que olhe para mim, pois temos de nos comunicar, mas seus olhos continuam fixos nele.

– Sou um estrangeiro afortunado em Veneza. Posso usar uma casa no Canal Grande. E tenho o hábito de entreter, às vezes: literatos, alguns dos grandes mercadores, parte da nobreza mais artística desta cidade extraordinária. Nesse empenho, juntam-se a mim várias mulheres encantadoras...

Vejo seus olhos faiscarem de furor.

– Evidentemente, nenhuma do seu calibre, mas bem-sucedidas à sua maneira. Se quiser se unir a nós uma noite... estou certo de que...

Ele deixa as palavras penderem no ar. Ah, a arte precisa do insulto. Ainda que o nosso futuro esteja em jogo, não consigo deixar de me deleitar, pois faz tempo que não vejo minha senhora com um adversário tão notável.

O quarto ficou mais frio com o olhar dela. Dá uma pequena risada e mexe sua nova cabeleira de uma maneira graciosa, sobre os ombros. Dou graças a Deus pelas freiras gananciosas.

– Diga-me, Pietro, pareço precisar de caridade?

E o risco me tira o fôlego.

– Ah, não. Não em pessoa, nunca. Mas... – E faz um gesto com o braço bom mostrando à sua volta.

– Oh! – E o riso de minha senhora é como o som de uma moeda contra o vidro. – Oh, é claro. Andou seguindo Bucino, e por isso acha... Oh, sinto muito. Esta não é a nossa casa.

E quando os meus olhos se esbugalham com a audácia da mentira, ela se vira para La Draga.

– Deixe-me apresentar Elena Crusichi. Uma senhora distinta desta paróquia, e uma alma boa e generosa a quem, como pode ver, Deus deu um tipo diferente de visão, para que possa ficar cega aos males do mundo e mais próxima das verdades. Bucino e eu a visitamos com freqüência, pois ela precisa de conforto e alguém com quem conversar, além de roupas e mantimentos. Elena?

Tão suave quanto a pilha dos veludos mais sofisticados, La Draga se levanta e se vira para ele, com um sorriso sonhador nos lábios e seus olhos abertos como eu nunca tinha visto, de modo que um homem não conseguiria fazer outra coisa a não ser cair nas profundezas de sua cegueira leitosa.

– Não precisa ter medo, milorde. – A voz de minha senhora ressoou macia como seda. – A sua graça não é contagiosa.

Mas apesar de a sua cegueira tê-lo pego de surpresa, não está com medo. Em vez disso, começa a rir.

– Oh, senhora. Como um homem cometeria um erro tão elementar? Seguir um anão carregando roupas de segunda mão a uma casa de segunda mão, e achar que teria relação com a sua pessoa. – Faz uma pausa enquanto examina, ostentosamente, seu vestido praticamente novo. – Quanto à senhora, madame Cursichi, só posso dizer que me sinto honrado em estar na sua presença. Terei prazer em mandar lhe entregar uma cesta de alimentos mais tarde, para que interceda com Nosso Senhor também a meu favor.

Vira-se para a minha senhora.

– Então, *carissima*. A charada entre nós está, agora, resolvida?

Ela não responde, e, pela primeira vez, temo por ela. O silêncio cresce. Estamos praticamente sem dinheiro, e sem ter como consegui-lo. E o homem que poderia nos ajudar ao preço do nosso orgulho está para ir embora.

Mas é agora, quando ele se vira para partir, que algo realmente prodigioso acontece. Da cama, uma voz ressoa clara e profunda, como sino que chama as freiras para a prece no meio da noite silenciosa.

– Signor Aretino.

Ele vira-se.

Ela está sorrindo na sua direção, seus lábios ligeiramente abertos, como se já estivesse conversando, e o sorriso é tão doce, tão puro por baixo da nuvem insondável de seus olhos, iluminando sua face com uma certa alegria, que, por um instante, é como se a própria graça de Deus brilhasse através de sua pele. Independente de se eu acredito ou não...

– Por favor. Venha para perto de mim. Aqui.

Ele parece confuso, assim como nós todos. Mas faz o que ela pede. Quando chega à beira da cama, ela fica de joelhos e põe a mão na parte superior de seu peito, movendo os dedos até seu pescoço, onde sua echarpe tinha escorregado um pouco, de modo que a ponta de cima da cicatriz fica à mostra. Ela a acha com o dedo. Relanceio os olhos para a minha senhora, mas seus olhos estão fixos nele.

– Este ferimento curou melhor do que a sua mão – revela La Draga, calmamente. – Teve sorte. Mas... – seus dedos deslizam para baixo por seu gibão – aqui tem alguma coisa que não está certa, uma fraqueza aí dentro. – E põe a palma da mão perto do lugar onde é o seu coração. – Tem de tomar cuidado com isso. Pois, um dia, o derrubará, se não prestar atenção.

Diz isso de uma maneira tão grave que, embora ele ria, também desvia, nervosamente, o olhar. De minha parte, não consigo tirar os olhos de nenhum dos dois: pois se isso não foi Deus nem bruxaria, então, tudo o que posso dizer é que ela é a melhor embusteira com que já cruzei na vida.

Capítulo Onze

DURANTE OS PRIMEIROS DIAS, DISSIMULAMOS nosso desespero com disputas. Nós, que havíamos enfrentado lanças espanholas e a fúria luterana, tínhamos sido enganados por uma puta velha e gorda, que nesse momento está empurrando moedas de prata em cima de uma mesa, para pagar um javali assado e um bom vinho. A dor de seu triunfo nos torna tão amargos por dentro quanto o mundo, agora, parece amargo à nossa volta, de modo que discordamos não somente em relação ao passado, como também em relação ao futuro.

– Já disse, não vou fazer isso.

– Podemos, pelo menos, conversar sobre o assunto. Não podemos simplesmente ficar aqui sentados, sem fazer nada. Você mesma disse que pode competir com qualquer mulher na cidade. O fato é que, independentemente da humilhação da casa de Aretino, sabemos que a recompensa será grande o bastante.

– Não necessariamente. Será uma briga de gatas. Conhece o gosto dele. É a tinta em que molha sua pena. Deleita-se observando mulheres ronronarem e se arranharem pela atenção dos homens. Nunca atuei para ele, e não começarei agora.

– Nunca esteve sem trabalho, Fiammetta. Se não começamos em algum lugar, estamos perdidos.

– Prefiro ir para as ruas.

– Se continua a teimar, é lá que terminaremos.

– Oh, é mesmo? Parece que a perda atinge nós dois, mas só eu sou chamada para corrigir a situação.

– E o que eu poderia fazer? Tornar-me ilusionista enquanto você vira uma prostituta de rua? Juntos mal ganharíamos para comprar o pão de que precisamos para continuar abrindo nossas pernas e levantando nossas mãos. Eu não a roubei nem você me roubou, Fiammetta. Mas, se não vamos enfrentar isso juntos, é melhor desistirmos agora mesmo

– Juntos? Acha que devemos enfrentar isso juntos. Como parceiros? É isso o que quer dizer?

– Sim, parceiros. Para o bem e para o mal. Não foi isso o que combinamos?

– E isso significa o quê? Duas pessoas que dizem a verdade uma à outra, por mais difícil que seja?

– Sim.

Ela não tira os olhos de mim.

– Então, por que não falamos de Meragosa, Bucino? A mulher que nos surrupiou uma pequena fortuna. Exceto que não foi só nós, foi? Porque ela já havia mostrado seus dentes de ladra para mais alguém. Antes de nós, ela enganou também a minha mãe. Não enganou? – E a sua voz é segura e fria.

– Eu... o que quer dizer?

– Quero dizer que você me disse que ela cuidou de minha mãe em sua doença. E como acreditei em você, acreditei nela quando me contou a mesma coisa. Mas não era verdade, era? Ela não a ajudou. Simplesmente observou-a morrer e extorquiu até o seu último centavo. Ontem, La Draga, antes de sair, me contou. Disse que corria o boato de que minha mãe tinha morrido de sífilis. E que nunca foi chamada para tratar dela. Ainda que seja a melhor curandeira que existe. Talvez não a tivesse curado, mas poderia tê-la ajudado. Mas Meragosa não a procurou. Deixou minha mãe apodrecer. – Sustentou meu olhar. – Está me dizendo que não sabia disso, Bucino? Fui realmente a única a fazer o papel de tola?

Abro a boca para dizer uma mentira, mas ela fica presa em meus dentes. Ela tem razão. Se não falamos a verdade um para o outro, estamos perdidos e, meu Deus, como precisamos um do outro.

– Ouça... eu... naquela hora, achei que não ia ajudá-la em nada saber.

– Não? Não acha que se tivesse me contado, eu desconfiaria mais dela, e ficaria mais atenta? E dessa maneira, poderíamos estar, hoje, em outra situação.

Ah, mas esse é um pântano que pode tragar nós dois. Respiro fundo.

– Sabe o que acho de verdade, Fiammetta? Que você sabia. De alguma maneira. Só que preferiu acreditar no que ela contou porque doía menos.

– E nesse caso, não há do que se culpar. Há? – E as palavras soaram cheias de rancor quando ela se afastou.

Se sou o maior culpado, então minha penitência assumiu uma forma cruel: pernas latejando e uma dor atroz nas costas enquanto atravesso a cidade tentando encontrá-la. Dia após dia, arrasto-me pelos mercados para ver se localizo sua figura marginal regozijando-se com novos tecidos ou manuseando barras de sabão perfumado com que limpar suas fendas pútridas. Mas se está comprando, não é em nenhuma loja ou tenda que eu encontre. Tento ver o mundo com seus olhos. Aonde iria agora, que peças eu desejaria ou que pedra procuraria para baixo da qual me arrastaria? Trezentos ducados. Pode-se viver como um nobre por meses ou um rato, por anos. Apesar de toda a sua cobiça, acho que é astuta demais para dissipar tudo isso.

Depois dos mercados, vou para os antros dos ratos, lugares perto do Arsenale, onde vivem os estivadores, onde estranhos podem desaparecer nas ruas das favelas de um único cômodo, e uma mulher pode passar a vida toda costurando velas ou trançando cordas em um salão tão grande, que quem o viu diz que se pode colocar um navio ali dentro. Aí, se quiser, uma pessoa pode passar facilmente despercebida. Uma vez, acho que a vi atravessando uma ponte de madeira perto das muralhas do próprio estaleiro, e corri para alcançá-la até minhas pernas rangerem, e quando a alcancei, revelou-se ser outra megera velha e feia, com um manto rico demais, e cujos gritos me fizeram cambalear. Percorro cortiços e bato nas portas, mas não tenho dinheiro para soltar línguas, e apesar dos insultos que recebo corresponderem ao meu humor, até mesmo a humilhação se torna tediosa depois de algum tempo.

Por fim, acabo em uma parte da cidade onde meu nariz é agredido pelo fedor exalado de um canal drenado, agora uma areia movediça em que um anão afundaria tão rápido quanto um calhau. Ao fugir do mau cheiro, dou com uma birosca onde passo a noite virando o estômago com *teriaca,* bebida que seria considerada um veneno em qualquer estado, exceto aquele em que o governo recebe por sua fermentação. Isso não me impede de bebê-la. Para um homem apavorado com a possibilidade de se afogar, estou perdido em líquido agora, mas a punição, às vezes, é um sofrimento agradável. Eu me castigo por mais um dia e uma noite, vomitando as tripas, e, finalmente, desperto na beira de um canal com o consolo de que não tem como cair mais baixo.

Faz três dias que saí de casa. Nunca fiquei fora por tanto tempo sem o conhecimento de minha senhora. Está na hora de deixar Meragosa com seus próprios demônios e voltar para casa para enfrentar os nossos.

Quando faço, com dificuldade, o caminho de volta, é o começo da tarde. Chego em casa passando pela ponte em que o sol ilumina tão intensamente a água que fere meus olhos. Meu Deus, um dia Veneza será bela, e estarei pronto para apreciá-la. Mas hoje não. Vejo-a antes que me veja. Está sentada à janela, olhando para fora através das venezianas semicerradas, uma manta ao seu redor, seu cabelo caindo sobre os ombros, como se estivesse esperando alguém. Estou prestes a chamá-la, pois sei que está preocupada, quando algo em seu olhar me detém. No outro lado, a velha prostituta coriácea está no seu posto, a boca murmurando em silêncio algo no ar vazio. Parecem estar olhando uma para a outra. O que vêem? A jornada do sonho para o pesadelo? Pois, em suma, o que separa as duas, além de uma faixa de água e um bom período de anos?

Quando examino as mulheres na rua (pois é o meu negócio, não se esqueçam, tanto quanto meu prazer), às vezes penso em como seus corpos me lembram frutas: florescendo, firmando-se, amadurecendo e se amaciando, antes de engordarem e decaírem. É a decadência o mais assustador, tendendo, como sempre, tanto para o molhado quanto para o seco: a pele explodindo como a bexiga de um porco, gorda, descorada, como se pudesse se rachar – polpa para vermes – ou o lento desgaste do dessecamento e enrugamento. Vai ser assim com a minha senhora? Chegará o tempo em que essas bochechas macias se tornarão pergaminho frouxo e esses lábios, tão carnudos que as línguas dos homens anseiam penetrá-los, murcharão até a espessura de um mexilhão fechado? É nisso que ela está pensando agora? Olhando para a sua própria decadência no outro lado? Com menos de quarenta ducados na nossa carteira e o aluguel para vencer em uma semana, está na hora de nós dois pararmos de chorar e começarmos a trabalhar. Subo a escada com uma determinação renovada.

Vira-se quando abro a porta, e nessa fração de segundo, não sei para o que olhar primeiro: para o seu braço pendendo do lado ou para o corpo na cama. O clarão repentino em seus olhos decide por mim. Ele está seminu, a camisa aberta em um peito sólido e redondo, as pernas nuas para fora dos lençóis, compridas e peludas como as de uma aranha. Sua respiração é tão pesada e ruidosa que é difícil dizer se é o estupor da satisfação sexual ou a bebedeira implacável, já que o cheiro que exala rivaliza facilmente com o meu.

Olho, de novo, para ela. Ele fez alguma coisa em seu braço. Maldição. Qual é a primeira regra de uma boa prostituta? Nunca ficar sozinha com um homem sem um apoio atrás da porta.

– O que...

– Está tudo bem. Não estou machucada. – E agora, ela está firme e concentrada: qualquer devaneio a que se entregara antes, dissolveu-se rapidamente.

– Não me dei conta de como estava bêbado até trazê-lo para cá. Estava bastante sóbrio na piazza.

– Há quanto tempo está apagado?

– Há pouco tempo.

– Pegou sua carteira?

Ela assentiu com a cabeça.

– Mais alguma coisa?

– Usava um medalhão, mas que não vale grande coisa.

– E o anel? – pergunto, os dois olhando para a faixa grossa de ouro incrustada em um dedo como uma lingüiça.

– Apertado demais.

– Bem, é melhor tirarmos ele daqui. – Relanceio os olhos em volta, pensando o mais rápido que consigo. O alaúde, com sua base redonda de madeira, está do lado da porta.

– Não – recusa-se ela imediatamente. – Isso não. Precisamos dele. Tem um punhal. Podemos usá-lo.

Eu o acho quando ela fecha as venezianas. O ruído o desperta um pouco, e ele se ergue e torna a cair de lado. De modo que, agora, seu rosto está na beirada da cama. Dou a faca para ela e jogo as roupas dele perto da porta. Posiciono-me na sua frente, de modo que a minha face está encarando-o. Estou em boa forma para isso: o meu hálito é mais insuportável do que o dele e garanto que tenho a aparência de um homem para quem o Inferno não mais oferece horrores. Relanceio os olhos para ela, que assente com a cabeça. Meu Deus, juro que é quase excitação o que sinto quando grito em sua cara, minha boca escancarada, deixando meus dentes caninos à mostra.

Ele fica tão atordoado e abalado com o berro e a minha aparência, que já está praticamente fora da cama mesmo antes de lhe ocorrer questionar meu tamanho. E quando o faz, é recebido com o brilho da lâmina segura para baixo – e não por acaso – em suas mãos. Na minha experiência, é sempre mais difícil, para os homens, serem valentes com as bolas balançando entre as pernas. Grita um pouco enquanto se dirige à porta, porém mais para ostentação. Quando recuperar sua virilidade, estará, provavelmente, a meio caminho de casa, preocupado com a sífilis. Dessa maneira, a nossa punição conduz nossos pecadores para um pouco mais perto de Deus. Até a próxima ereção destruir os nossos bons propósitos.

A nossa recompensa, que é a alegria oriunda do ato, desvanece-se rapidamente.

– Eu podia ter lidado com ele. Ia me apresentar de novo ao turco quando o encontrei na piazza. Seu manto era novo, e apesar de eu mal compreender o seu sotaque, tinha a aparência de um mercador bem-sucedido, e disse que estava partindo em dois dias. Achei que era mais rico do que é realmente.

– Não me importa que o seu cacete seja incrustado de ouro. A regra é não trazer ninguém para casa sozinha. E se a agredisse?

– Não agrediu.

– Então, o que houve com o seu braço?

– Só uma equimose. Ele estava bêbado demais para perceber o que estava fazendo.

– Humm. Sua escolha nunca foi tão falha.

– Minha escolha nunca foi tão limitada. Cristo, Bucino, era você mesmo que queria me ver trabalhando de novo.

– Não dessa maneira.

– Não teria sido assim se você estivesse aqui, teria?

Desviou os olhos, e a vi, de novo, à janela, olhando para um futuro vazio.

– Devia ter esperado – repliquei calmamente.

– Onde estava?

– Sabe onde. Procurando Meragosa.

– Durante três dias e duas noites? Deve ter sido uma busca absorvente, Bucino.

– Bem... Topei... topei com uma birosca e comecei a beber.

– Ótimo. Porque, por um momento, achei que o seu fedor era por tê-la encontrado. Que ela tivesse feito uma oferta melhor, e você a tivesse aceitado.

– Oh, não seja ridícula. Sabe que nunca a deixaria.

– Sei? Sei realmente? – Interrompe-se, com raiva, e sacode a cabeça. – Três dias, Bucino. Sem nenhuma notícia. Esta cidade vomita cadáveres a cada maré. Como eu ia saber onde você estava?

Faz-se silêncio enquanto a chama reacesa de nossa energia se extingue. Se ela não estivesse com tanta raiva, acho que choraria.

Pela fresta das venezianas, a velha está gritando, nos insultando pelo barulho e moral duvidosa. Vou à janela e abro as venezianas quebradas. Juro que, se tivesse um arcabuz, dispararia agora contra ela, e a despachava para o outro mundo, pois estou farto de seus olhos redondos e suas tagarelices em murmúrio. Olho para a água, que cintila com a luz do sol e, de súbito, estou de volta a uma floresta, fora de Roma, com um rio na minha frente, a chispa de um rubi recentemente lavado na palma da mão, e a promessa de um futuro planejado por nós. Que Deus amaldiçoe esta cidade sifilítica. De qualquer maneira, nunca quis conhecê-la. Ela tem razão. Engole pobres mais rápido do que uma carpa engole barrigudinhos. Não é preciso muito para que nós dois morramos aqui, com a cara para baixo, em um canal de esgoto.

– Desculpe – falo. – Não quis assustá-la.

Ela sacode a cabeça.

– Nem eu mandá-lo embora. – Interrompe-se e seus dedos mexem na marca em seu braço. – Não adianta discutirmos.

Quanto medo sentiu da violência dele? Eu me pergunto. Se sentiu, não admitiria, creio eu, sequer para si mesma. De todas as cortesãs que conheci – e esbarrei com muitas em Roma –, ela sempre resistiu à vulnerabilidade gerada pelo sentimento muito vibrante.

– Eu... andei pensando no que me disse. Sobre a oferta de Aretino. Devia ter-lhe dado ouvidos.

Dou um suspiro, pois agora parece menos uma vitória do que mais outro obstáculo.

– Ouça, eu não teria sugerido isso se não achasse que ele ainda nutre um sentimento por você. Sei que a irritou em Roma, e tem raiva dele por isso. Mas, na época, o seu trabalho era ofender as pessoas, ainda que exista quem diga que tem um coração generoso, e acho que ele amadureceu aqui.

– Amadureceu! Aretino?

– Sei que parece improvável, mas acho que é a verdade.

O fato é que não fui completamente consumido, não a ponto de não manter os ouvidos e olhos bem abertos, e realmente parece mudado. Enquanto em Roma ele era uma pretensa figura pública, vomitando suas opiniões a qualquer um que pagasse por elas, aqui ele é um cidadão mais privado. Nada de sátiras políticas, nada de libelos difamatórios, nada de vivissecção cívica, para manter a cidade honrada. Apesar de correrem rumores sobre cartas escritas ao papa e ao imperador para uni-los de novo (a sua arrogância não tinha desaparecido completamente), quando se tratava de suas opiniões sobre Veneza, havia somente um rio de elogios para o estado, um verdadeiro paraíso terreno, rico em liberdade, prosperidade e religiosidade. Pessoalmente, gostava mais dele como um leão do que como gato doméstico, mas a sua pena tinha-lhe feito inimigos por toda a Itália, e também ele está precisando de um lugar seguro e novos patronos a quem agradar e bajular. Por enquanto, ele se aninha perto daqueles que já são homenageados: Jacopo Sansovino, de Roma, que, parece, continua empregado para impedir que os domos de San Marco desmoronem – há remessas de chumbo empilhadas na piazza, prontas para o começo da obra – e Tiziano Vecellio, que dizem ser tão bom pintor quanto qualquer um que Roma ou Florença já produziram (sou um idiota quando se trata dessas coisas, embora goste da maneira como a sua madona escarlate surpreende todos os homens debaixo dela, enquanto rodopia para o alto, para o Paraíso, acima do altar de Santa Maria dei Frari). Com amigos como esses, Aretino pode se dar ao luxo de esperar os protetores certos.

O que significa, pelo menos por enquanto, que vale a pena freqüentar suas *soirées*.

– Bem, já que não temos outra opção, é melhor que o procure e diga que irei.

E acredito que realmente teria feito isso, se não fossem os visitantes que nos surpreenderam duas noites depois.

Capítulo Doze

– VAMOS LÁ, ABRA AS PORTAS, PUTA FABULOSA!

– Uau, isso mesmo! Abra as portas. Viemos ver a famosa cortesã de Roma!

Somos acordados e, pelas venezianas, vemos que é noite escura. Do som que fazem, devem estar bebendo há horas. Um barqueiro menos hábil já teria perdido vários deles na água, porém, mesmo pelas frestas, está evidente de que se trata de uma embarcação luxuosa, com lanternas nos dois extremos. E pela aparência, formam um grupo ainda mais pomposo – nobres, seis ou sete deles, todos ainda jovens o bastante para estarem usando meias coloridas, e ricos o bastante para não se importarem com quem estivessem perturbando, além de nós.

– Fiam-met-ta Bian-chi-ni!

Batem os remos na água a cada sílaba, as vozes ressoando como fogo de artilharia.

– Doce e alva *Bianchini*!

– Pequena chama, *Fiammetta!*

– Pequena chama doce e alva.

– Rameira fogosa, incasta.

E uma grande gargalhada se irrompe com a poesia excruciante. Nenhuma casa, meia milha em volta, deixou de ser despertada pela cacofonia deles. Rapazes com o veneno da bebida e do privilégio correndo por suas veias. A verdade é que infringem mais leis e defloram mais corpos femininos do que aqueles que vivem na pobreza. E quantas vezes os vemos pendurados com metade das costas esfolada, para servir de exemplo aos outros? Meu

Deus, como os desprezo, mesmo quando pagam o preço apropriado por isso – e duvido que tenham essa intenção nessa noite.

Há somente uma maneira pela qual homens de sua posição teriam ficado sabendo quem somos e onde estamos. Apesar de eu achar que Aretino não é um homem cruel, é um fofoqueiro inveterado, e o que quer que lhes tenha dito sobre ela, foi entendido como disponibilidade. Sinto a fúria dela no escuro, do meu lado. Faço menção de abrir a janela, mas a sua mão me detém. No mesmo instante, ouve-se o estalar e bater de venezianas próximas e, em seguida, uma torrente de insultos grosseiros dos dois lados. Ela tem razão. Se nos vissem agora, só faria agravar a situação. A pantomima vai aumentando de volume na noite.

– E pode ir fechando suas pernas sifilíticas, senhora. Não viemos ver bruxas esqueléticas.

– Não quando sua vizinha já teve cardeais e papas dentro dela. Ah, ha!

Mas encontraram um páreo duro, e pelo berro que se elevou, acho que o líquido que os atingiu é mais copioso que a água do canal. Ficamos atrás de portas cerradas enquanto os gritos e imprecações prosseguem por algum tempo, até, finalmente, os jovens se cansarem do jogo e o barco partir, ruidosamente, desaparecendo na noite. Esperamos até suas vozes serem tragadas pelo silêncio, e nos afastamos da janela, tentando voltar a dormir. Mas os insultos dos beberrões ecoam em minha cabeça, e ainda estou desperto quando o dia amanhece.

Saio cedo para buscar o pão. A fila está comprida, e ouço as pessoas murmurando à minha volta. Do outro lado do campo, um grupo de velhas me vaia quando retorno para a nossa rua, e ao chegar à porta, me deparo com o desenho grosseiro a carvão de um pau e escroto grandes no muro. Maldição, agora, até mesmo nossos vizinhos são nossos inimigos. Subo a escada com o coração pesado, me preparando para mais fúria ou desespero.

Para meu espanto, em vez disso, encontro excitação.

Ouço sua conversa animada pela porta. Dentro, minha senhora está acordada e vestida, enquanto à sua frente, na cama, está La Draga.

– Oh, Bucino. Veja o que Elena me trouxe: creme para a minha pele. Para proteger a sua alvura.

– Como foi gentil – replico secamente.

La Draga vira-se para a minha voz, e nos encaramos. Embora, é claro, só eu enxergue. Hoje, seus olhos estão esbugalhados, fossas de uma nuvem branca densa que nos suga quando olhamos para eles. Há duas semanas, ela e eu mostrávamos nossas garras nessa cama, e no entanto, ela agora retorna à toca do leão. Tem coragem, esse mérito não lhe tiro, e fez minha senhora sorrir quando não há nenhum motivo para sorrir, o que não é pouco.

– Ela veio oferecer ajuda, se precisarmos.

– Só gostaria de termos dinheiro para empregá-la... empregar você – digo, gaguejando, pois ela ainda me deixa nervoso.

– Oh, ela não quer pagamento. É uma oferta por amizade, depois do nosso prejuízo, não é, Elena?

Minha senhora sorri largo e pega sua mão. E aposto que, até mesmo, uma cega é capaz de sentir o afeto de seu sorriso pelo aperto da mão.

– Mas então, enquanto conversávamos e eu lhe contava o que aconteceu na noite passada, me ocorreu uma idéia maravilhosa. Oh, Bucino, você vai adorá-la. É perfeita. Quanto temos ainda? Quarenta ducados... foi o que me disse, não foi?

– Eu... – Mas apesar de, agora, talvez sermos todos amigos, não vou partilhar toda a nossa humilhação com ninguém mais a não ser nós mesmos. – Não... não sei.

La Draga percebeu minha voz tão rapidamente quanto qualquer olhar, e já está em pé, retirando a mão de minha senhora e puxando o xale ao redor do corpo – o mesmo xale que lhe demos quando a nossa estrela estava em ascensão.

– Tenho de ir. Fui... fui chamada ao outro lado da cidade para ver uma mulher cujo bebê não virou. – Faz uma mesura para a minha senhora, depois se vira para mim. – Se precisar de mim, Signor Bucino, mande uma mensagem, e eu virei.

Minha senhora está tão excitada que mal espera que ela atravesse a porta.

– Então? Quarenta ducados. Certo?

– Sim – replico. – Quarenta, mas...

– Mais nove ducados da carteira do mercador. O medalhão é barato, com certeza, e os judeus não tocarão em seu punhal. E o nosso livro? O Petrarca que Ascanio deixou, com sua tranca pomposa. Certamente conseguiremos algo por ele, não? Só Deus sabe por quanto tempo o carregamos, e apesar de estar gasto, o sinete dourado e os fechos prateados são o que há de melhor na gráfica romana. Os judeus vão aceitá-lo, não vão?

– Não faço a menor idéia – replico. – Não podemos nem mesmo abri-lo.

– Podemos quebrar o cadeado.

– Mas arruinaríamos parte de seu valor. O que você está...

– Ainda assim continuaria com algum valor, sim, com certeza, já que Ascanio iria construir sua fortuna com ele. Nem que conseguíssemos, digamos, 15 por ele. Isso nos deixaria com 64. Estou certa de que podemos fazer isso com sessenta e quatro.

– Fazer o quê? Fiammetta... do que está falando?

– De um barco. Estou falando de termos um barco só nosso. Um quarto flutuante. Doce madona, não sei por que não pensei nisso antes. Só me ocorreu hoje de manhã, quando contava a Elena sobre os bandidos no barco *deles*. Não se lembra daquela mulher... na primeira noite?

A primeira mulher? É claro. Como poderia me esquecer? As cortinas douradas, os dedos indolentes em seu cabelo, a lufada de perfume e sexo na outra margem. Mesmo com a exaustão e medo da nossa chegada, seu exotismo me chamou a atenção.

– É um risco, mas juro que podemos fazer dar certo. Não eram prostitutas das ruas que estavam naqueles barcos. São especiais para Veneza. Minha mãe sempre disse que os mercadores estrangeiros adoram o seu romantismo. Somente aqui, um homem pode ter esse tipo de aventura. E por isso mesmo, as melhores mulheres são pagas de acordo. Contanto que elas e seus barcos sejam luxuosos o bastante.

E, meu Deus, alguns deles são realmente: gôndolas guarnecidas com preto e dourado, com lanternas vermelhas e cabines construídas como pequenos quartos, com cortinas de cetim, seda e damasco, cada qual com seu próprio barqueiro sarraceno escuro e lustroso, para manobrá-las na noite e, sem dúvida, olhar para o outro lado quando mandado. É claro que pensei neles. Quem são? Quanto cobram, por quanto tempo?

– E o clima? – digo. – Tenho dúvidas da capacidade de romantismo de um pau pego por um vento inclemente no Canal Grande, nesta época do ano.

– Sei. O momento não é perfeito. Mas está esquentando e há lugares em que as embarcações podem ficar abrigadas. Dessa maneira, podemos obter uma renda regular sem destruir a nossa independência. La Draga vai nos ajudar, e se tivermos sorte, poderemos, até mesmo, encontrar, um protetor. Sei, sei, não é o tipo de negócio com que estamos habituados. Mas é alguma coisa, e você tem razão. Temos de começar em algum lugar. Minha mãe conhecia mulheres que viveram com conforto tendo a clientela certa. Então?

E como convivo há anos com a sua conversa, e como a sua nova energia é mil vezes mais encantadora do que a sua raiva ou desespero, sei que tenho mais o que fazer do que gastar meu ar em discussões que não vencerei.

– Muito bem. Vou levar os sonetos ao judeu.

Capítulo Treze

TINHA-ME ESQUECIDO DE COMO É UM OBJETO BELO. Todos esses meses na estrada, enfiado dentro do meu gibão, desgastaram e mancharam um pouco a sua capa, mas o matiz do couro continua um vermelho-escuro, suas letras e inscrições da melhor qualidade, e suas bordas conservadas pela encadernação com filigranas e fechos prateados. Minha senhora tem razão. É o melhor que Roma podia oferecer, e na casa de uma cortesã próspera, seria um elegante entretenimento: tanto pela diversão do cadeado quanto pela beleza dos sonetos de Petrarca. Pelo menos, vai para o penhorista, e podemos, com o tempo, recuperá-lo.

Ele parece gostar de me rever. Na sala dos fundos, na prateleira, tem água e um prato com pequenos biscoitos que, suponho, servem de seu jantar, e ele me oferece um. Ciente do privilégio, aceito um, embora, insosso e ressequido, seja difícil de engolir.

O livro fica sobre a mesa, entre nós dois. Ele olha, mas não toca.

– Não é a Bíblia – digo. – É um livro de Petrarca.

– E quem é ele?

– É... foi... poeta e filósofo.

– Mas cristão?

– Sim.

– Então, o livro fala de religião?

– Sim. Não. Na verdade, não. Acho que fala mais da vida e do amor.

– Lamento. Não posso aceitá-lo. A lei é clara: não é permitida a penhora de objetos cristãos.

– Como? Minhas jóias eram pagãs?

Sorri.

– A proibição se refere às palavras. Livros. E determinados artefatos. Coisas de igrejas. Ou armas.

– Está dizendo que, se meus rubis estivessem incrustados em uma adaga, não os teria aceitado?

– Não, não teria. Não poderia. Não é somente a lei de Veneza. É também a norma do rabinato.

– E daí? Ficaria desonrado com esse tipo de coisas?

– A desonra, acho, ocorreria dos dois lados.

– Nesse caso, poderia aceitá-lo só pelo couro e pela prata, pois o conteúdo não o perturbaria. Está trancado e não posso abri-lo.

Só Deus sabe quantas vezes tentei, lançando os números como se lança dados, descobrir sua seqüência. Houve vezes, na viagem, enquanto estava enroscado no meu beliche no interior do navio, a minha imaginação esforçando-se em vão para engrossar as paredes de madeira entre mim e a água, em que, se tivesse as ferramentas, teria quebrado o cadeado só para que outro mundo entrasse e tirasse minha mente daquele em que eu estava.

Depois que meu pai me ensinou a ler, sei que ficou confortado com a voracidade do meu apetite. Ele tinha cortejado minha mãe com os sonetos de amor de Petrarca. E porque, como professor, achava que aquilo que se sabia era tão importante quanto o que se possuía, o seu amor pelas palavras transbordou para mim. Se eu não fosse ainda tão jovem quando morreu, sei que a minha vida teria sido diferente. Mas apesar de que se envergonharia tanto da minha profissão quanto do meu corpo hoje, gosto de pensar que se impressionaria com a minha capacidade de recitar tantos argumentos filosóficos nas mais eruditas de nossas reuniões mundanas.

– E do que fala esse Petrarca?

– Ele fala da beleza e do amor.

– O que diz sobre eles?

– Bem, são sonetos, poemas de amor. Mas – acrescento rapidamente, achando ter percebido uma carranca passar por seu rosto – é filósofo, tanto quanto poeta, e alerta como o amor carnal entre homens e mulheres pode se tornar uma doença, deteriorando a vontade e os impulsionando à loucura na direção do Inferno, enquanto o amor de Deus transcende o corpo e liberta a alma para começar sua jornada ao Paraíso.

– E os cristãos concordam com isso?

– Sim. – E penso de novo em meu pai, para quem Petrarca era quase um santo. – Se bem que é mais reverenciado na teoria do que na prática.

– O que quer dizer?

– Que é fácil falar, mas difícil fazer.

Ele reflete por um momento.

– Não acho que as leis de Deus pretendem ser fáceis. É o fardo e o desafio. Para todos nós.

Gosto da sua seriedade. Parece que, além da curiosidade, há convicção no que fala. Penso em como deve ser estranho para ele. Viver numa cidade, ainda que não viva propriamente nela. Ser pagão, e sentir como se estivesse cercado de pagãos. Ver a si mesmos como eleitos enquanto outros os vêem como missionários do Demônio, a sua existência tão nociva que têm de ser confinados em um gueto ao pôr-do-sol, e, até mesmo, pagar o soldo dos soldados que guardam seus portões. O que fazem lá a noite toda? Passam o tempo rezando? Ou dançam e riem, contam casos e enfiam seus paus em suas mulheres, como todo mundo? Sei tão pouco sobre eles, que podem muito bem ter vindo das Índias. E talvez eles...

Estende a mão, e seus dedos tocam a orla prateada do livro, depois o tambor do cadeado. Um instante depois, puxa-o para si.

– Diz que dentro também é belo?

– O homem que o fez era o maior impressor e gravador de Roma. A qualidade de seu trabalho era famosa na cidade toda.

– E o cadeado?

– Foi idéia de seu assistente, acho.

– Um homem que trabalhava com metais e rebites.

– Sim.

– Vi coisas assim antes. Há um mecanismo, na maneira como estão dispostos pequenos rebites numerados. Se se alinharem corretamente, a tranca se abre.

– Até aí, entendo. Mas nunca consegui colocá-los na ordem certa.

Ele aproxima a lamparina e, firmando a lente no olho, examina o cadeado.

– O que está vendo?

– Coisas pequenas tornadas maiores, lacunas onde antes não havia espaço.

– É assim que detecta uma pedra falsa?

– Não. Com pedras preciosas, é como a luz se move por elas. Não há fogo no núcleo de uma pedra que não é verdadeira. – Tira as lentes. – Ficaria surpreso com a diferença dos objetos quando a visão alcança o seu interior.

– Acha que consegue abri-lo?

– Talvez. Vou tentar.

– Obrigado. – Observo seu rosto quando se concentra no cadeado. – Posso lhe fazer uma pergunta?

Não responde, mas entendo o ligeiro encolher de ombros como assentimento.

– O que faria, se não tivesse de fazer isto?

– Isto? – Ele se interrompe. – Se eu não tivesse de fazer isto. – Faz um gesto ao redor da sala como se para lembrar onde está. Sacode a cabeça. – Se não tivesse de fazer isto... pegaria um navio para o lugar em que estão as pedras maiores, e olharia dentro da terra para ver de onde vêm e como são feitas.

– E, depois, as cavaria e venderia?

– Não sei. – Percebo que a pergunta o surpreende. – Respondo quando chegar lá.

– De quanto tempo precisa para abrir o livro?

– Fecho com o penúltimo sino. Volte nessa hora.

Com esforço, saio do banco.

– Se abrir o cadeado, vai olhar o que tem dentro?

– Não sei – diz ele, a mão pegando a lente. – Respondo quando chegar lá.

Lá fora, a cidade está mudada. Enquanto falávamos das leis de Deus e dos segredos da terra, uma névoa fria havia se levantado do mar, atravessando os becos, deslizando sobre a água, roçando a pedra fria. Enquanto ando, a rua logo desaparece atrás, o toldo azul da loja perdido em segundos. As pessoas se movem como fantasmas, suas vozes sem conexão com seus corpos; tão rápido quanto aparecem, desaparecem. A neblina é tão densa que, quando atravesso para a Merceria, mal vejo o solo sob meus pés ou sei se o escuro é por causa do clima ou do começo do crepúsculo. Ando pelas ruas que conheço sem precisar de meus olhos, até chegar ao Campo dei Miracoli.

Apesar de ser um campo pequeno, parece, agora, que entro em mar aberto, o nada ao redor e o horizonte denso e vazio tão distante quanto as Índias. Tinha ouvido falar das névoas de Veneza pelo velho do poço, casos sombrios de como a cerração desce tão densa que não se sabe mais onde a terra termina e a água começa. Na manhã seguinte, diz ele, sempre se encontra um ou dois sujeitos com consciência pesada, boiando de cara para baixo em um canal a poucos metros de sua casa.

Talvez eu viva com a consciência pesada há tanto tempo que, agora, simplesmente, passou a fazer parte de mim, porque, apesar do meu ódio pela água, meus nervos estão mais excitados do que propriamente com medo, pois há algo quase hilariante na extravagância de tudo isso, como se cada passo que a pessoa dá fosse um risco pessoal.

A fachada de mármore cinza esverdeado de Santa Maria dei Miracoli surge da escuridão como uma grande estátua de gelo, a cerração arrastando-se em torvelinho, dando a impressão de que estou parado, e de que é o edifício que se move. No meio, suas portas estão abertas, o fulgor do calor da luz de velas no nevoeiro frio, e, sem pensar, me movo na sua direção.

Por um instante, ao cruzar o limiar, é como se ainda estivesse no nevoeiro. À minha volta, o piso e as paredes também são de mármore, e a iluminação púrpura e cinza filtrada pelas janelas altas é fria e enevoada. Apesar de passar por esta igreja quase todo dia, a caminho do mercado ou além, nunca estive em seu interior. É um axioma conhecido entre os peregrinos que vêm a Veneza que se pode morrer antes de visitar todas as igrejas da cidade, e estou sempre ocupado demais para sentir curiosidade, especialmente em relação a capelas pequenas demais para considerações profissionais. Mas agora, com o mundo imobilizado à minha volta, tenho tempo para olhar.

Há um quê de novo nesse edifício, dá para percebê-lo. Não somente a limpeza, mas como tudo nele parece simples, sem nenhuma crosta do tempo que marca tantos outros: nenhum túmulo, nenhuma disputa de status, com uma dúzia de altares de famílias rivais. No teto abobadado, os retratos em medalhões são tão brilhantes que dá para sentir o cheiro da tinta, e no altar, no final – em que um retrato de Nossa Senhora dos Milagres está pronto para ser adorado –, o painel de mármore foi cinzelado de maneira complexa, como uma toalha de altar de renda. As estátuas de santos e a Virgem olham serenamente para baixo, para as doze ou mais pessoas sentadas nos bancos. Talvez também eles tenham saído do mar cinza em busca de um pouco de solidez em que se agarrar, mas o ar diáfano e o silêncio a tornam, de certa maneira, mais deslocada, como se não fosse nem terra nem água, mas alguma coisa entre os dois.

Sento-me atrás, e observo a igreja se encher para a véspera, a congregação silenciosa e sombria, como se amedrontada com o tempo. Em cima de mim, na galeria construída acima das portas, ouço os passos das freiras enclausuradas que chegam do convento ao lado, entrando, sem serem vistas, por um corredor elevado que une os dois edifícios. Se ouvimos com atenção, distinguimos uma conversa esporádica entre as vozes mais jovens, se bem que, como sempre, permaneçam invisíveis durante o serviço.

La Draga não tinha precisado ser tão rude comigo a respeito de questões de convento, pois não sou tão ignorante. Até mesmo em Roma, as freiras de Veneza são famosas. Enquanto toda cidade cristã oferece garotas a Deus, em vez de a maridos, para evitar a bancarrota de dotes excessivos, Veneza se vangloria de ter tantas noivas de Cristo quanto noivas de nobres. Assim o estado parece puro e as famílias governantes permanecem ricas. Entretanto, não é segredo que as tropas regulares do exército demonstram menos entusiasmo por seu trabalho do que voluntários ou mercenários.

Em Roma, minha senhora pagava diversas religiosas locais para bordar sua roupa de cama, e passei horas agradáveis nos salões de conventos sendo cutucado e examinado debaixo de meu gibão por freiras jovens, vestidas com elegância e dando risinhos, ansiosas para ver se os rumores sobre os homens pequenos eram verdadeiros, enquanto minha senhora conversava sobre a fofoca mais recente com o restante delas.

Apesar de, aparentemente, o governo de Veneza estar mais comprometido com a virtude, a mente de mulheres jovens em qualquer parte do mundo não é tão diferente quando se trata do tédio do encarceramento involuntário. Disso tenho certeza, pois é o meu negócio – compreender as maneiras como o desejo subjuga as leis de Deus, e embora talvez sejam os homens os ofensores mais inveterados, as mulheres não estão imunes, nem mesmo aquelas contratadas para o aprendizado de Deus. Na verdade, considerando-se o que sei sobre o poder da ânsia humana, chego até mesmo a afirmar que, se eu fosse um homem pobre na Alemanha, com Lutero como meu pregador, teria interpretado suas vituperações contra o celibato da igreja como bom senso, e não heresia. O que, por sua vez, me faz pensar de novo em Petrarca e em como suas exortações do carnal ao espiritual lhe ocorreram mais facilmente quando mais velho do que quando um jovem poeta estupefato escrevendo seus sonetos de amor ardente por uma mulher chamada Laura, que, se acreditamos em sua descrição, possui a mesma beleza deslumbrante de minha senhora. Embora com mais modéstia.

Esperei até o ofício estar para começar e escapuli. Daqui, não escuto o sino de Merangona, e vou precisar de tempo para retornar ao Gueto na cerração.

A temperatura caiu com o clima, e ando o mais rápido que posso para manter meu ânimo elevado. Agora, parece que me movo por um cobertor, e sinto a ansiedade me corroendo. Se ele obteve sucesso, e o livro é tão bom por dentro quanto por fora, então certamente encontrarei um colecionador que pagará, se não o valor de um rubi, pelo menos o bastante para contratar um barqueiro por alguns dias. Na falta disso... Bem, na falta disso não é algo em que vou pensar agora.

Ele está à porta da loja, espreitando o escuro, como se estivesse esperando.

– Desculpe – eu digo. – O nevoeiro está denso. Demorei a achar o caminho.

Achei que me convidaria a entrar, mas não se mexe, e seu rosto parece tão cinza quanto a neblina.

– Estou atrasado. Tenho de fechar imediatamente.

– Você o abriu?

Olha-me fixo, mas continuo sem conseguir ver seus olhos. Pega, numa mesa lá dentro, um pacote embrulhado com pano.

– Escrevi os números do cadeado em um pedaço de papel que está aqui dentro – diz ele, empurrando o embrulho para mim, olhando em volta como se não quisesse que nos vissem juntos.

– Obrigado. Quanto é? Quer dizer, o que...

– Não pode mais voltar aqui. – E sua voz, agora, ressoa com raiva. – Entendeu?

– Por quê? O que aconteceu?

– A lei nos proíbe de manusear os livros de cristãos.

– Eu sei – replico. – Mas...

– Não volte mais aqui. Não farei negócio com você. – Já está fechando a porta. Tento detê-lo, mas ele é mais forte. – Este lugar está fechado para você.

A porta bate na minha cara.

Fico ali, furioso por causa daquela conversa. Bato com força na madeira. Maldito judeu. O que o faz pensar que tem o direito de me dizer o que não fazer? Mas a verdade é que a sua raiva me abalou. Apalpo desajeitadamente o pano que envolve o livro. Quando se abre, o pedaço de papel tremula e cai na sarjeta. Eu o agarro freneticamente, tentando enxergá-lo no escuro. Nele, estão escritos quatro números. 1 5 2 6? Sim, 1526. 1526. Tenho-os agora na cabeça. Eu amarroto o papel e enfio para dentro do meu gibão. Não tem como eu abrir o livro aqui, agora.

Neste tempo terrível, vou me demorar a chegar em casa. Saio do Gueto antes que os portões se fechem e percorro o mesmo caminho de volta ao campo mais próximo. À esquerda, uma pequena ponte de pedra, recém-restaurada. Ainda não consigo vê-la, mas sei que está ali. Há um lampião em uma esquina, suspenso para combinar com a ponte nova, que é o orgulho da comunidade, e é aceso todo fim de tarde, regularmente. Quando o tempo está normal, ilumina as *fondamenta* dos dois lados. Só quando estou na metade da ponte, distingo sua fraca incandescência, mas, se ficar bem embaixo dele, poderei enxergar o bastante para arranjar os números corretamente. Meus dedos estão duros com o frio, e seu pequeno tamanho torna difícil segurar o tambor com precisão suficiente para manobrar os rebites. 1. 5. 2. 6.

Ouço algo estalar, e quando o cadeado se abre, estou pensando que, se lemos os números juntos, além de formarem um padrão, também são uma data, e me pergunto o que aconteceu nesse ano que fez Ascanio escolhê-lo como chave.

No mesmo instante em que retiro o cadeado e abro o livro, percebo o que foi.

Capítulo Quatorze

É CLARO QUE OS TINHA VISTO ANTES. Não eram muitos os que, em nossa profissão, não os tinham visto, pelo menos de relance, embora nunca possuíssemos um exemplar, pois mudavam de mãos imediatamente por preços pagos por homens ricos, e quando a lei foi decretada, desapareceram tão rapidamente quanto baratas debaixo de uma pedra. O censor do papa, o cardeal Giberti, e seus homens, fizeram um bom trabalho. Corriam rumores de que havia erigido uma fogueira no pátio do Vaticano e os queimado, como Savonarola tinha queimado as vaidades de Florença, uma geração antes. Apenas um ano depois, era impossível encontrar uma única edição na cidade. Ou, pelo menos, nenhuma que eu soubesse.

Depois, foram feitos exemplares em xilografias grosseiras, que borraram tanto as linhas originais de Giulio, e enlamearam tanto seu sombreado, que ficava difícil ver o que estava acontecendo exatamente. Mas as gravuras originais eram tão claras quanto a luz da manhã, pois Marcantonio Raimondi era famoso por ter a mão mais firme de Roma, quando se tratava de entalhar linhas de aço em cobre. Se ele era o melhor gravador da cidade, então Giulio Romano era, certamente, seu melhor desenhista, pois embora lhe faltasse o encanto espontâneo de seu mestre, Rafael, ele compreendia o corpo humano como se tivesse investigado cada músculo sob a sua pele, e as posições em que colocava suas figuras eram uma prova tanto do nosso apetite pelo drama pictórico quanto de sua capacidade jovial de contorcer e explorar a forma humana.

Vale a pena lembrar que, antes dessas gravuras, os romanos não eram, de maneira nenhuma, inocentes em questões da luxúria artística. Nas casas mais ricas, podia-se ver várias ninfas sensuais perseguidas por sátiros ou Ledas em êxtase, paralisadas pelas grandes asas em movimento do cisne Zeus, e diziam que, no palácio Chigi, havia até mesmo uma estátua romana de um sátiro em estado avançado de agitação priápica por um garoto. Quanto às mulheres, bem, qualquer um com apetite para esse tipo de coisa podia encontrar várias Vênus nuas, examinando pudicamente seus reflexos perfeitos em espelhos seguros nas mãos ou deitadas, olhando a distância, inconscientes de estarem sendo observadas por tantos pares de olhos. Embora o desejo que incitavam pudesse ter sido moderno, o tema era essencialmente clássico, sua nudez vestida, no mínimo, de maneira semelhante à mitologia, para serem apreciadas somente por aqueles com um gosto refinado. E por mais carnal que fosse a sugestão, havia sempre algo deixado para a imaginação. A conclusão, o clímax, o coito estava faltando.

Até Giulio Romano.

Meu pobre judeu de olhos tristes. Quanto tempo precisou para se dar conta? O livro caiu aberto na metade, ou foi cauteloso e começou pelo frontispício? Nenhum sinal de Petrarca, embora seja provável que não tenha percebido isso logo na primeira página. Um título curto, composto somente de duas palavras: *As posições*. Suponho que tenha pensado em filosofia, ou, até mesmo, em uma discussão teológica. E a curiosidade incitada pela nossa conversa certamente o fez virar a página. E a seguinte? E a seguinte, depois dessa?

As posições: dezesseis imagens de dezesseis casais, mostrando dezesseis posições de fornicação. Na cerração da ponte, é difícil distinguir todos os detalhes, mas quando viro as páginas, minha memória acrescenta o que meus olhos não conseguem. Este tinha sido o poder dessas impressões. Uma vez vistas, nunca mais serão esquecidas. Cada imagem era explícita, exuberante, e mesmo acrobática. Situada no meio de alusões clássicas superficiais – o pilar avulso e cortinas caindo com graça –, esses corpos modernos estavam ocupados no trabalho do amor. Em algumas, os casais estavam enlaçados na cama; em outra, uma mulher foi escorada com almofadas no chão, seu traseiro erguido bem alto, em outra ainda, uma mulher se abaixando sobre um homem, como se estivesse se acomodando em uma cadeira; outra se equilibrando em uma perna só, guiando-o para dentro dela; ou um homem rodopiando uma mulher, presa ao seu pau, pelo quarto. Figuras com o físico de deuses e deusas e a imaginação de prostitutas, os homens com andar pomposo e a fala macia, as mulheres, com uma abundância de carne macia, acessível. E todos eles enamorados, escravizados pela luxúria.

Sinto de novo a fúria inquieta do judeu contra mim. O que vi em seus olhos? Aversão contaminada pela excitação? O ultraje da excitação? Não seria o único. A maior parte dos homens, depois de começarem a olhar, não podem parar, se bem que cruzei com algumas almas mais frágeis, que quando tinham terminado se sentiam compelidas a falar de sua lascívia a partir do asco por si mesmos.

Aqueles que conheciam a obra de Giulio Romano não alegariam surpresa total. Seu apetite tanto pelo ato quanto pela sua recriação era bastante conhecido. Inclusive pelo papa Clemente VII, um de seus principais protetores. Sendo um Medici, Clemente veio de uma linhagem nobre do erótico: seu tio, Lourenço, o Magnífico, tinha escrito um soneto infame exaltando as virtudes da sodomia no casamento, e o próprio papa gostava do estímulo da arte tanto quanto o prelado seguinte. Além de pagar bem por isso. No entanto, o rumor, que se espalhou como fogo por Roma depois que as gravuras apareceram, era que Giulio tinha, primeiro, desenhado os casais direto nos muros do Vaticano como protesto por não ter sido pago pela obra já concluída.

Ainda assim, apesar de Clemente talvez não ter gostado muito de descobrir tal erotismo ostensivo decorando seu salão, certamente não esperava acordar certa manhã e se deparar com as gravuras de Marcantonio dessa obra circulando – a um bom preço – pela sociedade de Roma. Que, evidentemente, incluía os membros mais prestigiados da Cúria. Por meses, ninguém falou de outra coisa. Fizeram maravilhas por nossa profissão. Minha senhora ficou fora de si de excitação, tentando identificar suas companheiras cortesãs por uma pulseira reveladora deixada em um pulso ou os cachos de Medusa de um certo penteado. Clientes chegavam com exemplares debaixo das capas: homens de moralidade questionável que gostavam da idéia de imaginá-lo antes de realizá-lo, homens tímidos que há muito tempo desejavam coisas que não tinham sido capazes de nomear. As mesmas imagens que inflamavam as fantasias dos rapazes eram usadas para melhorar a atuação das ferramentas de homens velhos. Durante algum tempo, pareceu que quase toda a sociedade romana, secular e sagrada, estava ocupada na cama.

Porém, mesmo quando o escândalo estava em seu auge, havia aqueles, como eu próprio, que acompanhavam tanto a política quanto o prazer, e que sabiam que estávamos nos arriscando. Fazendo justiça ao censor carrancudo do papa, Giberti, eram tempos perigosos. Metade da Alemanha estava inflamada de rebelião e heresia, e suas máquinas impressoras trabalhavam dia e noite divulgando suas próprias imagens de Roma, mostrando nosso Santo Pai como o Anticristo e a prostituta do Diabo presidindo sobre a cidade de Sodoma. Não era o momento para Sua Santidade ser vista como produtora de propaganda para seus rivais.

E desse modo, por meio de Giberti, o punho papal fechou-se. E apertou. Giulio bateu rapidamente em retirada para Mantua, onde tinha um protetor com mais dinheiro e menos culpa, enquanto Marcantonio e seu assistente se viram encarcerados na cadeia do Vaticano, com todos os exemplares das gravuras existentes confiscados, e as chapas de cobre originais, destruídas.

Ou assim todos acreditaram.

Mas agora, que estou aqui, na beira da ponte, no meio do nevoeiro, com o livro aberto em minhas mãos, não tenho mais certeza. Evidentemente, sempre resta um último exemplar oculto em alguma parte do estúdio, inteligentemente disfarçado sob a inocência de Petrarca. Apesar de divergir demais do espírito comercial realista de Marcantonio, era o tipo de malícia que se esperaria de seu assistente, especialmente um que já planejava seu futuro sem seu mestre.

Mas nem mesmo isso explica totalmente o prodígio do livro que está em minhas mãos.

Pois esta edição de *As posições* é mais do que um conjunto de imagens.

Esta edição tem também texto.

Os versos – "Os Sonetos Licenciosos", como eram conhecidos – não eram novos tampouco. O nosso próprio flagelo Pietro Aretino os tinha escrito depois do escândalo, para apoiar seu velho amigo Marcantonio, e torcer o nariz para o seu inimigo, há mais tempo ainda, Giberti. Unindo seus músculos de dramaturgo com seu talento vernacular, Aretino tinha composto cada soneto como uma conversa entre cada casal, um diálogo de lascívia por cada posição, escrito com uma linguagem jubilante de caralhos e bolinações, paus e cus; punhados de palavras longas e difíceis, para complementar a carne abundante, generosa, em sua viagem de Deus para o êxtase do pecado. Celebração, danação e rebeldia. Aretino no que tinha de melhor e de pior. Estava tudo ali.

Não foi preciso muito tempo para que um gravador subalterno produzisse uma série de xilografias com ilustrações inferiores para acompanhar o texto, nem para que essas fossem jogadas na fogueira mais próxima. Quanto a Aretino, bem, Giberti passou sua espada vingadora para outro. Depois de mais uma batalha pública de palavras, o poeta foi apunhalado em um beco escuro, ostensivamente pelo amante rejeitado de uma de suas conquistas. Com o pescoço decorado com sangue e a mão com que escrevia amputada, Aretino deixou Roma para sempre.

Alguns exemplares do livro ofensivo permaneceram escondidos ou saíram da cidade clandestinamente, mas foram reproduzidos tão grosseiramente que atuaram em detrimento tanto das imagens quanto das palavras.

Mas o verdadeiro triunvirato da imaginação erótica romana – a exuberância de Giulio gravada pela pena de Marcantonio e reavivada pela língua indecente de Aretino – nunca foi capturado para a posteridade.

Exceto que é exatamente isso que tenho em minhas mãos; uma transgressão deliciosa reunida pelas mãos hábeis de Ascanio, com as gravuras em uma página e os sonetos que as acompanham na outra, impressos com um estilo fluente e elegante. Um volume para incendiar o mundo, trancado no interior da delicada encadernação de couro dos sonetos de Petrarca.

Capítulo Quinze

– OH, BUCINO! NOSSO NAVIO ESTÁ RETORNANDO DAS ÍNDIAS. Você é um Marco Polo dos anões! Veneza vai erigir uma estátua em sua homenagem. Olhe para isto. Cada frase é tão limpa, tão perfeita. Veja... dá para distinguir uma única trança no cabelo de Lorenzina. Embora nesse ângulo, suas coxas pareçam grossas como as de um touro. Mas Giulio sempre nos fazia mais gordas do que os homens. Mesmo quando eu comia o tempo todo, nunca fiquei grande o bastante para o seu gosto. Talvez porque sejam tão poucas as posições em que as mulheres ficam por cima. Do contrário, os homens se machucariam.

Seus olhos brilham como duas esmeraldas recém-polidas, e dá para sentir a alegria e riso se irradiando por trás. Não creio que ela conseguiria ficar mais feliz, nem mesmo se o doge em pessoa tivesse se oferecido para ser seu protetor.

– Oh, oh... meu Deus, lembra-se deste? "Não sou Marte, sou Ercole Rangone, e a estou fodendo, Angela Grega, e se aqui tivesse meu alaúde, tocaria fodendo você." Meu Deus, é mais poesia do que já saiu de sua boca quando estava em pé. E aqui, supostamente, é Lorenzina falando... "Dê-me sua língua e apóie seus pés nas paredes, aperte minhas coxas e me abrace forte... Um dia, meterei seu pau no meu cu, e garanto que ele sairá ainda inteiro." Imagine Lorenzina dizendo isso! Lembra-se daquele olhar pudico, em que era especialista, que ela lançava quando a encontrava nas ruas? Talvez, afinal, ela realmente tivesse dentes lá embaixo. Mas duvido. Ele é tão mentiroso, o Aretino. Muito mesmo. Vangloria-se de como dá voz às mulheres, mas só nos deixa dizer palavras que os homens querem ouvir. Está sempre insistindo em como é *realista* quando escreve, mas o que acho é que há tanta fantasia no que escreve quanto em poemas de amor palacianos.

– Como assim? Está dizendo que cortesãs, na verdade, falam como esposas, quando estão na cama? – exclamo. – Que decepção. Eu devia parar de economizar meu salário.

– Ah, Bucino! Não seja tão modesto. Aposto que conseguiria fazer uma esposa falar obscenidades, pelo menos um pouco. Lembro-me de como aquelas matronas romanas olhavam para você no mercado. Estavam tão curiosas. Como? Acha que eu não via? É meu trabalho reparar nessas coisas... Diferença. Novidade. O prazer do novo. Conseguir na rua o que não se tem em casa. É isso o que todos fazemos. Sabe disso tanto quanto eu. Veja bem. Não é de admirar que as pessoas não se fartem disso. Duvido que qualquer um fora da igreja tenha visto tanta sodomia antes. Ha! Pobre Giberti. Nós realmente o deixamos apavorado por um tempo, não?

E, meu Deus, ela tem razão. Por aquele breve momento, quando as imagens pareciam governar Roma, o que outros consideravam pecado, nós, pecadores, considerávamos um comércio honesto. Oferecer às pessoas o que elas querem, a um preço justo. Certamente, obtínhamos um lucro justo disso.

– Diga-me, Bucino, como vamos fazer para vender esse tesouro? Devemos procurar um cardeal veneziano? Só sei que meu querido cardeal romano teria dado quase todas as suas antiguidades para ter este em sua coleção.

– Um cardeal? Acho que não – replico. – A maioria deles é Crow antes de ser cardeal, e nem de perto tão rançosos quanto eram em Roma.

– Sendo assim, a quem vamos vendê-lo?

Tenho feito a mesma pergunta a mim mesmo desde que abri a primeira página, na ponte, em pleno nevoeiro. Pois apesar de não haver dúvida de que a sua venda promete um bom lucro, é muito perigoso. Assim que um livro desse chega ao mercado, seu vendedor se torna tão infame quanto seu comprador. Sem falar nos responsáveis pela obra original.

– Tem certeza de que realmente queremos nos desfazer dele? – perguntei calmamente.

– É claro!... Isto é, se estivéssemos estabelecidos, eu o guardaria debaixo do meu travesseiro, pois com ele em meu quarto, eu logo me tornaria a prostituta mais requisitada da cristandade. – Ela ri. – Mas não estamos, Bucino, e com o lance certo, isso nos dará uma pequena fortuna.

– E depois que sair de nossas mãos, o que vai acontecer? A notícia vai se espalhar como fogo por vigas. Mesmo sem as chapas originais, há tantos gravadores nesta cidade, que em alguns dias as impressoras estarão distribuindo cópias de baixa qualidade, exatamente como em Roma. Vai acabar voltando para nós. Sempre acontece assim, e enquanto há dinheiro na fama, há perigo na notoriedade.

– É verdade. Mas neste momento, não sou conhecida.

– Mas, e os outros? Giulio está a salvo em Mantua, e Marcantonio, semimorto em Bologna, mas Aretino é um falso veneziano e ansioso para cair nas boas graças do governo. Ter o seu nome descaradamente exposto do lado dos sonetos mais obscenos do mundo, neste momento delicado, não vai torná-lo benquisto junto aos que fazem as leis e oferecem patrocínio.

Ela encolhe os ombros.

– Todo mundo sabe que ele os escreveu. É um libertino. É famoso por isso.

– Talvez. Mas nem mesmo ele caga nas salas de visitas de seus protetores. Pense nisso, Fiammetta. Veneza se gaba de muito mais religiosidade do que Roma. Aqui, há mais leis, os conventos são mais rigorosos, e o doge é tão correto que manda a própria filha para casa, quando ela usa um vestido pomposo demais para a lei. Quando for divulgado, Aretino talvez argumente que visava somente a corrupção de Roma, mas a verdade é que vai endurecer os paus dos homens na cidade que for. Logo a maior parte do governo estará ostentando suas próprias ereções, e serão forçados a proibir o livro em nome do bem público. E as esperanças de Aretino de conseguir um protetor desaparecerão junto.

Ela fica em silêncio por um instante.

– Não lhe devemos nada. Sabe tão bem quanto eu que foi ele que nos mandou o barco cheio de bandidos.

– Sim – eu digo. – Embora não ache que o seu objetivo tenha sido destruí-la. E sim levá-la a ele.

– Porque gosta de vencer. Sempre gostou.

– E daí? Agora quer vê-lo perder?

– Eu... sim... não... – Suspira teatralmente. – Oh... não sei. – Observei-a desempenhar o papel da prostituta esperta durante tanto tempo, que me esqueço que, na idade, ela ainda é uma garota. Franze o cenho e dá outro suspiro. – Ele me tratou mal, Bucino. Nunca sentiu raiva de alguém que o feriu?

– Mortal – digo, vendo a cara presunçosa de um certo homem quando ele me apresenta uma garota triste. Meu Deus, há muito tempo não penso nele. E não vou pensar agora. – Mas se essa mesma pessoa se aproxima de mim com a carteira cheia, não deixarei que isso interfira. Tudo o que estou dizendo é que, neste momento, com a sua esfera de influência, temos mais razões para tê-lo como amigo do que como inimigo.

Ela sorri de esguelha para o uso que fiz de algo que havia sido o seu próprio conselho.

– Oh, eu sei... uma cortesã deve sempre pôr os negócios à frente do coração! Ah, quantas vezes minha mãe martelou essas palavras na minha cabeça? Vou lhe dizer uma coisa, Bucino. Ainda escreverei um livro sobre esta profissão. As perdas e os ganhos. Pois às vezes é tão difícil como qualquer outra coisa que pedisse a um homem para fazer.

– Eu sei – replico. – Eu a observo há tempo suficiente para perceber isso.

– Entretanto... – E agora, a sua voz se fortalece, como se, de repente, estivesse declamando para o mundo. – Ainda é o melhor que você ou eu recebemos nesta vida. E onde ficamos? Não podemos nos dar o luxo de ter Aretino como inimigo. O que significa que não podemos vender o livro. O que significa que temos em nosso poder um objeto inestimável que não podemos conservar conosco porque continuamos pobres como freiras dominicanas... bem, pelo menos as poucas que obedecem às regras. Parece que, afinal, me tornarei uma prostituta das gôndolas.

Olho para ela e penso como fica adorável quando seu espírito está leve, e em como é a maneira como as pessoas lidam com os reveses, e não com o sucesso, que as distingue. Juro que viveria com ela pobre, e não com outra pessoa rica. Embora ainda prefira não ter de fazer a escolha.

– Como seria se não tornássemos Aretino nosso inimigo, guardássemos o livro, esquecêssemos o assunto do barco, e ainda assim fizéssemos a nossa fortuna?

Ela me olha fixamente.

– Diga-me.

Por fim, vou sozinho. Preciso antes convencê-la de que deve ser assim. Nós dois sabemos que é capaz de fazer isso bem, mas terá seu papel a representar em breve, se tudo der certo, e se houver algum desentendimento, é melhor que fique entre mim e ele.

Escolhi o momento cuidadosamente, me arrumando, me lavando com água-de-colônia, vestindo meu gibão e meias novas, de modo que eu pareça mais um igual do que um suplicante. Faço questão de comer o suficiente para que a minha barriga não ronque, alugo um barco, que pago para esperar, de modo que, se ele olhar pela janela, não entenda isso como uma estratégia de desespero, e porque, embora a água me deixe nervoso, é melhor do que chegar com as pernas tremendo, o que sempre é uma possibilidade, depois que ando rápido demais, ou o percurso é longo demais.

Faz sol nesta manhã, um sol suave de primavera que faz o Canal Grande emitir uma luz trêmula e ilumina o azul-ultramarino e o dourado do Ca' d'Oro, como se fosse a entrada para o Paraíso, no que quase se acredita, ao se ver a quantidade de visitantes e peregrinos de lá para cá em pequenas embarcações apinhadas no meio do canal, olhando para lá embasbacados. A casa de Aretino, que eu já sabia ter sido alugada de um tal bispo Bollani, fica no mesmo lado do canal, a este, mais perto do alvoroço da Rialto. É um endereço pomposo – pelo qual minha senhora teria dado outra virgindade –, mas não há ninguém olhando embasbacado: a agitação na água é grande, com barcos de comerciantes clamorosos, que abrem caminho até a costa, carregados de legumes e carne para os mercados.

A casa em si, apesar de seu tamanho, é lúgubre, os ornamentos carcomidos pela água salgada e vento, e a entrada pelo canal tão repelente que mais parece a entrada de uma prisão do que de uma casa.

O barqueiro abre caminho para a sua plataforma de desembarque, trocando insultos com os que bloqueiam a sua passagem ou arranham a pintura da sua embarcação. A água está tão encapelada com a atividade, que há uma lacuna grande entre a extremidade do barco e o molhe, e minhas pernas são curtas demais para transpô-la sem ele me dar um forte empurrão, que me manda voando para a plataforma de madeira, caindo de cabeça, e provoca a gargalhada de alguém a uns cinqüenta metros de nós. Levanto-me e relanceio os olhos para a janela da sacada, mas não há ninguém para assistir à minha humilhação. Imagino a mim mesmo lá em cima: meu Deus, que vista não será – Veneza espalhada a nossos pés, como se tivéssemos recebido cotas da maravilha da cidade.

Endireito o corpo e entro. A escada de pedra na entrada está igualmente caindo aos pedaços, e identifico o cheiro de urina misturado ao da água suja. Pelo que parece, até mesmo homens ricos cambaleiam de volta para casa bêbados e desleixados.

A vista melhora quando viro para o nível de cima e uma bela jovem, com bochechas e seios roliços, aparece na plataforma iluminada pelo sol para me receber. Vejo seus olhos se arredondarem de espanto quando percebe minha forma e tamanho. Surgindo do escuro, provavelmente pareço um íncubo que veio sugar de suas tetas a juventude e virtude. Ah, o que digo! À primeira sugestão de boa vida, sou presa da tentação. Considerando-se a reputação de Aretino, apesar de eu ainda poder sentir o gosto da juventude, qualquer virtude há muito desapareceu.

– Prezada senhora – digo, fazendo uma reverência, o que sempre as faz rir, pois minhas pernas são muito pequenas para isso. – Por favor, não fique alarmada. Sou uma das pequenas criaturas de Deus, mas plena de Sua graça e, como pode ver, perfeitamente formada. Bem, quase. E vim ver seu patrão.

Precisa de algum tempo para interromper o risinho afetado.

– Oh! E quem eu devo dizer que é?

– O anão de uma cortesã romana.

Ela dá risinhos de novo antes de desaparecer pelo corredor. Observo-a ir. Um tesouro doméstico, certamente, se bem que, provavelmente, um alimento mais para conforto do que inspiração.

Ele vem me receber pessoalmente. Está com roupa de casa, a camisa metade para fora, a barba e cabelo desgrenhados e com manchas de tinta na mão esquerda. Agora que está sem gibão, posso ver bem a direita, que pende, de maneira canhestra, do lado.

– Meu esplêndido amigo macaco! – Dá um murro de brincadeira em meu peito. Falamos de homem para homem, eu e ele, ou, pelo menos, fingimos isso um para o outro. – Que grande prazer! Estava ocupado escrevendo, mas, por você, farei um intervalo. Especialmente se traz notícias de sua senhora de língua afiada. Entre.

Entro atrás dele no *portego,* a sala grande que também é o amplo corredor central do *piano nobile,* o andar nobre, de todas as casas suntuosas de Veneza e que se estende dos fundos até a frente, dando para o canal. Na minha vida, aprendi a controlar a inveja, pois é o menos gratificante dos pecados, exceto, talvez, a indolência, mas agora ela transborda como bílis em minha boca, de modo que quase me enjoou engoli-la de volta. Não que a sala seja suntuosa. Não é. A decoração é modesta: umas duas tapeçarias puídas, brasões e armas, algumas arcas e cadeiras e dois candelabros enferrujados suspensos; tudo antiquado, ultrapassado. Não. Não é a riqueza, mas a luz. A luz dá vida à sala, grandes ondas douradas deslizando do canal entrando pelas janelas, iluminando as paredes, o teto dourado e o andar do terraço, isto é, o seu mosaico composto de mil pedacinhos de pedra polida. Vivíamos num submundo de pedra escura, de água escura, há tanto tempo, que me sinto como um rato de esgoto exposto ao sol. Respiro fundo, encho os pulmões com essa maravilha. Oh, se pudéssemos encontrar um lugar como este para nós, juro que nunca mais me queixaria.

– Gosta? Põe Roma no chinelo, não? Somente os ingredientes naturais de Deus: espaço, sol e pedra. Com uma pequena ajuda da engenhosidade do homem. Veneza, meu amigo. Paraíso na Terra. Como pudemos viver em outro lugar? Receio que seja cedo demais para comer, se bem que me prometeram um bom peixe para mais tarde. Mas posso lhe oferecer frutas e vinho. Anfrosina! – grita ele, se bem não se dê o trabalho de esperar que ela responda. – Traga a cesta de azevinhos que o conde Manfredo nos mandou do campo. Com uma garrafa de Signor Girolamo. – Ela aparece à porta, seus olhos ainda cheios de mim. – E taças de cristal, por favor. Pois o meu convidado é um homem baixo, feio, mas muito sábio.

Anfrosina, que conhece tanto Sócrates e Platão quanto me conhece, simplesmente dá um risinho de novo e escapa.

– O momento é excelente para você, Bucino. Há uma grande demanda no continente para uma obra honesta sobre a Catástrofe de Roma. Com uma audiência grande o bastante, poderia envergonhar o imperador e forçá-lo a se comportar melhor, e o papa a ser mais piedoso, pois um é mais teimoso do que o outro. Com esse objetivo, estou juntando histórias que tecerei em uma tapeçaria de sofrimento: a minha intenção é avivar a imensa festa da morte, em que, junto com os romanos comuns, a Cúria, os padres e as freiras, sofrerão o pior. – Sorri largo ao se lembrar de minhas palavras. – Veja. Na próxima vez que o povo disser que Pietro Aretino não fala a verdade, lembre-lhes que ele não muda nem mesmo uma única palavra. Portanto... deixe-me avivar a memória dessa cabeçorra sua. Por exemplo, qual o lugar de Fiammetta nisso? Pois posso afirmar, olhando para ela, que a sua história foi extraordinária.

Uma cortesã que acolhe os invasores e depois perde seu cabelo e parte de sua vitalidade para megeras hereges. Essa história ele realmente poderia ter composto, se bem que, em suas palavras, sem dúvida se tornaria ainda mais hedionda.

– Não cabe a mim contá-la. Se quer sabê-la, deve perguntar a ela.

– Oh! Ela não vai me contar. Ainda está com raiva de mim. Ah, a raiva de uma mulher: rocha derretida de um vulcão, que não pode ser detida e que nunca se esfriará. Devia aconselhá-la, Bucino. A você, ela escutaria. Seria melhor que ela apaziguasse essa rixa. Estamos, agora, todos juntos no exílio, e embora Veneza tenha seu quinhão de mulheres belas, poucas têm seu discernimento e inteligência. E, pode acreditar, este é um lugar pronto para uma vida abastada, liberdade, honra, prosperidade...

– É o que você tem falado pela cidade toda, eu soube. Espero que esteja recebendo um bom salário por essa bajulação cívica.

– Ha! Ainda não, embora alimente grandes esperanças de que o doge vai sorrir para mim. Ele está ansioso por ver sua cidade exaltada em uma publicação.

A adorável Anfrosina surge com as frutas e o vinho e os põe sobre a mesa, sendo recompensada com um tapinha negligente nas ancas, ao sair. Ocorre-me que ela provavelmente cansa a pessoa depois de algum tempo. Se bem que valerá a pena aceitar o risco. Tiro-a da cabeça, pois não é bom misturar negócios com prazer.

Oferece-me as frutas.

– Vê como meus amigos me tratam bem? Cestas dos produtos frescos do campo. Os melhores vinhos. Sou mais amado do que mereço.

– Talvez seja mais temido.

– Não. A partir de agora, Aretino é um homem de paz, devoção e louvor. Pelo menos, por enquanto. – E ri largo.

Respiro fundo.

– Então, não haverá mais poemas de cacetes e xoxotas, nem prelados sodomizando cortesãs em Veneza. Nenhuma foda até morrermos disso, celebrando os pobres Adão e Eva, que nos causaram o pecado da vergonha.

Olha espantado para mim.

– Bucino! A sua memória é melhor do que a minha. Não sabia que admirava tanto a minha obra, a ponto de citá-la tão solenemente.

– Também faz parte do meu trabalho, de certa maneira.

– Sim, de fato. E como sabe, tenho o maior respeito por isso, e tenho certeza de que, um dia, retornarei ao tema. Entretanto, nas atuais circunstâncias, sou uma pena convertida, com preocupações mais cívicas e espirituais.

– É claro. Portanto não deve saber nada a respeito de um barco cheio de grosseirões bêbados à nossa janela, duas noites atrás.

Ele pára por um segundo.

– Hummm. Sua senhora recebeu admiradores?

Não respondo.

– Bem, é verdade que a elogiei para alguns que apreciam a verdadeira beleza. Mas só porque sinto saudades dela.

Continuo calado.

– Mas ela está bem? Isto é, não houve problemas? Não é por isso que você está aqui, espero. Não desejo mal a ela, Bucino. Você, mais do que ninguém, sabe disso.

E a sua postura me faz sentir melhor em relação ao que vai se seguir.

– Na verdade – digo –, estou aqui porque tenho uma proposta de negócios a lhe fazer.

– Negócios. Ah. – Estende a mão para pegar a garrafa e me serve de um pouco de vinho. É de um dourado claro e a luz do sol na sala atravessa suas bolhas. – Estou ouvindo.

– Algo veio parar em minhas mãos. Uma obra de arte de valor considerável. Trata-se de um exemplar de *As posições*, de Giulio. – Faço de novo uma pausa. – Nas gravuras originais...

– Originais! De Marcantonio?

– Sim. – Agora, me divirto. – E com "Os Sonetos Licenciosos" anexados.

– Mas como? Não é possível. As chapas de Marcantonio foram destruídas muito antes de eu começar a compô-los.

– Não posso dizer como – replico –, porque, para ser franco, não sei. Só sei que estão comigo.

– Como os conseguiu?

Pego mais algumas cerejas. Têm um gosto um tanto azedo, mas estamos no começo do ano, e o sol ainda não teve tempo para adocicá-las.

– Digamos que tenham vindo a mim na loucura dos últimos dias de Roma. Quando muita gente partia em fuga.

– Ascanio – murmura. – É claro, aquele merdinha.

– Se lhe serve de consolo, ele partiu sem o único volume que faria a sua fortuna.

Relanceia os olhos para mim.

– Onde está? Posso vê-lo?

– Oh, não o trouxe comigo. Seus sentimentos carnais maculariam as ruas desta cidade pura.

Ele resmunga.

– Entendo. O que quer de mim, Bucino?

– Achei que talvez pudéssemos empreender a sua publicação juntos. Com suas relações, poderíamos conseguir que fossem copiados com qualidade e vendidos nas redondezas da cidade. Fariam a nossa fortuna.

– Sim – murmura ele. – A sua fortuna e, neste momento, a minha desgraça.

– Ah. Nesse caso, talvez fosse melhor para mim vendê-lo a um único colecionador. Alguém com bom gosto e influência. Estamos um tanto necessitados de fundos no momento, e acho que é possível receber alguns lances.

– Ooh... chantagem! – Bebe um gole de seu copo e me observa enquanto engole. – Tenho de admitir que estou desapontado. Esperava mais de você.

Faço uma mesura.

– Aprendi tudo o que sei com um homem mais talentoso do que eu. Um grande escritor que ganhava a vida propagando escândalos. Ou recebendo para não propagá-los.

E dessa vez, ele ri.

– Por Deus, eu realmente gosto de você, Bucino. Traga os impressos e sua patroa, e venham morar aqui. Juntos, governaremos Veneza.

Agora é a minha vez de ficar em silêncio.

Ele suspira.

– Ai de mim, de qualquer maneira, não teria como sustentá-la. Não tenho dinheiro. Este é o problema com o seu plano, entende? Isto. Tudo isto – faz um gesto indicando ao redor da mesa, da sala – é caridade de amigos.

– Não quero dinheiro – digo.

– Não? Então o que quer?

Respiro fundo.

– Quero que lhe encontre um protetor. Um homem de posição e riqueza. Alguém que aprecie beleza e inteligência, e que a trate bem.

Ele volta a se sentar.

– Sabe, acho que foi melhor termos brigado, eu e ela, naquele tempo. Senão teríamos nos tornado rivais, e a teria perdido de outra maneira. Pobre Fiammetta. Tem sido tão difícil assim?

– Você não faz idéia – respondo.

– Oh, eu não teria tanta certeza disso. Houve um momento, em um beco em Roma, em que pensei ter ouvido o cavaleiro da morte nos passos do assassino que decepou minha mão direita. E fiquei do lado e velei um homem maior do que qualquer um de nós, batendo a cabeça na parede para dar um fim à agonia de uma perna amputada que o arrastava para a morte. Chorei feito um bebê depois que ele se foi, pois era um dos meus melhores amigos. – Sacode a cabeça. – Não tenho nenhum apetite pelo sofrimento, Bucino. Gosto demais do prazer. Às vezes, acho que devo ter algo de mulher em mim. Por isso gosto tanto da sua companhia. Será a minha perda. Mas farei a vida correr, antes que me pare. Então, a exigência é que lhe encontre um bom protetor. O que mais?

– Que consiga introduzir o seu nome no Registro de Cortesãs. Redigirei a inscrição, e conseguirá que um de seus amigos nobres a insira.

– Não – replica com firmeza. – Não vou fazer isso.

Por um segundo, fico sem saber o que fazer. Levanto-me da cadeira.

– Então, levarei o livro a outro lugar.

– Ah! Espere! Se alega ter aprendido com o mestre, não seja tão apressado. Para que uma barganha seja concluída é preciso concessões dos dois lados. Sente-se.

Sento-me.

– Darei um jeito de introduzir o registro no livro. – Leva um tempo para prosseguir. – Mas o texto não será seu. Será meu.

Olho para ele fixamente.

– E como vou saber que não vai enganá-la?

– Porque... porque, porque, Bucino, mesmo quando exagero, digo a verdade. Especialmente sobre mulheres. Como você sabe muito bem.

Levanto-me de novo.

– E como vou saber que cumprirá a sua parte no trato, que quando ela se estabelecer e ficar rica, não acordarei no dia seguinte com cópias de *As posições* por toda Veneza, com meu nome junto?

– Porque, se for leal a ela, serei leal a você. Como você bem sabe.

Capítulo Dezesseis

DO OUTRO LADO DO CANAL, NOSSA VELHA MEGERA está à janela, paralisada. O dia está mais frio, e o mesmo ar encanado que chocalha nossas janelas, chocalha as suas, mas ela não se mexe. Sua cara está determinada como um trovão, e se pudesse enfocar seus olhos errantes por tempo suficiente, acho que sentiríamos o martelar de sua desaprovação, mas temos a nossa própria bruxa para nos proteger e estamos ocupados demais em enfeitar uma jovem beldade para dar muito crédito à idade amargurada.

La Draga e minha patroa estavam juntas desde o começo da tarde. Só me permitem entrar quando terminam, e a minha função é ficar impressionado com o que vejo. Por acaso, minha habilidade para a desonestidade não é necessária. Ela está tão alta em seus saltos de madeira que tenho de subir na cama para vê-la por inteiro. Está vestida com o melhor de seus vestidos de segunda mão. É de seda escarlate. Suas mangas são creme claro, apertadas nos pulsos, antes de explodirem em nuvens de vermelho nos cotovelos; o corpete é debruado de dourado para chamar a atenção para o decote pronunciado, e suas saias caem amplas e em ondas de uma faixa sob seus seios. O material é de tal modo luxuoso, que talvez se espere que os convidados de Aretino não incluam o próprio doge, pois é conhecido por mandar mulheres embora das reuniões quando a quantidade de tecido é tão obviamente excessiva que dispensaria a fita métrica para defini-la como fora-da-lei.

Mas ninguém expulsaria minha senhora. Pois o vestido está perfeito. Quanto à mulher nele, bem, depois de tantos anos a seu serviço, meus elogios são triviais por uso excessivo. Mas oferecerei algumas palavras sobre seu cabelo, parte do qual não é seu e, portanto, merece crítica, e que foi penteado e ajustado em uma dúzia de cachos fofos em sua testa, e algumas madeixas soltas ao redor de suas bochechas, com o resto caindo em ondas cacheadas do que parece uma faixa trançada com seu próprio cabelo, puxada para trás em sua cabeça. Fecho os olhos para ver a sua imagem impressa em minhas pálpebras, e o ar é preenchido pelo cheiro de rosas-almiscaradas e a promessa do verão.

– E então? – Abro os olhos com a pergunta. – Podia, pelo menos, dizer alguma coisa. Passamos o dia todo nisso. Quem sabe alguns versos de Petrarca? Ou desse outro homem de quem gosta tanto de citar. Como se chama mesmo? Algo sobre a maneira como milady eclipsa a luz do sol e a alegria.

Mas ela está tão confiante que não lhe darei prazer sem antes me divertir um pouco. Mantenho o meu olhar tão vazio quanto posso.

– Cheira bem – digo sem me alterar. – Se o cabelo e o vestido não surtirem efeito, sempre podemos pedir que fechem os olhos.

– Bucino! – Joga um pente em mim, e relanceio os olhos na direção de La Draga, a tempo de perceber o que quase poderia ser um sorriso em sua face fantamasgórica, enquanto junta seus potes e pega seu xale, pronta para partir. Observo a concentração em seu rosto quando se dirige à porta, cada passo já marcado em sua mente.

Ela e eu não discutimos sobre dinheiro desde o roubo da jóia. Embora tenha oferecido ajuda à minha senhora, o fato é que continuamos em dívida com ela, não somente pelo cabelo, como também por várias novas poções que foram passadas entre elas nos últimos dias, coisas que pertencem a lugares secretos no corpo de uma mulher, sem a menor dúvida, e, suspeito, alguns truques para aumentar o apetite masculino por amor, que a minha senhora sabe que não aprovo, e sobre o que não me dirão nada. Apesar de minha senhora dizer que ela está de acordo em esperar o pagamento até recuperarmos parte da nossa fortuna, preferiria acertar as coisas com ela agora. Não gosto de ficar em dívida com ninguém, e assim como a conquista da minha senhora e o barco cheio de rapazes roucos que deram com a língua nos dentes, a presença constante de La Draga em nossa casa não fez nada para melhorar a nossa reputação na vizinhança.

Enquanto muitos de nossos vizinhos vão para o outro lado do campo quando me vêem chegando, o velho homem do poço continua a falar comigo, nem que para me assoberbar de "bom conselhos". Sua opinião sobre La Draga é muito clara. Diz ele que ela é uma bruxa do útero, e faz o sinal-da-cruz ao proferir a palavra, pois qualquer coisa relacionada a partes férteis das mulheres enchem os homens de suspeita e pavor. Diz que ela nasceu em uma das ilhas, mas que veio para a cidade quando era pequena, e parece que seus pais morreram logo depois. Conta uma história de como, quando ela era menina e ainda enxergava um pouco, sumira de casa e tinha sido encontrada na *piazzetta* perto dos Pilares da Justiça, as mãos cheias de terra pega na pira esfriada em que um sodomita tinha sido queimado até a morte um dia antes. Quando retornou, fez uma massa com a terra misturada com diversas ervas e plantas, e, no mesmo dia, curou uma mulher de espasmos terríveis. É o tipo de história que corre de boca em boca, e portanto pode ou não ser verdadeira, mas é potente o bastante para, uma vez conhecida, não poder ser refutada. Depois disso, contou ele, toda mulher que se sentia mal no distrito em que ela morava, em vez de um médico, sempre a procurava. Sem dúvida também por medo de que aqueles que ela não tratasse fossem amaldiçoados. Conta que quanto mais ela curava, mais aleijada se tornava e mais clara se tornava a sua segunda vista, e mais cegos ficavam seus olhos.

Apesar de eu ser menos suscetível do que muitos a ficar em pânico com o que cerca as bruxas (qualquer um que tenha sofrido uma dor terrível aceita ajuda de onde quer que venha), nunca soube de uma curandeira que não se julgasse mais sábia do que era e, particularmente, tinha visto um número excessivo de cortesãs desenvolver o apetite por sortilégios de amor para prender homens e ajudá-las em seu trabalho, o que – já que isso cria uma dependência nelas tanto quanto nos homens – acaba não ajudando em nada. Embora pareça rude atribuir a generosidade de La Draga conosco exclusivamente a negócios, o fato é que podemos viver sem o seu tipo de ajuda. Certamente se eu tivesse algo a ver com isso.

Ela desceu e já está à porta, prestes a sair para a rua, quando a alcanço. Em uma corrida pela cidade, eu não competiria com ela, pois embora não tenha visão, treinou-se a enxergar com o uso dos ouvidos. Portanto sabe que são meus pés que a seguem muito antes de se virar, e percebo a cautela em sua face.

– Bucino?

– Sim.

Ela relaxa ligeiramente.

– Esqueci alguma coisa?

– Eu... Você saiu sem receber.

Ela encolhe os ombros levemente, mas sem tirar os olhos do chão.

– Já disse que isso pode esperar. – Vira-se de novo. Mesmo antes de eu atacá-la naquele dia, sente-se tão pouco à vontade ao falar comigo, quanto eu com ela.

– Não – respondo, agora falando mais alto. – Prefiro acertar com você agora. Tem sido muito gentil, mas a minha senhora está curada, e não precisamos de você por enquanto.

Ela inclina a cabeça de lado, como um pássaro escutando o chamado de seu companheiro.

– Acho que ela e eu ainda não terminamos – objeta, sua voz como um zunido do vento e um sorriso ligeiro e tolo no rosto.

– Como? Como não terminaram? Minha senhora está curada – repito, e ouço a irritação em minha voz. – E não precisamos de sortilégios do amor nesta casa.

– Entendo. – O sorriso muda, e ela contorce um pouco a boca. Agora, perto dela, fico surpreso com quantos movimentos faz com o rosto. Mas ela não deve saber o impacto que causa nos outros. Só percebi o poder do meu riso arreganhando os dentes ao vê-lo no espelho do rosto das outras pessoas.

– O que tem ao redor do pescoço, Bucino? – Sua mão precipita-se para mim, mas nem mesmo ela consegue avaliar meu tamanho no escuro, e agita a mão acima de minha cabeça, como um pássaro engaiolado em pânico.

– Como sabe que tenho algo no pescoço? – respondo bruscamente, e encorajado por seu erro, me aproximo até quase nos tocarmos, de modo que ergo os olhos diretamente para os seus, diretamente para a bruma turva da sua cegueira, e ela deve sentir meu bafo em sua face, porque se retesa, mas sem perder a firmeza.

– Sei porque jurou por ele, outro dia.

Lembro-me disso e sinto raiva de mim mesmo por não ter-me dado conta.

– É um dente.

– Um dente?

– Sim. De um dos cachorros de meu pai. Deu-me quando o cão morreu.

– E por quê? Como recordação? Ornamento? Amuleto contra o infortúnio?

– Eu... sim... por que não?

– Por que não, na verdade?

E agora, sorri, aquele mesmo sorriso sonhador que usou com Aretino, aquele que toma todo o seu rosto e faz sua pele brilhar. Da mesma maneira que não sabe quando sua expressão é medonha, não tem consciência de quando se torna luminosa. Apesar de eu passar o tempo todo precavido contra ela, às vezes demonstra uma doçura peculiar que ameaça me destruir.

– Sim, a senhora Bianchini está curada no corpo. Mas já faz tempo que está fora da sociedade. Está nervosa. Você está sempre correndo a cidade, de modo que não percebe o que está diante de seus olhos. Dou-lhe algo para acabar com o medo. Só isso. Se ela acreditar, dará certo. Como seu dente do cachorro. Entende? Por isso, os meus "sortilégios de amor". E por isso, não cobro. Portanto pode guardar sua bolsa.

Não há nada a dizer. Sei que tem razão e que estou errado. E, apesar de ter sido estúpido, não o fui a ponto de não reconhecer isso.

Um garoto vem do outro lado da rua na nossa direção. Reconheço-o como um dos assistentes do padeiro, que o ajuda de manhã cedo na praça. Quando se aproxima, pára, os olhos esbugalhados porque, é claro, ela e eu juntos somos provavelmente a coisa mais estranha que já viu em sua vida. Ofereço-lhe meu sorriso largo, de boca aberta, para me livrar dele, e ele recua como se eu tivesse lhe cuspido. Isso correrá pelo povo em minutos: como a bruxa e o anão estavam pinoteando juntos, em plena luz do dia. A história provavelmente assumirá um quê de carnalidade, pois os pecados do sexo nunca estão distantes nas imaginações indolentes, especialmente quando há deformidade envolvida, e todo mundo vai ficar sabendo que trabalhamos para a prostituta cujo cheiro atrai barcos de rapazes ofegantes à sua porta no meio da noite.

Ela espera, e como permaneço calado, indaga:

– Diga-me, o que faz você não gostar de mim, Bucino?

– Como?

– Nós dois a servimos. Cuidamos dela. E ela de nós. No entanto, eu e você sempre brigamos.

– Eu não... não desgosto de você. Quer dizer...

– Talvez continue a achar que a engano de alguma maneira, que o seu cabelo teria crescido sem mim. Ou que sou uma bruxa, porque as pessoas fazem mexericos a meu respeito, tanto quanto a seu respeito. É isso? Ou é porque não gosta de olhar para mim? Sou assim tão mais feia do que você?

Evidentemente, não sei o que dizer. Eu, que tenho uma resposta para tudo, não tenho para isso. Sinto-me mal, como uma criança pega mentindo. Sua face está imóvel, e, por um instante, não sei bem o que vai fazer. Agora, quando estende as mãos, elas não erram o alvo. Ela toca minha testa grande, e é a minha vez de gelar. Fico surpreso como suas mãos são frias. Move os dedos lentamente por minha face, sentindo as órbitas de meus olhos, meu nariz, minha boca, meu queixo, lendo-me com seu toque. Estremeço, não porque diz alguma coisa, mas justamente porque, ao terminar, simplesmente deixa as mãos caírem e, após alguns segundos, se vira e vai embora.

Observo-a até ter atravessado a pequena ponte e desaparecer na viela seguinte. Vejo tudo: seu manquejar, as pedras sob seus pés, o azul-escuro de seu xale trançado. Claro como o dia, tudo. Mas não faço a menor idéia do que sinto dentro de mim. Embora saiba por que não gosto dela. É porque, de certa maneira, me faz sentir menor do que sou.

– Oh, chegou, Bucino. Chegou. Depressa...

Quando entro no quarto, minha senhora está pegando seu manto com excitação.

– A gôndola está aqui. Está esperando lá fora.

Olho pela janela. Como estamos ricos de promessas, sentimo-nos mais à vontade com o dinheiro gasto em um transporte noturno. É uma embarcação imponente. Não tão suntuosa quanto uma que contratássemos para ganhar a vida, mas bastante graciosa. Seu leme de prata polida brilhando na luz mortiça, seu barqueiro de pele escura vestido como um cortesão em veludo vermelho e dourado, ereto na popa, seu único remo em repouso. Há muito tempo a casa não recebia tal ostentação, e na outra margem do canal, nossa espiã vesga está de tal modo debruçada na janela que corre o risco de, a qualquer momento, cair e se afogar na sua própria curiosidade. Só que, dessa vez, ela não está sozinha. Nas casas, em toda parte, aparecem rostos, e quando descemos e abrimos os portões que dão para o canal, a ponte próxima transformou-se em uma plataforma para observação, com o ajudante do padeiro e mais cinco ou seis outros reunidos para olharem embasbacados. Penso no velho do poço, que se orgulha de saber de tudo, e quase desejo tê-lo avisado, para que também nos observasse sair.

Preparo-me para os insultos. O jovem sarraceno pega a mão de minha senhora e a ajuda a subir no barco. O sol está baixo, no outro lado da ponte, e sua luz rosada incendeia suas saias vermelhas que se arrastam à sua volta. Ela ergue os olhos, apreendendo a audiência com um único olhar de relance, e entra na cabine, ajeitando-se sobre as almofadas. Instalo-me no banco de madeira quando o barqueiro desliza seu remo para a água e nos conduz para fora do cais, em direção ao canal principal.

– Prostituta da água!

– Mulher enfeitiçada!

– Mostre-nos o que está vendendo!

São vozes ainda de garotos, e sentimos o desejo brotando dos insultos. O barco afasta-se deles e, ao passar sob a janela da velha, ela se debruça e escarra, lançando o muco como com um estilingue na madeira perto de mim. Olho para cima e estou para responder à sua cara desdentada quando, com um impulso seguro do remo, deslizamos pela água como tesouras de alfaiate na seda, deixando tudo isso para trás.

O sarraceno conhece a água tanto quanto eu conheço a terra firme. Seu pé esquerdo quase na beira do barco, seu corpo movendo-se como o de um bailarino enquanto nos conduz por esquinas e nos desliza como um longo suspiro sob um túnel de pontes baixas abauladas. Agora, a luz do dia está se apagando rapidamente, e a gôndola desloca-se suavemente na água, portanto me preparo para ter medo. Mas minha cabeça está muito ocupada para sentir medo. É o inverso da viagem que fizemos muitos meses antes, pelo labirinto de pequenos canais em direção à água mais ampla. Tudo parece ter acontecido há tanto tempo: a escuridão do verão e o calor viscoso, a mulher com cheiro de almíscar e sua mão puxando a cortina no barco, enquanto o homem estendia-lhe a mão. Minha senhora agora está sentada onde ela estava, ereta e quieta, a cabeça erguida, o pescoço comprido, as mãos em suas saias, ciente de sua elegância, tão claramente quanto se estivesse se olhando em um espelho. Quero perguntar como se sente, dizer-lhe que sua beleza não precisa de sortilégios do amor, mas preocupado com as palavras de La Draga, de como a confiança está na convicção tanto quanto no projeto, mantenho a boca fechada. De qualquer maneira, está ocorrendo uma transformação entre nós: depois de tanto tempo como companheiros na adversidade, estamos voltando a ser profissionais, e é necessário manter uma pequena distância entre a cortesã e seu brinquedo exótico.

Entramos no Canal Grande, onde faz sua curva longa e preguiçosa em direção à Rialto, e um espetáculo se descortina diante de nós. O rebuliço dos mercados se encerrou, e o tráfego agora é mais sofisticado; pequenas frotas de gôndolas decoradas com cabines, algumas fechadas, outras, abertas, transportando pessoas a centenas de encontros noturnos diferentes. À nossa esquerda, duas moças estão sentadas envolvidas, como pacotes caros, em véus e xales, mas logo põem a cabeça para fora da cabine para examinar a pele e cabelo expostos de minha senhora. Passamos por uma embarcação com alguns Crow, em toda a realeza, cada par de olhos girando ao vê-la. Atrás de nós, o céu está da cor de um damasco excessivamente maduro. Nos terraços de madeira, empoleirados como camas de dossel, no alto dos telhados, mulheres jovens estão retirando carpetes e tapeçarias do arejamento diário, e recolhendo a roupa lavada, enquanto à sua volta a massa de canos de chaminés ascendem como grandes taças de vinho de cerâmica ao longo da mesa do horizonte, o jantar posto para os deuses. Nas casas suntuosas nas duas margens do canal, estão iluminando as salas no *piano nobile*. Através das galerias abertas, localizamos criados se deslocando com círios para velas nas paredes ou candelabros redondos, que, uma vez acesos, são içados lentamente. Durante a nossa pobreza, temos de nos virar com o mau cheiro do sebo, e mal posso esperar para ver, de novo, o mundo através da chama da cera de abelha, pois como qualquer cortesã que se preze lhe dizia, a sua luz torna até mesmo uma pele pustulenta macia como a de um cisne. O que, suponho, é a razão por que as maiores conquistas são planejadas e empreendidas à noite.

A casa de Aretino já está iluminada, e há quatro gôndolas ricamente decoradas atracadas embaixo. O barqueiro nos leva habilmente ao desembarcadouro, e juntos erguemos suas saias para evitar a pedra molhada e a sujeira do vestíbulo, enquanto ele grita anunciando a nossa chegada.

Ao subirmos a escada, ouvimos vozes e risadas vindo do andar de cima. No patamar superior, Aretino está aguardando. Minha senhora surge como um grande navio sob a vela, e ele estende a mão para cumprimentá-la enquanto eu disponho uma longa cauda de seda atrás dela. E, apesar de ele ter razão para guardar rancor por nós, é evidente que tem prazer em vê-la, pois sempre gostou de belos objetos e nunca temeu o cheiro da aventura. Foi uma das coisas que os uniu.

– Minha cara Fiammetta – exclama, movendo a mão como o cortesão que nunca foi. – A sua estatura é maior do que a da Rainha de Cartago, e a sua beleza humilha o pôr-do-sol de Veneza. Minha casa sente-se honrada em recebê-la.

– Pelo contrário, senhor, a honra é minha – declara ela com o mesmo tom de voz, depois se abaixa para equiparar sua altura com a dele, pois ele nunca foi alto, e em seus sapatos de salto, ela assoma acima da maioria dos homens. – Seus insultos sempre foram mais originais do que seus elogios, Pietro. – Sua voz, agora, ressoa grave e doce.

– Isso é porque não está pagando por eles. Guardo o melhor para o varejo. Então... seu anão propôs uma barganha difícil, e parece que, agora, temos negócios juntos. Embora, considerando a sua nobreza de espírito, acredito que não vai se importar em compartilhá-la um pouco comigo. Nesta noite, há três homens em minha casa que, cada qual à sua maneira, tem dinheiro bastante para encher os bolsos de nós dois. Não é problema para você que os trabalhemos juntos, é?

– De jeito nenhum – replica ela, seus olhos perspicazes para negócios. – Fale.

– O primeiro é Mario Treviso, um dos mercadores mais cheirosos de Veneza, já que a sua fortuna vem de sabonetes. Passa o dia vistoriando seus armazéns e compondo versos atrozes, para os quais está buscando uma musa, já que a sua esposa ficou tão gorda parindo uma dúzia de filhos, que a última vez em que tentou sair de casa, tiveram de usar um guincho para descê-la até o barco.

– Qual a sua origem? Cidadão ou nobreza?

– Cidadão, se bem que, se dinheiro comprasse nobreza, há muito tempo suas propinas o teriam introduzido nos conselhos do estado, pois tem mais dinheiro do que muitos com nomes convenientes. A situação mudou desde que você partiu. Algumas das grandes famílias são preguiçosas demais para irem até o mar, e seu sangue corre mais rico do que seus cofres. Ainda assim, se não se importa com riqueza sem berço, Treviso é um excelente partido. É tão rico quanto Croesus, e sabe apreciar a beleza, embora surdo como um poste quando se trata de poesia. Ele manteve, por algum tempo, uma cortesã chamada Bianca Gravello, mas a sua beleza só era sobrepujada por sua burrice, e a cobiça a tornou grosseira, de modo que agora está precisando de um tratamento mais delicado. É um cão obtuso no coração, e duvido que lhe cause algum problema, embora você possa querer excitação.

Ela sorri.

– Tive excitação o bastante recentemente para querer acolher o tédio. Ele parece perfeito. Talvez possa levá-lo para casa agora mesmo.

– Oh, não. Planejei uma festa, e terá de trabalhar para seu sustento. O outro é Guy Ramellet, um emissário da corte francesa. A estrela francesa está se extinguindo aqui, e ele veio para fazer amigos e comprar influência. Considera-se um estudioso e um pensador. Na verdade, é um bufão, e é possível que esteja infectado de sífilis. Ofereço-lhe esse boato em nome da nossa amizade, pois ele ficará ansioso para levá-la para a cama. Entretanto o seu rei me deve versos em seu louvor, e quanto mais prazer esse parvo associar comigo, mais lembrará Sua Majestade disso. Embora você não precise atuar como meu cobrador de dívidas.

– Ou você como meu cafetão – rebate ela, pois são iguais de novo, deleitando-se com o jogo. – Se bem que, se sua sagacidade lhe faltar, Bucino poderá aceitá-lo como aprendiz. E o terceiro?

– Ah, o terceiro é um tipo estranho. Um infiel, se bem que com um paladar refinado. É a sua maneira de observar, em vez de participar. É o principal mercador do sultão, e seu trabalho é comprar qualquer coisa luxuosa que achar que vai entreter seu patrão e despachá-la para a corte de Suleyman. Deixei claro para ele que você não é para ser exportada.

– Então, qual a sua utilidade para você? Ou vende sua pena aos dois lados para minimizar os riscos?

– Oh, se eu pudesse. Podem ser pagãos, mas afirmo que são melhores soldados do que a maior parte dos domínios cristãos produz hoje em dia. As últimas novas na Rialto são que o exército do sultão está a caminho da Hungria e de olho em Viena. Não. Não estou querendo a sua proteção, tenho outros planos para ele. Bem, se está pronta...

– Acho que se esqueceu de alguém.

– Como?

– Contei quatro barcos no ancoradouro.

– Ah, sim, é claro. O quarto não é para você. É meu convidado pessoal: homem de um talento infinito e valorosamente fiel à sua esposa, embora seu pincel fique afoito para traçar o lustro da pérola na pele de toda bela mulher que encontra. Está aqui por uma aposta amigável de que uma cortesã romana tem mais beleza e charme do que qualquer uma que ele encontre em Veneza.

– O que pretende ganhar?

– Um retrato de mim mesmo com a nova barba e barriga.

– E se perder?

– Oh, não ofereci nada em troca.

Ela sorriu. Houve um breve silêncio.

– Estou grata a você, Pietro.

– Humm. Gosto de pensar que teria feito isso sem coerção. Sei, sei... Fiammetta Bianchini não pede e Aretino insultou-a no passado. Mas ele não saiu ileso tampouco, talvez se lembre disso.

Curva-se e beija a sua mão. Onde estou, na escada atrás deles, está escuro. Homens pequenos freqüentemente escutam segredos que não deviam, mas me parece que, independente do passado, os dois são farinha do mesmo saco, criados para os negócios tanto quanto para o sentimento, e se sairão melhor como amigos do que como quase amantes.

– Ah. Vamos ser francos, Fiammetta – diz ele endireitando o corpo, e percebo o sorriso na sua voz. – A sua independência sempre foi tão irritante quanto interessante. Ainda assim, terá seu estabelecimento muito em breve, se jogar a carta certa hoje à noite. Por enquanto, nós dois estamos em dívida com a astúcia de seu anão. Vamos, saia de debaixo de suas saias, Bucino, não fica bem farejar às costas de uma mulher, mesmo que tenha a altura certa. Deus, mudou a roupa para a noite. Sentimo-nos honrados. Suponho que a sua perspicácia seja tão macia quanto seu veludo. Quais são seus planos para esta noite? Vai se demorar na cozinha com a adorável Anfrosina ou vai bancar o anfitrião macaco culto?

Eu, é claro, daria qualquer coisa para estar lá, e minha senhora lucraria com a minha presença, no mínimo pelo assombro provocado pelo contraste entre a sua beleza e a minha feiúra. Mas o seu olhar me diz para não ficar. La Draga tinha razão. Está mais nervosa do que imaginei. Fecho um olho e pisco para ela solenemente, e me viro para ele.

– Vou aproveitar as instalações da cozinha.

– Talvez seja melhor assim. Não queremos que o turco o oculte em seus mantos e o seqüestre. Ouvi dizer que gostam muito de homens atarracados na corte do sultão. Embora seja um tratante, não gostaria de perdê-lo.

E então, a porta se abre e minha senhora entra.

Capítulo Dezessete

NOS ÚLTIMOS TEMPOS, TENHO PENSADO EM CONFISSÃO. (Essas noites introdutórias são mais vagarosas e mais formais do que se podia esperar, e sei melhor do que muita gente como é frustrante desperdiçar a imaginação em eventos que não podemos influenciar. Além de toda a sua coragem, minha senhora tem anos de experiência, e se precisar de ajuda, pedirá. Por enquanto, tenho tempo para ficar à toa.) Quando digo que tenho pensado em confissão, não me refiro à minha alma: de modo geral, estou confortável o bastante com o peso dos pecados que carrego, que é maior do que o de alguns e menor do que o de muitos. Não. É mais do que isso. Trabalhando há tantos anos no ramo da fornicação, estou curioso para saber o que acontece quando todos esses grandes e bons mercadores, nobres, estudiosos e, sobretudo, maridos, que passam por nossas mãos, vêem-se no confessionário buscando perdão para os demônios que parecem se manifestar, com tanta regularidade, em suas partes íntimas. Como não será esse trabalho de ficar escutando suas histórias! Todos aqueles detalhes, a natureza de cada pensamento impuro, a coreografia de cada ato impuro. É preciso, de fato, que o homem santo mantenha sua mente no pecador o tempo todo, sem deixar que, às vezes, se extravie para o pecado em si. No círculo de Aretino, é claro, não existe algo como um padre honesto. Em vez disso, todos abrem seus confessionários para oferecer absolvição pessoal às partes pecadoras das jovens violadas, ou ajudar a aliviar as inflamações dos rapazes mal orientados. Aretino é famoso por sua cruzada contra o clero, e por perceber uma ereção em uma dobra rija do hábito de um monge.

De minha parte, estou certo de que, no meio deles, há alguns homens bons que se esforçam ao máximo para nos manter no caminho de Deus. No entanto, mesmo para esses, as gradações do pecado da fornicação são muitas, e não sem uma certa confusão teológica. Em Roma, antes de partirmos, padres confessores jovens recebiam instruções escritas sobre o comportamento sexual correto no casamento. Sei disso porque, ao mesmo tempo que Ascanio verificava o traçado a tinta nos casais ilícitos de Giulio Romano, a imprensa também estava ocupada rodando manuais confessionais. De fato, foi somente a partir do exame de algumas dessas chapas retidas por erros de impressão que nos demos conta, pela primeira vez, do número esmagador de pecados a que homens e mulheres eram propensos no leito conjugal.

Alguns são bastante óbvios. Nenhum casal, por mais que goste de novidade ou receie mais uma gravidez, erra qual o orifício necessário para a procriação. Apesar de a sodomia mandar um homem para a estaca mais rápido do que uma mulher, aos olhos da Igreja, é um pecado grave para ambos. E embora eu tenha sabido de estudiosos e médicos que, hoje, defendem o caso do prazer no casamento como contribuindo para a procriação de crianças sadias (o próprio cardeal de minha senhora tinha sido parte de um grupo de pensadores emergentes ansiosos por derrotar a heresia por meio da reforma da igreja), o prazer continua só devendo ser proporcionado da maneira convencional, isto é, a mulher se deita, o marido se deita em cima dela. Qualquer excesso de copulação, em pé, sentado, deitado de lado, ou, que Deus nos perdoe, a mulher em cima do homem – qualquer uma dessas coisas requer uma visita ao confessionário para limpar a alma. O drama das ilustrações lascivas de Giulio e a fúria do censor papal a que ficaram sujeitas não se deveu tanto ao excesso do ato quanto ao fato de que todas as 16 posições, sem exceção, eram banidas pela Igreja. Como ele bem sabia. Mas sejamos francos – os homens se sentem mais atraídos a esse tipo de coisas do que as mulheres. Na verdade, com tantas normas e regulamentos, não é de admirar que um homem contaminado por tais tentações da carne, em vez de conduzir sua esposa à danação, deva transferir seus pecados do lar conjugal para a cama de uma mulher mais apta a contê-las.

Dessa maneira, Fiammetta Bianchini, pelo pecado, estava de fato agindo como a salvadora de outros. Por isso seu cardeal uma vez citou para mim Santo Agostinho a respeito do tema: as mulheres públicas são como o porão de esgoto de um bom navio, já que sem ele o nível do esgoto subiria sem cessar, até cobrir a tripulação e os passageiros, e afundar a embarcação. Do mesmo modo como acontece com uma embarcação bem construída, acontece com um estado virtuoso. Depois disso, quando os homens nos procuravam, vindo da cama de suas esposas, não me sentia tão mal ao cobrar por uma ou duas garrafas a mais do que tinham bebido ou a noite inteira quando partiam antes do alvorecer, pois, em vários aspectos, estávamos nos sacrificando para o bem da frota.

Quanto à minha senhora, bem, em Roma, tinha sido muito bem confortada ao encontrar o confessor certo: um jovem padre dominicano que não babava nem interrogava, mas que dava uma penitência justa em troca de uma oblação justa em seu humilde boxe. No que se refere à nossa vida em Veneza: primeiro, o pecado, segundo, o dinheiro, e depois, a confissão.

Pelo barulho que me chega do *portego*, parece que o pecado, pelo menos, está bem perto. O riso vai aumentando de volume, e dá para escutar vozes argumentando de maneira gozadora e, uma vez, até mesmo, um trecho de música. Não há nada que me prenda à cozinha. O fogo se extinguiu, e Anfrosina (um pensamento impuro que nunca chegou ao ato impuro, embora, tenho de admitir, ao prazer de alguns beijinhos e carícias) está adormecida no catre no lado da cozinha. Estou pensando em como me infiltrar no grupo, quando Aretino vem me buscar.

– Bucino! Parece tão melancólico. Não me diga que Anfrosina o abandonou. – Aponto o catre, ele se aproxima e fica do seu lado. – Ah! Olhe só para isso. Faz nossos ossos derreterem. Quando eu era pequeno, às vezes dormia com os cachorros. Acho que foi daí que veio meu apetite pelo corpo das mulheres. O calor daquele pêlo todo. Estou surpreso por você não ter aproveitado um pouco.

– Estou trabalhando – replico inflexível.

– É verdade. Sua senhora o chama...

E ergo o corpo e saio do banco antes que ele conclua a frase.

– Ei! Não precisa de tanta pressa. – Ri, colocando-se entre mim e a porta. – Você é desejado... mas não imediatamente. Ninguém deve saber que foi chamado. Deve esperar do lado de fora até ela lhe dar o sinal.

– O que estão fazendo?

– Jogando um jogo sobre arte e os sentidos que envolve. Certamente já o viu antes, embora pareça novo a esta platéia. Ah, o prazer de assistir a uma boa cortesã ganhando a vida. Vou deixar a porta entreaberta para que julgue por si mesmo. Vai identificar o plano melhor do que eu.

Espero até ele sair, subo em silêncio a estreita escada dos fundos e atravesso o corredor até as portas do *portego*. Tomo cuidado para não chegar perto demais, mas nem preciso me preocupar. De qualquer maneira, ninguém está olhando para mim.

Pela fresta, vejo Aretino sentando-se de um lado, depois, dois homens e minha patroa. Ela está em pé na frente deles, os braços esticados, o torso meio torcido, como se tivesse em fuga de um perseguidor insistente. Sua expressão, com os olhos arregalados, é metade de medo, metade de expectativa, e a pose é tão imóvel – nem mesmo seus olhos piscam – que ela parece ter sido petrificada em uma estátua, embora uma estátua cujos seios marmóreos e firmes não conseguem evitar subir e descer com a respiração, movimento bem apreendido por uma estratégica iluminação a velas.

Por um segundo, o silêncio é completo, e então, um homem de cara vermelha dá um pulo, ficando à vista e gesticulando ao redor dela.

– Oh, deleitem os olhos, meus amigos. A deusa confirma meu argumento. Vejam o poder da escultura: a representação da natureza em toda a sua verdade. Afirmo, Monsignore Vecellio, que nem mesmo suas mãos de pintor conseguiriam captar isso. – E estende a mão para a curva macia de seu ombro nu.

– Han, han. *Ne touche pas*. – E a sala explode em riso quando a estátua move os lábios para falar com ele, sem alterar sequer um músculo da pose. – A discussão em questão, Monsieur Ramellet, é visão *versus* audição. O tato é um sentido abjeto, embora prazeroso.

– Mas tenho de tocá-la – resmunga ele. – É o poder da escultura. Por que acha que o artista levou seu Pigmalião para a cama depois de tê-la feito?

– Ramellet tem razão – ressoa alta a voz de Aretino. – Embora destrua seu argumento com isso. Pensem naquelas manchas de sêmen antigas na grande estátua cnídia de Afrodite. A escultura há muito tempo excita através dos olhos.

– Sim! Sim. E por quê? Porque captura, mais do que qualquer outra forma de arte, a essência da natureza e da vida. Olhe só para ela.

– É claro que é vida – vocifera um dos homens em frente dela. – E isso porque ela *está* viva, seu palerma. Ela é de carne, não de mármore. Quer uma competição real de formas de arte, deixe-me pintá-la. E então, teremos alguma coisa com que comparar a natureza.

– Ah, mas como vai me pintar, Maestro Vecellio? – pergunta ela, com doçura, sem sair da pose. – Com ou sem roupa?

Ele mostra impaciência e dá de ombros.

– Vai depender de quem pagar.

E um clamor de vozes se eleva, incitando-o a prosseguir.

Minha senhora ri e aproveita o momento para sair da pose, esticando o pescoço e ombros com graça, jogando o cabelo para trás, de modo a relancear os olhos para a porta para verificar se estou a postos.

– Sinto-me lisonjeada, senhores, com a sua generosidade em relação à minha beleza. Mas receio que tenham favorecido o meu argumento. Ou melhor, o nosso argumento, pois acho, Signor Treviso, que é o que o senhor dizia ainda há pouco. – E ela volta a atenção para o mercador de sabão, que está do lado do pintor e que, até o momento, permaneceu em silêncio. – Que apesar de a vista ter a capacidade de nos mover em direção a Deus, pode, às vezes, ser decepcionante. Pois apesar de responder naturalmente à beleza, a beleza nem sempre é verdadeira.

– Mas como? Está armando um ataque total à filosofia de Ficino ou simplesmente nos alertando contra si mesma? – grita Aretino, cuja missão, esta noite, é deixar os outros tomarem o rumo da situação, mas que não consegue ficar fora da discussão.

– Oh, senhor, eu sequer sonharia em opor minha inteligência a um erudito tão proeminente. Quanto à verdade da minha beleza, teria de experimentá-la para descobrir. – E ri com uma conveniente falsa modéstia. – Não, estou falando do poder da visão em todas as suas formas.

Enquanto ficam ali, aguardando cada palavra sua, percebo aonde quer chegar e qual será o meu papel. Passo a mão no gibão, ajeitando-o, e me preparo.

– Quero que pensem no amor, senhores. Na mais cruel e doce das perturbações do sangue. Na doença de que nenhum homem quer se curar. De que outra maneira o amor penetra em um corpo se não pelos olhos? Um homem olha para uma mulher. Ou uma mulher olha para um homem. – Fala virando-se e olhando para cada um deles, mantendo o olhar por um instante, com seriedade. – E, nesse olhar precioso, algo é transmitido. Podem chamá-lo de espírito, ou centelha animal, ou infecção maldita. Até mesmo os maiores especialistas discordam entre si. Mas, o que quer que seja, move-se entre o amante e o amado, e uma vez recebido, não pode mais ser detido, descendo para as entranhas e, dali, fluindo por toda a corrente sangüínea. Não concorda, milorde Treviso?

Seus olhos fixam-se nele enquanto responde com um murmúrio que sim. Meu Deus, ele vai ter de ser muito rico para ser tão bobo.

– E o senhor? – pergunta ela, olhando diretamente para Aretino.

– Oh, absolutamente – replica ele, sorrindo largo. – O que nos faz cair em tentação não pode nos livrar do mal. Mas digo uma coisa: os homens sofrem dessa doença mais do que as mulheres.

– Acha mesmo? Não acredita que seja recíproca? – Ela sorri, olhando em volta, em busca de apoio.

O francês sacode, vigorosamente, a cabeça.

– Oh, não, não, mas ele tem razão. Eu mesmo já sofri dessa doença muitas vezes. Não consigo dormir, não consigo comer, sou tomado pela alegria e dor ao mesmo tempo. É uma espécie de loucura – ele ri – da qual nunca quero me curar.

Devo dizer que, de onde estou, ele tampouco me parece saudável. Aretino tem razão. Se ela o levar para a cama, vai precisar mais do que La Draga para purgar suas passagens.

O olhar dela passa por alto da única figura que minha vista não pode localizar, e que sei ser o turco, e ouço uma voz murmurar algo que, percebo, interessa a ela, mas não compreendo as palavras.

Ela vira-se para o mercador de sabão que, agora, discute com mais veemência, em troca do que é recompensado com seu sorriso mais radiante.

– Ah, fique tranqüilo, senhor. Na próxima vez que essa agradável doença afligi-lo, procure-me, pois a estudei durante muito tempo e com afinco, e me considero uma especialista em tratá-la. Na verdade, sou conhecida por sacrificar a minha pureza para ajudar outros a recuperar a sua própria.

O grupo ri de novo. Meu Deus, como os homens se tornam crianças para se porem sob as saias de uma mulher. O pecado de Eva. Às vezes, não sei se rezo por sua alma ou se celebro seu apetite, pois sem ele, minha senhora e eu estaríamos costurando velas e trançando cabos no Arsenale por oito *soldi* por dia.

– Bem, senhores, basta de gracejos carnais. Nossa tarefa, não se esqueçam, é procurar o sentido e a forma de arte que mais nos aproximam da beleza interior de Deus. Já que agora temos bons motivos para suspeitar da visão por sua propensão à tentação, vamos mudar para a audição. Para esse fim, se estiverem dispostos, tenho outro experimento.

Endireito o corpo e engulo saliva, pois tenho tendência a arrotar quando estou nervoso, e não quero revelar o segredo.

– Milorde Aretino. Será que o convenço a me fornecer um alaúde?

Ele o oferece e percebo que, embora melhor do que o nosso, não é tão especial, e torço para que ela consiga tirar algum belo som dele. Instala-se à luz das velas, ajeitando as saias e seu cabelo, com uma concentração tranqüila, que o observador confundiria com amor pela música em vez de perfeição do quadro que ela está pintando para si mesma. Experimenta, por um momento, as cordas, então curva a cabeça, ergue os dedos e começa a tocar. Apesar de eu estar preocupado que seus dedos nos traiam, as notas são lançadas no ar como uma chuva de ouro. Observo os rostos. O que mais alguém desejaria de uma mulher? Beleza, inteligência, sensualidade madura, um sorriso feito um sol e dedos celestiais. Só lhes resta pagar o preço.

Toca primeiro uma peça curta, longa o bastante para a abertura, curta o bastante para não entediar, porque, embora sejam homens instruídos, estão aqui para se entreter e, como eu, podem sentir o clímax se aproximando. Ela faz com que as últimas notas se demorem no ar, e quando pedem mais, a voz mais alta é a de Treviso. O olhar cumpriu sua função, e a infecção do desejo corre por seu sangue até suas entranhas.

– Senhores, estão prontos? Vamos testar o poder da audição de reconhecer a verdadeira beleza. Quero que todos fechem os olhos.

Ela olha em volta, enquanto fecham os olhos.

– Abdullah Pashna, estou ciente de que o seu silêncio vale ouro, mas tenho de dizer-lhe que acho que, neste exato instante, está trapaceando. – Há uma risada murmurada. – Obrigada.

Quando está segura de seu controle sobre eles, volta a tocar e, após um momento, me chama com o olhar.

Abro a porta o mais silenciosamente possível – ela escolheu uma melodia gutural para abafar meus passos – e vou para o seu lado. As palmas de minhas mãos estão molhadas por causa de meus nervos. Nos tempos áureos, convencemos e conquistamos metade de Roma com nossos jogos, mas estou há tanto tempo sem praticar, há tanto tempo quanto ela. Olho-os sentados à sua volta: os olhos obedientemente fechados, um meio sorriso em suas faces. Como os homens gostam de ser seduzidos. Ela escolheu bem. A peça tem passagens leves e doces, tornando o momento meio mágico. Chega ao fim de uma frase e hesita.

– Senhores. Não, não se mexam... Quero avisá-los que terminarei em um instante, mas enquanto as últimas notas se extinguem, gostaria que permanecessem com os olhos fechados por mais um momento, para melhor digerirem a experiência.

Enquanto fala, levanta-se em silêncio, me passando o instrumento. Sento-me, também silenciosamente, no banco, levantando a perna para sustentar o alaúde, que, tenho de admitir, é um teste para um homem da minha estatura, e me acomodo de maneira que, assim que terminar de falar, eu esteja pronto para tocar as frases finais. É claro que me são familiares, além do que tenho aquele tipo de temperamento que gosta de se mostrar à altura de um desafio. Minha interpretação talvez não inflame o mundo, mas há delicadeza e sensibilidade nela, e uma finalização floreada o suficiente para manter presa a atenção.

No silêncio que acompanha as últimas notas, arriscamos um sorriso entre nós.

Sua voz, quando volta a ressoar é como uma carícia.

– Senhores, abram os olhos e contemplem a beleza que produz a música sublime.

E cinco pares de olhos se abrem prontamente para se depararem com um íncubo com um sorriso largo de louco e um alaúde agarrado ao peito. O exotismo da feiúra e a beleza. A nossa especialidade.

O que quer que estivessem esperando, certamente não seria isso, e acho que realmente se chocaram, pois a sala permaneceu paralisada por um bom momento. Saio desajeitadamente do banco e faço uma mesura ainda mais canhestra quando ela vem em minha direção, erguendo as mãos para me cumprimentar e a eles.

– Senhores, ofereço-lhes o poder do som e o talento de meu fiel e "verdadeiramente" feio anão, Bucino Teodoldi.

E então, de súbito, todos riem e batem palmas sem parar – o que mais podem fazer? – e Aretino grita "bravo" e bate nas minhas costas, e me oferece mais vinho, minha senhora se senta e se abana, bebe um gole de seu copo e recebe os cumprimentos pelo que trabalhou sem muito esforço.

A bebida e os ditos espirituosos fluem por mais algum tempo, até algumas velas se apagarem. Minha senhora não poupa elogios ao nosso anfitrião, que aproveita o momento para levar o francês sifilítico à sua mesa para lhe mostrar a nova carta que está escrevendo a seu rei, enquanto nosso pintor afoga as tristezas da fidelidade em mais uma garrafa. A essa altura, o nosso turco Abdullah Pasna – que é realmente o mesmo homem que nos salvou no campo algumas semanas antes – pega sua capa e começa a se despedir. Há um protocolo tácito nesses eventos introdutórios, e naquele momento é evidente a todos que a maré da noite foi a favor da fortuna do sabão.

Tenho de admitir que isso não o aborreceu. De fato, desde que apareci, ele expressou tanto interesse em mim quanto em minha senhora, e agora, ao partir, vem até onde estou sentado e põe uma bolsa com ducados em meu colo.

– Pelo silêncio de seus pés e habilidade de seus dedos. Foi um belo espetáculo, meu amigo.

Relanceio os olhos para a minha senhora, pois não aceito gratificações sem a sua permissão, e como não assisti à noite toda, não tenho como saber o que se passou entre eles. Seu olhar me diz que tudo bem, e aceito feliz, pois a excitação da atuação também ainda corre em minhas veias.

– Sou melhor malabarista do que músico.

– Então deve vir fazer malabarismo para mim, um dia desses. Tenho muito prazer com esse tipo de talento.

– Assistiu à luta naquele dia? – pergunto, pois pode ser um pagão, mas gostei dele desde o momento em que o conheci na rua. Talvez porque sei que também gosta de mim.

– A luta? Certamente. Os marinheiros tiveram uma bela vitória, dominando a ponte, contra os pescadores, em uma hora. Nunca tinha visto tanta gente, nem em combate nem assistindo. Quando voltar ao meu país, vou pedir ao sultão que construa pontes por toda a nossa cidade, para que possamos treinar nossos lutadores. E você? Acompanha esse esporte?

– Gostaria, mas nunca assisti. A multidão seria fatal para alguém do meu tamanho.

– Então, conseguiremos um barco só para você, de onde poderá assisti-la.

E tenho de admitir que acredito que ele cumpra sua palavra.

Ele parte quando a alvorada começa a despontar. Minha senhora se torna mais concentrada. Ela e Treviso sentam-se um do lado do outro, e ela está calada, quase acanhada, de modo que quando ele põe a mão na pele de seu ombro, ela estremece ligeiramente, e o olhar que lhe lança é tanto de admiração quanto de encorajamento.

– Signor Aretino disse-me que planeja morar em Veneza e que precisa de uma casa.

– Oh, sim, realmente. Minha casa em Roma, que foi um lugar de alegria e encanto, agora não passa de uma triste recordação.

– Eu me sentiria honrado em ajudá-la a encontrar outra.

– Oh, senhor...

Ela pega a sua mão e a vira sobre a dela, como se examinasse sua generosidade nas linhas da sua palma. Então, leva os lábios a ela, e suponho que lhe promete coisas com sua língua. Depois disso, ficam juntos mais um pouco, e então ela boceja, pondo, de maneira extremamente graciosa as mãos na boca e dizendo em seguida:

– Realmente gosto do amanhecer, embora seja a primeira vez que o veja da água. Acha que está frio demais para assisti-lo agora?

E antes de ter tempo de dizer "Perdoa-me, Pai, eu pequei", estão em pé e envolvidos em suas capas, nosso barqueiro se levantou, e são conduzidos para um mútuo nascer do sol.

O francês é despachado, de certa maneira ofendido, mas aplacado pela promessa de outra noite, e me vejo sozinho com Aretino e seu pintor abençoado: situação que parece bastante familiar a eles, e a mim. Sirvo-me dos restos da comida – torta de peixe fria e molhos doces – enquanto bebem e trocam mexericos sobre pessoas que não conheço, assunto que não é da minha conta. Depois, bebem mais um pouco e passam a falar de como a noite foi agradável e dos talentos de minha senhora.

– E então? Vamos acertar a nossa aposta, hein, Ticiano? Comprei uma jaqueta de veludo vermelho e brocado tão complexo que fará seu pincel estremecer de excitação para capturar a sua textura. Se bem que eu não queira que prejudique meu rosto. Como acha que deverá ser a minha expressão? De triunfo sóbrio?

O pintor sacode a cabeça.

– Estou até aqui de encomendas do convento. Vai ter de esperar.

– Ah! Tem medo demais das madres superioras, esse é o seu problema. Exploram a sua caridade cristã e lhe pagam menos. Esqueça os altares por um tempo. Vai conseguir muito mais copiando, de uma medalha, a face do sultão e a enviando para ele via o infiel. Você mesmo o ouviu. Ele estava decidido a isso. Mas, quanto à nossa aposta, vai ter de admitir que venci fácil. Ela tem a retórica da cortesã grega Aspasia e a beleza de Phrynê. Meu Deus, essas gregas entendiam do poder das mulheres. Uma verdadeira Vênus, não acha? A fusão perfeita da modéstia com a luxúria.

– Humm. Percebi mais a sua modéstia do que a sua luxúria.

– Isso porque você não estava no páreo.

– E onde ela está? – E faz um esforço para se levantar. Estão embriagados, da maneira como os homens ficam quando as mulheres partiram e estão pensando em cama, mas não se dão o trabalho de se levantar e ir deitar. – Aonde está indo?

– Colocar seu sinal no contrato.

– Com quem? Treviso? Vênus e um mercador de sabão! Pelo amor de Deus, está sendo desperdiçada.

– Oh, não fique triste. Somente homens famintos precisam comer longe de casa. Sabe que Cecilia vai flagelá-lo, e você não vai demorar a se arrepender. Fiammetta, provavelmente, vai tirar a roupa para você, em nome da arte, se pedir com gentileza. Qualquer outra coisa seria, de qualquer modo, excessivamente cara. Estou certo, não estou, Bucino? Quanto ela cobra atualmente?

Encolho os ombros, pois agora que o negócio está concluído, o vinho e o pensamento de um futuro também aquecem meu estômago.

– Tivemos muitas despesas nesses últimos meses. O que posso dizer? Ela não é barata.

– Embora, cá entre nós, homens, e o incluo nisso, Bucino, ela valha. Acredite, você não sabe da missa a metade. Lá fora, há certas prostitutas de alta classe que passam a vida ordenhando seus amantes como se fossem tetas de vacas. Primeiro um, depois outro, depois o primeiro de novo, até suas bolsas estarem tão feridas quanto seus cacetes com todos esses puxões. Mas Fiammetta Bianchini não. Nada de acessos de ciúmes, nada de lágrimas falsas nem adulação. Ela toma o que precisa, dá o que eles querem, e assume a missão de fazê-los felizes. Vou dizer uma coisa: nem toda mulher que nunca tira a roupa é tão *lady* quanto ela. Ela porta sua luxúria com uma máscara perfeita de decência. Uma cortesã honesta, é isso o que ela é. E tem sorte em tê-la, Bucino. Assim como ela em tê-lo.

Volta a se sentar, exausto com a sua própria hipérbole.

Sou um especialista em homens bêbados, pois passei muitas noites aplacando os perdedores, enquanto minha senhora se retira ao quarto, e alvorece. Sempre me surpreende como os homens mudam de personalidade quando estão *in vino*: como os mais tímidos se transformam em touros, cuspindo e vociferando. Ou como príncipes implacáveis acabam lambendo suas mãos como gatinhos. Mas isso é somente efeito do vinho, e a maioria se esquece de tudo no dia seguinte.

– São belos pensamentos, Aretino – digo me servindo de mais vinho. – Se anotá-los, ela poderá usá-los em seu próprio túmulo.

Ele bufa indignado.

– Já os escrevi, maldição. A sua preciosa Fiammetta está inscrita no Registro das Cortesãs, como prometi. Poeta da sensualidade, é o que sou. Ouça, Aretino é um homem de palavra, assim como você, um bom homem, eu sempre disse. Assim como Ticiano. Não, bom não. Grande! Ticiano é um grande homem! Olhe para ele. Essa mão pode dar vida a qualquer coisa, a qualquer coisa que você pedir. Danem-se o alaúde e a pena. Dême o seu pincel. Você é um grande homem, Ticiano! Por que não pinta o anão? Olhe para ele. Não é todo dia que se vê uma cara como esta.

Porém, por maior que seja, o nosso leal pintor jaz, agora, feliz e inconsciente.

Lá fora, a luz se intensifica, e ouço o som dos primeiros barcos chegando para o mercado. Atravesso a *loggia* da frente até a sacada, de modo a poder ver a cidade bocejar, despertando para a vida. Mas enquanto o céu está raiado como seda em rama, a balaustrada de pedra da sacada é da minha altura, de modo que, para ver qualquer coisa direito, tenho de escalá-la até a metade e me firmar com as mãos na beirada. Até mesmo para um anão rico, o mundo tem o tamanho errado. Solto-me de novo e espio pelas frestas da balaustrada, e ao fazer isso, vejo a nossa gôndola atracando lá embaixo. O sarraceno lança o cabo, amarra o barco e aguarda. Por fim, Treviso desembarca, ajeitando a roupa da melhor forma possível, depois de seus exercícios musculares, e atravessa o desembarcadouro acordando seu barqueiro.

Quando se distanciam, o sarraceno ajuda minha senhora a sair da cabine. Ela pisa na plataforma do cais e observa a embarcação dele passar por sob a ponte. Quando desaparece, vira-se para o canal e levanta os braços ao céu, saudando o dia com um gesto de triunfo.

– Senhora!

Vira-se e me procura, avistando minha mão e metade de meu rosto na balaustrada. Ela está agora, de certa maneira, desgrenhada. A fita trançada do cabelo está um pouco torta, seu cabelo emaranhado em algumas partes, e o seu vestido foi rasgado no ombro, onde o decote é debruado de dourado. Mas a sua risada é como cristal e, em seu rosto corado, vejo uma casa com o piso polido, iluminada de um lado a outro, e a agradável fumaça de carnes assando na cozinha ascendendo em espiral pela escadaria. Meu Deus, faz tempo.

– Bucino!

Acena e faz sinal para que eu desça. Acabo de me virar e percebo Aretino chegando à sacada com seu andar pesado. Debruça-se na balaustrada e grita ao dia que nasce.

– Aha! É Fiammetta Bianchini, a mais nova grande cortesã de Veneza?

– Sim, milorde – replica ela com alegria, e faz uma reverência afetada, com suas saias escarlates formando um lago de sangue à sua volta.

– Pois então suba e venha para a cama comigo. Foi uma noite longa, estou com um tesão do cão, e você me deve isso.

– Chegou tarde demais, senhor – grita ela. – Agora, tenho um protetor, e que anseia me ter só para ele. Por algum tempo, pelo menos.

– O quê? Uma cortesã fiel? Que heresia está proferindo, mulher! Vá para casa e lave a boca com o melhor sabão veneziano. Que tal as exigências da França?

– A França é rançosa. Deixo-o para que o senhor lide com ele. Bucino, desça já. Vou cair se não dormir agora.

Consigo passar pelo corpanzil de Aretino e me dirijo à porta.

– E o infiel? Aha! Agora a peguei! Gostou dele, não gostou?

Se ela respondeu, não escutei enquanto descia e atravessava as portas para o cais, indo ao seu encontro.

– Traidores! – A voz de Aretino zune acima de mim. – Voltem, todos os dois. São pagãos sem alma. Olhem à sua volta. A maior cidade do Paraíso desperta e traz o mundo à sua porta. Compraremos pão no mercado, peixe nos barcos, e nos embriagaremos da manhã.

– Hoje não, Pietro. – Ela acena ao entrarmos no barco. – Vá para a cama. Viremos visitá-lo quando tivermos a nossa casa.

– É melhor que venham! E traga aquelas gravuras, para eu vê-las, seu anão sifilítico!

Os comerciantes, na água, estão observando a atuação e gritam vivas e gesticulam quando minha senhora volta a entrar em sua cabine. O sarraceno, que certamente já viu tudo isso antes, oferece-me a mão e subo aos trambolhões para o banco ao lado. Agradeço-lhe e deixo a bolsa do turco tilintar em meu cinto, para que saiba que a sua noite também valeu a pena. Na cabine, minha senhora apóia a cabeça nas almofadas amassadas e fecha os olhos, enquanto ele faz a gôndola deslizar suavemente na corrente, conduzindo-nos de volta à casa pelo barulho e agitação crescentes de uma manhã veneziana.

Parte Três

Capítulo Dezoito

Veneza, meados da década de 1530

NA QUINTA-FEIRA, MINHA SENHORA NÃO RECEBE VISITAS, pois se ocupa de sua beleza. Levanta-se ao raiar do dia, e com a ajuda de sua criada, Gabriella, põe-se a lavar o cabelo. Depois da primeira ensaboada, Gabriella massageia seu couro cabeludo por meia hora, com uma pasta de cedro para estimular o crescimento e, depois, enxágua duas vezes com caldo de videira fervido com talo de cevada e raiz de alcaçuz amassada, para deixá-lo lustroso. Agora, está batendo de novo na sua cintura, e embora não tenha recuperado sua gloriosa abundância, é muito belo, para aqueles que não o conheceram antes. A sua cor continua viva, com mechas cor de mel e douradas, que se iluminam quando secam, arrumadas como um manto no espaldar alto de uma cadeira, onde se senta de costas para o sol da manhã. Ela aproveita as horas que levam para secar para que Gabriella delineie a linha do cabelo, de modo que sua testa fique larga e limpa. Na metade da manhã, La Draga chega com uma série de ungüentos recém-preparados, inclusive uma pasta especial de branqueamento que ela própria aplica no rosto, pescoço e ombros de minha senhora. Uma vez, perguntei-lhe quais eram os ingredientes, e ela me respondeu que consistiam de farinha de favas, mercúrio, entranhas de pombas, cânfora, clara de ovos, mas em que proporção e com que outros refinamentos, não faço a menor idéia, já que mantém tais informações sigilosas como um segredo de estado. Qualquer resto da pasta guardo no pote em meu quarto, para evitar a possibilidade de ser substituído ou roubado, pois é surpreendente a espionagem da beleza no meio da comunidade de cortesãs. (Para uma mulher sem visão, La Draga revelou-se uma verdadeira fazedora de milagres no campo da beleza, e portanto ninguém – muito menos eu – pode, agora, recusar-lhe um lugar regular em nossa casa.)

Quando a máscara é removida – uma hora e meia é muito pouco, e duas horas, demais –, a pele de minha senhora está vermelha, às vezes, até mesmo, manchada, e Gabriella a amacia com água de pepino e toalhas quentes. Ela passa o começo da tarde com seu costureiro, praticando o alaúde, e memorizando alguns versos. Para limpar o estômago, bebe somente água avinagrada preparada pelo cozinheiro, e antes de seu sono vespertino, escova os dentes com uma pasta espessa de alecrim, esfrega a gengiva com menta, e utiliza gotas de loção de hamamélis para umedecer e ressaltar o branco dos olhos. É acordada às oito, manda Gabriella vesti-la e penteá-la, e passa, levemente, pó na pele, que agora está alva e macia como um mármore sem veios, e assim sai para o mundo, pronta para a noite.

No Arsenale, onde não é permitida a visita, mas sobre o qual correm inúmeras histórias, existe, aparentemente, um grande canal flanqueado por armazéns que absorvem centenas de trabalhadores. Quando um navio vai ser lançado, move-se lentamente por essa doca de carga e descarga, e a cada estágio, por suas escotilhas e em seus tombadilhos, vai sendo equipado: cordame, morteiros, pólvora, remos, ampulhetas, bússolas, mapas e provisões, até barris de vinho e pão fresco. Desse modo, em um único dia de trabalho, do primeiro ao último badalo do sino de Marangona, uma grande embarcação veneziana é aprontada para o mar. Penso nisso, às vezes, ao observar minha senhora aplicando-se à construção de si mesma, pois apesar de não ser tão complicado, nós também equipamos, à nossa própria maneira, uma embarcação, todos nós igualmente envolvidos e concentrados em suas exigências.

Quanto à nossa casa... bem, é bonita. Não no Canal Grande, mas próxima a San Paolo, em um extremo do amplo canal entre o Campo San Toma e San Pantalon. Nosso *piano nobile* é lavado pelo sol da manhã, o que o torna mais fresco nas noites de verão, onde recebemos com freqüência, e temos uma vista sobre a água cintilante, sem nenhum vizinho por perto para meter o nariz nos nossos negócios.

Dentro, nosso *portego* é espaçoso e elegante, suas paredes cobertas das melhores tapeçarias, seda e reposteiros de couro de segunda mão. No quarto de minha senhora, sua cama embutida de nogueira é revestida de cortinas raiadas de dourado, com lençóis tão brancos quanto um monte de neve recém-caída. Durante os primeiros meses, esse móvel foi de domínio exclusivo de nosso mercador de sabão, em cuja companhia ela também lia poesia (infelizmente, quase sempre composta por ele mesmo), e no mesmo período, oferecia *soirées* ocasionais a homens de letras e comércio, quando todos falavam de literatura, arte e dinheiro. Só que era de bom senso, à medida que sua reputação crescia, ela aceitar clientes extras, pois a exclusividade sempre gera competição, e o negócio do desejo é tão volúvel que até mesmo as carteiras mais generosas voltam para casa depois de algum tempo. Diante de outros pretendentes, o ardor de Treviso primeiro se tornou mais acentuado pelos ciúmes e, depois, tão inseguro quanto suas rimas, de modo que quando se separaram, já estávamos firmemente estabelecidos com outros patronos.

Além de Gabriella (uma jovem de rosto gracioso, oriunda de Torcello, e nada vaidosa ou afetada), a nossa casa agora inclui Marcello, nosso barqueiro sarraceno, e Mauro, o cozinheiro, que me lembra Baldesar em relação a que, quanto mais se queixa, melhor a sua comida. Eu e ele vamos diariamente a Rialto, o que considero um dos meus maiores prazeres, pois em Veneza, com as mulheres respeitáveis mantidas dentro de casa, as compras ficam a cargo dos homens, e, atualmente, sou alguém nos mercados. A multidão da manhã é feroz, mas o corpanzil de Mauro e minha carteira me elevam acima da pior aglomeração. Os donos das bancas nos conhecem e nos reservam os melhores cortes de carne e os melhores peixes, pois a nossa cozinha tem uma reputação que quase rivaliza com a da minha senhora.

– Signor Bucino! – ouço as vozes me chamando. Tratam-me com cortesia, com uma deferência, de certa maneira, exagerada, agachando-se, às vezes, à minha frente para apontar o frescor de um determinado peixe que reservaram para mim. Não me importo com a gozação. Não deixa de ser delicado e muito mais agradável do que ser insultado ou ignorado.

O mercado de peixes é uma maravilha de Veneza, à margem do canal, debaixo de uma *loggia* alta, com bueiros cavados sob a gelosia no pavimento de pedra, de modo que, mesmo no pior verão, mantêm o peixe refrescado e na água. Aqui, vejo pedaços de peixe tão grossos e com o rabo escamado, que é quase possível traçar a linha onde pescadores dividem o corpo de uma sereia na sua cintura. Quando os mais ricos se vão, ficam sempre os restos para os pobres, que se demoram nas margens, prontos para agarrarem as entranhas ou cabeças descartadas, quando lavadas na água. Mas têm de disputá-las com as gaivotas, que mergulham na terra, grandes como bebês bem alimentados e duas vezes mais barulhentas, seus bicos pontudos como pregos. Ouve-se seu ganido por todo o caminho desde a San Marco, e já vi não poucos senadores raiados de cocô de pássaros, quando as gaivotas soltam os restos da refeição do dia anterior para deixar espaço para a próxima.

Um desses senadores estará honrando a nossa casa hoje à noite, e é o seu jantar que estou comprando agora, pois ele adora peixe assado e carne de vaca com molhos suculentos. Ele é a pedra preciosa na nossa coroa, um Crow colorido (pois as togas dos senadores são de um vermelho-escuro), nobre de verdade – um Loredan, que remonta sua ascendência ao século nono, como me disse mais de uma vez. É membro do Senado, participou de vários dos comitês mais importantes do estado, e até recentemente foi um membro do Concílio dos Dez, que é o mais próximo que Veneza chega de um santuário secreto de poder. Porta essas honras com empáfia. De fato, é um sujeito de uma ostentação sem paralelos, sua papada tendo o mesmo peso de sua ocupação, mas é o nosso principal trunfo, pois tem posição e influência, e toda boa cortesã precisa das duas coisas em seu dossiê (no mínimo porque, como estado, Veneza tem a tendência a ser afetada e crítica, e quanto melhor se conhecer quem a governa, mais fácil é predizer seu humor antes que o demonstrem). Ele vem todas as noites de terça-feira e sexta-feira. Geralmente o entretemos a sós, já que membros do governo não têm permissão de confraternizar com a classe de cidadãos, embora esta, junto com todas as outras normas desse grande estado, seja tão tortuosa quanto o curso de seus canais, e minha senhora prefira ter companhia:

– Assim, pode entediar outras pessoas, e consigo ficar acordada até ter de ir para a cama com ele. Não faz idéia, Bucino, como o poder torna certos homens maçantes.

Deixo o cozinheiro pechinchando e volto a atravessar a ponte. Vou a uma taverna do lado do Fondaco Alemão, onde fritam o peixe da manhã em uma massa tão fina que a sua papila gustativa confunde o doce com o salgado, e onde a malvasia diluída (um sabor adquirido, mas, com a idade, passei a gostar de doces) é tirada na hora de tonéis vindos de Chipre. Logo no começo, passei a dar gorjetas inversamente proporcionais a meu tamanho ao proprietário resmungão, e agora tenho um lugar só meu em uma mesa perto da porta, com sua própria almofada comprida, que pego todo dia atrás do balcão. Dessa maneira, sento-me na altura de qualquer outro homem e participo das últimas fofocas.

Nessa manhã, a conversa gira em torno de um combate improvisado que irrompeu ontem na ponte dei Pugni, perto do Campo Santa Margherita, em que os trabalhadores do Castellani Arsenale infligiram uma derrota selvagem aos pescadores Nicolotti. Está, mais uma vez, na época dos festivais; o grande feriado da Ascensão, quando Veneza celebra seu casamento anual com o mar e quando, durante algum tempo, a arte da luta de rua se torna um esporte nacional. Quando o turco ainda vivia na cidade, cumpriu sua palavra e às vezes comprava um lugar para mim, junto dele na ponte flutuante, para assistir a essas pelejas (a companhia da minha deformidade era, evidentemente, mais prazerosa para ele do que para os italianos nativos). Mas ele partiu para Constantinopla há mais de um ano, e desde então não me arrisco a enfrentar multidões sozinho.

Relanceio os olhos para longe da conversa e, por uma brecha na aglomeração de gente, pego-me olhando diretamente nos olhos de um homem a algumas mesas: um mercador bem-vestido, com chapéu e capa novos, uma elegante jaqueta de veludo, e apesar de haver um quê bastante familiar nele, não faço idéia de quem seja. Mas parece que ele me reconhece: pois sustenta o olhar. Um cliente? Certamente não. Minha memória é quase perfeita quando se trata de negócios, e não recebi dinheiro dele, nem escutei seus gemidos pelas paredes da nossa casa. Ele levanta-se e vem em minha direção, abrindo caminho pela multidão de gente.

– Acho que nos conhecemos.

A voz é realmente dele. Mas, meu Deus, está mudado. Os cachos pendentes e a boina desapareceram, e o queixo foi escanhoado recentemente. Até mesmo seu andar o faz parecer mais alto. Para quem não o conhece, parece um comerciante da Espanha ou Grécia, pois os gregos têm uma grande comunidade na cidade, e dizem que terão sua própria igreja muito em breve. Se bem que só posso imaginar onde esse homem rezaria, pois apesar de, em vários aspectos, ser a imagem perfeita de um cavalheiro cristão, sei que é judeu.

– É o Signor Teodoldi, não é? – Então, depois de todos esses anos, ainda se lembra do meu nome. Bem, por que não? Viu-me escrevê-lo em várias apólices naquela pequena sala obscurecida, no Gueto, onde empenhei nossas jóias séculos atrás.

Um homem grande perto de nós emite um leve grunhido que ignoro.

– Sim, sou eu.

– De início, não tive certeza. Você parece diferente.

– Não tanto quanto você – replico abruptamente.

– Ah! É verdade. Devo me apresentar. – Senta-se e estende a mão. – Meu nome é Lelio de Modena. Em homenagem à cidade em que nasci. – Hesita. – Embora antes fosse conhecido como Chaim Colon.

O homem está debruçado sobre a nossa mesa e solta uma grande gargalhada, cuspindo veneno na corrupção indecente da deformidade. Algumas cabeças se viram. Mas ele está marcado pelo mau cheiro da cerveja e, o que é mais importante, da pobreza, que não se ajusta ao corte de nossa roupa, e como seu escárnio não o leva a lugar nenhum, se imiscui no grupo de pessoas, resmungando. Nós dois passamos pelo pior, e é uma demonstração do nosso status atual o fato de sermos quem permanece à mesa.

– Então, se converteu? – digo, e ele deve perceber o espanto em minha voz.

– Sim, eu me converti. – Sua voz é clara e enfática. – Deixei o Gueto há três anos. Fui batizado, agora sou cristão.

– E bem-sucedido.

– Tive sorte. – Dá um ligeiro sorriso, que parece constrangido. Sempre teve o ar de um homem excessivamente sério, e a mudança de fé não o tornou mais frívolo. – Pude usar a minha habilidade no corte e venda de pedras preciosas como mercador de jóias. Mas você... você também saiu-se bem.

– Nada mal – digo.

– É o negócio de sua senhora?

– Sim. O negócio de minha senhora. – E desconfio de que nós dois agora estamos pensando em certas imagens de um certo livro que no passado tanto horrorizou um penhorista judeu, a ponto de ele não conseguir conversar com o seu dono, mas que talvez seja mais aceitável a um homem de negócios cristão, secular.

Soa um gongo atrás do bar.

– Ah, tenho de ir – diz ele. Aqui dentro faz barulho demais para se escutar o sino matutino da Marangona, portanto têm de repeti-lo, para se certificarem de que a cidade está pronta para o trabalho. – Tenho um encontro perto do Arsenale. Oh, mas foi uma sorte tê-lo achado. Eu queria muito revê-lo.

– Verdade? – E sinto de novo a fúria e o medo em seu rosto, quando fechou a porta na minha cara. – Achei que estava feliz por ter-se livrado de mim.

– Bem... Eu... foi há muito tempo. Eu era... – Está claramente embaraçado. – Ouça, tenho de ir. Mas gostaria... quer dizer... se...

– Moramos na Casa Trevelli perto de San Pantalon. A casa de Fiammetta Bianchini. É muito conhecida na área. Estou lá quase todas as tardes e noites.

– Obrigado. – Levanta-se e aperta a minha mão. – Terei de deixar Veneza em alguns dias. Parto para as Índias. Mas, se puder, irei visitá-lo antes.

– Será bem-vindo. – Encolho os ombros. E por que não? Atendemos a todas as pessoas. Bem, todas as pessoas, exceto judeus. Até onde sei, não existe nenhuma lei na cidade que proíba uma cortesã de entreter um convertido, supondo que sua carteira seja gorda o bastante, embora, enquanto o observo desaparecer na aglomeração, sinta-me, de certa maneira, decepcionado com o fato de ele, entre todas as pessoas, ter mudado tanto.

Ainda assim, o encontro casual gera uma boa história, e a tenho perfeitamente afiada ao chegar em casa. A minha performance é frustrada pelo caos que encontro. Na ponte próxima, uma multidão assiste a uma dúzia de trabalhadores em uma grande barcaça enrolando cabos e panos, enquanto gritos e risadas repercutem na água, vindo do nosso *piano nobile* acima.

Subo rapidamente a escada (a riqueza tornou os degraus menos altos, o que é melhor para pernas curtas) e, na virada, choco-me com La Draga que desce, se bem que como sempre, seus ouvidos são mais aguçados do que meus olhos, e ela se agarra ao corrimão para se proteger. Ela fica em pé, mas sua bolsa se abre e um frasco de vidro grosso cai e bate no degrau abaixo.

– Ah... desculpe. Machuquei você?

– Não. Não... estou bem.

Pego o frasco e o devolvo a ela.

– Tome...

Sua mão já está estendida, esperando. Podia lhe perguntar como sabe que estou com ele, mas ouviria, sem dúvida, uma resposta sobre o som do vidro quebrando ou não, ou as maneiras diferentes com que um homem mexe com um pote ou com as mãos vazias. Como não é quinta-feira, não esperava encontrá-la aqui, mas uma casa agitada tem seu quinhão de dores, furúnculos e febres, e uma cortesã inteligente mantém seus criados tão sadios quanto ela própria. De minha parte, ando muito ocupado para cruzar com ela com freqüência, e quando nos encontramos, somos tão cordiais um com o outro, que quem não nos conhece pensa que somos amigos. Sob a superfície, entretanto, as cicatrizes infligidas por minha desconfiança e sua retaliação todo esse tempo atrás subsistem, e não conseguimos deixar de ser cautelosos um com o outro. Às vezes, acho que, se eu quisesse, poderia conseguir um jeito de consertar as coisas, pois não sou completamente incivilizado, e nesses últimos anos consegui cativar a afeição de uma ou duas mulheres infinitamente mais atraentes do que ela. Mas, para ser franco, muito mais estúpidas, e acho que receio que ela veja através de mim, mesmo com seus olhos fechados.

– O que houve? O que está acontecendo lá em cima?

– Chegou um presente. Não tenho como descrevê-lo. É melhor que veja por si mesmo.

E assim fiz – no segundo em que entro no *portego*. Pois ninguém que enxergue não o veria. Está encostado na parede: um espelho de corpo inteiro, prateado, maior do que todos que já vi, brilhando como uma explosão estelar no quarto, sua superfície captando o sol e refletindo a grande distância de espaço e a inundação de luz através da *loggia* em frente. A casa toda está reunida para reverenciá-lo: minha senhora, Gabriella, Marcello e, observando o júbilo deles, está o nosso cliente mercador de vidros, Vespasiano Alberini.

– Oh, Bucino. Veja! Veja o que milorde Alberini nos trouxe! – Seu rosto está iluminado, quase tão brilhante quanto a superfície do espelho. – Oh. Tinha de ter visto! Foi preciso oito homens para trazê-lo de Murano na barcaça, e quando o içaram, cada vez que vacilavam, meu coração parava de medo de que se quebrasse. Mas milorde se encarregou de tudo. – E foi até ele e apertou seu braço, e ele riu com o entusiasmo dela, pois a gratidão sempre traz à tona a criança feliz que há nela. – Queria que La Draga não tivesse ido embora com tanta pressa. Oh, não é a coisa mais extraordinária que já viu?

De fato, é, e a sua presença na nossa casa vai ter corrido a cidade amanhã, graças ao drama de sua chegada. Alberini é um dos nossos melhores clientes: um mercador sólido, tanto na sua circunferência quanto em talento, estando a par das técnicas mais modernas nas fundições antes mesmo que seus empregados percebam seu potencial. No amor, minha senhora diz que ele é como um javali, o pêlo eriçado e um corpanzil que urra. Mas dê-lhe um pedaço de vidro, do cristal mais elaborado à maiólica mais belamente ornamentada, e suas mãos são tão cuidadosas e delicadas como as de um anjo, e a sua voz introduz a poesia no comércio.

Lembro-me da primeira vez em que jantou conosco. Trouxe para a minha senhora uma taça de vinho de cristal sofisticado, decorada com o nome dela, gravado pelo processo mais moderno.

– Deleitem seus olhos neste milagre, amigos – exclamou ele, mostrando-a aos convidados. – Nesse nada transparente, entram areia, cascalho, cinzas, e um fogo mais quente do que o do inferno. É um atestado da glória do homem e uma lição de Deus: a beleza tão perfeita e frágil quanto a própria vida.

Ao dizer isso, fingiu que a deixaria cair, de modo que a sala toda arfou de medo, antes de ele sorrir largo e erguê-la à luz, como um cálice sagrado.

Eu o tinha observado repetir o exercício uma meia dúzia de vezes em reuniões diferentes, e gosto de seu senso de teatro e sua habilidade de vendedor. Quase me faz desejar ser um padre para comprar todas as peças defeituosas da oficina e deixá-las cair do púlpito todo domingo, para incutir o medo da morte em meu rebanho. Não admira que tenha feito fortuna – não são muitos os homens capazes de vender filosofia em uma taça de cristal, além de conhecer o melhor vinho para verter nela. Felizmente, para nós, ao longo dos últimos anos, ele se apaixonou pelo corpo de minha senhora, o bastante para querer vê-lo refletido de todas as maneiras em seus espelhos, pois o negócio de vidros explora a vaidade tanto quanto mascateia humildade.

– Gosta, Bucino? – pergunta ele, e sua cara redonda é partida com um sorriso largo.

– Como sempre, milorde... realiza milagres.

– A beleza pela beleza. Uma troca justa.

– Oh, venha, chegue mais perto, Bucino... tem de se ver nele. – E minha senhora me chama com a mão. – Verdade, é a visão mais surpreendente. Afaste-se, Gabriella, e deixe lugar para Bucino.

Ponho-me do seu lado.

Tem razão: é surpreendente. O sol da manhã é intenso à nossa volta, e aqui estamos nós, revelados em toda a nossa glória: uma beldade alta, esbelta, a cabeleira cheia, dourada, e um duende atarracado e feio, sua cabeça grande mal chegando à altura do peito dela. Sinto a respiração presa na garganta. Devia ter-me preparado para a visão. Só Deus sabe como faço o que posso. Minhas roupas são caras, confeccionadas para as proporções do meu corpo, a qualidade evidente no tecido, e a minha barba – que é mais basta do que meros fios de pêlo como Aretino gozava antes – está penteada e perfumada com almíscar e *cítrus*, combinando com minhas luvas infantis. No entanto, neste espelho, ainda choco a mim mesmo. Pois a verdade é que, na minha cabeça, não me sinto nem tão pequeno nem tão diferente, como sou na realidade, portanto a visão de mim mesmo em qualquer superfície – muito menos em uma superfície tão vasta e límpida – é sempre um sofrimento maior para mim do que deveria.

– Oh, não faça esta carranca, Bucino. A sua face é mais agradável sem franzir a testa. – E me cutuca. – Não é uma maravilha?

– Uma maravilha – replico, tentando ajeitar minhas feições.

– Oh, e veja. Veja como a costura na minha saia faz um bolo na esquerda. Eu sabia que este vestido era volumoso demais atrás, mas ele me disse que parecia assim só porque eu me curvava para olhá-lo. Meu Deus, esta invenção vai lhe proporcionar uma fortuna, milorde. Além de fazer a nossa sala parecer ampla como a de um palácio, vai mudar a arte da costura para sempre. Vamos demitir o nosso costureiro amanhã, está me ouvindo, Bucino?

– Acho que, primeiro, deveríamos pagar a sua conta.

E todos rimos.

– Bem – diz o nosso benfeitor –, tenho de deixá-los. Os homens precisam fazer outra entrega.

– Oh, milorde, não tão cedo. – E faz um beicinho gracioso. – Vou dizer uma coisa: quando voltar a nos visitar, poremos a mesa aqui, bem em frente ao espelho, para que possamos nos ver enquanto jantamos. Diga que isso será logo.

Seu entusiasmo o fez fazer uma pausa.

– Bem... se termino tudo no armazém, talvez possa retornar mais tarde, à noite.

Ela me lança um olhar de soslaio, pois nós dois sabemos que é sexta-feira e que ela a reservou para o Crow.

– Ah, milorde, infelizmente já estamos comprometidos – interfiro, assumindo a culpa. – Mas... se algo mudar, mandarei avisá-lo imediatamente.

Assim que ele sai, ela volta a se olhar criticamente no espelho. Começo a história do judeu, mas ela não presta total atenção, pois a sua parte que não está dominada por seu reflexo está ocupada com seu diário.

– Oh, mesmo?... Mas me conta depois... Eu estava me arrumando quando Alberini chegou, e tenho de estar com Ticiano daqui a uma hora, e sabe como ele reclama quando perco a luz... Gabriella! Mande Marcello aprontar o barco. Desço quando trocar de roupa. – Vira-se de novo para mim. – Por que não vem junto, Bucino? Ele prometeu que será a última sessão. Talvez deixe que veja, hoje.

E agora, parece frívola com seu bom humor. O que é um alívio, pois nas últimas semanas tem-se mostrado enfadada e distraída comigo. Mas então, como a maioria das mulheres, minha senhora vive segundo as fases da lua, e com o tempo, descobri que é melhor ignorar o que não posso decifrar. A origem e movimento de tais fluidos são problema de La Draga, e não meus.

Sacudo a cabeça.

– Estou muito ocupado. Ainda tenho de fazer a contabilidade. – Mas a verdade é que o espelho me deprimiu mais do que gostaria de admitir, e não quero ser visto lá fora.

– Francamente, Bucino! Atualmente, tem passado tanto tempo com a cara em um livro quanto um estudioso. Surpreende-me que não publique um estudo de Veneza como um em dois cidadãos daqui. Meu Deus, se eu tiver de enfrentar mais uma noite de conversa sobre a grandeza do estado e da constituição veneziana, acho que vou cair no sono. Oh, Loredan e seus convidados Crow não falaram de outra coisa na semana passada.

– Então, talvez devesse passar a oferecer suas *soirées* em frente ao espelho, a partir de agora. Eles vão manter a mente no trabalho do momento.

Capítulo Dezenove

DEPOIS QUE ELA SAIU, ACOMODEI-ME EM MEU QUARTO, que fica nos fundos da casa, longe do *portego,* e peguei os livros contábeis. Apesar de minhas reclamações, gosto deste lugar. Foi construído para a minha conveniência, e cada coisa nele se ajusta precisamente a mim, da cama de madeira, pequena o suficiente para que eu não me sinta solitário demais quando me deito sozinho, passando pelas estantes em perfeitas proporções à minha altura, até mesa e cadeira construídas de modo que eu não precise usar almofadas ou perca tempo subindo nelas. Depois que me sento, com a pena na mão, os livros contábeis abertos, e a ampulheta à minha frente, a areia escorrendo, chego perto da satisfação plena.

Uma vez eu disse que, se chegássemos a morar em uma casa com muita luz, nunca mais me queixaria. E juro que não me queixo agora. É verdade que trabalho mais duro com o nosso sucesso do que com o nosso fracasso. Também é verdade que a minha senhora e eu não somos tão unidos no triunfo quanto na adversidade. Evidentemente. O seu dia é a minha noite, o que significa que, quando ela dorme, geralmente eu trabalho, e nos momentos em que estamos juntos em público, tomamos o cuidado de ser patroa e servo, em vez de camaradas. Apesar de os nossos clientes serem menos vulgares do que muitos outros, um comércio como o nosso está sempre ávido de mexericos de perversão, e a coabitação da beldade e da fera fica mais segura como uma noção platônica do que um soneto do tipo de Aretino. Se prefiro me sentir excluído, como faço, às vezes, pois eu também tenho meus humores, lembro a mim mesmo que a colheita é sempre a época mais trabalhosa para o agricultor, e que haverá tempo o bastante para o lazer mais tarde, quando a idade e a moda tornarem o nosso negócio menos ativo.

Por enquanto, entre nós, dirigimos um negócio próspero, tão complexo e exigente quanto vários outros, sobre os quais a cidade constrói sua riqueza. Com Roma lutando para se reconstruir e Florença uma sombra de sua existência gloriosa de antes, Veneza tornou-se a grande metrópole da Europa para os viajantes: um refúgio para os compradores, homens de negócios, e os que buscam o prazer, todos eles ansiosos para experimentar o que quer que ela tenha para oferecer. E no alto da lista estão os encantos de suas mulheres profissionais. De tal modo que se sente nela, agora, uma brisa da antiga Roma, e o boato é que, nos dias de hoje, mulheres respeitáveis mal podem entrar na igreja no domingo, tal é o número de novas cortesãs exibindo seus artigos.

Em público, a cara do velho doge mostra todos os sinais de um homem com um permanente mau cheiro nas narinas. Acho que a censura será a política do estado em breve – a roda sempre completa o círculo –, mas por enquanto, pecar continua sendo tão lucrativo quanto a boa ação, portanto lucramos o ano inteiro. A primavera é a época em que mais temos trabalho, pois é quando os navios se preparam para partir de novo e os peregrinos ficam de prontidão para a Terra Santa. Depois de se fartarem de relíquias (Veneza tem ossos suficientes para criar um pequeno exército de santos com metade das costelas), é surpreendente quantos deles cedem a um ou dois pecados antes de se lançarem ao mar, na viagem que os absolverá.

Como em Roma, sou tanto o mordomo como o porteiro, e anoto cada *soldo* que entra e sai, já que, quando a porta do quarto é fechada, todos os tipos de ratos podem mordiscar suprimentos na cozinha, e nós dois conhecemos prostitutas ricas que morreram na pobreza por causa de uma má administração da casa. Da mesma maneira, ninguém entra ou sai da casa sem o meu conhecimento. Não entretemos hereges alemães, pois a memória de minha senhora é tão comprida quanto seu cabelo foi curto no passado, e somos cautelosos com comerciantes transitórios, apesar de ser tentador introduzir visitantes estrangeiros junto com os regulares (a exaustiva inscrição de Aretino no registro das Cortesãs atraiu todo tipo de comerciante rico à nossa porta), mas isso é perigoso. A sífilis introduzida pelos franceses em Florença e em Nápoles há quarenta anos é hoje uma praga madura, e embora possamos recusar os homens doentes, é difícil perceber a doença antes que fique aparente. La Draga tem bebidas e ungüentos para os tipos mais brandos de coceira e calor, e independente do que pensamos um do outro, não posso duvidar da eficácia de seus remédios. Entre os seus muitos talentos, é conhecida por ser capaz de fazer uma mulher se livrar de um filho enquanto ainda está na forma líquida dentro do útero. É uma habilidade de que, até agora, não precisamos. Parece que minha senhora não concebe, ou nunca concebeu desde que a conheço. Se sua mãe tivesse sido menos ambiciosa e usado suas economias para casar a sua filha com um alfaiate ou um construtor de navios, sua esterilidade teria se revelado um distintivo mais definidor do que a sua beleza. Como as coisas são, acho que isso a deixa um pouco triste, já que há mulheres na sua profissão que, com a sua idade, têm um quarto cheio de berços. E embora seus filhos não herdem títulos, a cidade está cheia de homens ricos que se afeiçoaram a seus bastardos e que os beneficiam, ajudando-os a se estabelecerem na vida.

É minha função conhecer todos os clientes antes que a vejam, e acertar as contas. Desse modo, espero afastar impostores ou encrenqueiros. O pior são os homens que usam seus punhos assim como seus cacetes. É claro que nenhuma cortesã ganha seu sustento sem alguns murros e contusões. Isto é fato. Há homens que não conseguem, de maneira nenhuma, fazer isso, sem ter de lutar um pouco para consegui-lo, enquanto outros estão tão oprimidos pelo pecado que têm de infligir um pouco de castigo enquanto têm prazer. Mas isso é fácil de perceber enquanto ainda vestidos, pois a sua luxúria vibra de ansiedade. A minha preocupação é com aqueles que não transparecem a violência em seu interior, até a porta ser fechada ou a primeira garrafa de bebida. Já vi o bastante para saber que existem alguns que acham isso natural, como se nascessem preferindo o gosto da carne de vaca ao do peixe, e o demônio em suas virilhas é alimentado menos pelo ato em si do que pela dor que causam e a excitação que conseguem causando-a.

Nesse aspecto, temos a vantagem de ter um cozinheiro com os punhos como um pernil e um temperamento condizente, e Marcello, o barqueiro, apesar de ser o homem mais gentil que pode existir, tem a constituição de um guerreiro com um vozeirão como o eco em uma caverna. Nesses últimos anos, tivemos de usar seus respectivos talentos uma única vez, quando minha senhora foi mais aterrorizada do que machucada, pois chegamos segundos depois de seus gritos. O homem em questão acabou no canal com um braço e uma costela quebrados. Apesar de eu não ter dúvidas de que pode tentar de novo, achará mais difícil fazer isso em Veneza, pois apesar de a polícia fazer vista grossa a esse tipo de insulto (o mundo está cheio de mulheres que vão para o altar obrigadas por seu maridos como um último recurso de fazer a corte), há um registro boca a boca para tais transgressores entre as cortesãs mais famosas da cidade.

Quanto à minha senhora, bem, apesar de seu humor, está refulgente, avivada por sangue novo, e presentes. Está na profissão há 15 anos, e completará 29 anos no seu próximo aniversário. O que faz com que não seja mais tão jovem para esse negócio – é raro encontrar uma cortesã bem-sucedida com mais de 30 que admita a sua idade –, embora ainda pareça jovem o bastante para passar por 22 para os novos visitantes.

Dessa maneira, recuperamos tudo o que perdemos em Roma, e apesar de eu ainda temer as marés altas e ansiar, às vezes, pela energia mais vulgar dos romanos, podemos dizer que, aqui, estamos seguros.

Na verdade, podemos dizer que estamos contentes.

Capítulo Vinte

ESTOU ABSORTO NOS LIVROS, QUANDO CHEGA uma mensagem do nosso homem Crow Loredan: o grande senador ficou detido a negócios sobre a Sensa e não poderá vir hoje à noite, o que afinal nos deixa livres para entreter o nosso generoso mercador de vidros. Uso a notícia como razão para fechar os livros. A ordenação dos números acalmou um pouco a aversão por mim mesmo, e antes de entrar em contato com Alberini, devo comunicar minha senhora.

A casa e estúdio de Ticiano ficam no norte, na outra margem do Canal Grande, perto do rio di Santa Caterina, e apesar de ter de andar rápido, é um dia agradável de primavera e o exercício me fará bem.

Ticiano, com quem receio ter sido um tanto casual na noite em que o conheci, pois não sabia quem era, é de longe o artista mais famoso de Veneza, tanto que, hoje, a tinta nem bem seca em suas telas e já estão sendo encaixotadas e transportadas em barcos e mulas às cortes de metade da Europa. Um homem tão importante e que permanece, devo dizer, essencial e agradavelmente, um camponês. É tão ativo com seu ábaco quanto com seu pincel (ele e eu compartilhamos uma afinidade natural no que diz respeito a forçar clientes recalcitrantes a saldarem suas dívidas) e não tenho dúvida de que passará à história pela qualidade de sua pintura, enquanto minhas recordações de sua casa têm mais a ver com as fragrâncias da cozinha, pois ele e Aretino gostam de boa comida, e seus cozinheiros muitas vezes competem para produzir os melhores pratos. Também como Aretino, Ticiano tem um afeição saudável pelas mulheres. É a segunda vez que minha senhora posa para ele. Se ela fez mais do que posar, então não me contou, nem perguntei, se bem que quando sua amada esposa, Cecilia, morreu há alguns anos, talvez o tenha confortado, pois sei que ele sofreu muito.

Atravesso o Canal Grande pela Rialto. Daqui, quase dá para ver a casa de Aretino. Também ele prosperou. Brincou, por algum tempo, dizendo que ia viver na corte francesa, mas em vez disso passou a Quaresma em penitência profunda e pública, enquanto, ao mesmo tempo, compunha peãs louvando sua cidade recém-adotada, a ponto de comover o próprio doge Gritti que interveio em seu favor, e, dessa maneira, reconciliou-se tanto com o papa quanto com seu velho inimigo, o duque de Mantua. Depois disso, sua ascensão foi rápida, e ele é agora um dos tesouros da cidade. Em público, ostenta uma corrente de ouro recebida do rei da França, suas cartas circulam entre os conhecedores, e Veneza está repleta de gente ansiosa por tratá-lo bem, como uma maneira de evitar que ele os trate mal.

Ele e minha senhora forjaram uma amizade inesperada ao longo desses anos. A chama que antes ardeu nos dois reduziu-se ao calor das brasas. O sucesso atraiu para ele mulheres o bastante para bajulá-lo, sem precisar da atenção dela e, para ser franco, acho que, como os dois vivem com grande parte de suas vidas privadas sendo públicas, são gratos à companhia de alguém que os conhece por dentro e com quem não têm de representar. Quando não estão fofocando, gostam dos jogos de azar, que entraram na moda em Veneza, e, às vezes, nós três jogamos nas tardes ociosas, virando cartas pintadas com uma dúzia de futuros diferentes escritos. De nossa parte, cumprimos a barganha e, durante todos esses anos, mantivemos *As posições* fora de circulação. Sem filhos, tornou-se o nosso seguro contra a falência da velhice. Ladeio o Campo dei Santi Apostoli e sigo rumo ao norte por uma teia de vielas. A riqueza dá lugar à pobreza à medida que avanço, e mantenho a cabeça baixa e minha bolsa apertada ao peito. Em contraste com a área em volta, a casa de Ticiano, empoleirada na beira da laguna, é uma afirmação de status, nova e imponente. Em um dia claro, daqui dá para ver até monte Antelao, em Cadore, que, tenho certeza, foi a razão para escolhê-la, pois é um sujeito sentimental quando se trata de recordações de sua cidade natal.

Sua governanta abre a porta e me mostra o jardim, enquanto avisa minha senhora que estou aqui. Sento-me e massageio minhas pernas, pois o percurso entorpeceu minhas coxas. A água está tão perto que dá para ouvir as ondas baterem na costa. Embora Veneza nunca venha a ser Roma para mim, há uma certa beleza melancólica na maneira como flerta com o mar, como uma mulher adorável erguendo suas saias enfeitadas – às vezes não muito – para não serem molhadas pela maré cheia. Em dias como o de hoje, quando a água brilha e o ar está viscoso com o perfume de jasmim e flores de pessegueiro, quase achamos estar no Paraíso. Tão doce quanto a Arcádia. Não era essa a frase que a sua mãe usava quando ela era pequena, para descrever as fragrâncias do jardim de um homem rico? Não foram essas mesmas palavras que minha senhora usou para me induzir a ficar em Veneza naquele primeiro dia, quando o nosso futuro parecia tão negro quanto seu escalpo ferido? Ao pensar nisso, sou atingido com força pela recordação, como se somente agora, aqui, neste exato momento, depois de todo esse tempo, eu sentisse que realmente chegamos ao destino da nossa viagem. E, no interior do deslumbre do sentimento, há também uma sensação de terror – sim, terror – de que ascendendo tão alto, se houver uma queda, será maior também.

Sua voz me sobressalta.

– Bucino! Pensei que estivesse amarrado a seu ábaco.

Viro-me para ela, vestida em um manto, como se tivesse acabado de se levantar da cama. Seu cabelo está solto e cai nas costas. Ele pediu-lhe que o usasse como no dia em que se conheceram. Embora até mesmo eu tenha de admitir que ela não está tão viçosa quando então, a tira de cabelo trançado e os pequeninos cachos em desordem ao redor de sua testa ainda mostram a menina que há na mulher.

– Estava, mas chegou uma mensagem.

– É melhor que seja importante. Ticiano estrondeia como trovão quando é interrompido.

– Não terminou ainda? Achei que era a última sessão de pose.

Ela ri.

– Oh, nunca vai terminar. Pelo menos, para ele. Estarei velha quando o der por terminado.

– Bem, agora, você parece bastante jovem

– Mesmo? É o que você acha. – E gira o corpo, seu cabelo esvoaçando junto. Como se embriaga com a lisonja. Alimenta-se de lisonja, cresce dela, como uma planta em direção à luz, como se nunca recebesse o bastante. – Atualmente, você não me elogia muito, Bucino.

– Minha voz não é ouvida no meio de todas as outras vozes.

Ela faz um ligeiro beicinho, artifício que surte mais efeito em seus admiradores do que em mim. Mas a conheço melhor e, ao contrário deles, já a vi com seu espelho de mão, e a expressão diante de sua própria imagem revela pouca lisonja. Se eu vivesse de novo, já não sei se iria preferir a beleza à feiúra. Há ansiedade demais na sua fragilidade.

– Então, qual é a mensagem?

– Loredan está preso com a questão Sensa e não virá nos visitar esta noite.

– Oh. – Ela encolhe os ombros, como se isso não tivesse muita importância, embora eu perceba que gostou da notícia. – Então, talvez possamos enviar uma mensagem a Vittorio Foscari – diz ela, com displicência. – Sei que ficará feliz em estar comigo.

– Tenho certeza de que sim. Mas temos um compromisso com Alberini, por sua generosidade.

Ela resmunga.

– Ah, é claro, Alberini. – E franze o nariz. – Mas já lhe dissemos que estaríamos ocupados. Ele nunca vai saber. Seu caminho e o de Foscari nunca se cruzam.

De fato, não, já que um deles trabalha para viver e o outro vive de sua família. Mas prefiro não mencionar isso.

– Por que não dá tempo para Foscari se recuperar? – sugiro.

Ela ri e entende isso como um elogio, mas é apenas meia verdade. Ele é, de certa maneira, um desafio para mim, esse Foscari. É o mais recente e o mais jovem de seus admiradores. Crow de nascimento, ainda é um frangote, mas quando tira as meias, os prazeres de seu cacete lhe são tão novos que parece exaurir os dois com seu ardor e sua conversa. Evidentemente, toda cortesã precisa ser adorada, às vezes, e a sua adoração a deixa alegre. Ele chegou no encalço de um caso com um estudioso florentino com o pescoço formando uma papada e que ofegava tanto que era difícil saber se estava chegando ou partindo para sempre. Apesar de eu ter tido o cuidado de negociar o pagamento por hora, não tenho dúvidas de que a pele jovem e firme de Foscari era um contraste bastante agradável. Ainda assim, esse jovem Crow revela-se um desastre no que se refere a negócios, pois não controla sua própria fortuna, excede sua mesada e não é inteligente o bastante para saber como conseguir mais.

– Sabe que ele ainda nos deve uma meia dúzia de encontros no mês passado.

– Oh, Bucino, você se preocupa demais. Ele é de uma das melhores famílias da cidade.

– Que guarda seu dinheiro para os filhos mais velhos e não para ele. Pagaram para que fosse deflorado, não para que mantivesse uma amante. Os negócios seriam mais bem servidos com um amável agradecimento a Alberini.

– Na verdade... não preciso do seu sermão sobre o que é melhor para o negócio – murmura com irritação. – Acho que vou preferir entreter Foscari.

– Como quiser. Mas se ele vier, terá de pagar. A nossa caridade com ele já é motivo de comentários na casa, e se não tomarmos cuidado, correrá o rumor de que estamos doando o que outros têm de pagar. E sabe o prejuízo que isso pode causar.

Ela encolhe os ombros.

– Não ouvi nenhum comentário.

– Isso porque fecha a porta – replico delicadamente. – E tenho roncado mais alto do que o usual para abafar o barulho.

Sorrio de modo a amenizar o clima com minha tirada. Mas ela prefere ignorar a oferta de fazer as pazes.

– Oh, está bem! Se faz tanta questão, é melhor que ele não venha. Mas não vou entreter Alberini. Vou aproveitar para descansar. Não é muito fácil, sabe?, posar o dia inteiro como uma estátua viva, enquanto Ticiano remexe em seus pincéis.

Olho para ela por um instante, mas ela baixa o olhar.

– Oh, oh, esse jasmim – exclama com afetação, metendo a cabeça na flor. – Não há perfume igual no mundo. Tentei comprá-lo, na Rialto não sei quantas vezes, mas nunca dura mais do que alguns minutos quando fora do frasco.

– Sim, é muito agradável – murmuro, impressionado com a rapidez com que muda de assunto, pois não é a primeira vez que discordamos em relação a esse pirralho. – Doce como a Arcádia.

Ela olha para mim e sorri de novo, como se não conseguisse se lembrar completamente de algo.

– Arcádia? Sim, acho que sim.

– Não me importa quanto estão oferecendo, não pode ficar com ela, Bucino. – É Ticiano à porta. – Prometeram-me o dia inteiro, e preciso de cada minuto.

– Não se preocupe, mestre. Está seguro. Só vim entregar uma mensagem.

– Algum velho atrevido a quer hoje à noite, hein? É uma pena... ela vai perder um lombo de porco assado com um molho suculento de maçãs. Venha, Fiammetta, a luz está perfeita. Preciso que entre agora.

– Estarei lá em um segundo. – Está claro que se sente aliviada por ter sido chamada. Seu sorriso para mim é rápido, distraído. – Vejo-o mais tarde, Bucino. – O fato de não me dizer a que horas vai voltar demonstra como está irritada comigo por causa de Foscari. Ela entra e ele faz menção de acompanhá-la. Mas percorri um longo trajeto até aqui e talvez não tenha outra chance dessa em meses.

– Ticiano?

Ele vira-se.

– Já que estou aqui, posso ver o quadro?

– Não! Ainda não está terminado.

– Mas achei que era a sua última sessão de pose.

– Não está pronto – repete obstinadamente.

– É que os anões têm o coração fraco. – Sorrio. – Sei por fontes confiáveis que poderei estar morto em um ano.

Faz uma carranca, mas sei que gosta muito de mim, ou tanto quanto gosta de qualquer um quando está trabalhando.

– O que ela lhe disse sobre a tela?

– Nada. – Encolho os ombros. – Exceto que manter a pose lhe dá cãimbra no pescoço, e tenho de massageá-lo toda noite. Sem mim, você não teria modelo.

– Ah! Está bem. Mas olhe e vá embora. O que vai ver não é para ser comentado, entendeu?

Comentar? A única coisa com que falo é com meu livro contábil. Tudo o mais só acontece na minha cabeça.

Seu estúdio fica dentro da casa, com um galpão do lado da porta, onde seca suas telas. Sigo-o escada acima até uma sala no *piano nobile*, onde há duas grandes janelas rematadas de pedra em um rio de luz, e onde a vista, às vezes, o leva de volta à sua terra sem precisar sair dali. A tela está em um grande cavalete no meio da sala e, apesar de não estar concluída, não consigo perceber o que está faltando. Mas sou meio estúpido em matéria de arte. Estive presente em vários entretenimentos em que ouvi grandes homens – e a excêntrica cortesã exibida – se tornarem líricos ao verbalizarem vôos da imaginação sobre o "gênio" de Ticiano, com descrições realmente mais imaginativas do que qualquer coisa que vejo em suas telas. "Oh! Oh! Vejam como ele consagra o corpo humano com a sua arte." "Nas cores de Ticiano, Deus colocou o Paraíso." "Não é um pintor, mas um milagre." Suas lisonjas são pegajosas como mel, e às vezes acho que a razão para Ticiano favorecer minha senhora como modelo, é ela não atormentá-lo com tal tagarelice infantil, deixando-lhe espaço para seu pincel se soltar.

A propósito, sua última obra – bem, para minimizar a confusão, usarei palavras simples.

O cenário é a própria sala – no fundo, vê-se parte da janela, com um pôr-do-sol luminoso riscando o céu. Nas paredes, as tapeçarias, e em frente, duas arcas decoradas, do lado das quais, duas criadas, uma ajoelhada e a outra em pé, arrumam roupas.

Mas apesar de as vermos, não é nelas que o nosso olhar se demora. No primeiro plano da pintura, tão perto que quase podemos tocá-la, está uma mulher nua. Está deitada, apoiada em um travesseiro sobre uma cama com colchões com motivos florais vermelhos, cobertos por lençóis amarrotados, e a seus pés, um cachorrinho cochila, enroscado da cabeça às patas. Seu cabelo cai sobre seus ombros, o bico do seio esquerdo, firme e rosa, se sobressai no veludo escuro da cortina atrás, e os dedos da mão esquerda torcem-se sobre a fenda de seu sexo. Apesar de ser adorável e – até onde sei, as partes dessa carne que já conheço – uma réplica perfeita do corpo de minha senhora, o quadro é familiar, até mesmo, a um asno como eu, pois a pose de Vênus reclinada há muito tempo é conhecida de gostos sofisticados.

O que é diferente nesse quadro, entretanto, é o seu rosto. Enquanto toda Vênus que vi está adormecida ou olhando a distância, modestamente ignorante do fato de estar sendo observada, esta Vênus, a Vênus de minha senhora, está acordada. E não simplesmente acordada, mas olhando diretamente para o observador. Quanto à expressão em seus olhos, bem, é aí que as palavras simples falham, e sinto minha imaginação voar como a de Aretino. Seu olhar é de tal... lassidão, de tal energia erótica, que é difícil dizer se está se deleitando com recordações de prazeres passados ou lançando um convite mais direto ao que está por vir. Seja como for, ela é bastante franca. Não há o menor vestígio de vergonha, constrangimento ou acanhamento em sua expressão. Essa dama, a minha senhora, está tão à vontade consigo mesma que, por mais que nos demoremos encarando-a, ela não desvia o olhar.

– Então?

Ele está em pé, impaciente, atrás de mim, como se não estivesse dando a mínima para o que penso, mas querendo que eu diga algo, para que vá embora e o deixe prosseguir seu trabalho. O que posso lhe dizer? Passei a maior parte da minha vida ativa aplaudindo maus poetas, rindo de piadas terríveis, mentindo a músicos de segunda categoria e bajulando homens ricos que se acham inteligentes. Pode-se dizer que fui-me tornando incapaz de falar a verdade. Olho para o quadro novamente.

– É maravilhoso – digo com firmeza. – Criou uma grande Vênus veneziana. Qualquer dia desses, vai vencer aquele embaixador francês sifilítico em uma aposta entre a pintura e a escultura.

– Ora! – E o asco soa forte em sua garganta. Nas conversas sobre seu talento, Ticiano é sempre o mais calado.

Suspiro.

– Oh, ouça, Ticiano, por que se dar o trabalho de me perguntar? Sabe que não sei nada de arte. Sou um cafetão. De alta classe, certamente, mas ainda assim, um cafetão. Quer saber o que vejo? Vejo uma bela cortesã, tão sensual como se estivesse aqui pessoalmente, diante de mim. Mas do que isso não faço a menor idéia.

– Humm. Mais uma pergunta e pode ir. Sabe no que ela está pensando?

Olho de novo. Sei no que está pensando? É claro que sim. Ela é uma cortesã, afinal de contas.

– Está pensando no que o observador quer que pense – replico calmamente.

Ele concorda balançando a cabeça. E pega o pincel. É claro que estou sendo dispensado.

Minha senhora entra e acena para mim antes de ir para o sofá. Apesar de eu ter examinado cada polegada de seu corpo, sairei antes que ela tire o manto.

Chego à porta. Mas isso continua me intrigando

– Há mais uma coisa.

Ele vira-se.

– O quê?

– Não é ela, você sabe.

– O que quer dizer?

– Bem, não sei se é daltônico, mas os olhos de Fiammetta Bianchini são verdes-esmeralda. E não pretos.

Ele dá uma grande gargalhada, e vejo sua face se iluminar com um sorriso malicioso.

– Bem... não vai querer que todo homem que a vir em meu estúdio bata à sua porta, vai?

E, quando ela deixa o manto cair, atravesso a porta

Capítulo Vinte e Um

CHEGO EM CASA E VEJO UM BARCO ATRACADO em nosso ancoradouro. Por um instante chego a pensar que possa ser o frangote Foscari, pois o dossel é esplêndido o bastante e o problema que ele está causando não me saiu da cabeça durante todo o caminho, mas Gabriella me recebe à porta e anuncia um estranho, que está sentado no *portego*, há quase uma hora.

– Não quis deixar uma mensagem. Diz que é importante e que tem de falar a sós com você.

Está sentado sob o espelho, que, agora que a luz está se extinguindo, torna-se um buraco escuro na penumbra. Tenho de admitir que não o esperava tão cedo. Mas, então, os homens que empreendem longas viagens muitas vezes buscam conforto antes de partir. Levanta-se rapidamente para me cumprimentar, o que o torna alto demais, mas é um gesto bastante simpático, pois, podem acreditar, nem todos os nossos clientes se dão esse trabalho. Vejo nós dois refletidos no espelho intimidador, um poste e um tampinha, mas agora estou preparado para a visão de mim mesmo.

– Signor Lelio, seja bem-vindo. Como foi sua reunião?

– Foi bem. O navio está pronto. Vamos zarpar depois de amanhã. Para as Índias.

– Depois de amanhã. Tão cedo assim? Por favor... sente-se.

Ele se senta. Mas seus membros permanecem rígidos. Seus nervos estão à flor da pele. Se está aqui para marcar uma hora, sei de antemão que não há hora vaga para ele. Mas ele foi bom comigo, à sua maneira, e é meu dever lhe conceder a mesma atenção que concedo a qualquer homem com dinheiro e apetite.

– É a primeira vez? Digo, que vai às Índias?

– Ah... sim, não. Fui ao leste há um ano. Alepo e Damasco. Mas aos mercados. Não às montanhas.

– Então, não viu os lugares de onde vêm as pedras?

– Não, ainda não. – Sorri, pois se recorda de tudo, assim como eu. – Mas dessa vez, se Deus quiser, verei.

A sala, agora, está mais escura. Gabriella bate e entra com um círio. Enquanto se move à nossa volta, uma chuva de chamas de velas ascendem com um pulo e começam a dançar no espelho.

– Pode nos trazer um pouco de vinho, Gabriella?... Aceita uma bebida?

– Oh, não, não! – Sacode a cabeça. – Quer dizer... não posso ficar... – E seus olhos movem-se nervosamente.

– Não se preocupe, Signor Lelio – digo gentilmente quando ela sai. – O nosso negócio é tão discreto quanto era o seu.

Mas ele não se acalma.

– Eu... er... – Olha em volta. – É uma bela casa. Não esperava...

– Tal riqueza? – Sorrio e, por um momento, estou de volta a uma sala sombria, enquanto seu pai tira a lupa com que examinou nosso rubi e, em seus olhos, vejo o nosso futuro se esvair. Ainda hoje, essa lembrança me trespassa. – Temos sorte. Embora tudo o que esteja vendo aqui tenha, um dia, pertencido a outra pessoa. E sem dúvida pertencerá de novo. Acho que a sua família vai se lembrar perfeitamente da nossa barganha. A propósito, como vai seu pai?

Ele hesita.

– Morreu há alguns anos.

Quero perguntar se foi antes ou depois de sua conversão, mas me parece uma pergunta cruel demais. Apesar de não ser desconhecido o fato de judeus assumirem a fé cristã, os únicos casos que soube são de mulheres jovens apaixonadas desafortunadas ou tentadas por um dote generoso da igreja ávida de promover a fé verdadeira. Para um homem adulto, partir seria uma traição muito maior à comunidade.

– Sinto muito. Ele resolveu sua questão com o estado?

Encolhe os ombros.

– O contrato foi renovado. Só o preço mudou. Mas esse tipo de negociação é interminável.

Assim como o debate sobre os judeus. Nós o ouvimos diariamente, nas tavernas e na Rialto: aqueles que acreditam que o diabo reside nas virilhas dos judeus e que a usura polui a alma de todo cristão que aceita seu dinheiro, e os mercadores, para quem o pragmatismo é uma virtude e que precisam do dinheiro dos judeus para manter seus negócios. Acho que todo veneziano tem um pouco dos dois em si mesmo, embora o mercador, hoje em dia, fale mais alto, e enquanto Veneza viver de seus navios, todo mundo sabe, de uma maneira ou de outra, que os judeus permanecerão. Com seu pai morto, ele teria sido um dos mais velhos, agora, responsável pela negociação do futuro de sua comunidade.

– Posso fazer uma pergunta?

Olha para mim, pois é claro que sabe qual é a pergunta.

– Quer saber por que me converti? – Olha fixo por um instante, depois baixa o olhar. – Descobri... Jesus Cristo em meu coração – responde com suavidade.

Balanço a cabeça e mantenho a expressão grave. Passei a vida fazendo dinheiro com os pecados da carne. A mentira ocasional é algo pequeno para mim. Mas parece preocupá-lo mais.

– Quer dizer... é... é difícil... falar disso. Sempre... eu sempre... Bem, o gueto é muito pequeno. – Sacode a cabeça. – E o mundo é tão grande. Acho que sempre fiquei olhando pela janela. Desde muito pequeno.

– Tem sorte – digo compassivamente. – Nunca vi dessa altura.

– Quero que saiba que não tenho vergonha de mim mesmo – sua voz, agora, é firme. Apesar de nervoso, hoje é mais seguro do que aquele jovem de lente e olhar triste. – Um homem tem de abrir seu caminho no mundo. Meu trabalho gera dinheiro para Veneza. Pago meus impostos e obedeço às leis do estado como qualquer um. Sou um homem respeitável.

– Tenho certeza de que sim. – Mais do que eu serei um dia, com certeza.

– Lembro-me... de suas idas à nossa loja. Sempre foi muito cortês comigo.

– Você estava me dando dinheiro. Insultá-lo só dificultaria as coisas.

– Essa consideração não influenciou a maioria das pessoas. – Faz uma pausa. – Na última vez em que nos vimos... quer dizer, o livro que me trouxe. Encontrou alguém que o aceitasse?

– Que livro? – digo calmamente. – Não houve nenhum livro. Eu me enganei.

– Entendo. – Sorri. – Não precisa se preocupar. Não contei a ninguém sobre isso. – Fez-se silêncio. – Embora, tenho de admitir, pensava nele, às vezes... Como disse, o mundo de onde vim era muito pequeno.

Eu me pergunto quanto tempo vai levar para falar. Poderia ajudá-lo, se quisesse. Só Deus sabe como, à primeira vista, *As posições* surpreenderiam muito mais homens além dele. Embora, depois de verem seu conteúdo, nunca mais voltem a se surpreender. Esse era o seu poder. O nosso poder. Tínhamos, ele e eu, mais em comum do que eu percebera: nós dois ganhando a vida com o proibido. Sexo e usura. Como o estado era inteligente se mantendo puro ao deixar o serviço do pecado àqueles já amaldiçoados.

– Tenho de lhe dizer, Signor Lelio, que minha senhora não está – adianto-me. – Portanto não posso apresentá-lo, e eu...

– Não, não, você não entendeu. Não vim por ela... Quer dizer... para isso. – Está agora em pé, de novo. – Vim porque... porque tenho uma coisa a lhe dizer. Algo que pesa na minha consciência há muito tempo. Quando o vi nessa manhã, bem... – Sacode a cabeça e respira fundo. – Ouça, sei sobre a sua jóia. A que foi roubada de vocês.

Agora é a minha vez de olhar espantado.

– O rubi... sabe do rubi?

– Bem, eu... é claro que não posso afirmar com absoluta certeza de que era o de vocês, mas era do mesmo tamanho e mesmo corte, perfeito, até o fulgor em seu centro.

– Você o viu? Quando? O que aconteceu?

– Alguém me procurou, querendo empenhá-lo. Uma mulher...

– Velha, feia, não foi?

– Não. Não, era bem jovem.

– Como era ela? – E, por um segundo, a face alva e sonhadora de La Draga veio à minha mente. – Mancava, era cega?

– Não. Não. Não me lembro de tê-la visto mancar e era... não sei... seu rosto era bonito. Quer dizer, sua cabeça estava coberta por um xale, de modo que não pude ver direito. Mas...

– Estava sozinha?

– Não sei. Só vi essa jovem.

– O que aconteceu?

– Disse-me que o rubi era de um brinco de sua patroa. Uma jóia de família. Mas que a sua patroa precisava de dinheiro, por algum tempo, para saldar dívidas particulares. Não tinha podido ir pessoalmente, por receio de ser reconhecida, por isso tinha mandado sua criada em seu lugar.

– Você o aceitou?

– Não é nossa política aceitar bens roubados. – Faz uma pausa. – Mas era uma bela pedra. Até seu centro. Alguém a compraria.

– E pagaria quanto por ela?

– Trezentos, talvez trezentos e cinqüenta ducados.

Eu tinha razão. Uma pequena fortuna. O amargor voltou como bílis em minha boca. O que não teríamos feito com esse dinheiro?

– Quando foi isso?

Ele hesita.

– Naquela tarde em que me procurou com o livro.

– Naquela tarde?

Dá um suspiro.

– Sim. Depois que você foi embora, eu estava para fechar a loja de modo a cuidar de seu cadeado quando bateram o sino. Era ela.

E estou, de novo, caminhando por ruas cobertas pela neblina, as pessoas surgindo e desaparecendo na cerração, como fantasmas, o medo da pobreza à minha volta.

– É claro que, assim que o vi, pensei em você. Disse a ela que o aceitaria, mas que precisava antes falar com meu pai porque a quantia era muito alta. Pedi-lhe que retornasse depois de eu fechar, e que então faríamos o negócio. Ia lhe contar quando voltasse. Mas então, depois de ela sair, abri o livro e... bem... quer dizer, nunca tinha visto algo assim antes...

– Porque nunca houve nada assim antes – digo com calma. – O que aconteceu quando ela retornou?

– Não sei. – Sacode a cabeça. – Fechei a loja antes de ela voltar. Nunca mais revi a pedra nem ela.

Ficamos os dois em silêncio por um instante, e me pego pensando se a sua antiga fé teria explicado o capricho do destino melhor do que a nova.

– O que mais pode me dizer sobre ela? Lembra-se de mais alguma coisa?

– Lamento... – Faz uma pausa. – Foi há muito tempo.

Depois que ele sai, observo a noite chegar. Parei de procurar Meragosa há muito tempo. Em vez disso, usei nosso êxito como um bálsamo para a ferida que deixou em mim. Na minha mente, ela está morta há muito tempo, matei-a com a sífilis ou um surto da peste, os restos de seus luxos roubados sem defesa contra as doenças do pecado. Mas, com a história contada por ele, a dor de seu roubo me corta como uma faca, de novo.

É claro que ela nunca levaria a pedra pessoalmente a um penhorista. Não era tão idiota. Apesar de eu ter tido o cuidado de manter segredo dos meus contatos no Gueto, ela devia conhecer quem oferecia o melhor preço. Em vez de ir ela mesma, mandou alguém. Até onde sei, Meragosa era uma mulher sem passado, sem família. Durante o tempo todo em que moramos juntos, nunca falou com ou sobre outra alma viva, exceto algumas outras velhas encarquilhadas no mercado local. Portanto, deve ter sido uma cúmplice escolhida só para isso. Uma jovem, bonita o bastante para atrair o olhar do judeu a quem deveria inventar sua história, que, sem dúvida, teria uma certa consideração por suas aflições e mentira.

Trezentos e cinqüenta ducados. Ele tinha razão. Foi há muito tempo, e pela vontade do destino, as coisas tinham transcorrido bem sem eles. Na verdade, pode-se argumentar que foi justo isso que nos favoreceu: a descoberta do livro, a relação com Aretino, o pacto, a noite, o nosso sucesso atual. Mas não impede a raiva quando penso no momento, quando me lembro de seu quarto aberto e vazio e vejo o horror na face de minha senhora. Se Meragosa entrasse de novo em nossas vidas agora...

Mal posso esperar para contar à minha senhora sobre isso. Mas ela não retorna para a ceia. Talvez estejam celebrando o fim do quadro, ou o aroma da carne de porco foi irresistível. Ou, quem sabe, ela precisa demonstrar ainda mais seu aborrecimento comigo. Qualquer que seja a razão, meia-noite e nem sinal dela, e por fim, vou para a cama.

Meus sonhos são repletos de pedras preciosas caindo de meus dedos na água do canal e afundando na lama malcheirosa. Desperto de súbito, embora ainda esteja escuro, e levo um momento para registrar o som: parece um grito, vozes se elevando depois silenciando. A nossa casa fica próxima ao Canal Grande e, às vezes, farristas cortam o caminho por aqui no fim de suas noitadas. Minha janela dá para a água, com vista para o nosso ancoradouro, de modo que eu posso prestar atenção ao tráfico de admiradores. Subo no banco e abro a lingüeta. Mas a plataforma de desembarque está vazia. Nem mesmo nosso barco está atracado ali. Minha senhora deve passar a noite na casa de Ticiano.

Estou quase na minha cama quando ouço de novo um ruído. Uma voz, ou vozes, não há dúvida. Dentro da casa. No começo, antes de o pessoal da nossa casa ser de confiança como agora, meu inventário detectou um rombo nos suprimentos da cozinha. O rato que eu e Mauro descobrimos de madrugada estava usando o uniforme do nosso barqueiro e carregando um saco. Partiu por água, mas sem barco.

Abro a porta e saio para a plataforma para investigar melhor o som.

Por um instante, só há silêncio acima e à minha volta. Então, escuto de novo, mais baixo que antes, quase um murmúrio, como se falassem cientes de que alguém está dormindo próximo. E agora, localizo-o com precisão. Vem do quarto de minha senhora.

Mas como? Se ela trouxe alguém da casa de Ticiano, onde está seu transporte? Ou o dele? Piso com cuidado. Conheço cada degrau e tábua rangente no caminho entre seu quarto e o meu. Apesar de nunca espioná-la, há momentos em que a música da paixão contém notas violentas, e especialmente na primeira vez do cliente é melhor montar guarda. Mas, agora, não há nada em suas vozes que me alarme. O que estou pensando enquanto fico em pé à porta? Que estou ajudando-a a se salvar de si mesma? Não. Não penso nisso.

Ponho a mão cautelosamente na maçaneta. É uma regra da casa não haver tranca. A segurança acima da privacidade, mais uma vez. Se estou errado, então terei de assumir as conseqüências. Se ficar quieto o bastante, ele – seja lá quem for – talvez nunca saiba.

Giro a maçaneta, polegada por polegada, até sentir, mais do que ouvir, ela ceder. A porta se abre um pouquinho, depois mais. A brecha é suficiente para o que preciso ver, pois a cama está colocada logo à esquerda, suas grandes colunas de nogueira entalhada alcançando o teto. Para os tímidos, há cortinas que podem ser puxadas por toda a volta, já que sempre há homens que estão desejando retornar à segurança do útero, tanto dentro como fora. Mas o homem de agora não precisa delas. Está inebriado demais pelo processo de se tornar adulto.

O quarto está iluminado por duas velas, sua incandescência da cor de mel, a luz dançando no escuro. Ticiano não iluminaria melhor uma cena. A cama é uma confusão de mantas e lençóis. Minha senhora está sentada na beira. Ele está de joelhos a seus pés, nu, os braços ao redor da cintura dela. A luz das velas molda a forma de suas coxas, traseiro e cóccix, a pele lustrosa de suor, os músculos arqueados e vigorosos, um guerreiro jovem capturado no ardor da perfeição. Mas a minha senhora não está olhando para ele; já se supriu o bastante de sua beleza perfeita. Ela está dobrada sobre ele, o corpo apoiando-se nas suas costas, a cabeça baixa, e a caudalosa cabeleira espalhada sobre a sua pele, como um manto. Estão completamente imóveis. Carne sobre carne, beleza sobre beleza. É uma imagem mais cativante do que qualquer coisa que a pena lasciva de Giulio Romano pode evocar. Pois não é a excitação crua do ato. É o depois, a exaustão jubilosa que domina quando o corpo se sacia, quando a luxúria e a fome são satisfeitas e você está seguro, completo, dono de si mesmo e, ainda assim, não tem ego. É o instante em que os amantes se sentem como se quase tivessem parado o tempo com a sua paixão. E todo aquele que não está no lado de dentro é lançado na solidão do desejo.

Fecho a porta silenciosamente e volto ao meu quarto. Espero, virando a ampulheta uma vez, depois outra. A breve pontada de dor em meus pulmões inflama um lento fogo de raiva. A cena que acabei de presenciar talvez seja o mais próximo que o homem, na Terra, chega a Deus, mas não é obra de uma cortesã honesta. A essência do nosso negócio é que cortesãs são pagas para dar prazer e fingir senti-lo. Uma vez a simulação caindo, o edifício todo rui. Pois então é quase como se o dinheiro fosse o pecado, e não o ato.

Nos últimos anos, recuperamos tudo o que perdemos em Roma. Aqui, estamos seguros. Na verdade, estamos satisfeitos... O que, se pensarmos bem, é uma condição de vida perigosa, pois há sempre o jardim perfeito em que a serpente move-se sinuosamente até os ramos da macieira.

Agora, ao que parece, há uma serpente em nossa relva.

Capítulo Vinte e Dois

MAS NEM TUDO AINDA ESTÁ PERDIDO.

Espero até ela se levantar. Temos um ritual, ela e eu, de manhã. Saio logo que amanhece para o mercado. Ela acorda tarde – pois o seu trabalho é noturno – e chama, primeiro, por Gabriella, que a ajuda a se lavar e vestir antes de buscar os pães e doce, vinho diluído, que ela bebe sentada em sua cadeira com vista para a água. Então, vou ao seu encontro, e examinamos juntos os compromissos do dia e tudo o que devo saber da noite passada. Apesar de todo cliente ter uma hora e requisitos acertados, dos quais sou informado de antemão, há ocasiões excepcionais quando um cliente habitual – o nosso Crow em particular – pode fazer um trato separado com ela ou simplesmente passar esperando a sorte de ser favorecido: pois há um certo frisson na simulação de que a sua relação é de prazer espontâneo tanto quanto um negócio. Mas, se isso acontece, ela tem uma mente como um alçapão de aço quando se trata de perceber quando e por quanto tempo, de modo que sei o que colocar diante de seus nomes. É assim que funciona. Ela e eu em sociedade, todo e qualquer homem tratado igualmente de acordo com seus recursos; pois somos os dois peritos na arte do malabarismo, mantendo todas as bolas movendo-se no ar com a mesma precisão e graça. Que está encrencada com o frangote é óbvio para qualquer um que tenha olhos que enxerguem. Mas ela não obteve todo esse sucesso sendo estouvada. Foi treinada para ter juízo também, e ainda podemos ser salvos se usá-lo.

Sou chamado ao meio-dia. Quando entro, ela está na cadeira com uma tigela com uma massa branca e um espelho à sua frente, aplicando uma máscara no rosto, embora não seja dia de tratamento.

– Bom dia, Bucino. – Relanceia os olhos para mim, sorrindo, a voz despreocupada, o ânimo evidentemente elevado, embora eu saiba ser falta do sono. – Como foi o mercado?

– Deixei Mauro ir sozinho. Fui dormir tarde, esperando você.

– Oh, desculpe. Pedi a Ticiano que mandasse uma mensagem. Não a recebeu? Ele me fez posar por tanto tempo, que acabei ficando para jantar. Aretino apareceu. Ah! Foi tão rude em relação ao quadro. Devia tê-lo escutado. Até mesmo me acusou de dar prazer a mim mesma, enquanto fico deitada com a mão na frente. Imagine só! Vou dizer uma coisa: ele cansou da generosidade e está voltando a ser o que era. Foi você que me disse que ele voltou a escrever aquelas coisas escandalosas? Perguntei-lhe, mas não quis falar sobre isso. Ainda assim, no fundo, sei que aprovou o retrato, pois gosta de quase tudo o que Ticiano faz. Mas você é um juiz mais franco do que todos eles. O que achou?

– Acho que é uma pena não podermos comprá-lo – replico, mantendo o tom tão despreocupado quanto o dela. – Poderíamos pendurá-lo na parede em frente ao espelho novo e cobrar uma escala móvel: uma taxa por uma hora na companhia da mulher real, outra taxa na companhia da pintada.

– Oh, Bucino – responde ela resfolegando –, não me faça rir. Sabe que não devo mexer o rosto demais enquanto a massa seca.

– Por que tantos cuidados com o rosto? Ou me enganei de dia?

Ela encolhe os ombros.

– O que costumava me dizer? No nosso negócio, não existe essa coisa de beleza excessiva. Viu? Presto atenção em tudo o que me diz.

– Sim – digo. – A que horas chegou em casa?

– Oh, tarde... deviam ser duas, três horas, acho.

– Marcello a trouxe, certo?

– Ahn, ahn.

– Onde ele está? Não tem nenhum barco lá fora.

– Er... ah, sim. Bem, ele esperou tanto tempo por mim, o coitado. Dei-lhe folga o resto da noite.

É claro – ele não poderia estar lá quando o outro barco chegasse. Espero. Se vai me contar, o momento é agora: "Ah, a propósito, Bucino, tenho uma confissão a fazer. Foscari me visitou na noite passada... Sei que vai ficar irritado, mas era tarde e eu tinha o tempo livre, e tenho certeza de que nos pagará quando receber sua mesada." Tão fácil. Mas, em vez disso, ela continua a aplicar a máscara, sua face desaparecendo na alvura de porcelana de uma máscara de carnaval. Logo não haverá espaço para qualquer expressão.

– Dormiu bem? – pergunto, meu olhar desviado dela.

– Ahnnn... Ficaria surpreso em saber como é exaustivo ficar apoiada sobre uma cama, olhando ao longe, por tanto tempo.

– Tenho certeza de que sim.

Uma pausa se abre e se estende. Temos tanto a falar, ela e eu. Não somente sobre isso, mas também sobre a visita do judeu. Ela precisa saber da pedra e da jovem, e de como quase a pegamos tantos anos atrás. É o estofo da nossa história juntos. Mas se agora ela guarda segredos, também guardarei. Sinto-me estranho: como se tivesse entrado em um quarto de que acabei de sair, e me deparado com os móveis em lugares diferentes, a ponto de me desorientar, sem saber como isso pode ter acontecido tão rapidamente. Lembro de mim ontem, no jardim da casa de Ticiano, quando o olhar dela desviou para o jasmim. Depois, vi seu rosto na pintura. "A cortesã pensa no que você quer que ela pense." Esse é o trabalho delas. Ela, como eu, é especialista em mentir. Até mesmo seu gemido é falso. De modo geral. É assim que ganha a vida. A *nossa* vida.

– Você está bem, Bucino?

– Eu? Por que não estaria?

– Não sei. Tem parecido... tão taciturno ultimamente.

– Ando ocupado. O negócio absorve muito tempo.

– Eu sei. E ninguém é tão bom nisso quanto você. Mas vale a pena? Quer dizer, está indo bem, não está? Você me diria se não estivesse, não diria?

– Sim, está indo muito bem.

Ouço o farfalhar à minha volta. Se bem que, certamente, se localizar a serpente enquanto se arrasta sinuosamente para dentro do Paraíso, pode-se impedi-la de chegar à árvore.

– Fiammetta. – Faço uma pausa. – Sei que alguém a visitou ontem à noite.

– O quê? – Ela levanta a cabeça. A máscara endureceu, de modo que somente seus olhos reagem. E são cortantes como lascas de pedras.

Respiro fundo.

– Sei que Foscari esteve aqui.

– Como sabe? – E há pânico em sua voz. – Meu Deus, andou me espionando?

– Não. Não. Dormi mal. E acordei com o barulho de seu barco partindo.

Ela me olha espantada, como se querendo checar se é verdade. Mas sei mentir tão bem quanto ela, quando é preciso. Não nos tornamos parceiros nesse jogo por acaso. Ela faz um gesto de impaciência com a mão, pois está claro que, agora que foi exposta, não pode mentir.

– Não foi nada. Quer dizer, ele... simplesmente parou, no caminho para casa, para me dar uma coisa.

– Um presente. Como é generoso. Recebeu-o deitada?

– Ah! E quem se importa como o recebi?

– Eu – replico. – Já que ele me deve dinheiro.

– Oh! Agora é a você que ele deve dinheiro. Não a mim. Bem, então lamento desapontá-lo, mas ele só veio me trazer um poema.

– Um poema?

E ela franze a testa com a fraqueza de sua própria mentira.

Sacudo a cabeça.

– Então? Diz o quanto ele a ama?

– Bucino! Ele é jovem e está deslumbrado com esse drama todo. Você sabe como é.

– Não, não sei. E mesmo que soubesse, essa não é a questão. Temos um trato. Se um homem vem quando não marcou hora, você me conta.

– Tentei. Ontem eu disse que Foscari gostaria de me ver. Não ocuparia a hora de ninguém. Loredan tinha cancelado. Eu estava livre. Mas você não tinha nada com isso.

– Não foi assim, Fiammetta, e você sabe disso. Recusou Alberini, e concordamos com que Foscari não a visitaria porque não tinha dinheiro.

– Ah! Ele vai pagar depois. Pelo amor de Deus. Não vamos falir por causa disso. O que quer de mim, Bucino? – E agora está com raiva, tanta que seu rosto se move apesar da máscara, pequenos pedaços da pasta rachando e caindo. – Não temos o suficiente para o mercado? Há escassez de clientes? Meus seios estão caindo e ando bebendo vinho demais? Limito meu tempo? Alguém sai daqui insatisfeito? Portanto... escolhi ver um cliente por mais ou menos uma hora e não lhe contei porque você ficaria emburrado por causa disso.

– Não é assim que funciona – falo calmamente, mas não sem irritação, pois a imagem dos dois enlaçados roça a minha cabeça como o pêlo de uma camisa. – Conhece tão bem quanto eu a mensagem que transmite quando começa a ceder. É o começo do fim da sua reputação.

– E como alguém vai saber? Quem vai contar? Você? Eu? Ele? Nossos criados? Acho que os pagamos muito bem.

– Não importa quem. Fofoca é como o ar. Sabe disso. Está em lugar nenhum e em todo lugar sem ninguém, aparentemente, movê-la – Tento de novo manter meu tom inalterado, mas não estou certo de consegui-lo. – Ele é um cliente, Fiammetta. Você é uma cortesã. Essas são as regras. Regras que impusemos juntos.

– Então, talvez devamos mudá-las. Pois confesso que é insuportável para mim. Regras, contas, acordos... só fala nisso ultimamente. Não trabalhamos tanto, por tanto tempo, para que isso se tornasse tão... sei lá... tão chato.

– Chato? Mesmo? Você acha chato. Vestir a melhor roupa, comer carnes assadas em travessas de prata, morar em uma casa de onde sabe que um novo dia começa porque pode ver a luz do sol, em vez de porque seu estômago dói com a fome de ontem? É tão fácil assim de ser esquecido?

Ela olha fixo para mim, e seus olhos fecham-se brevemente em sua face branqueada.

– Você é um bom homem, Bucino, mas tem coisas que você não entende – sentencia, e sua voz soa quase rabugenta.

Tenho a resposta na ponta da língua, mas batem à porta. Abre o suficiente para mostrar a cara de Gabriella.

– O que foi? – Sinto a raiva em minha voz. Todos sentem.

– Eu... é que... Bem, La Draga está esperando, senhora. Ela disse que lamenta não ter podido vir antes, mas foi chamada não sei aonde.

– Ah!... sim – gagueja ela. – Eu... Peça que espere no *portego*. Diga-lhe que não vou me demorar.

A porta se fecha, e voltamos a nos encarar.

– Está doente?

Ela encolhe os ombros.

– Um leve prurido, só isso. – E até mesmo sua voz ressoa, agora, diferente, entre o *rigor mortis* da máscara e sua própria fraude.

Um leve prurido. Bem, não deixa de ser. Certamente La Draga terá uma resposta para isso. La Draga, cuja presença na casa, ao que parece, é agora planejada para quando estou ausente no mercado. Que tesouros tem, dessa vez, em sua bolsa para a minha senhora? Um bálsamo de ervas misturadas com água santa, talvez, para ela untar os lábios para o primeiro beijo? Uma hóstia consagrada com o nome de minha senhora inscrito, para ser dissolvida na sopa do amado? Nos dias de hoje, o comércio de tais objetos sagrados é intenso na cidade. Apesar de talvez fazer o estômago dos homens virarem ao ouvir isso, o fato é que a maioria das mulheres – e as cortesãs são as mais transgressoras a esse respeito – é tão escrava do negócio do amor que usa qualquer coisa, sagrada ou profana, para cativar e conservar o desejo de um homem. Freqüentemente, as mulheres tratam isso com somenos importância, como uma ajuda à beleza e não como magia. Estão enganando a si próprias, é claro, pois logo se torna um vício: depois que passam a acreditar que um homem está ligado a elas por causa de sortilégios e não por seus encantos naturais, tornam-se tão dependentes das poções quanto ele delas.

Em Roma, havia cortesãs famosas que pagavam tanto a seus curandeiros quanto a seus costureiros. Fiammetta Bianchini, entretanto, nunca tinha sido uma delas. Nunca tinha precisado ser. Não até agora, pelo menos até onde sei. Mas parece que tem muita coisa acontecendo na casa que desconheço.

– Diga-me, Fiammetta. O que acha que a sua mãe diria de tudo isso.

– Minha mãe?

A pergunta a pega de surpresa, e a observo lutar com ela, pois nessas últimas semanas não foi somente a minha voz que se apagou de sua mente.

– Acho... acho que... que veria o que vê, mas... mas... Também acho que ela entenderia melhor.

– Acha? Então me conte.

– Ouça, não é o que você pensa, Bucino. Não sou idiota. Posso ver hoje tão bem quanto via ontem. E quanto verei amanhã. – Sua voz agora está mais calma, embora continue sem sustentar o meu olhar, o que, até onde me diz respeito, é uma verdade mais profunda do que qualquer palavra. – Mas às vezes, só às vezes... preciso... ah, não sei... de um pouco... de alegria. Um pouco de doçura no meio de toda essa carne inchada e arrotos. E Vittorio Foscari é doce. É doce, jovem, vigoroso e, sim, alegre. Não baba na taça de vinho nem adormece no prato, ou em cima do meu corpo. Ele me faz rir. Ele faz com que me sinta... não sei bem... como uma menina de novo, se bem que, Deus é testemunha, tenho dúvidas se cheguei a ser isso. O que é uma coisa que acho que minha mãe compreenderia. – E há apenas um vestígio de amargura quando ela diz isso. – Ah, como posso lhe explicar? O fato é que ele não é como os outros. Não me trata como se fosse o meu dono. Eu sei, eu sei... você acha que isso é porque nem sempre ele paga, mas não. Quando ele está comigo, se sente quase embriagado no prazer da vida. Para ele... bem, para ele, sou a coisa mais bela que já viu. Não me escolheu em um livro ou ouviu falar de mim através das histórias sujas de algum outro homem, ou me comparou com Julia Lombardino ou com qualquer outra prostituta da cidade. Para ele, eu sou eu. Só eu mesma. E sim, sim, ele me ama pelo que sou.

E fica ofegante só em contar isso. Que Deus nos ajude.

– Ah, Cristo. Se pensa assim, é mais tola do que ele, Fiammetta. Está com... quanto mesmo? Quase 30 anos. Enquanto ele é um garoto, mal completou 17. Você é simplesmente a primeira.

– Não é verdade. Sou simplesmente a melhor.

E, dessa vez, rio alto.

– Bem, se é a melhor, por que precisa de La Draga para ajudá-la? Hein? O que ela planejou para você hoje? Colocar no vinho alguma fórmula mágica? O que se diz? "Com este feitiço prendo sua cabeça, seu coração e fálus, para que ame somente a mim..."

– Como se atreve? – Levanta-se, fazendo chover um pó branco à sua volta. – Como se atreve a rir de mim? Ah, veja o que fez. Gabriella! – grita, afastando-se de mim.

Ainda está gritando quando saio do quarto.

Capítulo Vinte e Três

PISO FAZENDO TANTO BARULHO AO LONGO DO CORREDOR e ao entrar no *portego*, que minhas pernas doem. La Draga está esperando no meio da sala, a bolsa na mão, a meio caminho entre a *loggia* e o espelho. Ela dá a volta antes de eu entrar, a face inflamada pelo alarme, como se ouvisse a fúria em meus passos.

– Quem está aí? – Observo suas mãos agitarem-se para se proteger. Seus olhos, hoje, estão fechados, de modo que parece uma sonâmbula ou uma santa orando.

– É só o mordomo intelectualóide – replico alto. – Aquele que paga as contas mas é mantido na ignorância.

– Bucino? O que aconteceu? Qual é o problema?

– É você que tem de dizer. O que está fazendo aqui? Não é dia da sua visita. Tampouco foi ontem.

– Eu... er. Vim ver Fiammetta.

– Eu sei. E também sei o que ela tem. Assim como você, acho.

– O que quer dizer?

– Quero dizer que ela está fazendo o papel de boba, fazendo travessuras com o cãozinho choramingas, e você a está ajudando.

– Ah!

– Sim, ah. O que tem hoje na sua bolsa para ela? – Move a cabeça bruscamente, o gesto rápido e instintivo que associo com ataque tanto quanto com defesa. Meu Deus, é preciso tão pouco para nos impelir, de novo, ao passado. – Alguma mistura de vinho santo e sangue menstrual para fazer o coração dele bater mais rápido?

– Oh! – E para a minha surpresa, sua risada ressoa alto pela sala. – Oh, você me superestima, Bucino. Se eu pudesse mudar tão facilmente os sentimentos das pessoas, teria posto algo no seu vinho há muito tempo!

E, contra a vontade, sua resposta me deixa perplexo. O fato é que, hoje, quando discurso bombasticamente, as pessoas reparam em mim, pois administro essa casa, e apesar de ser pequeno, posso ser cruel, quando é preciso. Mas ela não. Ela nunca tremeu na minha frente, ou se tremeu, foi só para responder no mesmo tom.

– Então, o que *está* fazendo por ela? Porque ela está doente disso, não há a menor dúvida.

– Sei disso tanto quanto você. Também sei que é uma doença muito mais obstinada do que muitas, pois faz com que o doente se sinta melhor, ao invés de pior. Não ajuda em nada sendo ríspido com ela. Talvez pudesse deixá-la desfrutar um pouco da felicidade.

– Felicidade! Meu Deus, parece que todo mundo enlouqueceu. Esta é a casa de uma cortesã. Estamos aqui para vender sexo aos homens, não felicidade a nós mesmos. Quando ela começa a colocar seu prazer acima do deles, é o começo do fim. Conheço este negócio.

– O que o faz pensar que eu não?

Olho fixo para ela.

– Bem, se o conhece, fale com ela. Pare com isso já. Antes que a destrua. Uma vez, você me disse que nós dois nos preocupávamos com o seu bem-estar. Lembra-se? Portanto cuide dela, agora. Faça com que recobre o juízo.

– Não é tão simples assim...

– Oh, mesmo? Então que Deus a amaldiçoe, é o que desejo. Pois você é tanto o problema quanto ela.

Dou-lhe as costas e saio da sala, e sinto seus olhos cegos perfurando minhas costas e meu traseiro. Sem dúvida, na próxima vez que minhas bolas doerem, ficarei apavorado com a possibilidade de ela ter uma efígie de cera delas em um quebra-nozes. Dinheiro ganho fácil. Juro que é metade do segredo de mulheres como La Draga: quanto mais se acredita em seu poder, mais ele funciona.

*

Na rua, sigo para o Canal Grande e atravesso a Rialto. O dia está perfumado, magnífico, o céu de um azul luminoso, ardente, como se Ticiano tivesse passado um grande pincel no horizonte. Não faço idéia de para onde estou indo, mas prossigo assim mesmo, andando rápido, como se o trabalho de minhas pequenas pernas arqueadas pudesse sobrepujar a agitação na minha cabeça.

Idiota. Fiammetta Bianchini é uma idiota: como o taberneiro que se embebeda com seu próprio vinho, ou o jogador jogando fora o que ganhou na noite em uma única mão de cartas de um baralho que ele sabe que lhe é desfavorável.

A cidade está viva com a primavera e a febre do festival. Tem gente em toda parte. Faço o contorno da piazza, ruidosa com os preparativos da grande feira comercial da Ascensão – metade da Europa estará comprando aqui, em uma semana – e irrompo pelas ramificações emaranhadas de ruas e canais que correm paralelos às docas do sul. Movo-me, agora, pelo instinto – este foi o primeiro caminho que aprendi na cidade, e posso fazê-lo de olhos fechados. Cego. Dane-se La Draga também.

Estúpido. Eu, Bucino Teodoldi, sou um estúpido: pois apesar de ser capaz de perceber a perda de um grama de açúcar nas contas domésticas da semana ou calcular o desconto em cem metros de seda antes de o mercador fazer a soma, não vi o que estava bem na minha cara. Que também eu me dane.

Passo ao norte do grande convento San Zaccaria, onde as famílias venezianas mais nobres escondem filhas virgens, sem perceberem o mexerico de que seus muros têm tantos buracos quanto uma peneira, e são as próprias freiras que removem os tijolos. Homens e mulheres. Como abelhas no mel. Moscas na merda. Uma mordida na maçã e o verme está em toda parte. Aretino tinha razão. Estamos condenados à lascívia. O resto é simplesmente negócio. Agora é tarde demais.

Idiota. Ela é uma idiota: ter chegado onde chegou e arriscar tudo em tão pouco.

A cada esquina, as ruas estão mais cheias. O tráfego é de mão única e vou junto, empurrado à frente à medida que o passo se apressa. Desço outra *fondamenta,* ainda mais estreita do que a última, de modo que tenho de ficar bem encostado ao muro para evitar ser empurrado para a água. Quero parar e descansar, mas a multidão é tal que tenho de seguir adiante, como parte de um cardume que nada rio acima.

Estúpido. Sou um estúpido: fiquei tão ocupado me orgulhando do nosso sucesso que me isolei e permiti que ela fizesse isso.

Bem, pelo menos agora sei o que está acontecendo.

Pelo menos agora sei o que está acontecendo. Até mesmo o canal está cheio de gente, uma massa de gôndolas e chatas movendo-se juntas, tantas que seus remos batem na água quase de maneira sincronizada. Todo mundo está seguindo para o leste, em direção ao Arsenale, onde vivem marinheiros, cordoeiros e fabricantes de velas. E é uma desordem. Em uma ou outra ponte, uma centena de homens logo estarão esmurrando uns aos outros para conquistar 30 centímetros quadrados no meio. Tendo perdido a batalha para a ponte dei Pugni dois dias atrás, os homens de Nicolotti pretendem se vingar, levando a luta para o território inimigo, com uma grande quantidade de venezianos leais seguindo atrás, pois, em Veneza, a notícia de combate na ponte corre mais ligeiro do que a água. Mais ligeiro do que a doença. E agora sou parte da epidemia.

Por que não? A loucura se ajusta a meu humor. Afinal, até mesmo La Draga admite que a minha senhora está doente. Contraiu a doença da cortesã. Droga, os sintomas são evidentes. A risada que ouvi, vindo do seu quarto nas noites em que ele a visita. A impaciência à tarde, quando ele virá à noite. Um excesso de alegria, um acometimento repentino de lassidão ou mau humor, tudo em um intervalo de tempo muito breve. Amor: o único outro mal fatal a uma cortesã, pois enquanto a sífilis devora o corpo, o amor destrói a mente. E por quem? Vittorio Foscari! Um palerma, um frangote, um filhote recém-desmamado, novo demais para ser vítima da anemia. Lembro-me da primeira vez em que apareceu, levado por seu irmão mais velho, como um menino no primeiro dia de escola. O pirralho precisava de ajuda: tinha completado 17 anos com a cara nos livros e um grande nervosismo diante das mulheres. Minha patroa tinha a reputação de ser amável, honesta e limpa. Faria ela a coisa decente e o defloraria? Nessa noite, ao chegar, parecia ter sido retirado do forno antes da hora. Bonito, mas tenro, cru, ainda quente. Algumas mães, eu sei, conservam os caçulas amarrados às suas saias, usando-os como as últimas recordações de sua própria juventude. O receio, é claro, é que esse tipo de adoração os torne afeminados. Bem, tiveram sorte com Foscari. Logo ficou claro que não tinha essa inclinação. E que era um aluno ávido de aprender com uma boa professora.

Agora a multidão é assombrosa. Devemos estar nos aproximando da ponte, e somos tantos que mal dá para nos mexermos, mais gente vindo das vielas menores. Há gritos e cantorias: slogans, cantos de guerra com os nomes dos lutadores famosos. Se não fosse um festival, a plebe já teria sido dispersada pelas forças de segurança da cidade, pois uma luta de vingança tão pouco tempo depois de uma derrota está fadada a acabar em violência pior. A ordem do governo e a desordem ocasional da vida de rua. As concessões necessárias para o estado prosperar.

A ponte emerge à frente, mas tudo o que consigo ver é uma massa de corpos agitando-se. A multidão pára, pois não há mais aonde ir. Se fico onde estou, não vou ver nada, e o homem na minha frente, o calor e a aglomeração me esmagarão. Baixo a cabeça e firmo meus cotovelos para fora, como duas pontas afiadas. Apesar de meus braços serem pequenos, batem na altura do intestino de alguém mais alto, e tenho prática em seu uso. Forço meu caminho pela turba quase até a beira da água. A minha intenção é alcançar as pontes flutuantes que já cobrem o canal, formadas de barcos e gôndolas amarrados uns aos outros, e assoalhadas com pranchas de madeira, que servem de plataformas onde os cidadãos mais ricos assistem ao espetáculo: mercadores, os Crow, até mesmo alguns clérigos e monges de hábitos brancos. O ingresso de hoje será mais caro, porque a luta será selvagem, e há pequenas fortunas a serem ganhas com o resultado das apostas. Mas a bolsa na minha jaqueta é minha tanto quanto dela – pois Fiammetta Bianchini não é a única que trabalha para nos sustentar. Se ela pode esbanjá-la, também posso.

A primeira noite em que veio, a família nos pagou uma boa quantia para a representação: os melhores vinhos, conversa, música, ceia e cama – tudo o que tinha direito. Ele nunca tinha visto alguém tão adorável quanto ela, e sua beleza e poder o deslumbraram. Suponho que também ele se mostrou adorável ao tirar a roupa, especialmente em comparação aos chatos grisalhos que passaram por seu quarto recentemente. Houve risos, me lembro; primeiro dela, doce como água corrente, e tão astutamente fingida quanto uma jóia falsa, e depois, dos dois, mais descontraídos, mais genuínos, mais do estômago do que da garganta. Tenho de admitir que ela o cortejou muito bem. E ao fazer isso, deve ter sido, ela própria, cortejada. É impressionante o número de cortesãs que, a certa altura, apaixonam-se pela idéia de se apaixonarem, de experimentarem a excitação e frescor que fingem tantas vezes com outros homens. Parece-me que, quanto mais bem-sucedidas, maior o perigo: pois, quando já conquistaram uma vida confortável, não há mais nada a temer, nada por que lutar. O que, por sua vez, significa que não há nada o que desejar avidamente. E o que, de maneira estranha, pode fazer com que se pense mais intensamente na morte e anseie por uma maneira de resistir-lhe, uma fome de uma sensação extravagante, ainda maior do que a própria morte.

Uma sensação extravagante. Chega com aparência variada. Medo, por exemplo. Para qualquer um com medo da água, as pontes flutuantes pelos canais carregam seus próprios terrores, pois uma vez a bordo, não há muito em que se segurar, e o canal bate vorazmente nos costados. As melhores bolsas – e hoje sou uma delas – podem comprar um lugar seguro no chão por cordas. Mas o meu pânico não é nada em relação aos dos homens na ponte, pois não há nenhuma balaustrada, apenas um declive íngreme nos dois lados para a água. Já deve haver uns cem malucos lá em cima, com no mínimo o mesmo número apinhado nas rampas, gritando e empurrando por trás. Os que estão no meio não têm como avançar a não ser derrubando e pisando em seus adversários ou jogando-os no canal. A batalha é simples: um lado tem de impedir o outro de tomar a ponte. Alguns deles brandem armas, varas compridas com as pontas afiadas, mas não há espaço para empunhá-las com eficácia, por isso a maioria dos homens está usando o punho. Vários estão seminus, e vários estão sangrando. Toda vez que um homem cai na água, um grande urro é emitido pela multidão e a luta se torna ainda mais acirrada. Os trabalhadores do Castellani Arsenale continuam estimulados por sua vitória passada e estão em seu território, daí que seus torcedores são os que gritam mais alto. Mas os atacantes, a gangue de Nicolotti, de Dorsoduro, são pescadores que saem em barcos pelo Adriático, peritos em manterem o equilíbrio em mares tormentosos, enquanto puxam toneladas de peixes do fundo, além de hoje serem incitados pela promessa de vingança.

É claro que há coisas nele que a atraem. Ele tem fome de vida, e não se envergonha da sua própria paixão. A natureza o dotou de um humor suave que deve fazer com que seus elogios pareçam novos a ela, que o desejo desse cachorrinho pareça menos corrompido. No que se refere ao que acontece entre eles na cama – bem, ouvi coros de gemidos demais, vindo do quarto de minha senhora, para fazer qualquer julgamento só baseado nisso. Mas qualquer um que tenha sido jovem sabe que a grande aflição do amor é que o seu corpo sente mais quanto menos sabe. Vejo-os de novo, exaustos e enlaçados no silêncio da noite. Meu Deus, que homem não daria com felicidade um ano de sua vida para ter o vigor dele e o conhecimento dela unidos? Mas toda febre contém alegria em seu delírio, e o fogo consome mais do que aquece. No fim, só restarão cinzas, e a reputação dela será mais atingida do que a dele, pois relações desse tipo são material para fofoca instantânea, e todo mundo fica esperando a satisfação de ver uma grande cortesã empalar a si mesma na espada de seu próprio desejo. E ele? Bem, ele pode ser doce agora, mas é rico e sua cabeça está oca: versos românticos e as cores vivas de sua própria primavera. Dou seis meses para que as flores comecem a murchar e ele a ver a vida com os mesmos olhos do resto do mundo – um lugar em que a astúcia joga melhor do que a verdade e onde minha senhora é apenas mais um bem de consumo a que seu nascimento e dinheiro lhe permitem o acesso. É assim que o mundo funciona, e já vi tudo isso antes. Ela também. Por isso a sua queda, agora, é tão dolorosa.

No meio da ponte, um pequeno espaço se abriu ao redor de dois combatentes, homens grandes nus e suando, os dois musculosos e agarrados em um abraço selvagem, suas pernas entrelaçadas, seus torsos pendendo na direção da água. Os espectadores estão enlouquecidos, pois são dois espécimes perfeitos e haverá dinheiro no resultado desse engatamento. Separam-se, ofegando, depois se engalfinham de novo, buscando apoio à medida que cambaleiam cada vez para mais perto da água. Um urro se eleva a cada polegada perdida. Agora, seus corpos estão tão próximos que vejo os vergões se acentuando em sua pele, dos murros que trocam. Então, no momento que parece que os dois estão prestes a mergulhar juntos, como um par de gêmeos desafortunadamente unidos, um deles, não se sabe como, consegue livrar uma das mãos e dar um murro tremendo no abdome do outro, afastando-se quando o outro se dobra, gemendo e perdendo o equilíbrio, caindo como uma pesada pedra na água. Seu adversário levanta os braços em triunfo e um pandemônio irrompe na multidão.

A força com que o lutador bate na água lança ondas na ponte flutuante, com tal ímpeto que todos nós gritamos de excitação. A multidão grita pelo vencedor e pela vítima, mas quando o que caiu surge na superfície, seu corpo está exaurido. Da margem do Arsenale, as pessoas começam a cutucá-lo com remos. Sabe-se de homens que fingem inconsciência nesse momento, de modo que quando o inimigo começa a puxá-lo para fora, eles derrubam uma meia dúzia na água. Arrisco meu próprio medo e me levanto para vê-lo ser empurrado para os nossos barcos. Dois homens do meu lado o puxam e o deitam sobre as tábuas, mas ele continua sem se mover e seu pescoço está em um ângulo estranho, expondo uma estria preta de um lado da testa. Isso me lembra o homem que vi, certa vez, retirado de uma justa pública com uma lança atravessada em seu olho. Ou os corpos em pedaços nas ruas depois da devastação de Roma. Nos meus dois lados, bolsas cheias mudam de mãos. Quem quer que tenha sido, foi um campeão, porque um cântico de lamentação se eleva dos pescadores, enquanto no outro lado da ponte, os lutadores do Arsenale urram, batem os pés e agitam os braços. A gritaria contagia os espectadores, e as pessoas começam a berrar e a se empurrar, alguns caindo e sendo pisoteados.

Na ponte, a luta recomeça, e com seu guerreiro abatido, parece que os pescadores estão sendo derrotados de novo. Há tantos corpos na água, que a ponte flutuante está oscilando furiosamente. Cristo, se um dia drenarem este canal, certamente encontrarão um cemitério humano entre vasos, panelas e sobras de comida. Sinto o pânico subir como vômito em minha garganta. Tenho de sair daqui. Mas não sou o único. Há um amontoamento instantâneo de Crows e clérigos, todos se empurrando para alcançarem terra firme. Ao mesmo tempo, a própria terra está em ebulição. Ouço, a distância, o fogo da artilharia. Na ponte seguinte, homens com farda municipal forçam passagem para o extremo da multidão. Pode ser um festival, mas tumulto é tumulto, e apesar de as forças de segurança não arriscarem a vida enfrentando a ralé diretamente, não estão acima de mutilar e matar onde puderem como exemplo para os outros. Mas prefiro me arriscar a golpes de baioneta e tiros a afundar na água escura. Eu me arremesso na direção da beira do barco onde pranchas o ligam a *fondamenta*, mas um Crow do dobro do meu tamanho chega antes de mim. Seu corpanzil me empurra e perco o equilíbrio.

– Bucino! – ouço alguém me chamar acima da confusão. – Bucino Teodoldi! Aqui. Estenda a mão.

Obedeço cegamente, sem fazer a menor idéia aonde ou para quem.

– Buciiiinoooo!

O grito parece durar a minha queda. Quando atinjo a água, ouço o bater das asas de um grande pássaro acima de mim, e sinto os dedos do Diabo me agarrando, empurrando-me para baixo e em volta, na água escura, em direção ao limo espesso, de modo que nem sequer me atrevo a abrir a boca para gritar com medo de me afogar em meu próprio horror... até precisar respirar.

Capítulo Vinte e Quatro

– BUCINO?

A voz vem de muito longe, calma, filtrando pela água, pois devo estar a muitos metros de profundidade, tão fundo que até mesmo demônios pararam de me empurrar e o meu corpo jaz esticado e pesado, suspenso em uma corrente estranha, turva.

– Bucino?

Respiro fundo e sufoco. Há água dentro de mim, e estou afundando de novo. Sou puxado rudemente pelas mãos até ficar sentado ereto. Alguém está batendo nas minhas costas, e não consigo parar de tossir, pois tenho a impressão de que meu nariz e boca ainda estão debaixo da água, e portanto tenho de lutar para achar o ar no meio do líquido.

– Tudo bem. Tussa o resto. Cuspa tudo, meu amiguinho.

Vomito um pouco bílis fedorenta, e o esforço me faz chorar e ofegar ao mesmo tempo. Mas pelo menos agora sei que não morri afogado. Abro os olhos, e quando olho para baixo, vejo que estou em uma cama, despido e meu peito rijo exposto ao mundo, descorado, cinza, como carne de peixe velho. Não estou molhado, somente frio e pesado. Caio de volta ao travesseiro e quando olho para cima, diviso a cara do turco, sua pele escura mais escura ainda em contraste com a seda creme de seu turbante.

O turco? Meu Deus, então estou morto realmente e no Inferno. Vim para onde vêm os pagãos. O deserto sem fim dos ímpios.

– Não se preocupe. Agora, está seguro.

– Onde estou?

– Na minha casa.

– Mas você... você partiu.

– Parti e retornei. Há seis semanas. A tempo da feira de Sensa. Para sorte sua, hein? Nunca perco uma luta. Você, entretanto, não foi feito para ir sozinho.

– Não fui sozinho – replico. – Fui arrastado pela multidão. – Recomeço a tossir. Só agora, com a tosse, sinto uma dor breve e penetrante no ouvido esquerdo. – Aii!

– Retirei-o da água o mais rápido que pude. Embora você se debatesse como um peixe grande. Engoliu um bocado de água. Nós o fizemos cuspir a água e o trouxemos para cá, mas ficará nauseado por mais algum tempo.

E é claro, assim que acabou de falar, vomitei de novo.

– Ótimo – fez ele, rindo. – Você, mais do que qualquer um, deveria saber que a água de Veneza não é para beber, mas para que mijemos nela. Tem sorte de só ter engolido esse líquido.

Agora, estou alerta o bastante para perceber o quarto com as venezianas fechadas e a vela na cabeceira,

– Há quanto tempo estou aqui?

– Há algumas horas. Foi difícil trazê-lo. A cidade está uma loucura. Não se preocupe, estou enviando uma mensagem para a sua patroa. Estão na mesma casa, não?

– Sim, mas... – E a tosse começa de novo. Ele espera pacientemente que cesse.

– Mas?

– Não a mande ainda. – Pois se ela sabe, certamente virá, e não estou preparado para vê-la, acho. Talvez também queira que se pergunte por onde ando e por que ainda não voltei. – Ela vai ficar preocupada se souber. Logo estarei melhor.

Ele me examina por um momento, como se não estivesse seguro, mas acaba se levantando e dando tapinhas na minha mão.

– Está bem. Talvez seja melhor que durma um pouco mais. Voltarei mais tarde.

Quando seus criados me acordam, minha cabeça ainda parece cheia, mas pelo menos o meu estômago está vazio. Trazem-me uma bebida espessa, doce, feita com cravo e canela, e me ajudam a levantar, dando-me um manto, um de seus mantos compridos, que tenho de segurar com uma faixa na cintura para não tropeçar quando ando. Ele ri ao ver a minha falta de jeito quando me conduzem para fora, para me sentar com ele no pátio interno.

O ar continua quente no crepúsculo que se anuncia, e o lugar em que me encontro agora se parece mais com o que imagino do Oriente do que com a cidade de Veneza. No meio do pátio, há uma fonte de mármore com a água jorrando em cascata por uma série de bojos, de modo que o som da água ressoa por toda parte, reverberando como uma música suave. Há grandes vasos e cântaros de plantas e flores em volta, perfumando o ar, e as paredes todas foram azulejadas tão habilmente, cada azulejo com seu próprio padrão intricado, que juntos dão a impressão de se estar vivendo em um mundo de folhagens e flores vivamente coloridas. Conheci viajantes que disseram que há palácios em Constantinopla onde os pátios exalam um perfume mais agradável do que o campo, e onde não se precisa sair de casa para se sentir vivendo no meio da natureza. Tanta beleza, tanto verde e tanta arte, embora nenhuma estátua ou imagem de seu Deus. Infelizmente, acabarão sofrendo por isso, já que o deserto cinza do Inferno pagão lhes causará, creio eu, tanta dor como qualquer fossa em chamas. Mas estou feliz, depois do tumulto das ruas, por estar com ele e nessa atmosfera serena.

– Como se sente?

– Feliz por não ser um rato-d'água.

– Humm. Acho que houve quem achasse que era, ou o observavam se afogar por divertimento. Apostavam quanta água você engoliria. Devia aceitar a minha oferta, Bucino. Volto com a carteira cheia. Por que ser ridicularizado quando pode viver em um lugar onde será exaltado?

– Ai de mim! Como vou entender os elogios?

– Ah! Vai aprender rápido. Acha que eu entendia uma palavra da sua língua pastosa antes de pôr os pés aqui? Eu o ensinarei durante a viagem.

– Oh, não. Outro barco não.

– Ah, só galeras venezianas afundam. Os navios turcos controlam o mar.

– No entanto, é curioso como se vangloria como fazem os venezianos.

– Aprenderam conosco. Essa é uma das razões por que acho que se sentirá em casa no meu país.

Sorrio, e percebo que o movimento faz meu ouvido doer um pouco. Jogamos esse jogo antes, eu e ele. Aretino tinha razão. Parece que homens da minha estatura são estimados na corte do sultão, de modo que, junto com sedas, cristal e jóias, os anões são importantes na lista de compras de Abdullah. Ele tenta me atrair freqüentemente com histórias sobre Constantinopla: como pode ser igualmente exótica e familiar para mim, com seus palácios, jardins e festivais, sua biblioteca digna de um estudioso, pilhada da Hungria, e suas grandes estátuas de Diana e Hércules, butim de Rodes. Evidentemente é característico das grandes cidades surrupiar seus bens mais valiosos de algum outro lugar: a própria Veneza é um exemplo perfeito, já que metade das colunas da basílica e os triunfantes cavalos resfolegantes que embelezam a sua fachada foram roubados de nada menos do que Constantinopla. Ainda assim, apesar de seu Deus ser um bárbaro, parece ter vindo de uma cultura onde poderei ser tratado como um homem de substância e não uma anomalia. E hoje, mais do que qualquer outro dia, absorvo fundo a sedução, pois não é somente o meu corpo que está sentindo um calafrio.

– ...é o que lhe digo, Bucino, é tal a abundância de maravilhas que o céu não se torna noite por quatro dias, com os fogos de artifício. Amarram foguetes nos dorsos dos elefantes, e eles barrem e trombeteiam quando as luzes explodem. Havia mil acrobatas com pernas-de-pau ou em corda bamba entre os obeliscos. Tantos deles no ar que, ao olharmos para cima, davam a impressão de uma vasta teia de aranha. Foi o maior festival que o homem já viu. Pois não existe nada, mas nada mesmo, que Veneza tenha que não tenhamos melhor ou mais rico.

– Nada? Então o que veio comprar desta vez, Abdullah? Além de mim?

– Ah! Há alguns objetos estranhos. Bugigangas, na verdade. Jóias, vidros, tecidos, nada além disso.

E ri de seu próprio exagero. Não me ocorre outra cidade cristã em que ele e eu possamos nos sentar e conversar dessa maneira. Apesar de venezianos e turcos cuspirem fogo e morte uns contra os outros, nenhum dos lados deixa que a religião interfira demais quando se trata de transação comercial. Duas grandes potências, cada qual olhando a outra por cima do ombro. Alguns dizem que é apenas uma questão de tempo para os comerciantes portugueses e o ouro e a prata do Novo Mundo começarem a abocanhar a riqueza de Veneza, e que quando isso acontecer, os otomanos lhe tirarão o mar. Mas não vejo sinal disso; na verdade, o filho bastardo do próprio doge Gritti vive como mercador de jóias em Constantinopla, e graças a Abdullah Pashna, e como conseqüência da noite na casa de Aretino, o grande sultão Suleyman agora possui seu retrato pintado pelo maior artista vivo de Veneza, tendo Ticiano copiado a imagem de um medalhão. Quando o vi, achei-o pretensioso e sem vida, mas que sei eu de arte? Sua Magnificência ficou satisfeito o bastante para que todos os envolvidos, inclusive Aretino, fossem generosamente recompensados. Como, sem dúvida, eu seria se optasse por me tornar um dos membros de seu séquito de prodígios.

Bebo um gole de minha bebida, ainda bem temperada. Mas preferia que estivesse mais quente, porque apesar de todo o calor das descrições do turco, sinto frio.

– Sabe o que acho, Bucino? Não é o que pode encontrar lá que o atemoriza. É inteligente demais para se deleitar com o desprezo que demonstram por você aqui, e o seu apetite, creio eu, é grande demais para que receie coisas novas. Não. Acho que é a tristeza de quem deixará aqui que o detém. Estou certo, não estou?

Encolho os ombros. Nesse momento, não quero nem mesmo revê-la, de tanto que o seu egoísmo e sua falsidade me dão ódio.

– Temos uma sociedade – replico com a voz fraca.

– Sei disso. Testemunhei essa sociedade em ação. E é muito eficaz. Talvez devesse levar os dois. Acredite, em sua corte, as mulheres estrangeiras são sempre as mais veneradas. Ela não é tão jovem quanto algumas, mas tampouco é a sua favorita, que governa como uma megera. Sua patroa pode fazer uma corte só sua, se conquistar a alma dele. A recompensa por isso, para todos nós, será realmente muito grande.

– Como?... Refere-se a viver com pompa em seu harém?

Ele ri.

– Vocês, homens cristãos, sempre proferem essa palavra com tal medo e espanto. Como se fosse a coisa mais terrível no mundo o homem ter mais de uma mulher. No entanto, em qualquer lugar "cristão", as cidades estão repletas de bordéis, onde homens mal podem esperar para se deitar com quaisquer mulheres que não sejam sua esposa. Acho que nos reprovam tanto porque nos invejam.

É difícil associar o terror que os turcos inspiram com a realidade de Abdullah Pashna. As histórias – que são inúmeras – gelam o sangue: pirataria, carnificina, escravização de aldeias inteiras, homens com os testículos amputados e enfiados em suas bocas, crianças espetadas em sabres como pedaços de carne. No entanto, em sua companhia, me deparo com uma mente clara como água e uma sabedoria sobre a vida que me parece que, se ele não fosse pagão, seria um excelente cristão.

O que acontece sempre se deve ao Deus em que se acredita? Os espanhóis católicos amputam menos dedos de seus reféns romanos do que os hereges alemães? Os judeus e os turcos sofrem infernos diferentes por heresias diferentes? Ou as piores agonias são poupadas para os luteranos, que nasceram na fé verdadeira, e depois a distorceram, transformando-a em outra? Durante anos houve reformadores em Veneza dizendo abertamente que a nossa Igreja deve mudar. Que os nossos apetites estão se tornando decadência, que a salvação não pode ser posta à venda, e que, quando se trata dos portões do paraíso, a construção de edifícios luxuosos é menos importante do que a caridade com os menos afortunados. Diga isso aos clérigos importantes que entretínhamos em Roma. E o que acontece se, quando chegar ao tribunal do Paraíso, o Deus que encontrar lá discordar? Ah... alguns pensamentos ficam melhor sem serem manifestos. É verdade que Veneza é mais tolerante do que outras cidades e que a Inquisição não pode ler a nossa mente, pois, se pudesse, estou certo que não seria o único a me ver sob o poder dos magistrados.

Sacudo a cabeça e descubro que meus ouvidos tampouco gostam desse movimento. E agora sei que estou em apuros.

–Talvez. Mas, de certa maneira, não acho que a minha senhora lidaria bem com o fato de ser uma entre tantas. Não foi treinada para tal humildade.

Ele ri.

–Acho que tem razão. Além disso, acho que ela não concebe, estou certo?, o que prejudicaria terrivelmente o seu poder. Portanto, receio que terá de abrir mão dela para fazer a sua própria fortuna. E isso, suponho, você não pode, e não fará. Uma pena, mas é isso. Não se preocupe. Irei a Mantua. Soube que, lá, estão criando famílias de anões, pois a dama que controla a corte tem um desejo ardente por eles. Não terão sua sagacidade ou alma, mas servirão.

Ficamos ali por mais um tempo, escutando o som da água. Quero refletir sobre o que ele me disse, mas não consigo achar as palavras.

Sinto um calafrio.

– Meu amigo, acho que deve ir para casa. Não me parece tão bem. Venha, caminharei com você.

Capítulo Vinte e Cinco

ELE TEM RAZÃO. NÃO ESTOU BEM. Sua casa não fica distante da nossa, mas a sensação de obstrução na minha cabeça afeta o meu equilíbrio, de modo que tenho a impressão de estar andando no convés de um navio em movimento. Mas não vou de barco. Nem por todas as pedras preciosas nas montanhas da Ásia. Em vez disso, andamos, em passos lentos. Em qualquer outro momento, seria um belo entardecer. A luz é melíflua quando atravessamos a Rialto, e os nus sensuais de Ticiano brilham no muro lateral do Fondaco Alemão. Uma vez, ele me disse que, até poder pagar a companhia de cortesãs, a maior parte do que conhecia sobre o corpo da mulher tinha vindo da obra de seu mestre Giorgione, cujas figuras fogosas, sensuais, iluminavam a fachada frontal. Acho que é verdade, pois ele era muito jovem então. Se bem que não tão jovem quanto o nosso maldito frangote. O entardecer está quente o bastante para o turco não precisar de uma capa, porém mesmo envolvido em um manto, estou tremendo, embora o pior sejam meus ouvidos, que zunem como a nota aguda de um diapasão. E volta e meia, a pontada de dor.

Afasto-a com um resmungo. Estou vivo, e me recuso a ser derrubado por algo tão banal quanto uma dor de ouvido, embora só em pensar nisso fique em pânico com o que pode se tornar. Engulo e bocejo, e uso meus dedos para massagear a pele sob meu lóbulo. No passado, essas coisas às vezes ajudavam. Ajudarão hoje também.

Quando chegamos à porta da nossa casa, ele hesita em me deixar.

– Tem certeza de que está bem?

Confirmo com um movimento da cabeça.

– Posso entrar com você?

– Não. Se entrar, as pessoas vão se inquietar à toa, o que vai perturbar a casa, e estamos ocupados hoje à noite. Vou para a cama. Se dormir, me sentirei melhor. Confie em mim... sei o que fazer.

Vira-se para ir embora.

– Abdullah Pashna. Obrigado. Acho que salvou a minha vida.

Balança a cabeça.

– É claro que salvei. Queria que ficasse me devendo algo. Não se esqueça da minha oferta. Cuide-se bem.

Abro a porta com cuidado. O vestíbulo está vazio, embora dê para ver pela janela dos fundos do térreo que o ancoradouro está cheio, e há um coro de vozes vindo lá de cima, com o cheiro de veado assado e especiarias vazando da cozinha. Subo silenciosamente a escadaria em direção ao meu quarto. Para alcançá-lo, apesar de não precisar enfrentar o *portego*, tenho de percorrer o corredor próximo.

As portas estão abertas, e a sala está animada com luz e som. A mesa está cheia, com sete ou oito pessoas, todas ocupadas com pratos e conversa, de modo que ninguém percebe um homenzinho atarracado andando no escuro do lado de fora, Minha patroa está de costas para mim, mas no espelho na parede em frente, capto seu reflexo rindo e conversando com o nosso cliente, um homem idoso, à sua esquerda. Esqueci-me de que hoje o nosso trabalho começava cedo, no final de uma palestra que ele estava dando a eruditos navais em visita. Mas o menu foi planejado há muito tempo, com os vinhos já escolhidos, e, como mordomo, eu não valeria nem mesmo meu pouco peso se um entretenimento tão simples assim pudesse deixar de acontecer sem mim.

O grupo dessa noite foi reunido por nosso cliente erudito e o melhor desenhista, Vettor Fausto, outro otário enrugado cujo corpo está ruindo mais rápido do que o seu desejo. A sua permanência nessa noite vai depender do quanto beber e de quão sensual se sentir com metade de uma perna de veado no bucho. O que quer que decida, não precisa da minha ajuda para fracassar. A noite transcorrerá por si mesma. Posso dormir. E de manhã, quando me recuperar, ela e eu conversaremos de novo.

Tranco minha porta e me arrasto para a cama, com muito frio e cansado demais para tirar minhas roupas emprestadas. Puxo o cobertor para cima de mim. Minha cabeça está cheia e zunindo, sinto dor no ouvido, como um gato à espreita, na margem da minha consciência. Se eu conseguir adormecer antes que ele me pegue, o repouso talvez ajude.

Não sei se é o frio ou a dor que me despertam. Tudo o que sei é que minhas roupas estão ensopadas como se eu tivesse febre, mas o suor é frio, e apesar de ajeitar o cobertor bem apertado ao redor do meu corpo, sinto meus dentes começarem a bater. Dentro da minha cabeça, há uma pulsação de dor, como se uma corda estivesse esticada entre os dois ouvidos, com alguém puxando-a a cada segundo, um rufar em um nervo aberto. Tento engolir, mas isso só faz com que a dor venha em ondas maiores. Tento bocejar, mas dói tanto que não consigo abrir a boca direito. Maldição!, a água imunda de Veneza filtrou-se por meus ouvidos e me contaminou.

Sou um veterano de dor de cabeça. Quando era garoto, a dor me atormentava com tal freqüência que o meu pai me disse que deveria torná-la minha amiga.

– Receba-a bem, Bucino, converse com ela. Se lutar contra ela, vai perder.

Porém, embora eu fale, ela não me escuta, e em vez disso, se apraz me perfurando de tal modo que, às vezes, não consigo fazer outra coisa a não ser ficar deitado e soluçar. Acho que ele queria que eu tivesse coragem, que lhe provasse que, apesar de minha deformação, o meu espírito, pelo menos, permanecia ileso. Mas só podemos ser valentes até onde nosso corpo permite. "É a maneira como sua cabeça cresce", explicou ele. "É culpa da sua deformidade. Não vai morrer disso." Mas não acreditei nele, então. Hoje, quando vejo homens serem empurrados pelas ruas em direção ao patíbulo, aos gritos enquanto seus algozes queimam pedaços de sua pele com tenazes quentes, pergunto-me se a sua agonia é pior do que a minha, porque é assim que me parece – espetar e espremer a polpa macia com torquês quente. Exceto que a minha dor não deixa marcas aparentes. Por fim, depois de horas, às vezes, dias, diminuiu e acaba desaparecendo. Toda vez, me deixa entorpecido e enfraquecido, como uma flor nova depois de uma tempestade. E toda vez que a sinto retornando, resolvo ser mais corajoso que antes, mas meu medo da idéia da dor é tanto quanto o da própria dor, e sempre fracasso. Meu pai e eu.

Mas ele estava certo. Fazia parte do meu crescimento. Há anos não sofria uma dor assim. Se tenho de enfrentá-la, preciso achar uma maneira de atenuar o horror. Guardamos uma poção sonífera trancada na despensa, uma das misturas de La Draga camuflada no gosto de grapa, nossa arma secreta contra os clientes mais turbulentos, pois a dose certa pode transformar um touro em um bebê, de maneira tão suave que ele nunca vai saber que foi derrubado. O que eu não daria por esse esquecimento agora?

Forço-me a me sentar e tento imaginar que isso fará com que me sinta melhor. Pego minhas chaves e vou até a porta. Mas a dor afeta de tal modo o meu equilíbrio que, agora, o navio inclina-se perigosamente e tenho de me apoiar na parede enquanto me movo. A porta da minha senhora está fechada, sem nenhum ronco revelador, apesar de Fausto ser mais silencioso do que a maioria, pois sua ossatura envelhecida é tão fina e frágil quanto um pedaço de cabo desgastado de uma de suas queridas galés.

A casa está silenciosa.

Mauro dorme em um quarto perto da cozinha, mas exceto o Segundo Advento, nada o perturbará. Atrapalho-me com o cadeado, mas acabo achando o frasco com a poção. Não tenho tempo para medidas e bebo direto do gargalo, muito ao invés de pouco; ninguém morreu com isso, ainda, e quanto mais tempo eu ficar inconsciente, menos vou sentir. Estou trancando a porta de novo quando escuto um barulho. Vem da entrada. Do lado da água.

O nosso estudioso partindo? Quando poderia estar enroscado em uma carne macia, sonhando com potência? Acho que não. Se eu olhar pela janela, duvido que veja algum barco chegando, pois deve ter desembarcado sua carga mais longe, ao longo da *fondamenta*, e deve ser mantido oculto, afastado do nosso ancoradouro. A nossa porta, é claro, deve ter sido trancada depois que o último convidado saiu. Até alguém abri-la por dentro. Apesar de meu cérebro zumbir de dor, ainda não me deixou idiota.

Pego furtivamente uma faca esculpida presa em seu lugar na parede e alcanço a escadaria antes dele. Apago a vela com um sopro de modo que, quando ele chegar, eu esteja na metade da escada, envolvido pela escuridão. Minha cabeça agora parece estar num torno. Quero gritar, porém é mais fácil choramingar.

Quando ele põe o pé no primeiro degrau, deve me ouvir, pois sua respiração é suspensa imediatamente.

– Quem é? Tem alguém aí? Fiammetta?

Uma voz doce. Um menino doce. Abro a boca e solto um rugido, que parece soar como o cão nos portões do Inferno, pois ele grita de medo.

– Ah... quem está aí?

– Quem é *você?* A casa está fechada.

– Oh! Signor Teodoldi? Sou eu, Vittorio Foscari. Me assustou.

Eu o assustaria ainda mais se ele me visse, pois meu rosto está se contorcendo de dor. Quanto a ele, quase sinto o cheiro da luxúria e do desejo, como um suor suave em sua pele. Bem, esta noite não, frangote. Hoje você paga ou dá prazer a si mesmo.

– Está invadindo, senhor. A casa está fechada.

– Não, não. Está tudo certo. A sua senhora sabe. Fui convidado.

– Ah. Foi convidado? – digo. – Então, recebo o que nos deve e pode subir.

– Eu... er...

– O quê? Não tem o dinheiro?

– Não. Quer dizer... Fiammetta disse...

– Não importa o que ela disse. Sou o porteiro. E digo: sem dinheiro, não entra.

– Ouça, não acho que... – Sobe um degrau.

– Haaaaaah! – E o som que irrompe de mim é dominado pela dor, embora só pareça fazer aumentar o seu terror. Ele é duas vezes maior do que eu, e pode me derrubar com facilidade, se quiser, pois já estou acabado mesmo, mas parece que o meu furor e a escuridão o acovardam. Um garoto com a cabeça nos livros e a língua em lugares secretos. Pode ser um leão na cama, mas continua sendo um cordeiro no matadouro. As únicas lutas que trava são na sua imaginação, e é fácil ser valente aí.

– Vittorio? – Em cima, percebo o mergulho errático da luz de vela Droga, ela nos ouviu. – Onde está você?

Ele emite um ganido e a luz aparece no topo da escadaria, seu fulgor caindo sobre mim e ricocheteando no aço da faca.

– Meu Deus, Bucino! O que está acontecendo? O que está fazendo?

– O que estou fazendo? – Peguei este cãozinho tentando beber na sua gamela sem pagar. – E talvez eu fale gritando, pois é difícil avaliar com o zumbido em meus ouvidos.

– Como se atreve a ser tão vulgar? – rebate ela autoritariamente, tanto para seu benefício quanto para o meu, pois não é a única a deixar de se comportar profissionalmente agora. Mas mantenho o pé firme. Ela dá um passo para mais perto e baixa o tom de voz. – Bucino, não faça isso. Sabe que lhe pedi que viesse.

– Ah, bem, então ele pode... – Embaixo, ele faz menção de subir, e ergo a faca rapidamente. – Ele terá de deixar suas bolas comigo, na escada, por medida de segurança.

– Ah!

– Oh, Deus.

E não sei bem quem grita agora, se ele ou ela, mas grita alto o bastante para acordar a casa toda.

– Largue a faca, Bucino. Largue. Não se preocupe, Vittorio. Ele não vai machucá-lo.

– Não vou? Ele é muito bonito. Tenho de admitir. Mas seu queixo vai ficar mais liso se eu arrancar seus pêlos.

Ela, agora, está quase do meu lado.

– Por que está fazendo isso? – sussurra raivosamente. Sacudo a cabeça. Deve sentir o meu cheiro, pois meu suor fede a peixe estragado.

Ela endireita o corpo.

– Vittorio? É melhor ir embora. Eu trato disso.

– Ir embora? Mas... não posso deixá-la com ele. É... ele é louco!

Ah! Sou sim.

– Loooouuucoooo!

A palavra não deixa de ser um berro. Meu Deus, minha deformidade agora está do meu lado. Um anão fedendo a enxofre surgindo do escuro para baixar os pecadores ao Inferno. Homens, cuidado.

Mas ela não. Ela não tem medo. E tampouco gosta do medo dele. Tenho certeza. Quem quer um amante que não tem coragem de se arriscar por amor?

Há vozes lá embaixo, e mais luz. O escândalo vai se propagar logo. Gabriella aparece no vestíbulo, o olhar assustado e despenteada. Atrás dela, surge Marcello, depois Mauro, os punhos erguidos, pronto para esmurrar uma carne, pois é a pessoa que mais gosta de tumulto que conheço.

– Vá, Vittorio – repete ela. – Eu lido com ele. *Vá*...

E ele vai.

– Cuidado, Vittorio – grito. – Essa agitação no seu estômago não é medo, sabe? Ela o está envenenando. Alimentando-o com bruxarias para tornar seu pau tão duro, que um dia ele vai cair e se partir em pedaços.

Mas ele já se foi. Bons ventos o levem. Triunfo na forma de outra onda de dor que me varre. Sinto meu equilíbrio faltar.

– Vocês, todos vocês voltem para a cama.

– Não precisa de ajuda, senhora? – É a voz de Mauro. Bom punho. Leal até o fim.

– Não, Mauro. Vamos ficar bem. Vá para a cama. Deixe-nos a sós.

Ele emite um último resmungo, se vira, e desaparece.

Ela ergue a vela acima da própria cabeça. Só os céus sabem o que ela vê nessa luz.

– Por Deus, o que há de errado com você, Bucino? Está doente ou somente bêbado?

Se ela se aproximasse, saberia. Entenderia. Abro a boca, mas não consigo falar. Segurar a faca absorve toda a minha energia. Se houvesse mais luz, ela veria o dano. Ou sentiria a febre, pois onde antes eu era um bloco de gelo, sou agora uma tocha humana.

Sua voz vacila.

– Bêbado. E o que mais? Com inveja. É isso? De quem? Dele? De mim? Do nosso prazer? É isso, Bucino? Está com inveja porque estou feliz e você não.

E nesse instante penso que vou desmaiar, pois o mundo está girando.

– Oh, meu Deus... tenho razão. O problema é você e não eu. É você que está irritado com isso. Olhe só para si mesmo. Quando foi que sentiu prazer pela última vez, hein, Bucino? Qual foi a última vez em que brincou ou riu até se acabar? Por falar nisso, quando foi que teve uma mulher pela última vez? O sucesso o deixou amargo. Vive no quarto curvado sobre o seu ábaco e seus livros contábeis, como uma aranha sobre seus ovos sujos. Que vida há nisso? Meu Deus, La Draga tem razão. É você que precisa de poções do amor, e não eu.

Sacode a cabeça e sobe um degrau.

– Acha que sou eu que estou ameaçando a nossa subsistência, mas vou lhe dizer uma coisa, Bucino. Você mudou tanto quanto eu. Tornou-se um velho. E acredite, isso é pior para os negócios do que qualquer cortesã se tornar prostituta.

– Não sou eu... – Começo a falar, mas o som é alto demais na minha cabeça para eu suportá-lo.

– Não quero ouvir. Estou farta de sua fúria e de seus modos de santarrão. Talvez o nosso tempo juntos tenha-se esgotado.

– Ha! Bem, se é assim, partirei feliz. – E apesar de cada palavra doer, há algo quase prazeroso na dor. – Pois sou tão desejado quanto você, sabia? Posso sair daqui amanhã com o turco e fazer uma fortuna grande como você nunca viu.

– Então por que não vai... e me deixa em paz?

Faço menção de ir até ela, mas minhas pernas me faltam.

– Não. Não chegue perto de mim! – Sua voz está tão trêmula que não dá para dizer se é de medo ou de fúria. – Não quero ter mais nada a ver com você. Não agora. Conversaremos amanhã.

Vira-se e sobe a escada correndo. Eu a seguiria, se pudesse. Mas não consigo andar. A faca cai do meu lado, tilintando na escada. Levanto-me, não sei como, e vou para o meu quarto. Mas já não tenho forças, nem mesmo para trancar a porta.

Estou à mesa, fazendo a contabilidade, o ábaco na minha frente, um conjunto de pedras brilhantes de rubi. Um barulho na janela, uma grande comoção. O medo devora minhas tripas. Tiro as contas de seu cordão e as enfio na boca, engolindo-as, uma por uma, até engasgar.

De repente, estou do lado de fora, correndo ao longo da margem do canal, com aves raivosas rodopiando acima de mim, seus ganidos parecendo gritos. Mantenho-me junto ao muro, para que não me localizem, mas para onde quer que eu olhe, vejo a mim mesmo, já que os muros, e mesmo o chão que piso, são de espelhos. Acima de mim, a rotação das aves se intensifica. Um grande bando de gaivotas mergulha gritando na terra, bicando com fúria as carcaças de cabeças de peixes e rabos de sereias, que agora percebo estarem espalhados por toda parte. Mas há um pássaro muito maior do que o resto: uma gaivota imóvel, mas com garras como as de uma águia, cada presa do tamanho de um forcado. Volteia em cima de mim. Estou tão apavorado que não consigo respirar, e quando ela mergulha na minha direção, vejo seus olhos: grandes e brancos como hóstias, poços de leite cobertos de espuma. Ela mergulha, enganchando suas garras nos meus ouvidos, enfiando-as bem fundo para achar apoio, e enquanto grito em agonia, ela me pega pela cabeça e me levanta do solo.

Quando planamos no céu, olho para baixo, e há uma mulher na rua, olhando para cima, para mim, só que os olhos do pássaro tornaram-se os seus agora: círculos grandes e brancos, espumosos e cegos. Ela está rindo, e o pássaro ri com ela. Mas eu estou chorando, e as lágrimas, ao correrem, transformam-se cada uma em um rubi vermelho cintilante. Ao baterem na água, um peixe salta e as abocanha, enquanto giramos sobre o oceano, as presas como espetos de aço penetrando meu cérebro. Estamos longe quando a ouço, a minha senhora me chamando...

– Bucino. Oh, Cristo, o que aconteceu? Bucino. O que foi? Fale comigo. Por favor.

Mas não consigo vê-la. Talvez eu já tenha caído no oceano, pois tampouco consigo respirar direito. Não, não consigo respirar porque estou chorando.

– Pelo amor de Deus, chamem La Draga. Oh, meu Deus. Desculpe. Há quanto tempo está assim? O que aconteceu com você? Oh, eu devia ter percebido. Está tudo bem. Está tudo bem. Vou ajudá-lo.

Alguém – ela – põe os braços ao meu redor, e quero lhe dizer que estou doente, que cheiro mal, e que preciso de mais outra dose da poção sonífera que está na cozinha... mas não consigo parar de chorar para as palavras saírem.

E então, o pássaro enfia suas garras ainda mais fundo em meus ouvidos.

Não me lembro de minha mãe. Morreu quando eu tinha 4 anos, e não tenho nenhuma recordação de sua aparência, embora meu pai tenha me dito várias vezes que era bela, com o cabelo tão negro e sedoso como um manto de veludo, e sua pele era tão clara que, em noite de lua cheia, sua face iluminava-se na semi-escuridão. Pelo menos, era isso o que ele dizia. Mas na época, era seu trabalho encontrar as palavras certas para descrever coisas. Secretários recebem para fazer isso. E apesar de haver aqueles que só atinam com os fatos, e somente com os fatos, meu pai ansiava pela poesia. E foi assim que cortejou minha mãe. E por isso, quando nasci, seu mundo fragmentou-se, pois não existem sonetos à deformidade em nenhum livro que li, e a única palavra para me descrever, o seu próprio filho, filho de sua bela e amada mulher, era associada ao Inferno e não ao Céu.

Quanto à luminosidade de minha mãe, como nunca a vi à luz da lua, nada sei. Mas memória não se reduz a imagens que se pode guardar com os olhos da mente. Também são coisas que se conhece sem nunca tê-las visto. Por isso não posso dizer qual era a sua aparência, sei como se sentia. Conheço a sensação ao tocar a sua pele, o calor de suas mãos, e a sensação de seus braços em volta de mim. Pois quando eu era pequeno, tenho certeza de que se deitava comigo, se enroscava ao redor de minha estranha pequenez e me abraçava, como se eu fosse a coisa mais preciosa e linda do mundo, tão especial que ela e eu jamais nos separaríamos. E seu calor me ajudaria na hora da dor. Sei disso porque, apesar de não "me lembrar" quando estava acontecendo, na primeira vez que dormi com uma mulher, uma prostituta em Roma, limpa e menos feia do que eu, eu tinha dinheiro suficiente para pagar a noite toda, e apesar de meu pau gostar de entrar nela, o bastante para mostrar sua excitação e, portanto, me tornar um homem, foi dormir com ela que me fez chorar como uma criança. Era inverno, e o quarto em que ela trabalhava estava gélido, ou talvez eu lembrasse o filho que ela havia perdido, pois tinha idade suficiente para ser minha mãe, e eu era muito pequeno. Lembro-me de um momento na noite em que acordei e senti o calor de seu hálito em meu pescoço. Seus braços estavam em volta do meu peito, e suas pernas estavam dobradas debaixo de mim, como uma grande colher do lado de uma menor. Fiquei deitado durante horas, no conforto mais profundo, reanimando uma lembrança, talvez pela primeira vez, de um tempo em que era amado pelo que sou, e não apesar do que sou. Então, ao amanhecer, deixei furtivamente seus braços e parti, para não precisar sofrer a humilhação de seu asco ao despertar.

A dor flui para dentro e para fora, em ondas. Às vezes, o pássaro está presente, com suas presas, e tenho de afugentá-lo com as mãos; às vezes, estou sozinho, encalhado e impotente. Desperto e durmo. Gelo na luz. Queimo no escuro. Estou morto, mas, de alguma maneira, continuo vivo. Quando tento abrir os olhos, vejo clarões marcando o escuro, e ouço alguém chorar, um pranto medonho, que está em mim e, ao mesmo tempo, distante uma eternidade.

– Ajude-me. Oh, Deus, me ajude, por favor.

A voz que responde é delicada e calma, tão calma como os dedos sobre a minha cabeça abobadada.

– Sei como dói, Bucino. Eu sei. Mas não vai ser para sempre. Vai superá-la, vai passar. Não tenha medo... você não está só.

Depois disso, nada acontece por um tempo. Ou nada de que me lembre. Somente quando o fogo retorna, sinto o toque de pano molhado sobre toda a minha pele. E depois, quando o frio se instala e meus dentes batem, sou envolvido em cobertores e alguém – a mesma pessoa – fricciona minhas mãos e pés, até descongelarem de novo. A próxima coisa que sei é que está de noite e estou deitado de lado, e um dos buracos goivados de meu ouvido está cheio de um calor oleoso que se filtra para dentro, sedoso, calmante. Estou respirando em uma caverna dentro da minha cabeça, pois é esse o único lugar em que escuto alguma coisa. A presunção do óleo irrita a dor, e o espeto retorna, pior do que antes, de modo que acho que o meu crânio se parte no meio e os miolos são postos para fora da minha cabeça como os daqueles homens que vi nas ruas de Roma naquele dia. Mas os dedos pressionam delicadamente minha pele, onde meu pescoço se une às minhas orelhas, friccionando o osso, enviando o calor mais fundo em minha cabeça até, lentamente, bem devagar, a dor começar a retroceder e desaparecer. E quando acaba, braços me envolvem e me enrosco dentro deles. Estou seguro de novo, pois o pássaro não volta quando me abraçam.

A certa altura, não sei quando, a voz retorna; delicada, como uma litania tão funda que, de novo, acho que deve estar na minha mente. Primeiro, sinto pânico, porque agora fala do Paraíso, como se eu tivesse chegado lá, descrevendo como os nossos corpos se tornarão pedaços de vidro, puros, brilhando ao sol, movendo-se mais rápido do que flechas, mas macios o bastante para se fundirem uns nos outros. Como, quando abrimos a boca, o som será de mil alaúdes e cantaremos com a beleza de tudo isso. Então, a voz começa a cantar, de menino, aguda e doce, clara o bastante para que a escute acima do berreiro da dor. Só eu sei que é a voz de uma mulher, pois vem com o calor dos braços de uma mulher que me envolvem de novo.

Desperto. É noite e, por um momento, parece que não há dor. O quarto está escuro, e vejo, pela luz da vela, minha patroa sentada em uma cadeira na ponta da cama. Fecho os olhos. Quando torno a abri-los, ela mudou e é La Draga, sentada no mesmo lugar. Ela está lá no momento seguinte também, e olho para ela por mais tempo, mas a dor começa a chamejar, e acho que gemo um pouco, porque ela está me olhando fixamente, e juro que está me vendo – me enxergando – pois parece sorrir, e no escuro, percebo um raio de luz mover-se de seu olho esbranquiçado para dentro da minha cabeça – sua cegueira movendo-se pela minha surdez – e quando me alcança, a dor é entorpecida antes que domine.

No entanto, quando tento lhe agradecer, o quarto mudou, tornou-se completamente escuro, e ela desapareceu. Mas, agora, quando durmo, não sou mais acordado pela dor.

Capítulo Vinte e Seis

– ... DE SUA DEFORMIDADE?

– É o que ela disse. É como seu ouvido é conformado, parece, de modo que, quando entra água, não consegue sair de novo, e tudo começa a apodrecer dentro.

Sei que estou de volta, não tanto porque a dor se foi, como porque o rugido no fundo da minha cabeça está ausente, de modo que posso ouvir de novo, mesmo suas vozes baixas para não me acordarem.

– Meu Deus, o pobre coitado, deve ter enlouquecido com isso.

– Ah... nem pode imaginar. Ouvia-se seu pranto por toda a casa. Os primeiros dias foram terríveis. Eu estava certa de que ele ia morrer.

Se eu tivesse forças, abriria os olhos e participaria da conversa, mas como estou, tudo o que posso fazer é ficar deitado de cara para a parede e escutar O som da voz de minha senhora nunca foi mais doce. Até mesmo o rugido de Aretino apresenta uma certa musicalidade.

– Com que ela o tratou?

– Com poções soníferas, ungüentos de óleos especiais em seus ouvidos, cataplasmas quentes, massagens nos ossos. Ela não saiu do lado dele. Nunca pensei que ela gostasse tanto dele, pois os dois discutiam mais do que conversavam. Mas devia tê-la visto, Pietro: noite após noite, velando-o, cuidando dele até a febre ceder e os espasmos se tornarem mais brandos.

– Meu Deus, intelectual ou não, é um homem de sorte. Era para se supor que uma deformidade como a sua provocasse um medo dos diabos nas mulheres. No entanto, todas vocês o socorreram. Lembra-se de Roma?

Havia duas mulheres que nunca se fartavam dele. Isso me surpreendia. Qual é o seu segredo?

Minha senhora ri um pouco.

– Quem pergunta? Aretino, o homem, ou Aretino o escritor indecente?

– Mas como! Não me diga! É o tamanho do seu pau!

– Oh, silêncio... vai acordá-lo.

– Por que não? Agora que vai viver, ouvir isso vai ser o tônico mais eficaz do que qualquer coisa que a sua cozinha prepare.

– Psiuuu.

Ouço o farfalhar de suas saias quando se move em direção à cama, e até mesmo a precisão do som é um prazer para mim. Não tenho a intenção de enganá-la, mas minhas pálpebras pesam como chumbo, e o ritmo da minha respiração é natural, agora que a agonia passou. Sei que ela está perto pelo cheiro de menta e alecrim em seu hálito. Deve ser quinta-feira. Se eu tivesse forças para abrir os olhos, sua pele seria branca como leite e seus olhos claros e brilhantes. Tento não mexer as pálpebras e inspiro e expiro. Seu perfume se torna mais fraco. Agora, suas vozes são mais calmas, mais distantes, se bem que não tão distantes que eu não possa distinguir suas palavras.

– Ele está adormecido. Parece tão sereno. Há anos não vejo o seu rosto tão suave.

– Devia se ver, Fiammetta. Olha para ele quase como uma mãe olha para o filho. É estranho, vocês dois. Todo mundo se admira, sabia?

– Do quê? Oh, Pietro, você não acredita em fofocas, acredita?

– Humm! Já disse. Ele tem lá seu charme.

– E você tem uma mente que se nutre dessas coisas abjetas.

– Ah, desse pecado confesso-me culpado. Vamos, conte.

– Não! Você, ao contrário dele, não é leal. Estou certa, não estou? E o boato de que voltou a escrever obscenidades?

– Oh, não... não obscenidades, *carina*. Eu chamaria mais de uma investigação das diversas profissões do amor.

– Deixe eu adivinhar. No convento de freiras e no bordel

– Eu... Mais ou menos. Mas prometo nunca escrever uma palavra sequer sobre o seu querido anão.

– E sobre mim? Vai escrever sobre mim?

– Se escrever, ninguém vai reconhecê-la.

– É melhor que não. Se você trair...

– Querida dama, sou um escravo. De vocês dois. Sabe disso. Nós, aventureiros romanos, temos de ficar unidos.

– Oh, então, voltou a ser romano. Pensei que tivesse se tornado um veneziano habilitado. Mente como eles.

– Oh, isso foi um tanto rude. É verdade, que quando escrevo sobre Veneza, enfeito um pouco. Mas esta cidade gosta de parecer bonita no espelho. Leu a história de Contarini? Comparada a Veneza, Atenas seria um estado fracassado.

É verdade. Seria. E para meu assombro, posso pensar nisso sem ser massacrado pela dor. No entanto, todo mundo sabe que Contarini é tanto bajulação quanto verdade. Ah! Que Deus me ajude, estou de volta ao mundo com coisas a dizer, mesmo sem forças, ainda, para proferir as palavras.

– É claro, a cidade se alimenta de elogios. Roma era igual. Todo esse mármore para que o mundo fique deslumbrado pelo brilho. A diferença é que o Aretino que conheci então estava mais interessado em expor a sujeira por baixo. Por que não temperar a adulação com a mordacidade da verdade, Pietro? Ou você realmente se habituou à boa vida?

Ah, milady. Como senti sua falta!

– Hummm. Em Roma, eu era jovem e não me importava com que chutassem meu traseiro, e prefiro Veneza. Ela trabalha para viver e seus pecados são mais perdoáveis. Ainda assim, temos de tomar cuidado. Também podemos ser vistos como a sua corrupção, *carina,* e eu seria um tolo se fizesse o templo ruir sobre nossas próprias cabeças. Não, vou divulgar que a minha nova obra é um comentário sobre a antiga Roma, e assim, passarei à história como um cronista da vida consumado. Quando escrevo sobre essas coisas, sobre a dança entre homens e mulheres, realmente conto como são, sem enfeites, a verdade cabal.

– Oh, por favor! "Ooh, ooh, ponha seu pau no meu cu de novo, ooh, pois estou em chamas, e os membros de todos os asnos e bois não diminuiriam minha lascívia, nem mesmo um pouquinho." – E faz uma voz tola e ofegante com falso desejo. – Francamente, se acha que essa é a verdade sobre mulheres, Pietro, então, está mais aturdido do que seus anos. Você simplesmente escreve o que os homens querem ouvir. E garanto que um bom número deles nem mesmo pensa em corpos de mulheres quando o lêem. Como é mesmo o nome daquele garoto de quem você gostava tanto na corte de Mantua?

– Ah, Fiammetta Bianchini! Que boca você tem! Tenho de ser grato por você não sentir impulso de se tornar uma autora. Mas quem poderia lhe resistir? Vou dizer uma coisa: se eu fosse um homem querendo me casar...

– Não se casaria *comigo*. Que Deus nos proteja, a nós dois. Não demoraríamos a ser enforcados em San Marco por assassinato.

– Tem razão. É melhor assim.

Os dois riem. Há silêncio por um momento, se bem que um silêncio que me parece descontraído, o silêncio de velhos amigos. Dos quais, sou um. Sinto-me cansado, agora, e preciso de água, mas receio quebrar o encanto. Houve vezes em que meu tamanho me possibilitou escutar conversas que se desenrolavam acima de mim, mas nunca eram conversas sobre mim. Que valor têm fama e riqueza de uma corte turca se comparadas a isso?

– Bem, já que, evidentemente, sabe tanto sobre essas coisas, conte-me sobre seus "poderes especiais".

– Antes, tem de me jurar que não me colocará em seu livro.

– Prometo que nunca usarei o seu nome. Juro por meu coração.

– Faria melhor jurando por seu pau.

– Tenho de admitir, Fiammetta, que para uma mulher que quase não dormiu nesta semana, está muito animada.

– Por que não? "Minha deformidade", como o chama, está melhorando.

– E então?

– Na verdade, é simples. Você tem razão. Ele não é como os outros homens. Mas não tanto por causa do seu "tamanho", e não dê esse risinho, pois nunca vi seu pau e nunca verei. Como ia dizendo, não se trata do seu tamanho, como bem sabe, que não é como entre nós. Bucino tem seu charme com mulheres, como você diz, porque gosta da companhia delas. Não somente pelo prazer que dão, mas por elas mesmas. Não tem medo de nós, e não precisa nos impressionar ou nos possuir. E vocês ficariam surpresos, Pietro, como são raros os homens assim. É isso tudo o que sei, desde que o conheci na casa daquele banqueiro estúpido, onde fingia ser um bufão e falhava, sinto-me mais à vontade com ele do que com qualquer outro homem que conheci. Sim, você inclusive.

Sua voz aumentou um pouco. Tem de tomar cuidado ou vai me acordar.

– Isso responde a sua pergunta?

– Perfeitamente. O segredo é que ele é uma mulher!

A risada deles é tão contagiante que luto para manter a respiração regular, para não me juntar a eles, e minha garganta está tão seca que não consigo engolir, e quero tossir.

– Psiuu... Nossa voz vai acordá-lo. Pode rir da idéia, mas digo uma coisa, apesar de toda a sua habilidade com as palavras, nunca vai saber como é isso. Lembre-se disso, se puder, na próxima vez que pôr sua pena no papel.

E dessa vez, quando engulo, como tenho de fazer para não sufocar, faço um barulho, se bem que, creio eu, seja abafado pela risada dos dois.

Há uma pausa.

– Não acha que ele estava acordado esse tempo todo, acha?

– Ha! – Ela se interrompe, e escutam com mais atenção. Mas juro que estou silencioso como um túmulo.

Acho que ela se move de novo, se bem que não sei para onde até falar novamente.

– Bem, se está – continua ela, e sua voz vem diretamente de cima de mim, tão perto que sinto, outra vez, seu hálito na minha face –, posso lhe dizer o quanto senti sua falta. Não somente nesses últimos dias, mas por um tempo mais longo. Como, sem a sua voz em meu ouvido, caí, às vezes, presa da melancolia e busquei conforto em lugares onde recebê-lo só me machucaria mais. Ah, ficaria surpreso, Pietro, em saber como o sucesso pode ser tão doloroso quanto o fracasso. – Ouço o suspiro que dá e quando respira fundo depois. – E depois de ter dito tudo isso, quero acrescentar que ele deveria se apressar em se recuperar, pois as últimas novas são de que seu frangote importuno deve levantar vôo para Chipre no próximo mês, para ser iniciado no negócio da família, longe das tentações da cidade. Uma migração que nos deixará... alguns de nós... tristes. – Faz uma pausa. – Embora eu acredite que vamos sobreviver.

– Ah! Que poesia, Fiammetta, e de uma mulher que despreza prostitutas que compõem. Pode traduzi-la em uma linguagem simples para mim?

Ela ri.

– Não é nada. É só conversa de mulheres. E, como ele é uma mulher de honra, tenho certeza de que, mesmo que *esteja* ouvindo, será modesto o bastante para não me deixar saber que ouviu. Não é, Bucino? – E aumenta um pouco a voz.

Inspiro fundo, prendo a respiração por um segundo, e a solto lentamente, bem devagar.

Capítulo Vinte e Sete

O CHEIRO PENETRANTE DO MOLHO APIMENTADO DE MAURO sobre as enguias cozidas. Como o quarto está quieto quando me levanto. De maneira que o meu ouvido é capaz de distinguir o canto dos pássaros do ruído da água pela vidraça espessa da janela do meu estúdio. Essas são as alegrias de um mundo em que não sinto mais dor. E, principalmente, o fato de a casa ter ficado uma desordem em minha ausência.

Infelizmente, não há tempo para celebrar, pois a minha recuperação coincide com a época mais agitada. Esta semana vive o clímax do Festival da Ascensão: a cerimônia da Sensa, quando todos os membros do governo de Veneza saem em uma grande galé dourada, e no meio da laguna, o doge, ele próprio vestido de dourado, lança uma aliança na água, casando a cidade com o mar (adivinhem quem é o noivo e quem é a noiva obediente) e assegurando o domínio de Veneza sobre as águas por mais um ano. Como acreditar que Constantinopla tem mais maravilhas do que Veneza?

Essa loucura cerimonial e a grande feira comercial que a acompanha fazem a cidade superlotar, mas nesse ano, *esse ano*, somos abençoados duplamente. Pois o nosso Crow, Loredan, fez penitência por sua pomposidade eterna, garantindo à minha senhora um lugar em uma das embarcações que acompanham a procissão, privilégio de tamanha magnitude, que a casa toda, agora, está repleta de vestidos e costureiros, de sapatos e sapateiros, perfumes e perfumistas, e toda a parafernália de beleza necessária para pôr o nosso pequeno e dourado navio no mar.

Marcello e Gabriella ficam à minha disposição, Mauro está há tanto tempo no fogão que receio que seu suor tenha-se tornado um dos temperos (embora não me queixe, pois desde a minha doença, sou melhor alimentado do que os clientes), e quanto à minha senhora... Bem, não sei se minha respiração a convenceu de que eu dormia ou de que estava acordado, mas não houve mais discussões entre nós dois, nenhuma revelação da alma nem pedido de perdão. Em vez disso, voltamos a ser parceiros e estamos nos curando com o que sabemos fazer melhor, trabalhando juntos e fazendo a casa palpitar com o senso de comunidade.

Não quer dizer que ela não sinta nenhuma tristeza: a sua melancolia é evidente a qualquer um que a conheça bem. A última notícia sobre o pirralho é a de que partirá em algumas semanas. Suas visitas se tornaram menos freqüentes (não sei sobre as noites, pois desde a doença, durmo como uma pedra), e se possível, quando é esperado, dou folga aos criados, para que ele e minha senhora possam gozar uma certa privacidade. Nós dois sabemos que, quando ele partir, ela – e suspeito que também ele, pois tais febres raramente ardem tão quentes sem fazer com que os dois partilhem a doença – sentirá muito a separação. Mas trataremos dessa dor, quando acontecer: porque agora estamos reconciliados, ela e eu, com a nossa mente em sua saída para o mar e tudo o que isso acarreta.

De toda essa confusão criativa, somente uma pessoa está faltando: La Draga. Desde a noite em que despertei e dei com sua presença no quarto, ela não retornou. Quando ficou claro que eu estava me recuperando, deixou uma série de óleos e poções com Gabriella, para o meu tratamento, e desapareceu na alvorada. Ninguém mais ouviu falar dela. Apesar dos negócios, a casa não é a mesma com a sua ausência. Às vezes, à noite, quando fecho os olhos, posso ouvir sua voz, como se permanecesse dentro de mim, e a recordação de seus cuidados me faz estremecer com a sua intensidade. Embora a minha senhora agora fosse se beneficiar com sua presença e suas poções, acho que La Draga deve estar ocupada demais para visitas, pois quando as pessoas nesta cidade param de trabalhar, começam a se casar, e aquelas que ela não está ajudando a se casar podem, em breve, precisar de ajuda para abortar. Mas o que sei muito bem é que salvou a minha vida, e onde quer que esteja, não tenho a menor intenção de me esquecer de minha dívida para com ela.

É a manhã da Sensa, e a casa toda, e boa parte da vizinhança, se reúne para nos ver subir a bordo do nosso barco, devidamente decorado para a ocasião. Marcello atravessa com habilidade o tráfego intenso no Canal Grande e nos deixa no cais do sul, de onde caminharemos até a plataforma central de desembarque, próxima a San Marco.

É um trajeto que fiz muitas vezes antes, quando o sol ainda está nascendo e a cidade dorme, e que sempre provoca uma sensação de reverência. Depois da longa curva para fora do Canal Grande, desliza paralelo ao Palácio do Doge, e entre as primeiras coisas que se vê estão os imponentes Pilares da Justiça, projetando-se como mastros altos na cerração. Com freqüência, ao chegarmos mais perto, há, entre eles, o corpo de algum criminoso pendendo como exemplo para a cidade. Tal é a desolação doída dessa cena, que passei a acreditar que a entrada para o Inferno é por entre essas colunas, com todos nós marchando em fileiras cerradas e silenciosas para a névoa de vapor além.

Só hoje, agora, o Inferno se transformou em Paraíso. A missa acabou e a frota está embarcando. Esses mesmos pilares estão engrinaldados com fitas, e a cena ao redor parece-se com o Segundo Advento, com os justos à frente vestidos com a glória de Deus e – o mais importante – com o melhor tecido de Veneza. Há mais ouro aqui do que em qualquer altar que eu tenha visto. Até mesmo as mulheres têm permissão para participar do espetáculo, e a modéstia é substituída por uma ostentação fabulosa. O solo à volta é um mar de sedas e veludos, de modo que o sol mal sabe quem iluminar primeiro, atraído por milhas de fios dourados e milhares de colares, anéis, correntes, e presilhas de cabelo incrustadas de pedras preciosas.

A galé dourada está ancorada no meio da água, já carregada de Crow e dignitários estrangeiros, e as barcaças dos espectadores estão sendo rapidamente ocupadas. Para chegar aos desembarcadouros especiais, todo convidado deve ter seu nome na lista. Minha viagem se encerra aqui.

Minha senhora vira-se para mim antes de se misturar no ajuntamento de gente.

– O que devo lhe trazer, Bucino? Uma sereia ou outro Crow importante para impulsionar nossos livros contábeis?

Encolho os ombros.

– Talvez encontre alguma coisa que abrande a lacuna que será deixada por seu frangote.

– Aaah. – E percebo o embaraço em sua garganta, como se a dor perdurasse em algum lugar, indigesta demais. – Ai de mim, para isso vou precisar de alimento muito rico. – Interrompe-se e inclina a cabeça. O barulho aumenta ao nosso redor. Logo será tarde demais para falarmos. Vira-se para mim. – Bucino? As coisas que eu disse... sobre você, naquela noite... Quero...

– Não. Não, não quer – interrompo. – Estávamos os dois enlouquecidos, e suas palavras não foram nada em relação à crueldade das minhas. Mas agora, isso já passou. Foi levado pelo vento. Olhe só para você. Estou orgulhoso. O pássaro mais espetacular do bando. Não deixe que a biquem por inveja.

Ela sorri.

– E você... o que vai fazer hoje?

– Eu? Oh, vou... – Mas a pressão dos corpos a empurra para longe, e minha resposta se perde na multidão. Observo-a, até quando posso, dirigindo-se aos barcos. As mulheres se entreolham a caminho de seus lugares – sempre se comportam da pior maneira quando bem-vestidas –, e apesar de haver aquelas que a olham com frieza, isso se devia mais por ser uma estranha do que por parecer uma prostituta. Na verdade, se todas se alinhassem em nosso *portego,* pelo menos meia dúzia receberia propostas antes dela, de tanto que se abarrotaram de pó branco e babados. Em contraste, ela parece uma nobre. O sorriso que lança ao se virar e como acena para mim da plataforma de embarque me dizem que também ela tem consciência disso.

Fecho os olhos, de modo a gravar a cena na parte de trás de minhas pálpebras, e durante esse segundo desejo, mais do que qualquer outra coisa, que tivesse nascido Ticiano Vecellio, para poder correr de volta para casa e recriá-la, pois os detalhes já estão se desvanecendo. Mas a imagem da minha senhora continua nítida. Aceno até ser tirado do caminho, e então, fujo depressa da loucura da piazza, em direção a San Lorenzo e ao litoral norte.

Em meu bolso, tenho a direção para o campo em que La Draga vive, ou, pelo menos, o lugar onde Marcello deixa mensagens para ela quando é preciso. Mais hoje é o meu dia: vou encontrá-la. Depois de todos esses anos, está na hora de fazermos as pazes.

É a minha primeira vez nas ruas desde a minha doença, e apesar do ânimo elevado, meus membros tremem frenéticos, de modo que tenho de descansar mais vezes. Mas não estou preocupado. Estou vivo e, se tiver sorte, estarei em melhor forma do que antes, pois a febre privou-me de uma camada de gordura que a vida confortável tinha acrescentado ao meu estômago; todo anão que conheço tem a fome de um homem de tamanho normal, de tal modo que, quando envelhecemos, mesmo aqueles sem ganância têm propensão à corpulência.

De qualquer maneira, para que a pressa especialmente hoje? É feriado na cidade, e para mim também. As ruas, aqui, estão sossegadas, já que o povo escoou todo para o sul para assistir ao embarque da frota, e sente-se o perfume do jardim no ar. Durante uma semana, Veneza será gloriosa, antes de o sol do verão torrar e apodrecer tudo outra vez, e eu, talvez, achar tempo para desfrutá-la.

"Quando sentiu prazer pela última vez, Bucino? Qual foi a última vez em que brincou ou riu até se acabar? Por falar nisso, quando foi a última vez que teve uma mulher? O sucesso o deixou amargo. Vive naquele quarto curvado sobre seu ábaco e seus livros contábeis, como uma aranha sobre seus ovos sujos. Que vida há nisso?"

Refleti sobre suas palavras várias vezes desde aquela noite. Como não refletiria? Quando um homem acha que vai morrer, sempre há espaço para se arrepender de erros que cometeu, das coisas que não fez. Ela tem razão. Apesar de minhas roupas serem tão boas quanto eram em Roma, o nosso sucesso também foi o meu fracasso. É que, em parte, a novidade já não existe. Ela, agora, não precisa muito de mim para entreter seus convidados, e eu, por minha vez, cansei de ser tratado como um imbecil ou exótico por homens cuja maioria, se suas carteiras fossem do tamanho de seus cérebros, não estaria qualificada para a companhia de nenhum de nós dois. Nem mesmo nossos clientes mais inteligentes me excitam como o nosso salão em Roma. Nesse aspecto, virei-me contra Veneza no começo. Apesar de Roma ter sofrido as conseqüências de sua corrupção, foi, pelo menos, honesta o bastante para se divertir abertamente. Mas aqui estão tão preocupados em fazer a superfície brilhar, que toda a transgressão tem de ser escondida, os pecados nem mesmo desfrutados plenamente antes de serem lamentados e reprimidos. Na minha experiência, tal hipocrisia é um solo fértil tanto para a lascívia quanto para o prazer.

Ou quem sabe estou enganando a mim mesmo, tirando razões do ar para justificar minha misantropia? É verdade que estou mais insensível do que era. E, sim, mais casto, e embora um homem não morra de tal indiferença, tampouco vive. O que posso fazer? Aretino pode invejar minhas habilidades, mas são menos eficazes aqui do que eram em Roma. Infelizmente, no mercado veneziano, não há matronas travessas, com apetite para novidades, e as ruas são muito próximas aos canais para eu ter estômago para o cheiro da maioria das mulheres que trabalham nelas: alívio e prazer podem significar o mesmo para a maioria dos homens, mas sou um anão e sintonizado demais com as nuanças de humilhação para que isso funcione dessa maneira comigo. Houve um tempo em que as curvas de Anfrosina e sua capacidade de dar risinhos me fariam tirá-la da cozinha direto para o quarto. Mas a satisfação aí obtida raramente dura além do momento, e apesar de ter havido algumas outras ao longo do caminho, nesses últimos anos, fui ficando orgulhoso (talvez envergonhado) o bastante para achar que posso fazer melhor. Talvez a verdade seja que fiquei cínico. Quando se está no ramo de satisfazer o desejo masculino, é difícil não desenvolver um certo desprezo pelo apetite que se está manipulando.

Quaisquer que sejam as razões, minha virilha esfriou. Dissipei minha atenção nas contas do ábaco e na delícia dos molhos de Mauro, e decidi não pensar no calor do corpo de uma mulher. Isto é, até sentir de novo os braços de minha mãe ao meu redor, e me pegar chorando tanto pelo conforto quanto pela dor.

Meu Deus, ser devedor de uma aleijada cega. Aonde cheguei?

Capítulo Vinte e Oito

ENQUANTO ATRAVESSO A CIDADE, penso no que sei dela, dessa mulher que está na minha vida há quase uma década e que, ainda assim, decidi ignorar. Sei que veio para Veneza quando criança, que seus pais morreram quando ainda era pequena. Minha senhora me contou que ela chegou a se casar, mas seu marido morreu cedo, e que a partir de então, passou a viver sozinha, o que por si só é um prodígio em Veneza, pois mulheres solteiras da sua idade são alimento para conventos ou para a violência casual de homens. Nisso, a sua deformidade deve ter sido sua aliada; isso, mais a sua reputação de bruxa, deve ter feito muitos homens esconderem suas bolas, em vez de as exibirem. Não há dúvida de que ela dirige um negócio bastante saudável. Sei que a nossa não é a única casa que visita (alguns anos atrás, desapareceu por meses seguidos, retornando tão silenciosamente quanto tinha partido, sem nenhuma explicação), mas seja lá de quem for que ela trata, como um padre, guarda a confissão das outras pessoas para si mesma. É claro que o que não pode ver não pode contar. Mas subestimei seu talento, no passado, para prejuízo meu. E recentemente, tenho de admitir, para a minha vergonha. Não vou mais agir assim.

O lugar em que mora fica no nordeste da cidade, entre o rio di Santa Giustina e o convento de La Celestia, uma área que não conheço. Oriento-me pelo campanário do convento, que se eleva do telhado e dá vista para o mar (meu Deus, como as celas devem ser frias e úmidas no inverno). Atravesso um canal na sua direção e penetro numa massa de vielas e casas comprimidas umas nas outras. Em algum lugar por aqui deve ter um campo com um forno de padaria, uma igreja, um poço de pedra, uma pequena e antiga ilha unida a todas as outras, como a primeira em que moramos, e onde o velho mantinha vigília do nível da água, isso tudo tanto tempo atrás.

No fim, é o meu faro que me conduz, pois o cheiro de porco assando é sempre uma boa bússola. O espeto está no meio da praça, a carcaça espetada e recheada, seu sumo provocando faíscas no fogo embaixo. Do lado, três homens estão montando dois barris de *teriaca*. Como todo mundo, estão celebrando, e se quero encontrar La Draga, tenho de fazer isso antes que comecem a beber. Já há umas duas dúzias de homens e mulheres e um punhado de crianças reunidos, e sou um visitante anômalo, o que me torna instantaneamente um entretenimento, pois até mesmo uma cidade como Veneza tem lugares atrasados. Enfrento alguns gracejos sobre assar um pato bem-vestido que acaba de chegar gingando e sobre como o perfume de sua barba dispensa os condimentos, até achar a jovem mais apresentável disponível. Faço-lhe uma reverência profunda, que pode ser considerada graciosa se florear da maneira certa.

A risada provocada é tão rouca que sei que deu certo, e estou com uma tigela da bebida antes de ter tempo de me apresentar. Por que não? Somos todos convidados do banquete de casamento do nosso estado, e é nossa obrigação nos divertirmos liberalmente. Engulo tudo, e meu acesso de tosse provoca outra explosão de hilaridade, de modo que a garota que escolhi tem de bater nas minhas costas, encorajada pelos outros. Quando consigo parar e respirar, noto que ela ainda é muito jovem e tímida, e que os seus lábios são vermelhos e cheios como a polpa de uma romã madura. Sorrio para ela (um sorriso mais sedutor do que o meu riso largo assustador) e participo da zombaria, bebendo um gole menor e exagerando a reação à queimadura que provoca na minha garganta. A garota está me fixando com os olhos esbugalhados, e a mulher atrás dela a empurra com força na minha direção, fazendo-a quase tropeçar em mim, e tenho de usar toda a minha força para impedir que caia. Quando endireita o corpo, rindo de maneira indignada, olho de relance para a sua boca e vejo uma fileira de dentes meio apodrecidos e um bafejo de decadência. E, para minha vergonha, minha excitação se esvai.

Talvez Aretino esteja certo e eu, agora, seja mais mulher do que homem, que Deus me perdoe.

O campo está se enchendo rapidamente e uso a capacidade da bebida de soltar as línguas para falar com alguns outros e perguntar sobre o paradeiro de uma curandeira chamada La Draga. Todo mundo a conhece, parece, mas há pouca concordância sobre exatamente que casa é a sua. Uma mulher com uma cicatriz no rosto cospe nos meus sapatos ao escutar o seu nome, chamando-a de prostituta que cura os ricos e deixa os pobres morrerem. Uma mulher mais jovem discorda; depois, um homem se mete, e em segundos, as pessoas estão se empurrando. Se eu fosse general, serviria no café-da-manhã *teriaca* para o meu exército, antes de toda batalha. Contanto que não se atacassem antes de chegarem ao inimigo. Quando estou me afastando da praça em direção à rua, percebo a garota me observando de fora da aglomeração, mas assim que a encaro, ela desvia rapidamente os olhos. Vou até ela e faço outra reverência, e dessa vez, peço diretamente a sua mão. Ela se mostra insegura, como um potro a que apresentam as rédeas, mas acaba oferecendo-a. Eu a viro, beijo a palma de sua mão e pressiono nela um ducado, antes de fechar seus dedos delicadamente. Mando-lhe um beijo quando parto, e a vejo abrir os dedos, a expressão de espanto e, depois, ela sorri e acena para mim, e, não sei bem por que, a visão de sua alegria me dá vontade de chorar.

A rua de La Draga é afastada do campo, à margem de um pequeno canal. Aproximo-me dela por terra. As casas são pouco espaçosas e inclinadas sobre a pavimentação de pedras, a obra de cantaria rachada e descascando. No verão, deve ser possível se sentir o cheiro do peido dos vizinhos, supondo que outra podridão não tenha esfolado suas narinas antes. O cheiro já é fétido o bastante sem isso.

Sua casa, foi a conclusão a que chegaram, fica do lado da última, antes da esquina. Vivi em lugares como esse quando cheguei em Roma. Sei o escuro que encontrarei lá dentro. E possivelmente, a miséria. Se ela tem sorte, tem um quarto só para si. E se é próspera – e não vejo como não será –, talvez tenha dois. A menos, é claro, que haja um marido. Meu Deus. Nunca pensei nisso, em que ela pode ter-se casado de novo.

Na minha mente, ela sempre foi sozinha, uma mulher vivendo de sua aptidão. Como eu.

Bato. E ninguém atende. Bato de novo, mais forte. Tento abrir a porta, mas está trancada.

Alguns segundos depois, ouço alguém se movendo por trás da porta.

– Quem é? – Sua voz, se bem que ríspida, desconfiada.

– É Bucino. – Faço uma pausa. – Bucino Teodoldi.

– Bucino? – Percebo sua surpresa. – Você está bem?

– Sim. Sim. Mas... eu... preciso falar com você.

– Er... não posso vê-lo agora.

Mas estou decidido. Esse é o propósito do meu dia.

– É importante – me escuto dizer. – Posso esperar, ou voltar mais tarde.

– Er... não... não. Eu... eu... posso ir daqui a pouco. Conhece o campo aqui perto?

– Sim. Mas está lotado de gente.

– Vá para a escada diante da porta da igreja. Eu o encontrarei lá.

Volto para a praça. Está ainda mais cheia, e a garota desapareceu. Subo os poucos degraus diante da porta de madeira da igreja e espero. O que ela estará fazendo agora? Tem alguém lá com ela? Um cliente, talvez. Ela tem de guardar seus remédios em algum lugar. Imagino uma arca cheia de frascos e poções, pilões para amassar, pratos de balança para pesar. Faz-me pensar no quartinho dos fundos onde o meu solene judeu avaliava e comprava os objetos que lhe levavam. Ou no meu escritório, cheio de livros contábeis e contas. Somos homens e mulheres trabalhadores, todos nós: apesar do fardo da nossa raça ou deformidades, descobrimos maneiras de estar no mundo, sem depender de ninguém, ganhando a própria vida com um certo orgulho. Até mesmo eu tenho de admitir que há muito talento em sua capacidade de curar, ou mesmo em sua bruxaria.

Estou no alto e dá para localizá-la assim que dobra a esquina, em direção ao campo. Está vestida para o festival, com um vestido azul-claro que acho que é novo – ou talvez eu não tenha reparado nele antes –, a saia cheia, com debrum de renda, e um xale da mesma cor sobre a cabeça. Carrega uma vara, o que a vi fazer outras vezes, e que a ajuda a caminhar, pois a usa para varrer o solo à sua frente e perceber os obstáculos mais rapidamente. As pessoas a conhecem, e se afastam para lhe abrir caminho. Mas uma mulher se aproxima dela e, apesar de não dar para eu escutar o que diz, sua postura categórica e a maneira como bloqueia o caminho indicam que pode não ser um encontro casual agradável. Levanto-me para o caso de La Draga precisar de ajuda (que ajuda posso lhe dar?), mas tudo acaba quase ao começar, e logo ela está na escada, sua vara varrendo os degraus.

– Estou aqui – digo, e se vira para mim com aquele seu estranho ligeiro sorriso, sorriso que nunca ela própria viu, mas que parece dizer que ela sabia, o tempo todo, onde eu estava, e só estava checando. Os seus olhos estão fechados, o que ela realmente faz às vezes. Acho que deve ser doloroso mantê-los abertos, pois notei que quando seus olhos estão abertos, nunca piscam, o que é uma das razões por que seu olhar densamente leitoso é tão inquietante quando nos deparamos com ele a primeira vez. Nunca dei muita atenção a seu bem-estar antes, mas agora tive uma experiência de sofrimento comparável com a de outros.

A ponta de sua vara localiza meu pé, e ela se abaixa e senta no degrau perto do meu. Nunca nos encontramos dessa maneira, fora de casa. À nossa volta, a cidade está celebrando, se reunindo, saudando, se embriagando. É um dia que terá todo tipo de conseqüências.

– Como me encontrou? – Sua voz volta a ressoar suave, como me lembro dela.

– Oh, você é famosa por aqui.

– Você está melhor, não está? Ter caminhado até aqui, tão longe.

– Melhor, sim.

– Mas ainda enfraquecido, acho.

– Bem... Mauro está me alimentando bem.

Observo seus dedos remexendo na ponta da vara e me surpreendo com ela estar tão nervosa quanto eu, ali sozinha comigo. Há quantos anos nos conhecemos? E, ainda assim, sabemos muito pouco.

– Eu... eu... vim... vim para lhe agradecer.

Ela entorta a cabeça, e sorri constrangida.

– Não fiz tanto. A infecção seguiu seu curso. Só ajudei a manter a febre baixa.

– Não – digo. – Acho que fez muito mais do que isso. – Faço uma pausa. – Eu... teria enlouquecido... com a dor.

Ela balança a cabeça.

– Sim. Quando chega dentro da cabeça, é muito ruim.

Penso de novo em seus olhos.

– Já me disse isso uma vez. Conhece esse tipo de coisa?

– Um pouco.

Olho-a fixamente enquanto fala. Sua pele é tão clara e macia, seus cílios pousando como franjas em meia-lua sobre as maçãs do rosto. Minha senhora me disse que, quando Ticiano a viu em nossa casa, quis pintá-la, pois acha que ela transmite um quê místico. Pode-se entender por quê. Os anos não a envelheceram nem um pouco, e há uma luz estranha em sua face, a maneira como seus pensamentos e sentimentos nela se manifestam, mudando constantemente o clima. Ele tem razão: ela seria um belo complemento a uma de suas obras religiosas, e ele, mais do que qualquer outro, pode ser capaz de capturar essa luz interior, pois parece ver o espírito da pessoa tão nitidamente quanto vê o corpo. Mas ela não está interessada em imortalidade, ou não na do tipo que ele pode oferecer, e quando ele pediu, ela se recusou. Gosto disso nela, embora não me tivesse dado conta até agora.

– Como está Fiammetta? – pergunta ela depois de um tempo.

– Está... Não sei que palavras usar... Está tranqüila, resignada. Sabia que o pirralho está partindo? Ela lhe contou?

– Sim. A notícia chegou quando eu estava lá.

– Ela está triste – continuo. – Vai se recuperar? – E, apesar de ter a intenção de dizer a frase afirmativamente, ela soa como uma pergunta.

– Se uma ferida é limpa, não importa tanto que seja profunda – responde. – Quando a paixão não é correspondida, então a gangrena corrói.

– Sim. – Faço uma pausa.

Vamos lá, Bucino. Se conseguiu sobreviver à agonia, pode fazer isso.

– Eu... desculpe... aquele dia, quando descobri sobre ele. Senti tanta raiva de mim mesmo quanto de você.

Ela encolhe os ombros ligeiramente, como se soubesse disso o tempo todo e só estivesse esperando que eu também me desse conta. Mas, agora que comecei, tenho de continuar.

– Não precisava ser tão gentil comigo, sabe... quer dizer, depois. Deus sabe que nem sempre fui gentil com você.

– Eu... – E para a minha surpresa, também ela hesita um pouco. – Não foi nada. Você foi... quer dizer, os remédios foram eficazes com você.

A atmosfera agora, entre nós, de repente parece estranha, como se nenhum dos dois soubesse que passo dar em seguida.

– O seu cuidado comigo tomou muito tempo seu – prossigo, para diminuir a inquietação que sinto. – Não deixou a conta.

– Não... Er... Estava ocupada com outras coisas.

– Achei que ia voltar.

– Não, eu... a cidade agora está muito cheia. Não posso me deslocar com facilidade.

– Não, não, é claro que não. – Seu desassossego aumenta, e receio que vá embora.

– Bem, agradeço a Deus ter tido você – falo rapidamente. – Sem você, estaria morto agora.

Franze o cenho.

– Não deve dizer isso. Não salvei a sua vida, só fiz a febre baixar. – Repete com calma. – Mas tem de tomar cuidado, a água não é boa para você. – Começa a se levantar. – Agora... eu... tenho de ir.

Levanto-me também, e sem pensar, estendo a mão – para ajudá-la, para me despedir, para que não se vá, pois ainda tenho coisas a dizer; pedir desculpas por minha grosseria, meus julgamentos errôneos. Mas ela recua quase quando a toco, se bem que mais delicadamente do que teria feito antes, como se estivesse tão insegura de mim quanto eu dela. Posso sentir isso na maneira como se move, no breve riso que dá, na inclinação da cabeça. No que está pensando? Certamente não devo ser o único que se lembra da maneira como me segurou e das palavras suaves.

– Bem, adeus, Bucino – diz ela, a face iluminada, os lábios ligeiramente separados no sorriso. – Cuide-se.

– Vou me cuidar. Adeus.

*

Observo-a descer os degraus e fazer o caminho de volta, com cuidado, ladeando a praça e entrando na sua rua. Fico sentado por um momento, olhando fixo a loucura da aglomeração de gente. Dez, talvez 15 minutos se passam, um homem me vê, ergue o braço e se põe a abrir caminho na minha direção. Mas não estou interessado em novos amigos, especialmente aqueles que se tornaram sociáveis graças à *teriaca*. Misturo-me à multidão antes que ele me alcance. Dobro a mesma esquina que ela. Depois, a próxima. Vou voltar à sua casa. Ficarei diante da porta e baterei mais uma vez? Não faço idéia. Estou muito ocupado andando.

Mas as coisas não acontecem assim. Pois, quando entro na sua rua, localizo uma figura de costas lá no final. É ela. O mesmo vestido, o mesmo xale, se bem que agora tem uma bolsa sobre o ombro. Observo o movimento e o ruído de sua vara ágil à sua frente. Chega à esquina e a dobra. Sigo atrás. Quando alcanço o mesmo lugar, ela está atravessando uma ponte à esquerda, e paro porque somos as únicas pessoas na rua, e sei como enxerga bem com seus ouvidos. Observo onde vira e, quando fica fora de vista, eu a sigo. Por quê? Porque... Porque hoje é feriado e posso fazer o que quiser com o meu tempo. Porque ela salvou a minha vida. Porque nunca estive nessas ruas antes. Porque estou curioso para saber aonde está indo... Porque... eu a sigo porque...

Depois de algumas quadras, o ar começa a mudar, e uma cerração começa a se formar, fina, mas persistente, vinda do mar. Ela, é claro, não terá consciência do seu impacto, embora eu ache que seja sensitiva o bastante para perceber a nova umidade no ar. Tento imaginar como deve ser estar dentro da sua cabeça, mover-se por uma escuridão perpétua, somente com os ecos dos muros, da pedra, e da água para delinear seu caminho. Ela demonstra uma confiança tal... se bem que essas ruas lhe são familiares, e uma cidade é sempre menos aterradora para seus nativos. Uma vez perguntei ao velho do poço como tinha aprendido a andar por um lugar tão maluco. Respondeu-me que não se lembrava, pois tinha acontecido quando ainda era criança. Às vezes, presto atenção nas pessoas conversando, esse grande rio que é uma língua, com todas as suas subcorrentes de gramática e nuance, e me admira como todos nós aprendemos tão rapidamente a falá-la, considerando-se que começamos quando mal temos idade para ficarmos eretos. Não me lembro de ter achado difícil. Na verdade, não me lembro de absolutamente nada relacionado a isso. Talvez aconteça o mesmo com ela. Assim como galgo um mundo alto sendo pequeno, ela aprendeu a navegar o mundo que vê através de outros sentidos, "vendo" por meio da audição, do olfato e do tato. Penso na minha surdez temporária. Que casal bizarro formaríamos então: meus olhos e seus ouvidos. Minha ginga e sua coxeadura. Se tivéssemos tempo e inclinação, talvez descobríssemos como nossos mundos têm muitas coisas em comum. Mas, durante todo esse tempo, fui rude e orgulhoso demais para me dar esse trabalho.

Ela está indo para o norte, com o rio di Santa Giustina em algum lugar à nossa esquerda. Quanto mais perto chegamos da costa, mais densa é a cerração. Veneza é uma amante caprichosa quando se trata do tempo, e me pergunto sobre a frota no meio da laguna. À frente, o muro escuro de casas se abre para expor a extensão densa e cinza do mar. Pelo menos agora ela pára. E vira para um lado, depois outro. Instintivamente, esgueiro-me para uma entrada, como se ela tivesse visão – idiota. Mas não sou eu que ela está ouvindo, e sim a mudança de sons que acontece com a água exposta e a ausência de edifícios. Há vozes se aproximando pela neblina, e ela anda supostamente na direção delas, pois seu ouvido é mais afiado do que o meu. Apresso o passo para segui-la. A costa é comprida, o quebra-mar baixo, e a pavimentação de pedras está molhada, como se a maré a tivesse inundado. A cerração é mais densa na água. Geralmente, da costa, podemos ver as ilhas de San Michele e Murano, mas agora só há o cinza.

À frente, um grupo de figuras: crianças, pessoas com bebês e embrulhos, esperando, como se por um barco. É claro. Em um dia como este, é claro que o movimento das pessoas das ilhas para cá, e daqui para lá, se intensifica. Ouço o bater dos remos e, quase no mesmo instante, uma barcaça sólida, metade cheia, com espaço para mais dez ou 15 pessoas, surge no horizonte próximo. Em terra, o grupo pega seus embrulhos e crianças e avança mais no pequeno dique de madeira. A embarcação se aproxima, lançando seus grandes cabos ao redor das estacas de madeira grossas. La Draga agora está com eles. Que Deus me proteja. É claro. Também ela deve estar indo para casa. O que o velho disse dela uma vez? Que nasceu em uma das ilhas, mas veio para a cidade quando era pequena. Sem dúvida, vai visitar a família. Fico paralisado na costa. Não há nenhum lado desse grande canal para o mar aberto, nenhum lugar para o qual ser empurrado em segurança, enquanto lá, no escuro, estão os pássaros com asas como o vento e um apetite por presa pequena. Não vou voltar lá. Não tão cedo.

O barco agora está ancorado, e uma quantidade de gente está embarcando. De repente, a margem fica um caos, com caixas e bolsas, e gritos. Ouço o cacarejo indignado de galinhas, e alguém tem o que parece ser um pequeno porco espremido debaixo do braço, guinchando alto como um bebê; sem dúvida, sente que, tendo deixado os campos, está destinado ao espeto. Perco-me no ajuntamento. À esquerda, ouço o borrifar da água na pedra, e sei como o porco se sente. É uma escolha bastante simples. Se quero falar com ela de novo, terei de acompanhá-la no barco.

Passei a vida toda me recusando ser tão pequeno como os outros querem que eu seja. Ainda assim, meu medo continua a me decepcionar. A embarcação agora está carregada, as pessoas que embarcaram primeiro acotovelando-se e rindo, ao avançarem. Estou no fim da fila, meus pés fixados em terra firme. A figura curvada de La Draga está a seis ou sete pessoas à minha frente.

Que o Destino decida. Se há lugar, irei e andarei na água com ela; senão, darei a volta e irei para casa.

Há lugar.

Capítulo Vinte e Nove

COMPRIMO-ME EM UM BANCO LATERAL, entre uma velha gorda e um homem robusto. Apesar de cheirarem mal, sua solidez me tranqüiliza um pouco. O barco zarpa e penetramos na neblina. La Draga está sentada distante, na frente, virada de costas para mim, a cabeça erguida apesar da curvatura da coluna. O fato de não vermos aonde estamos indo não a preocupa, embora eu saiba que o som viaja de maneira diferente na neblina, e ela está sempre alerta demais para não perceber o que está acontecendo à sua volta. O xale escorregou um pouco da sua cabeça, de modo que posso ver seu cabelo em uma trança comprida e emaranhada, quase tão branco quanto sua pele. Já perdemos o cais de vista, e meus punhos estão tão apertados no meu colo, que as juntas se tornam arestas brancas na minha pele. Faço um esforço para relaxar meus dedos e tento respirar. Não é tão ruim. Não há garras de pássaros nos meus ouvidos, e as galinhas brigando nas caixas aos meus pés estão mais perturbadas do que eu. Penso em minha senhora, no mar, em outro barco, com a riqueza e majestade de Veneza ao seu redor, e torço para que o mar aberto do Lido tenha afastado a neblina, de modo que, quando o doge for lançar a aliança nas profundezas cinzas, haja sol suficiente para captar seu fulgor antes que atinja a água.

No momento em que penso nisso, o tempo parece clarear um pouco à frente e, à esquerda, um campanário começa a tomar forma, saindo da obscuridade. Eu o vi muitas vezes do litoral e sei que é o campanário da igreja da ilha de San Michele, edifício que Aretino e seu amigo arquiteto Sansovino estão criticando, pois o consideram um exemplo grosseiro do antigo estilo clássico, se bem que me causa mais impressão o milagre de sua construção: todo aquele carregamento de tijolos e pedras, e o resto do material, no meio do mar. Levamos 15, 20 minutos para alcançá-lo, mas não paramos. As únicas pessoas que vivem aí são monges franciscanos, e eles têm seus próprios barcos, para conservá-los não contaminados pela vida do lado de fora.

É claro que, para uma mulher que não pode ver, é poético o fato de a ilha onde nasceu ser a que produz os melhores espelhos do mundo. Estamos rumando agora para Murano.

O montículo comprido e fino de terra já se ergue à nossa frente. Conheço o nome Murano desde muito antes de vir para Veneza. Ninguém que viveu em uma casa de nível o desconhece. A palavra atravessou meio mundo. É um dos motivos para o meu turco vir para cá com a carteira tão cheia – parece que as mesquitas mais imponentes de Constantinopla são iluminadas por seus candelabros, e quando, em Roma, empacotamos os bens de minha senhora, não foi qualquer cristal, mas sim cristal de Murano que envolvemos com tanto cuidado em panos e guardamos no fundo dos baús, de modo que os bárbaros não lhe pusessem as mãos. Nosso mercador, Alberini, diz que não existe outro lugar no mundo que tenha os ingredientes, o conhecimento e a experiência para fazer algo dessa qualidade e em tal quantidade, embora eu ache que isso seja devido tanto à política quanto à perícia no ofício, pois é do conhecimento público que todo e qualquer vidreiro que deixa a ilha está proibido, por lei, de estabelecer negócio em qualquer outro lugar.

Alberini, uma vez, trouxe minha senhora aqui, junto com um nobre espanhol, a quem queria impressionar com a beleza veneziana, tanto da carne quanto do cristal.

Ela retornou excitada com histórias de fornalhas quentes como o Inferno, de onde homens retiravam glóbulos de vidro brancos e quentes no extremo de tubos e os sopravam, transformando-os em grandes bolhas de cristal transparente. Porém o prodígio ainda mais extraordinário, disse ela, era a maneira como brincavam com o vidro em seu estado derretido, espesso como queijo cremoso, girando, cortando e o moldando nas formas de dezenas de animais ou flores exóticas e folhas encrespadas para a queda de um candelabro. Tais milagres, uma jovem com a vista deficiente não notaria. Se bem que ela, assim como todas as mulheres, teria aprendido bem cedo que o fogo queima e que do calor – especialmente do calor do homem – acontece a criação.

Ao nos aproximarmos, a ilha cresce em tamanho e profundidade. Distingo extensões de vegetação rasteira com edifícios e chaminés por toda parte, mas quase nenhuma árvore, com as fornalhas tendo devorado, há muito tempo, a maior parte delas, de modo que, junto com os pedregulhos e potassa, Murano agora importa barcaças cheias de madeira para atiçar as bocas sempre abertas de chamas. O barco acompanha a linha do litoral e, então, entra em um canal, como na cidade-matriz, ladeado por uma massa de armazéns com barcaças alinhadas a cada atracadouro disponível. Mas hoje há pouca atividade, pois até mesmo a melhor parte de Veneza repousa no dia em que o doge se casa com o mar.

O primeiro canal dobra para um outro, e belos palácios se erguem nas duas margens. Há nobres venezianos que têm casas aqui, com suntuosos jardins ornamentais, mas não se compara ao Canal Grande, e por mais rico que seja o meu negócio, acho que me sentiria, de certa forma, um exilado, se morasse aqui. O barco começa a reduzir a velocidade e as pessoas ficam irrequietas. O céu está claro e o tempo esquentou. A velha em que me escoro se remexe e me agarro firme do lado para contrabalançar a inclinação. La Draga continua imóvel como uma estátua, a cabeça fixamente à frente. Chegamos ao cais e, finalmente, ela se move, seus pés mais firmes do que os meus na superfície oscilante. O barqueiro grisalho pega a sua mão enquanto desembarca, e sorri para ela. Talvez a reconheça por sua juventude e visitas regulares. Talvez ela discrimine que é um homem pelo toque de sua mão. Ainda me lembro dela se virando para mim naquele dia em que a persegui na rua, reconhecendo, pela maneira como meus pés batiam nas pedras, quem eu era e que estava, de certa maneira, agitado. Foi a primeira vez que tocou em mim, percebendo a forma de minha cabeça grande com os dedos. Estavam frios, me lembro, eram finos e delicados apesar de toda a moedura de pós e misturas de pastas. Dá-me um arrepio pensar nisso agora, como se já tivesse me exposto demais para ela. Na parte de trás do barco, puxo meu manto para a cabeça e ombros de modo que, se necessário, eu passe por um velho encarquilhado, em vez de um homem mais jovem e deformado.

Estou curioso para saber aonde estará indo. Talvez a uma casa que já foi uma oficina e agora é a residência de um avô idoso. Imagino um velho, suas prateleiras cheias de pequenas garrafas de vidro, já que é evidente que uma mulher com a sua profissão precisa de uma fonte constante de frascos para as suas poções. Penso que deva ser alguém com certa inteligência, esse avô, pois ela é bastante sagaz por trás de seu silêncio; talvez um vidreiro com interesse em alquimia, pois a manufatura do vidro contém uma espécie própria de magia.

Mas estou enganado, porque ela não está se dirigindo a uma casa. Para a minha surpresa, está indo a uma igreja. O edifício ergue-se em uma curva do canal, seus fundos dando para a água, uma abside elegante com leves arcos de pedra e alvenaria como pespontos engenhosos. A velha Veneza, não a nova, e gosto mais dela justamente por isso. Quando chego mais perto, ela já está quase na entrada.

O seu interior está repleto de adoradores, ávidos de serem escutados por Deus. Ela senta-se no meio da igreja, no extremo de um banco, a cabeça baixa. Instalo-me umas 12 filas atrás. O que está fazendo aqui? Orando por seus parentes mortos ou por si mesma? Que palavras as feiticeiras usam quando se dirigem a Deus? Penso em minha senhora na confissão: "Perdoe-me, Pai, pois pequei. No mês passado, ganhei a vida dando prazer a vinte homens, nenhum dos quais é meu marido." Um pecado bastante comum, mesmo se numa quantidade incomum. Mas com La Draga é diferente. Como explicar o mergulho de uma hóstia consagrada em sangue menstrual para fisgar o desejo de um homem, ou todos aqueles corpinhos semilíqüidos retirados dos úteros de mulheres desesperadas? Na cabeça de qualquer padre, é uma obra de Deus realizada pelo Demônio. Com tais máculas na folha de débitos de uma alma, a saúde de algumas prostitutas ou um anão a quem tivesse salvo a vida teriam qualquer importância?

Baixo os olhos e me pego olhando fixamente para o chão: um lago de triângulos de mosaicos de pedras e mármore, diamantes e quadrados construídos dentro de círculos, que se deslocam para fora e fluem um para o outro, como as pequenas ilhas de Veneza, formando um todo. Olhando por mais tempo, localizamos imagens isoladas: a forma de um pavão com sua plumagem aberta e, perto, parece haver plantas ou outras aves. Quantos pedaços foram necessários para fazer um piso deste tipo? Quantas pessoas morrem por ano? Como seria, se fosse um mosaico de almas: um milhão de seres atravessando as chamas para fazer a matéria derreter, da mesma maneira que a fornalha transforma pedras em líquido e, se os ingredientes estiverem certos, purifica-os, tornando-os limpos e límpidos? O Paraíso é isso? Um processo de alquimia espiritual em que o corpo perde seu peso terreno e é transformado na matéria perfeita da alma?

Quais foram as palavras nessa noite? Que nossos corpos serão como vidro, límpidos, puros, capazes de se mover mais ligeiros do que flechas, porém macios e complacentes o bastante para se fundirem uns nos outros. E que, quando abrirmos a boca, o som será o de mil alaúdes e cantaremos constantemente a beleza de tudo isso. Ouço de novo a sua voz, doce, delicada, em meu ouvido. Ela deve ter aprendido suas visões aqui, em um mundo de força transparente.

Imagino-a sob o pincel de Ticiano, sua figura curva se desencurvando, seus olhos abrindo na direção de Deus. Mística ou bruxa. Curando ou martelando. Sinto uma tensão em meu peito, como se meus pulmões não me permitissem inspirar o suficiente. O que sei eu sobre essas coisas? Sou o anão de uma cortesã e o meu negócio é suprir os desejos dos homens. Se sou sincero, não sou melhor do que ela. Mas ela me ajudou. Perdoou a minha raiva, aqueceu-me em meu período glacial, segurou-me através da chama. E me sinto realmente diferente. Mais do que me sinto há muitos anos. Sem ela, eu teria morrido. Ao invés disso, estou eu aqui cheio de vida. De modo que quero tocar, ouvir e provar tudo de novo.

Oh, ouça o que diz, Bucino! Parece um burrico apaixonado zurrando no quintal, amarrado ao seu próprio medo. Do desprezo e desconfiança passa agora para a adoração nauseante. A única alquimia que realizou é a que espessa o sangue e encoraja a má poesia

A voz interior é feroz e maliciosa ao mesmo tempo. É uma das muitas com que cresci. Quando se é tão feio quanto eu, se não encontra companheiros fora, tem de encontrá-los dentro de si, senão morre de solidão. Mas devem ser tão duras quanto, às vezes, são suaves, pois todo mundo precisa dos dois tipos para sobreviver. Por isso, minha senhora e eu somos tão bons companheiros. Fomos, cada um à sua maneira, criados para sermos sozinhos, para resistir ao sentimento, ao invés de nos entregar a ele. Por isso, quando ela se apaixonou pelo frangote, não fui indulgente. No entanto, aqui estou eu suspirando por uma aleijada.

Olho fixo para a sua nuca. Então, mentalmente, viro-a para olhá-la de frente: a maneira como seus membros são desconjuntados quando anda, sua face lisa com seus olhos leitosos, a pele tão clara que parece que lhe drenaram o sangue, serena e alarmada na mesma proporção. Como é mesmo o seu nome verdadeiro? Elena Crusichi. Até mesmo o som é interessante.

Não preciso que voz nenhuma me diga o que está acontecendo. Eu sei. É claro que sei. Estou gostando cada vez mais dela. Muito. Ou talvez seja mais verdadeiro dizer que estou tirando da minha mente o obstáculo que, por tanto tempo, impediu esse sentimento de se manifestar. Como é estranho saber de uma coisa há tanto tempo e, ao mesmo tempo, não saber. Como ver alguém diariamente, durante toda a vida, e, ainda assim, optar por não perceber quem é.

Parece uma história idiota demais, quando penso nela. Crueldade negligente, com a qual, se pensaria, eu estaria acostumado, na época. Mas eu era jovem. Bem, mentalmente jovem. Meu corpo estava crescendo, pelo menos até onde poderia crescer, e estava ardendo com seu novo calor. Meu pai estava morto, e eu tinha ficado aos cuidados de seu irmão, em Florença, um tabelião muito conhecido em sua profissão, mas não bom o bastante para ser grande ou grande o bastante para ser humilde. Ele me aceitou porque a caridade cristã dizia que tinha de aceitar e porque eu tinha melhor letra e raciocínio mais rápido do que qualquer um de seus filhos, e ele poderia me aproveitar em seu trabalho de cópia. Mas odiava a minha deformidade, como uma mancha na família, e eu o odiava também.

Eu tinha 15 anos quando ele a trouxe para casa. Ela era da Dalmácia, e ele a tirara da casa de um amigo para trabalhar na sua cozinha. Ela era muito pequena, quase tão pequena quanto eu, embora tão magra que eu suspeitava de que seu tamanho era causado por falta de comida, e não inato. Mas também era feia como o cão. Algo tinha acontecido com a sua boca ao ser retirada do útero, e seu lábio leporino era tão pronunciado que dava a impressão de que estava sempre escarnecendo, e quando respirava, o som era o de um porco. Recebeu ordens de me levar a comida na hora do almoço, ao meu gabinete. De modo que nos "conhecêssemos". Tinha raiva. Percebi isso logo de início, no fundo dos olhos, embora a rebelião imediata, suspeito, tivesse sido abafada. Hoje, acho que foi esperta. Mas eu não estava interessado em descobrir. Duas semanas depois, ele a ofereceu a mim como noiva, proferindo as palavras:

– Não vai ser fácil para você, com seu corpo, encontrar uma esposa, Bucino, e você está crescendo. Parece injusto que não goze os frutos do amor como qualquer outra pessoa.

Na semana seguinte, deixei sua casa e Florença para sempre. Foi o que me fez crescer. Apesar de, no começo, ser difícil, descobri como viver na estrada. Ao longo dos anos seguintes, perdi minha suscetibilidade e minha virgindade. Afiei minha sagacidade, aprendi a bater carteiras e a fazer malabarismo e, quando cheguei a Roma, onde a crueldade é mais sofisticada e velada, estava pronto para usar o meu corpo como minha fortuna, em vez de minha sina. Mas a experiência me deixou com horror da deformidade nos outros. Pois aprendi uma coisa naquela noite em que ela e eu nos sentamos à mesa do meu tio, como animais artistas, celebrando o nosso "noivado" informal: que é mais fácil as pessoas rirem de dois do que de um. Pois quando há dois, ninguém precisa enfrentá-lo diretamente, olhar em seus olhos e ali perceber ou a humilhação que lhe causou ou o desafio oferecido de volta.

Fiz um pacto comigo mesmo naquela noite: que iria me separar das pessoas como eu. Em vez disso, viveria com a condição especial de minha deformidade, e até mesmo ganharia a vida com ela. Dessa maneira, não poderia ser ignorado. Assim, é claro, minha senhora, quando me encontrou, foi a resposta às minhas preces. Não porque sua beleza me tornasse mais feio, embora isso, é claro, acontecesse, mas porque, de uma maneira estranha, me projetava tanto quanto ela. O mundo está cheio de gente que outras pessoas esquecem. Mas ninguém esquece minha senhora. E, com nós dois juntos, tampouco me esquecem. Se não posso ser perfeito, então serei o mais perfeitamente imperfeito. Por esse título não decidi competir.

No entanto, ao longo dos anos, tornou-me solitário. Por isso estou nessa igreja olhando para uma mulher em cuja companhia posso encontrar sagacidade, inteligência e apoio, mas que decidi amaldiçoar simplesmente porque era igual a mim.

Ficamos sentados, de cabeça baixa, por muito tempo, nós dois cada qual com seus pensamentos. Estou tão absorto nos meus, que não vejo quando ela se levanta e sai do banco silenciosamente, e, por um instante, fico em pânico, achando tê-la perdido. Chego às portas depois de ela tê-las atravessado e saído para a luz do sol, violenta como uma explosão, de modo que preciso de alguns segundos para que meus olhos se acomodem e eu possa vê-la descendo uma pequena rua lateral.

Agora, ela se move com um propósito. Até mesmo seu andar é mais fluido, como se conhecesse cada passo. Como estou certo que conhece, pois seu destino está bem próximo. A cerca de cem metros da igreja, há o começo de uma oficina. Um grupo de edifícios com chaminés e armazéns e, nos fundos, algumas casas pequenas. Quando dobro a esquina que ela tomara, vejo-a entrando em uma.

Agora, estou perdido. O que vou fazer? Subir e bater à porta, me anunciando? "Olá. Elena Crusichi está? Sim? Ótimo. Sabe, segui você esse tempo todo para lhe dizer que, durante todos esses anos, a julguei mal. E porque acho que podemos ter coisas em comum e quero conhecê-la melhor."

Ela vai achar que a febre me enlouqueceu. E, nesse momento, terei de concordar. Está quente aqui fora, e tanto minha cabeça quanto minhas pernas estão cambaleantes de exaustão. Há apenas uma semana eu agonizava. Começa a parecer que volto a agonizar. Meu estômago começa a doer e me pego pensando no porco no espeto, no campo, e minha saliva começa a escorrer. É claro. Tudo o que engoli desde a manhã cedo foram dois copos da bebida. E se minha fraqueza não for paixonite e sim fome? Não vou decidir nada até comer.

Volto para as ruas. A principal – se é que isso existe – parece correr paralela ao cais, e não muito longe, distingo atividade, um grupo de tendas e lojas com gente reunida. Alguém está cozinhando em algum lugar, e o cheiro me atrai. Ao entrar em uma pequena praça, o efeito é evidente. Parece que anões não visitam Murano. Um menino com uma cara achatada e olhos como passas se aproxima e fica na minha frente, embasbacado, até eu sorrir largo, quando então cai no choro. Não há a menor dúvida: não vou falar com ninguém até saciar a fome. Escolho um lugar em que há carnes assadas e pão fresco, e o proprietário é velho demais para ver o aleijado que ele está servindo. Depois que os primeiros bocados chegam ao meu estômago, me pergunto se não deveria deixar de correr atrás de mulher e correr atrás da boa comida. Devo estar enchendo o rosto, pois as pessoas continuam olhando. Quando o pior de minha fome é saciado, ponho-me a explorar a atenção. Peguei alguns pãezinhos para acompanhar a carne e, agora, lanço dois deles para o alto, pegando-os com habilidade. Em seguida, pego mais alguns e começo a girá-los. Até mesmo o menino parou de chorar e está boquiaberto. Faço caretas enquanto realizo o malabarismo e, depois de algum tempo, finjo deixar um cair, e o pego de novo. Três ou quatro pessoas arfam. Lembro-me de Alberini e do truque com a taça, em sua festa. Agora que estou com a barriga cheia, sinto-me com disposição para a diversão. Causarei uma melhor impressão a La Draga, se chegar me sentindo apreciado em vez de ignorado.

Algumas lojas à frente, um homem está vendendo potes e copos de vidro. São canhestros em comparação ao material que vi em Veneza, cheios de impurezas e bolhas. O melhor, sem dúvida, é exportado, e os trabalhadores têm de se virar com as sobras. Mas são baratos o bastante para um homem com o meu bolso e tempo livre depois de tantos anos de trabalho. E compro cinco.

Instalo-me à beira da via, como as últimas duas lingüiças e limpo a gordura das mãos na grama. Então tiro o chapéu, pego os potes e começo a fazer malabarismo. Não é tão fácil quanto com o pão, pois, apesar de serem mais firmes, suas formas e pesos são mais variáveis e, portanto, instáveis, e tenho de me concentrar muito para não deixá-los cair.

Agora, um pequeno ajuntamento se formou e as pessoas começam a aplaudir. Estou me divertindo. Faz muito tempo que não experimento essa sensação: corpo e mente atuando juntos. Quando foi a última vez que fiz malabarismo para uma platéia? Algumas atuações nos primeiros dias de nosso êxito em Veneza? E antes disso, naquela noite em Roma. Meu Deus, tinha-me sentido muito vivo, a excitação que vem junto com o medo fluindo como álcool não destilado por meu corpo. E embora, agora, eu não esteja correndo perigo, a emoção é semelhante; o calor, a estranheza do lugar, a idéia de La Draga e o sentido recém-descoberto de minha vida.

Tudo o que tenho de fazer é manter os olhos no vidro que gira no ar.

Em minha defesa, acho que se ela tivesse aparecido como geralmente aparecia, eu a teria visto antes, pois, de alguma maneira, estava esperando por ela.

Acontece da seguinte maneira. Vou ficando atrevido. E, acho, um pouco cansado. O ajuntamento agora forma cinco, seis fileiras de profundidade. Alguém joga uma moeda no meu chapéu, e dou uma piscadela para agradecer. Costumava ser um artifício que eu usava com garotas bonitas. O movimento falha, e perco o pote por uma fração. No meu pânico para recuperar o controle, faço uma investida furiosa para pegá-lo, e consigo. As pessoas dão vivas e faço uma careta, o que as faz rir, como se tudo tivesse sido deliberado. Dessa vez, quase os perco de novo, lançando-os um pouco para o lado e tenho de cambalear para alcançá-los. E adoram isso. Meu cambaleio me aproxima do ajuntamento. Abrem espaço para mim, e logo estou andando e girando as peças. O ar à minha volta está cheio de vidros girando ao sol, risos e aplausos.

Então, de repente, há uma criancinha no meu caminho, os pés fixos no chão, os olhos nos pés das taças. O arco move-se rápido demais e fica fora do meu alcance e perto dela, e dessa vez, não consigo pegá-lo a tempo e se quebra no chão, bem a seus pés. Pego os outros rapidamente e me agacho para ver se a machuquei. Não, ela não se machucou. Na verdade, não parece nada chateada. É muito pequena, na idade em que ficar em pé é uma grande realização, e suas pernas são quase tão arqueadas quanto as minhas. Mas não é tanto a sua idade quanto a sua aparência o que a faz sobressair. Tem a pele mais clara que já vi e cachos rebeldes tão louros, que quase são brancos, enquanto seus olhos são como amêndoas marrons e redondas, que olham para mim com uma intensa concentração, mas nem um pingo de medo. Sorrio com meus olhos, em vez de minha boca, e lhe ofereço, bem devagar, um dos potes de vidro que restaram. Depois de ela olhar para ele um pouco mais, estende a mão para tocá-lo. Ao fazer isso, uma mulher abre caminho freneticamente no agrupamento, gritando seu nome. Uma criança sozinha e o barulho de vidro quebrando. Afligiria qualquer mãe. Quando irrompe no pequeno círculo em que estamos juntos, a criança se vira e olha para cima.

Eu também.

É estranho o que se é capaz de registrar em um único instante. De fato, é possível que, se tivesse acontecido de maneira diferente, eu nem mesmo a reconhecesse. O cabelo não está trançado e sim preso no alto da cabeça, com alguns cachos soltos ao redor de sua face, e a sua postura impressiona, pois seu corpo está de certa forma livre de sua corcunda dolorosa, de modo que se move ereto, gracioso e flexível. Ela é adorável. Disso me lembro e me lembrarei até o dia da minha morte. Mas não há tempo para eu lhe dizer agora, pois ela se abaixa imediatamente e pega a criança no colo, embalando-a junto ao peito, cabeça com cabeça, os dois rostos ocultos; então, de maneira igualmente frenética, volta a atravessar o ajuntamento. Só a menininha não entende nada disso. Foi interrompida em um jogo, e se contorce e grita, tenta se soltar da mãe, de modo que a mulher não tem outra escolha a não ser também erguer a cabeça, embora tão brevemente que não tenho certeza do que vi. A pele está mais lisa e alva do que nunca. Mas os olhos, os olhos estão diferentes. Onde antes havia uma membrana leitosa, agora parecem furiosos e ativos. Imediatamente ela volta a se curvar e a se ocupar da criança. Mas é tarde demais.

– Elena!

Digo seu nome alto e claro, e embora nunca o tenha usado antes em sua presença, atravessa-a como um longo arrepio e, involuntariamente, seus olhos se erguem para encontrar os meus por uma fração de segundo. Juro que ela sente o mesmo pânico que eu, embora, quando penso nisso hoje, sei que deve ter sido pior para ela, porque é a sua vida, e não a minha, que se destrói nesse instante. Pois embora seus olhos não estejam bem, os círculos externos opacos, vermelhos e irados, como se houvesse uma certa irritação ou infecção, há pupilas definidas e evidentes, nítidas e escuras no centro.

La Draga, ao que parece, não somente é uma jovem de corpo normal, sem corcunda ou qualquer outro defeito de coluna, como também pode ver.

Capítulo Trinta

HÁ UM MOMENTO DE PARALISIA, como se o mundo se imobilizasse e todos nós ficássemos rígidos dentro dele. Até mesmo a criança está calada. Então, de repente, tudo é movimento, e ela está abrindo caminho e saindo do aperto de gente, a criança agarrada a seu peito, antes de eu conseguir recuperar o fôlego. O fôlego ou o raciocínio.

Não é cega. La Draga não é cega.

A platéia, agora, está irrequieta: o interlúdio acabou e todos querem mais demonstrações brilhantes. Como nada acontece, começam a se dispersar. O espaço abre-se ao meu redor, e logo me vejo só, somente algumas almas curiosas olhando de fora.

La Draga não é cega e anda ereta. É uma fraude, uma charlatona, uma impostora. As palavras me atingem como golpes de martelo por toda a minha coluna e inflamam uma pontada de dor. O que ela me disse uma vez? Que eu tinha dor nas minhas costas porque o meu tronco era mais pesado do que as minhas pernas. Meu Deus. Eu a tinha achado tão inteligente, na época. Saber o que não podia ver. À minha volta, o solo está coberto de cacos do vidro quebrado. O sol bate em alguns, e cintilam como diamantes inferiores na terra. Pego um e fecho o punho com força. Sinto sua ponta perfurar a palma da minha mão. Gosto da maneira como penetra em minha pele. La Draga é uma farsante, que Deus a amaldiçoe. É capaz de enxergar como qualquer um. É uma impostora. Fomos enganados. Abro o punho e vejo um fragmento de vidro manchado de sangue. Eu o ergo e observo o efeito do sol sobre ele. Agora não se parece tanto com um diamante, e sim com um rubi. Vidro colorido. Os pensamentos me chegam pesados, como pedras chatas na água, cada uma provocando uma ondulação maior do que a outra.

Vidro colorido. É claro. Há uma loja fora da Rialto que só vende o melhor cristal de Murano. Tem um veleiro na vitrine, uma miniatura de uma galé veneziana redonda, tão perfeita em cada detalhe, que há, até mesmo, linhas como cordame entre os mastros, cardadas e estendidas a partir de pequenos glóbulos de vidro. Tudo na loja é vidro fingindo ser outra coisa. Muitas das peças são mais caras do que o modelo original, como o cacho de uvas vermelhas, tão reais que parecem conter o fulgor do sol. Berloques para as pessoas ricas. Mas oferecem uma coisa mais barata para atrair o povo: uma cesta de jóias falsas, luzentes, grosseiras quando se conhece as verdadeiras, é claro, pois é impossível falsificar o deslumbre interno do diamante, se bem que as pedras coloridas sejam mais convincentes, os rubis e as esmeraldas. Na verdade, corre um rumor que se souber aonde ir e estiver disposto a pagar mais...

Não preciso dizer que não tinha visto essas pedras quando levei nossa bolsa bojuda a lojas de penhor tantos anos atrás.

La Draga é nascida em Murano. Ela, mais do que ninguém, compreenderia o poder do vidro. Essa jovem, que não é cega e que não manca. Como a jovem de rosto pálido e doce que ofereceu o rubi ao nosso judeu, que apareceu de repente e o olhou diretamente nos olhos quando lhe contou a história comovente da situação de sua patroa para empenhar a nossa pedra roubada.

Minhas costas continuam a me espetar, mas a minha mente voltou a trabalhar. Vejo-me na nossa antiga casa, à margem do canal, naquela manhã, a velha vesga na outra margem, e La Draga sentada na cama da minha senhora. Era uma pose bastante familiar naquele tempo, quando a nossa mobília era tão escassa, e ela misturava ungüentos e cremes retirados dos potes à sua volta, suas mãos em toda parte. Inclusive, sem dúvida, quando ninguém estava olhando, nas fendas do colchão procurando uma bolsa com um rubi escuro e precioso, cuja qualidade seria identificada instantaneamente por alguém que conhecesse jóias, e que, se conhecesse o par de mãos certo e a oficina aonde levá-lo, poderia ser copiado de maneira a enganar seus donos.

Agora, me movo. Tão rápido quanto minha pequenas pernas latejando me levam, ao outro lado da rua e ao longo do cais, em direção à plataforma de embarque, onde vejo um barco sendo ocupado por passageiros com destino ao continente. La Draga não será um deles. O que quer que decida, agora, tem de deixar a criança, antes de retornar, por isso chegarei lá antes dela.

Estão se afastando do ancoradouro quando chego, e meu coração dispara com tal violência e minhas pernas doem tanto, que nem mesmo consigo reunir forças para ter medo da água. Quando singramos o mar aberto rumo à cidade, sento-me paralisado, escrevendo mentalmente um breve tratado sobre a vida e época de uma impostora.

La Draga. Observo-a descendo a rua, a cabeça torta para um lado, uma perna se arrastando atrás da outra porque as suas costas têm uma torção. Que fácil! Eu não gingaria se não precisasse, mas vi muitos homens tentando me imitar, e se dedicassem mais tempo ao estudo, poderiam se tornar convincentes, pois é somente uma questão de prática. E só Deus sabe como a cidade tem aleijados o bastante com quem se aprender.

Mas para que uma coluna torta por si mesma? Não pode ajudar a curar doenças ou parecer lhe dar uma segunda visão. Mas ser cego quando se pode enxergar... isso sim é um caminho inteligente a seguir. A primeira vez que viu minha senhora, suas mãos flutuaram como asas macias de um pássaro sobre a cabeça raspada, e sem que ninguém lhe dissesse nada, traçou o corte com exatidão, do escalpo à sua testa. Assim como sabia exatamente que tipo de anão eu era, sem perguntar nada. Ou que Aretino tinha a mão direita mutilada e uma cicatriz no pescoço. Vi seus olhos se esbugalharem de espanto com a sabedoria dela. Sabia de coisas que nenhuma pessoa cega poderia saber.

Se um boticário vê um ferimento e o cura, é um bom médico. Se uma garota cega sente a mesma coisa, e o cura, é uma milagreira. E uma vez que é milagreiro, o resto é fácil. O que não consegue curar com seus remédios, cura com a fé. Ele me ama, ele não me ama. Bem, ninguém pode ter certeza disso. Mas se ele é mais gentil com você depois de uma poção, a quem agradecer senão a quem preparou a poção? Agradeço a Deus por ter La Draga. Ela pega os homens pelas bolas e os amarra às cordas do coração das mulheres. Onde estaria Veneza sem ela? Talvez tenha feito isso comigo. Colocado furtivamente uma mistura em meu medicamento...

Quanto ao resto, o peixe maior... Bem, só teve de esperar, vigiar e aproveitar a chance. Como na nossa casa. Se há itens valiosos, a última pessoa de quem desconfiamos é a que não pode enxergá-los. Será que sempre teve uma cúmplice dentro da casa? Provavelmente. Com Meragosa, era muito fácil. A velha puta nos detestava mesmo. Quem sabe? Provavelmente, já teriam surrupiado o que restava dos bens da mãe de Fiammetta, enquanto apodrecia na cama. La Draga tinha dito à minha senhora que não conhecera a sua mãe, mas o que é uma mentira no meio de tantas? Quando La Draga chegou em nossa casa, Meragosa mal pôde esperar para sair. Dessa maneira, as duas conseguiram o que queriam. O lucro com um grande rubi, enquanto uma pegava a corrente e a outra ficava para ordenhar a vaca. Isso repetido por uma cidade em que a maioria das pessoas tem uma criada de que não gostam nem em quem confiam, e onde os sentimentos são retribuídos plenamente, e temos um pequeno negócio considerável. A minha única pergunta é prática. Como? Como alguém que enxerga torna seus olhos tão cegos?

O barco atraca no litoral norte, e desembarco imediatamente. A galé dourada só retornará no fim da tarde, e então, haverá uma noite de procissões e banquetes. Evidentemente, é proibido que alguém como minha senhora seja convidada para uma dessas coisas, mas ela estará lá, ainda assim. Estando ela ausente, quem posso procurar, a quem posso contar? Volto do cais pelo mesmo caminho por que vim. Agora que a cerração se desfez, não me demoro a encontrar a sua rua. Fico em frente à casa de La Draga. O que quer que guarde ali, deve ser importante o bastante para justificar o sólido cadeado na porta. Embora eu tenha levado uma vida malafamada, o arrombamento de casas não é um dos meus talentos. No entanto, tenho outros.

Nas casas dos fundos, dando para o canal, certamente as janelas são pequenas demais para um homem, mas grandes o bastante para um anão hábil. Se eu puder achar uma maneira de transpor o canal. Alcanço o *sotto portego* e desço para dentro. Meu nariz franze quando o cheiro ascende, e quando chego ao seu fim, entendo por quê. O canal está lá, sim, mas não há nada nele. Exatamente como aquele perto do Arsenale – onde antes me embriaguei como um idiota depois de nosso futuro ter sido roubado –, tinha sido drenado, condenando duas pontes com espessos pilares de madeira, e água tinha dado lugar a uma massa de lama daninha atingindo três quartos do caminho até o nível da passagem. Deve conectar-se diretamente com o rio di Santa Giustina e o mar, pois as marés do norte deslizam com força nele e, com freqüência, racham as artérias menores, tornando-o impraticável para o transporte de carga pesada, de modo que depois de um tempo deverão ser dragadas. É uma rota para as embarcações vindas de Murano, e apesar de ser um distrito pobre, se não fosse por isso, seria abandonado apodrecendo, pois Veneza não permite que nada impeça o comércio.

No entanto, por hoje, a obsessão da cidade é a minha salvadora, porque, ao longo da margem onde a ranhura encontra os muros, baixaram passagens provisórias, de modo que os homens possam atravessar empurrando carrinhos de mão. Tudo o que tenho de fazer é escalá-la até o nível das janelas do primeiro andar. As outras casas estão desertas; até mesmo a megera mais velha está fora celebrando, o que significa que não há ninguém para me espionar, para ver como vou sentindo cada polegada do caminho, minhas mãos no muro, minhas costas para o declive. Qual será a profundidade da lama? Funda até a altura de um anão? Afogar-se no esgoto de Veneza. O macete é não pensar nisso. Meu Deus, como deve ter-se apavorado. Uma mulher que passa a vida inteira fingindo e roubando. Ou se torna mais fácil quanto mais pessoas você engana?

Quando alcanço a janela, é de vidro, mas sem acabamento, em molduras instáveis, lingüeta enferrujada, e que cede sem muito esforço. Empurro-a, subo, e dou impulso para dentro. A altura da queda é maior do que calculei e me estatelo no chão. Mas apesar de sempre ter sido desajeitado demais para conseguir chegar à segunda camada de uma pirâmide humana, aprendi a cair bem, e me recomponho logo.

Eu me oriento. Há pouco o que ver. O espaço é pequeno e frugal: uma cama, uma arca, trancada. Vou para o outro cômodo igualmente pequeno. Mas esse é diferente: é quase uma botica. Para onde quer que eu me vire, me deparo com prateleiras provisórias repletas de frascos e potes de vidro, como os de Murano, uma fileira de ervas e pós – identifico sálvia, funcho, sarro, pimentas moídas, e algo parecido com farinha. Ela venceria Mauro na sua própria especialidade, se bem que os ingredientes se tornem mais sinistros com os líquidos e sólidos. Não há como se equivocar com a nuance dourada suja de urina e os salpicos pretos avermelhados de sangue. Há uma caixa com ovos, de todas as formas e tamanhos, um jarro contendo a polpa do órgão de um animal conservado na salmoura, e um pote com o que parece ser gordura congelada. Debaixo das prateleiras, encontro ímãs, com algumas patas de cachorro conservadas e pedaços de pergaminho enrolado, decorado com as palavras: OMEGA ALPHA. La Draga, ao que parece, não é feiticeira somente do útero. Mete-se com astrologia também. No ano passado, o Santo Ofício de Veneza açoitou e expulsou um ex-padre que vendia a sorte junto com o perdão e alegava ser capaz de predizer o resultado de votos no governo. Embora ele vivesse em um bairro muito pobre, encontraram uma saca bojuda de ducados sob as tábuas do assoalho, pois até mesmo fingir manipular o futuro é um negócio lucrativo.

Pego um atiçador na lareira e volto para o quarto. A arca é velha e fácil de abrir com uma alavanca. Por que não? Quero que saiba que foi descoberta, que sinta a violação, assim como violou outros. A tampa se ergue e mostra camadas e camadas de roupas – vestidos velhos, chinelos, xales, anáguas –, e assim que meus dedos os toca, o perfume de seus xales, o cheiro individual de sua pele e algo mais doce me envolve, os restos de um perfume feito em casa talvez, e sinto uma pontada no estômago. Engulo de volta a sensação e continuo remexendo. O que estou procurando? O esconderijo de jóias falsas, um saco de moedas, tesouros roubados de outras casas?

Se há roubo, não é aqui que o guarda. Não o do tipo que procuro. No fundo, envolvido em um xale, deparo-me com um caderno de anotações, as costuras rompidas e as páginas soltas. Quando o abro, mal acredito no que vejo. Cada página está cheia: linha após linha, com uma letra miúda, intercaladas por diagramas e figuras, desenhos toscos e com anotações de partes do corpo. Ela ser tão letrada também é inesperado. O mais extraordinário é que escreve em uma espécie de código, as letras misturadas e entremeadas com números e sinais. São secretos, tudo bem, mas nenhum que eu possa penetrar. Tudo o que sei com certeza é que se trata de algum registro: datas e pessoas, doenças e remédios.

Meu Deus, ela pode ser uma farsante em alguns aspectos, mas não em todos.

Quando o empurro de volta, meus dedos dão com mais alguma coisa, enfiada no canto. Puxo uma pequena caixa de madeira, e assim que a abro, sei que encontrei algo, embora não saiba exatamente o quê. A parte interna da tampa é um espelho da melhor qualidade, fino, claro, e embaixo, apoiados em um pano preto, estão dois círculos de vidro leitosos e curvos, pequenos o suficiente para captarem uma única gota de chuva ou orvalho.

Parecem tão frágeis que receio tocá-los. Ponho a ponta do meu dedo indicador na língua, depois pressiono-a delicadamente na curva convexa. A pequena forma de vidro cola na ponta do meu dedo, e a levanto com cuidado, a caixa embaixo, para o caso de cair. É tão fino, tão delicado, que é difícil saber como foi feito. Assim como é difícil saber como alguém consegue fazer uma pedra de vidro brilhar quase tanto quanto um rubi. Vejo meu rosto refletido no espelho com o disco minúsculo na minha frente, e percebo que o que estou segurando na ponta do dedo é a sua cegueira. Mas como? Como isso se ajusta? Diretamente na vista? Não. Isso é loucura.

Mas só meia loucura. Todo mundo sabe que lentes ajudam a vista. As oficinas de Murano pouparam um bando de estudiosos e ilustradores de uma velhice miserável fazendo lentes curvas que ampliam a página. O nosso antigo cliente construtor de navios usa um par de lentes, com armação de couro e metal, que ele firma atrás das orelhas, de modo que possa ter a lente perto do olho. Quanto mais perto melhor. Mas isso – isso é uma coisa completamente diferente. Essa ela colocava, não sei como, dentro do seu olho. E se fazia isso, o que acontecia? Passava a ver o mundo maior ou simplesmente embaçado, para que seus olhos parecessem brancos? E como conseguia suportá-las? Seria uma tortura ter algo diretamente sobre o globo ocular. E assim era. Dava para ver pela irritação que causava, a vermelhidão que eu tinha visto naquele único vislumbre. Relembrei todas as vezes que a tinha visto. O fato é que nem sempre era cega, com os olhos leitosos. Houve vezes, como hoje, quando seus olhos estavam simplesmente fechados, ou semifechados, sem o globo ocular à mostra. E só Deus sabe como não precisamos ver mais de duas vezes aqueles olhos leitosos para nos convencermos. Talvez as use somente às vezes, justamente porque machucam tanto. É claro que, às vezes, eu me machuco, e aprendi a suportá-lo. As pessoas lidam com todo tipo de sofrimento. Basta andar pelo mercado em qualquer dia que veremos velhos se movendo como caranguejos ganindo de tanta dor nas juntas. Sempre há uma dor pior do que a que sofremos.

Ainda assim, submeter-se a ela deliberadamente exige o ato de vontade mais extraordinário. Talvez se o prêmio for grande o bastante... Deslizo a lente de volta à caixa e a fecho, depois me sento um pouco, encostado na cama, tentando imaginar como deve ser para ela. Mas o pensamento me corrói e seu perfume me envolve de novo, e fica mais difícil de lhe resistir, pois com a recordação da dor vem o prazer do conforto, a sensação de seus braços ao meu redor, o sussurro em meus ouvidos, a canção e o calmante.

Mas por quê? Por que afinal deu-se ao trabalho de cuidar de mim com tanta dedicação, se não passa de uma ladra e farsante? Por que, de fato, se deu ao trabalho de voltar à nossa casa? O rubi foi há muito tempo, e ela não tirou mais nada desde então. Apesar de sermos somente um de seus clientes, não fizemos a sua fortuna: potes de cremes branqueadores, remédios para alguns comichões e febres, uma, talvez duas poções de amor, que ela sabe que não pagarei. Ainda assim, foi leal a nós e, apesar do meu mau gênio, passou dias e noites à minha cabeceira, salvando o meu espírito e a minha vida.

E para quê? Nem sequer pediu um pagamento, partiu antes que a minha senhora tivesse tempo de lhe oferecer qualquer coisa. Quando estava me segurando em seus braços, seus dedos não teriam entrado sorrateiramente embaixo do meu colchão só a título de prevenção? Teria se decepcionado. Sou mais esperto agora, e descobri uma maneira mais segura de esconder algo. Ele está escondido ficando à mostra. Os sonetos de amor de Petrarca estão na minha estante, com três ou quatro dúzias de livros que se parecem com os dele. Ninguém na casa lê, e se um criado chegar a pegá-lo na estante – o que é impossível, já que a porta fica trancada quando não estou, e só a minha senhora tem uma chave –, nunca seriam capazes de abrir o cadeado.

Quanto à nossa curandeira aleijada e cega, bem, é claro que nunca me ocorreu...

Mas está ocorrendo agora, e o pânico dilacera minhas entranhas. Oh, Cristo. Não – com certeza não. Tento fazer minha mente desacelerar. Passo a passo. Então, agora tem alguém em nossa casa que pode ler. Um ladrão que realmente teve acesso ao meu quarto, e o que é mais importante, quando eu não estava lá. Vejo a mim mesmo deitado na cama, sem forças por causa da febre, inconsciente, ela me velando a noite toda, suas costas em ângulo reto com a estante. E essa ladra é inteligente, se encontrasse um livro fechado com um cadeado, além de perceber instantaneamente que conteria algo de valor, conseguiria decifrar o código.

A verdade é que não faço a menor idéia do paradeiro do livro, se continua ou não na estante. Apesar de eu ser extremamente cuidadoso com cada item do inventário, a última vez que o vi foi – quando? – há dez dias, talvez duas semanas atrás, antes de adoecer. Desde que me restabeleci, ando ocupado demais e até mesmo – oh, como isso é bom – feliz demais e absorto com meu novo senso de vida para verificar. Se bem que com certeza, com certeza eu teria notado se...

Não. Não é possível. Ela não pode ter feito isso.

É claro que sim. É claro que pode. Qualquer um tão determinado quanto ela é capaz de fazer qualquer coisa. Maldição, fui curado de uma doença só para contrair outra. Ser afagado, acariciado, só para ser enganado. Quem é o cego? Isso explica tudo. Por que estava tão nervosa comigo no campo. Por que saiu tão cedo naquela manhã, sem receber seu pagamento? Por que nunca mais apareceu? É claro, por que correr o risco, quando já tinha algo infinitamente mais valioso em suas mãos? Sem o livro, não somos nada. Apesar de darmos a impressão de sermos ricos com o que ganhamos, nosso dinheiro mal cobre o estilo que temos de apresentar ao mundo para continuar ganhando-o, e quando a beleza de minha senhora esvaecer, o mesmo acontecerá com a nossa renda. Depois das paredes serem desnudadas e os presentes serem empenhados, a renda se esgotará e nos veremos de volta ao submundo. Pois só Deus sabe como não há caridade com prostitutas velhas, por mais poderosos que tenham sido os homens por ela seduzidos. Não trabalhamos tanto por tanto tempo para contemplar esses horrores.

Uma arca trancada. Parece ser um lugar onde guardar objetos secretos. Mas as coisas nunca são o que parecem ser. Volto ao outro quarto e, dessa vez, uso o atiçador. Mas não está lá. Nem atrás das garrafas ou dos jarros, debaixo das caixas, na lareira, no fogão, na chaminé, no forro de seu colchão de palha.

Minha própria destruição me cansa. Sento-me na cama e, olhando fixamente o chão, penso, por um segundo, na igreja e seu mosaico feito com pedaços minúsculos, como almas forjadas em padrões para Deus. Boa pedra para se ser enterrado debaixo. Relembro as tábuas do assoalho. Movo a cama e a arca para verificar onde se encontram as linhas. Não é difícil achar quando se sabe o que se está buscando. Uso o atiçador para levantar as tábuas que, obviamente, já foram levantadas antes e sou saudado por um buraco fundo e escuro. Ponho minha mão dentro, mas meu braço é curto demais para alcançar o fundo. Deito-me no chão e tento de novo. Estendendo o braço ao máximo, meus dedos esbarram com alguma coisa. O material áspero de uma espécie de saco. Engancho os dedos nele e o puxo para cima. Ah! É bastante pesado. Puxo-o com cuidado, bem devagar até tirá-lo do buraco. Então, levanto-me e desato o cordão que o fecha, e despejo seu conteúdo na cama.

Não há nenhum livro ali. Somente uma quantidade de pequenos ossos, restos de animais, sem dúvida, para serem moídos. Mais aparatos de bruxas. Estou para me virar quando algo faz com que os olhe mais atentamente. Pego o que, evidentemente, é uma perna miudinha. Conheço pernas. E braços. Em Roma, o meu primeiro patrão era um homem fascinado por anões, e tinha uma coleção de ossos em sua casa. Acho que estava esperando eu morrer para que pudesse me acrescentar à sua coleção. Uma vez, mostrou-os para mim, para explicar como a minha deformidade se desenvolvera: apesar de os ossos do meu tronco terem-se desenvolvido normalmente, os braços e pernas tinham permanecido curtos como os de uma criança. Embora os ossos que estou segurando sejam muito mais frágeis e menores do que os de um anão ou, mesmo, de uma criança bem pequenina, é evidente que não são de um animal. E, se não são de crianças, só resta um tipo de ser humano. São ossos de corpos de bebês. Recém-nascidos, talvez até mesmo menores.

O que se falava dela nas ruas? Que pode ajudar mulheres grávidas, se o bebê ainda está no estado líquido. Bem, acho que nenhum deles ainda era líquido. Talvez esse fosse o seu preço: depois de ajudar a expeli-los, levava-os com ela. Minha mente retorna a outra história: da menina nova em Veneza que desapareceu, e foi encontrada sob os Pilares da Justiça coletando as cinzas de criminosos queimados. Na época, achei que era simples fofoca, pois mexericos crescem na proporção do número de bocas por que passa. Mas agora vejo a história de maneira diferente.

Parece que não somos os únicos a possuir algo precioso para ser roubado.

Saio para fora pela mesma janela, levando o saco. A luz está diminuindo rapidamente, e a aléia e o canal já estão escuros. Meus pés batem nas tábuas com um baque. Em alguma parte próxima ao meu tornozelo, um uivo de raiva corta o silêncio, e um gato esquelético salta do escuro em um espasmo de medo, arqueado e cuspindo. Em meu pânico, piso em falso e escorrego para trás. Agarro-me numa amarração de ferro embutida no muro, mas sou pesado demais para me sustentar e tenho de largar o saco. O gato passa em disparada por mim, e o saco escorrega para debaixo de suas patas ligeiras. Recupero o equilíbrio e me lanço ao saco. Mas é tarde demais, e o ouço bater na lama embaixo. Fora de mim, vou até a beirada só para ver a lama escura sugá-lo.

Não há nada o que eu possa fazer. Não tenho os ossos. Arrasto-me de volta às pranchas, mas a comoção agitou alguém, e ouço o som de uma veneziana abrindo em algum lugar do outro lado do canal e a voz de uma mulher que começa a gritar. Só Deus sabe o que ela deve achar que está vendo no escuro, mas não paro para descobrir. Consigo descer para a ponte, onde sou pequeno demais para que me veja, e me ponho a correr para casa.

Capítulo Trinta e Um

LEVO MUITO TEMPO PARA CHEGAR. Embora a multidão tenha diminuído ao escurecer, a cidade está excitada e tensa, com pessoas embriagadas demais para se importarem com o lugar aonde estão indo ou em quem pisam para chegar lá. Algumas já passaram da fase da alegria para a do sentimentalismo piegas dos bêbados, e algumas me escolhem para confidente, uma alma pervertida confessando sua inaptidão a outra. Como não posso me dar o luxo de ser esfaqueado ou surrado até virar uma pasta, sou agradável quando tenho de ser, e quando estão bêbados demais. E o tempo todo penso no que está por acontecer.

Quando chego, minha senhora ainda está fora, e a casa está toda trancada e escura. Os criados tiraram folga por hoje, e mesmo que prefiram não celebrar, não têm nenhuma obrigação de esperar ou servir seja lá quem for. Minhas coxas estão tão fracas que minhas pernas tremem quando subo a escadaria. Meus dedos mal conseguem manipular a chave na fechadura do meu quarto. Dentro, movo-me rápido demais, e as velas bruxuleiam e quase se apagam. Tenho de medir o passo até a estante. Estava no meio da prateleira, com nove livros, no meio de uma série de volumes com a encadernação de couro de cor semelhante. Simplesmente mais um livro. Irrelevante para aqueles que não sabem ler, bastante comum para aqueles que lêem. Meu Deus, o que farei se o encontrar intacto e no lugar? E se ela não for tão vilã e ter deixado de roubar? Talvez tenha-se corrigido...

Mas o livro não está ali.

A nossa fortuna se foi

Mas para onde? Aonde? Certamente ela ainda não o passou adiante. Pode ser uma expert em jóias, mas precisaria de contatos com outros especialistas para passar algo desse tipo, e mesmo que tentasse uma venda fácil, é feriado em Veneza, e as gráficas e livrarias estão fechadas há dias. O que só pode significar que o levou para Murano. Naquela bolsa que estava carregando depois de ter-se encontrado comigo. É claro! Agora, tudo faz sentido. Como ficou nervosa na minha presença, na praça. Mas como? Fui mesmo tão idiota para pensar que poderia ser afeição? O que ela realmente tinha em mente era o medo de eu já estar suspeitando de que seus dedos confortantes eram os de uma ladra. Assim que encerrou o assunto comigo, saiu de casa de novo, com a sacola nas costas. Deve ter-se preocupado com que a seguisse por já saber do livro.

Bem, quando ela chegar em casa, vai perceber logo que sei. Basta da minha recente fé no sentido da vida e no companheirismo.

Devo ter acabado dormindo, já que a próxima coisa de que me lembro é de Gabriella me sacudindo.

– Signor Bucino? Está bem?

É de manhã, e sobre a mesa, há uma bandeja com comida e bebida. Mauro continua solícito com o meu bem-estar, e devo estar abatido por causa dos esforços de ontem.

– Bucino?

Mas já estou de pé, o resto da minha vida me oprimindo como um céu trovejante caindo sobre mim.

– Que horas são? Onde ela está? A patroa? Está de volta?

– É cedo. Mauro quer saber se vai ao mercado com ele. A patroa está em casa. Ela chegou há algumas horas, no barco de lorde Loredan. Parecia muito bem, embora seu vestido estivesse um tanto estragado depois das festividades. – Gabriella dá um risinho, pois tem uma vivacidade tal, que continua a achar divertidos nossos pecados.

– E agora?

– Oh, agora está dormindo.

Não por muito tempo.

Quando a desperto, ela mal tinha adormecido, e um instante antes de sentir a minha ansiedade, sua mente ainda está repleta das maravilhas que viveu: um mar radiante de ouro e opulência, um dia cheio de elogios e a confiança gerada pelo poder interior inexpugnável. Em qualquer outra manhã, nos sentaríamos juntos e nos deleitaríamos com tudo, pois trabalhamos a vida inteira para esse momento, e a perda da graça seria insuportável. Portanto fui devagar, soltando aos poucos a questão do livro, retendo o pior até o fim. Começo com a primeira traição: o rubi e sua cegueira. Até mesmo nisso é difícil de ela acreditar.

– Não, não. La Draga não. Não pode ter sido...

– Sei como é difícil aceitar. Mas se a tivesse visto com a criança, se tivesse visto seus olhos e a cobertura de vidro turvo... Nunca entendi como Meragosa tinha habilidade ou conexões, ou mesmo dinheiro para comprar sozinha uma jóia falsa tão bem-feita, pois deve ter custado alguma coisa. Ou a oportunidade de fazer a troca. Mas se estavam nisso juntas... La Draga tinha todas aquelas coisas. E a descrição do judeu da mulher que o procurou vendendo-a se ajusta perfeitamente.

– Há quanto tempo sabe disso, Bucino? Isto é, sobre o judeu?

– Há algumas semanas, apenas.

– Por que não me contou?

– Eu... eu ia contar, mas você estava ocupada... com Foscari, e discutimos... e... bem, naquela hora, não pareceu ter tanta importância.

– Ainda assim deveria ter-me contado. – Sacode a cabeça. – Mas... mesmo que tenha sido ela, por que ficou conosco esse tempo todo? Por quê? Nunca mais roubou nada... e só Deus sabe como agora temos coisas de valor na casa.

– Eu sei... mas...

– Ela foi mais do que uma amiga para nós. Para nós dois. Cristo, ela salvou a sua vida, Bucino. Eu a vi com você. Não sabe o que ela fez. Como se dedicou. O quê? – Interrompe-se. – O que é?

– Fiammetta, ouça. Tem mais.

Agora, tenho a sua atenção. Oh, Deus, como eu gostaria que isso se encerrasse aqui. Porque, apesar de todo o horror, há algo especial nesse momento: eu sentado ao pé da sua cama, ela ainda sonolenta, recostada nos travesseiros. Era assim conosco, nos velhos tempos, quando eu vinha de manhã cedo para discutir o entretenimento da noite anterior: a personalidade de cada cliente, seu potencial, suas desvantagens. Nossa sociedade era tão agradável nessa época, antes de o sucesso e a ornamentação da formalidade a sobrepujarem. Mas agora não há volta: até mesmo no passado, decepções e traições se espalham desordenadamente.

– Mais? Mais o quê? – Observo-a se preparar. – Fale.

E falo. Depois de algum tempo, não consigo olhar para ela, pois contar é reviver o fato, quando algo machuca tanto quanto isso. Mesmo antes de levar o atiçador ao quarto, procurando o livro, ela geme.

– Oh, meu Deus, não.

– Mas tudo bem. Tudo bem – intervenho. – O fato de eu não tê-lo encontrado não significa que já foi vendido. – Qual de nós dois estou tentando acalmar? – Acho que...

– Não!

– Acho que o levou para Murano. Acho que estava na bolsa que carregava quando a segui. Se nós...

– Não. Bucino. Não! – E agora, ela se debruça na cama fora de si e segura minhas mãos. – Pare! Ouça.

– O quê?

– Não está... não está com ela. La Draga não está com o livro.

– O quê? O que está querendo dizer?

– Que ela não o pegou.

– Mas como ..

– Porque fui eu. *Eu* o peguei.

E é claro, eu ouço. Ela diz as palavras alto o bastante. É claro que as ouço.

– O quê? – Mas ainda leva tempo.

– Eu o peguei, ó meu Deus, ó Cristo. No dia em que você adoeceu. No dia em que você saiu furioso, depois da nossa briga e só voltou à noite. Eu estava com *tanta* raiva de você. A sua... arrogância, a sua retidão. Peguei a chave e entrei no quarto. Fui até a estante, o procurei e o peguei.

– Você!

Suas palavras se espalham como manchas de sangue nos lençóis entre nós. O livro não foi roubado. Fomos roubados e traídos antes. Mas agora traímos um ao outro. La Draga levou nossa jóia, mas a minha senhora pegou a nossa fortuna. Agora sou eu o que geme.

– Bucino. Não é o que está pensando. Não o peguei para mim. – Ela está ofegante. Pára, hesita. – Peguei-o para... para... mostrar a Vittorio.

– *Vittorio!* – Seu nome é cuspido da minha boca como vômito. – Pegou-o para Vittorio! – E, agora, a minha voz é como um urro, o uivo de um animal acossado e perfurado na noite. Meu Deus, aqui estou eu me afogando na decepção, o meu mundo sendo demolido à minha volta, e ainda assim o pirralho põe o focinho para fora do entulho para zombar de mim.

– Eu sei. Sei... Sei que dissemos que nunca faríamos isso. E está tudo bem. Porque ele não o viu. Está me ouvindo, Bucino? Eu o peguei, mas acabou que nunca lhe mostrei. Porque foi na noite em que você não o deixou entrar. Lembra-se?

Oh, sim, me lembro. Como poderia não me lembrar, pois já estou de volta àquele momento, pego no furor da minha dor alucinante e da sua fúria.

– Bucino. – Em contraste, sua voz agora é suave. Quase terna. – Bucino, olhe para mim. Por favor. Se não fosse a sua doença, eu o teria posto no lugar. Eu o teria colocado de volta no lugar e você nunca teria ficado sabendo. Porque acabou. O que aconteceu entre mim e ele é passado. A sua doença me fez recobrar a razão. Sabe disso, não sabe? – Interrompe-se. – Nunca pretendi lhe fazer mal. Mas na hora... Ó Cristo. como posso dizer? Na hora, bem, isso nunca tinha-me acontecido antes. Ah! Ouça... você sabe disso... sabe como foi para mim. Como passei a vida toda estando com homens que queriam isso mais do que eu. É disso que vivemos: da luxúria dos homens. Desde os meus 14 anos, observo os homens se afogarem na lascívia, enlouquecerem disso, se tornarem furiosos, até mesmo emasculados por causa disso. E nunca cheguei nem perto de conhecer o desejo, eu mesma. Quer dizer... talvez uma vez, com Pietro, quando eu era jovem, tenha sentido algo. Porém foi mais o meu coração do que o meu corpo, e minha mãe o expulsou da casa no mesmo instante em que percebeu isso, e o meu sentimento se perdeu em minha raiva dele. Depois, houve somente uma hoste de outros entre os dois.

Interrompe-se e engole em seco. Olho para ela e sinto as lágrimas brotando.

– Você tinha razão. Era um garoto, *é* um garoto. Não conhece nada. Oh, Deus, Bucino, mas havia algo nele. Uma chama em seu desejo que inflamava algo em mim. Ah... não sei como explicar... Até mesmo as palavras são... o quê?... estão gastas com o uso excessivo. Mas sinto. Oh, Deus, como sinto! Essa febre de que ninguém quer se curar. Agora, penso que quem sabe ele não foi a minha punição. Sentir isso uma vez. Para que, durante o resto da minha existência, eu saiba o que estou perdendo, quando nunca mais voltar a senti-lo.

Ela está chorando, mas também está com raiva de si mesma, e fica limpando as lágrimas com as mãos.

– De qualquer maneira... De qualquer maneira... o importante é que ele nunca o viu, e que o livro está seguro. É claro que eu o teria posto de volta no lugar. Naquela mesma noite em que você ficou doente. E depois disso... bem, depois disso, não houve tempo. Não pensei mais no livro.

O quarto fica em silêncio. Ela está esperando eu falar, mas não sei o que dizer. Enquanto um lado meu foi tranqüilizado, o outro continua em desassossego. Pois ao olhar para ela, também vejo La Draga: sua pele perolada, seu corpo esguio, seus novos olhos. La Draga. A mulher que nos traiu há muito tempo, mas que, agora sei, não roubou o livro. A mulher que salvou a minha vida. A mulher cuja vida eu, agora, destruí.

Aqui estamos nós, e que Deus nos ajude: uma cortesã e seu cafetão, devorados por sentimentos que não deveriam experimentar. Ela tem razão. De todas as doenças que existem essa é, certamente, a que machuca mais encantadoramente.

Capítulo Trinta e Dois

ELA SE RECUPERA MAIS RÁPIDO DO QUE EU. Ou talvez esteja simplesmente pensando no que eu disse.

– Você... você disse que havia uma criança? Que quando viu La Draga em Murano, ela estava com uma criança?

– Sim... uma criança.

– Era sua filha?

Confirmo com um movimento da cabeça.

– Como soube?

Como soube? O impacto dos cachos brancos? A pele translúcida? Ou a maneira como me olhava fixo, já obstinada, no sentido de caráter, curiosa quando deveria estar assustada? Ou a maneira como La Draga abriu passagem na aglomeração para salvá-la de um possível perigo, a maneira como seus corpos se uniram nesse instante, a maneira como mães seguram seus filhos, quem quer que sejam, por mais estranhos ou deformados que pareçam ser...

Conto de novo, vendo mais claramente dessa vez, e minha senhora escuta atentamente. Sei no que está pensando. Que nunca experimentará esse tipo de sentimento. E quer experimentá-lo. Oh, como ela quer... Já vi isso antes. A maneira como mulheres se sensibilizam mais com um filho do que quando se apaixonam. Faz parte da doença, como os acessos de calafrio que acompanham a febre. Talvez o pênis do amante real penetre muito fundo, o bastante para inflamar o desejo no útero. Talvez seja a promessa de um futuro, algo que permaneça depois que a paixão passa.

O futuro. Dela e nosso. Como será?

– Então, Bucino, o que vamos fazer agora? Ela vai saber que foi você, certo? Que foi você que esteve em sua casa.

– Sim.

– Quanto estrago você fez?

Sacudo minha cabeça.

– Bastante.

Ainda resta contar uma coisa. Vejo de novo os pequenos ossos brancos caírem do saco e desaparecerem na lama líquida.

– Ha! Mas ela não sabe que foi isso o que aconteceu com eles. Daí que... Vai achar que estão conosco.

– Sim, acho que sim.

– Nesse caso, vai sentir medo de nós. Do que podemos fazer com eles agora que sabemos que é uma ladra. E sabemos disso, não sabemos? Quer dizer, Deus sabe que não quero acreditar que tenha sido capaz disso, por isso temos de ter certeza.

Reflito sobre isso.

– Sim, tenho certeza. Acho que, junto com Meragosa, roubou o nosso rubi e o vendeu.

– Mas então, por que voltou e nos ajudou?

Sacudo a cabeça.

– Não sei.

– E esse tempo todo... O quê? Fingiu ser cega para nos convencer, e aos outros, de seus poderes?

– Sim.

– Então, é uma impostora?

– Sim... não... – Vejo de novo a escrita miúda em seu livro, as anotações e diagramas e todos aqueles potes e garrafas. – Eu... eu... acho que ela tem talento para curar. Refleti bem sobre os anos que estudou e elaborou remédios, e o que ela não sabe, faz experimentos.

– E os ossos? Ela também os usa?

– Não sei. Foi com você que ela bancou a bruxa. Que poções lhe deu para laçar o coração do frangote... quer dizer... do Foscari?

– Oh, não, não, você está enganado. Não foi assim. Ela me ajudou, sim. Mas foram apenas coisas comuns: promessas, fórmulas mágicas, algumas jogadas de feijões para ver o futuro. Não houve nenhum sangue ou hóstias consagradas como você disse. – Sua voz, agora, ressoa quase triste. – Ela não precisava desse tipo de coisas. Ela... bem... ela via coisas... ó Deus! Agora está óbvio por que ela olhava para nós o tempo todo, é claro que via... mas não simplesmente coisas físicas. Ela também parecia entender a mente das pessoas.

Minha senhora tem razão. Ela entendia. E a minha mente? O que percebia nela? Mas não vou fazer a pergunta. Agora, é tarde demais.

– Afirmo que ela via muito, Bucino. Sabe o que ela me disse de você uma vez? Que era um homem que deveria esquecer o que há de errado em si mesmo e celebrar o que há de certo. Pois, e estas foram exatamente as suas palavras, há muito o que desfrutar. – Contra a vontade, ela ri. – Eu pensava sempre na valentia dela. Que tinha superado coisa muito pior do que você, que apesar de tudo, era tão forte.

Faz-se silêncio. Sinto o seu olhar sobre mim.

– E agora, você também pensou nela, não foi? Esteve na sua casa. Leu suas anotações e descobriu seus segredos. Vigiou-a, viu-a com uma criança, o bastante para ter certeza de que era dela. Oh, me parece que sabe muito a seu respeito, Bucino.

Vê isso em meus olhos? Há algo em minha voz quando falo dela? Como se interpreta os sintomas em si mesmo?

– Foi por isso que a seguiu? Porque, durante todo esse tempo, suspeitou de alguma coisa?

Não sei o que responder.

– Eu... não. – Baixo os olhos. – Eu... eu fui agradecer-lhe... Por salvar a minha vida. E porque... porque queria... saber mais quem era.

– Oh, Bucino. – Olha-me gentilmente por um certo tempo, porém o que mais consegue ver, e sei que tem o que ver, ela não diz. Sinto-me envergonhado, pois é mais generosa comigo do que, algum dia, fui com ela.

O dia todo esperamos, embora nenhum de nós dois, creio eu, saiba realmente o quê. Ela nos procurar para pedir perdão? Para pedir seus ossos de volta? Ou talvez ela esteja nos esperando, esperando que a procuremos e façamos nossas exigências. O preço de um rubi pelo saco de ossos. Mas não acontece nada. Lá fora, a cidade volta lentamente a trabalhar. Um mercador genovês que está para partir no dia seguinte chega à nossa casa, jogando com a chance de minha senhora jantar com ele à noite, pois leu uma poesia recente sobre ela no Registro das Cortesãs. Mas quando ela recusa (ou melhor, eu recuso) com a desculpa de já ter outro compromisso, ele parece quase aliviado, e, creio eu, vai para casa dormir. A cidade ficou em festa por muito tempo e, ao que parece, todo mundo está cansado.

Nós dois dormimos cedo e, na manhã seguinte, sabemos que devemos procurá-la. Minha senhora cobre-se com um véu e Marcello nos conduz – ao longo dos anos é ele que leva as mensagens à padaria no campo quando precisamos dela. Ele nos deixa no cais, algumas pontes acima da represa do canal, e se instala para nos esperar.

Apesar de o primeiro sino já ter chamado ao trabalho, as ruas continuam morosas. Um homem passa por nós, praguejando. É como se a cidade tivesse uma dor de cabeça comunal depois das celebrações. Não é hora de provocar discussões, pois o temperamento explodirá com facilidade. Na ponte que leva aos fundos da sua casa, uma mula enfezada está puxando uma carroça com barricas cheias de lavadura escura. Eu e minha senhora estamos vestidos modestamente, mas a sinto nervosa do meu lado. Faz tempo que não anda pelas partes mais pobres da cidade, e a sua elegância e o meu tamanho chamarão, inevitavelmente, a atenção sobre nós.

No canal, a dragagem tinha-se iniciado. Meia dúzia de homens estão afundados no lodo até a cintura, negros como demônios, retirando com pás torrões daninhos de lama, com panos amarrados em volta da boca, para se pouparem do fedor que a escavação desprende. Esse processo se estenderá por semanas. Dois deles erguem os olhos quando passamos, e um grita alguma coisa. Como a cidade está carente de voluntários para equipar suas galeras, passou a usar criminosos: há determinados trabalhos que nem mesmo a fome aceitaria. Passamos rapidamente e penetramos na viela.

Conto as portas até chegar à dela, embora a conheça bem. Agora, está sem cadeado do lado de fora, mas se ela está em casa, estará com o ferrolho pelo lado dentro, como quando vim pela primeira vez. Portanto me assusto quando a porta se abre facilmente com o meu toque.

Minha senhora relanceia os olhos para mim, e entramos juntos. O escuro embota a nossa vista, de modo que o nosso primeiro sentido a atuar é o olfato. O ar exala o cheiro penetrante de ervas fortes e o azedume de matéria animal em decomposição. Essa é a sala dos remédios, e o meu atiçador, misturado com o meu pânico, derrubou alguns das prateleiras. Que opção eu tinha? Quando uma coisa não pode ser alcançada com facilidade, você a empurra até conseguir pegá-la, seria assim em qualquer lugar. Mas aqui, onde quer que pisemos, nossos pés esmagam vidros e se grudam em poças de líquidos espessos. Quando a nossa vista se adapta à pouca luz, entro em um quarto em estado infinitamente pior do que o deixei. Baunilha misturada com corações de galo, alecrim molhado em urina. Não causei tamanha destruição. Todos os potes e frascos, sem exceção, foram jogados para fora das prateleiras, estilhaçando-se no chão. Cadeiras e uma pequena mesa foram partidas a machadadas, a estufa foi quebrada, até mesmo a lareira foi esvaziada, com cinzas e fuligem espalhadas por toda parte.

Do meu lado, percebo o seu choque.

– Não fiz isso – falo rapidamente. – Isto... isto... não fui eu.

A porta que dá para o quarto foi praticamente derrubada, uma dobradiça pendendo solta. Do limiar, vemos que sua cama foi despedaçada, o chão parece um celeiro com palha e esteiras para tudo que é lado. E a arca... bem, eu não conseguiria levantá-la nem mesmo vazia. Mas alguém conseguiu. E a fez em pedaços com golpes de machado, rasgando cada roupa que havia nela. Quem quer que tenha chegado depois de mim não estava interessado em procurar nada que tivesse perdido. Não obstante, levaram algo. Procuro por toda parte, e não os encontro: nem o livro com as anotações nem a caixa de madeira. E, no mesmo instante, percebo a gravidade da situação. Volto depressa para o outro cômodo.

– Cristo, de onde vocês surgiram?

O homem está bloqueando a porta que dá para a rua, o outro está atrás, olhando por sobre seu ombro. Grandes e enegrecidos, dois demônios saídos do lodo.

Minha senhora recobra-se antes de mim.

– Eu... nós estamos procurando por Elena Crusichi.

– Por quê?

– Porque o meu anão sofre do estômago e Elena deveria ir vê-lo esta manhã. – Sua voz é límpida como cristal. Pode ter vindo de uma favela veneziana, mas nasceu para viver no *piano nobile* de uma casa suntuosa.

– E o que ela lhe dá, hein, seu palhaço atarracado?

Está olhando para mim. Ele estava ontem no campo? Se estava, é capaz de me reconhecer. Banco o idiota e começo a gemer e a me lamuriar, girando as mãos na barriga.

– Oh, ele não tem a menor idéia. Coitado, é abobalhado. – Minha senhora intervém com impaciência. – Onde ela está?

– Foi levada.

– Levada? Por quem?

– Pelas forças de segurança.

– Quando? Por quê?

– Hoje de manhã, cedo. Por assassinato e bruxaria.

– Oh, isso é um absurdo. Ela é conhecida por todo mundo como curandeira.

– Não pelas pessoas por aqui. Há mulheres fazendo fila para jurar que ela enganava o Diabo.

Sim e aposto que sei quais as que encabeçam a fila. Se Veneza fosse construída como qualquer outra cidade, juro que as fofocas seriam menos venenosas. Minha senhora também sente a atmosfera e se prepara para irmos embora.

– Bem, parece que teremos de procurar ajuda em outro lugar.

– Antes de "escaparem"... – Ele dá um passo à frente, e mesmo com todo o mau cheiro dos medicamentos, ele fede ao canal. – É meu trabalho anotar detalhes de qualquer um que a procure. Para provas.

Gemo de novo e fecho bem as pernas.

– Senhora!

Ela relanceia os olhos para mim.

– Tem de segurar o máximo possível, Antonio. Devo admitir, senhor, que para um oficial da igreja, o senhor exala um cheiro estranho.

– E para uma dama rica, a senhora está muito longe de casa – rebate ele, e seu sorriso não é de indulgência.

– Senhora! – grito.

Ela tira da bolsa uma moeda de prata. Depois, vendo o homem atrás, tira outra. É mais do que ganhariam cavando uma dúzia de canais, e mais do que chegaram a sonhar que o golpe renderia. Percebo isso em seus olhos. Na verdade, é tanto que pode torná-los gananciosos. De modo que solto um peido, só como garantia para o caso de ele ainda pretender nos passar a perna.

– Aah! Macaco nojento! Dêem o fora daqui, vocês dois!

Ele se põe de lado, e ela passa por eles como um navio a todo pano, comigo como seu escaler balançando.

Cambaleio rua abaixo da maneira mais rápida que consigo, ainda lutando com as dores provocadas pela gororoba manufaturada. Seguimos para o barco passando pelo campo, para evitar o canal, e no caminho, relanceio os olhos para a padaria. Duas jovens estão saindo: uma é a garota a quem dei o ducado de prata. Meu Deus, há quanto tempo foi isso? Ela acena e atravessa o campo antes de eu ter tempo de me distanciar.

– Olá, doce homenzinho. – Dá um risinho primeiro para mim e depois para a minha senhora, pois isso me torna mais homem. – Como vai?

– Bem – respondo. – Estou bem.

– Veio ver La Draga de novo?

– Er... não.

– Ótimo. Porque ela foi levada. Como bruxa.

– Bruxa? Por quê? O que aconteceu?

– Os homens que estavam dragando o canal encontraram ossos no lodo em frente a casa dela.

E sei disso, é claro, porque era o que temia enquanto percorria a rua fingindo despreocupação.

– Dizem que eram ossos de bebês. Dos que ela arrancava do útero. Dizem que o Diabo a visitou. A mulher na outra margem do canal o viu duas noites atrás, subindo por sua janela na forma de um cachorro grande. Quando ouviram isso, eles a levaram.

Capítulo Trinta e Três

– TEM RAZÃO. SERIA LOUCURA.

– Oh, então fale você com ele. Não quer me ouvir.

– O quê? Quer ter suas bolas amputadas e jogadas aos porcos, Bucino? Não têm sido muito usadas ultimamente, mas não custa mantê-las na sua pessoa para alguma eventualidade no futuro.

Respiro fundo, pois estou cansado de escutar minha voz dizer a mesma coisa.

– Não vou arriscar minhas bolas. Tudo o que estou dizendo é que, se sabem que era *eu* o cachorro, não poderão acusá-la de dormir com o Diabo.

– O Diabo, não, mas você continuará a ser uma deformidade tendo relações com uma bruxa.

– Não houve relação nenhuma, pelo amor de Deus. Ela nem mesmo estava lá.

– Eu sei disso. Você sabe disso. Mas por que alguém acreditaria, se a alternativa é tão mais suculenta?

– E os ossos? A sua confissão não vai adiantar, já que existem os ossos. – A voz da minha senhora soa mais preocupada do que irada, pois o seu dilema é o mesmo que o meu: a vontade de salvar a nossa pele e o desejo de ajudar La Draga.

– Sozinhos, os ossos não significam nada – replico com firmeza, pois passei horas me pondo no lugar dos inquisidores da igreja, atuando como advogado de defesa. – Os canais expelem pedaços de antigos cadáveres sempre que são dragados. Todo mundo em Veneza sabe disso. Qualquer mulher que tenha vivido ali nos últimos cem anos poderia ter-se livrado de um bebê no lodo.

– Não, isso não vai convencer. Qualquer uma "poderia", sim. Mas o fato é que lá existe uma bruxa que fez isso. Fiammetta tem razão, Bucino. Se continuar a pensar assim, vai se destruir. A sua consciência que, tenho de admitir, é algo novo e magnífico de se ver, deixou-o idiota. Não vivemos da verdade, mas do poder do falatório e maledicências, como você bem sabe.

Estamos sentados na bela *loggia* do nosso *portego*, que dá vista para a água. A Sensa se encerrou há uma semana. A cidade está orgulhosa e agitada, seu domínio sobre as águas garantido por mais um ano, e seus cofres transbordando moedas de milhares de visitantes. Está tudo bem no mundo. E ninguém quer saber de más notícias. Com efeito, quando se trata de bruxaria, roubo e prostituição, são poucos os homens a quem se pode recorrer para pedir conselho.

Mas apesar de sua sede de fama e dinheiro, Aretino tem tanto apetite pelo que está por baixo quanto pela superfície, e embora finja insensibilidade, não lhe falta compaixão.

– Mas achei que em Veneza... Quer dizer, estão sempre dizendo que, aqui, a igreja não é tão cruel quanto em outros lugares...

– E não é. Não é tão cruel ou tão corrupta. Porque é mais independente de Roma: o governo assegura que seja assim. Ouça, se aqui fosse qualquer outro lugar, provavelmente já estariam empilhando feixes de varas entre os pilares. Só Deus sabe como existem lugares em que se queimam bruxas tão livremente quanto velas. Ainda assim, são tempos incômodos para Veneza, quando se trata de heresia. Tanto para a igreja quanto para o estado. Ou vocês dois estavam muito ocupados pecando com bons católicos para perceberem? Parece que devo lembrar aos dois que não devem aceitar clientes de fé herege, já que talvez não saibam o que está acontecendo na Alemanha.

– Refere-se a Münster. – Minha senhora, apesar de ultimamente dedicar a maior parte de seu tempo ao seu rosto, ainda enxerga o que está diante de seus olhos.

– Münster! Sim. E uma série de outras cidades incendeiam-se rapidamente, labaredas de heresia e revolução.

Ele está certo. Apesar de Münster ser a que os faz tremer. O horror mais recente é sempre o melhor, e a história de Münster não poderia ser mais recente, trazida pelos mercadores alemães através dos desfiladeiros dos Alpes. O fato é que os hereges, homens *e* mulheres, que tomaram Münster eram tão fanáticos por seu novo Deus que desafiaram não somente a Igreja, mas também todas as normas e práticas tradicionais do governo. Tendo assassinado brutalmente os que governavam a cidade, declararam a sua própria República de Deus, na qual não haveria riqueza, nenhuma propriedade privada, nenhum rei nem governante acima dos outros, na verdade, nenhuma lei. Sentados nessa mesma sala, eu e minha senhora tínhamos feito piada, dizendo que um mundo feito de Münsters não demoraria a arruinar o nosso negócio, já que tampouco haveria o casamento, e portanto, não existiria o pecado.

Mas o Paraíso de um homem pobre é a visão do Inferno de um homem rico, e quando os príncipes da Igreja alemã finalmente passaram fome e os atacaram até subjugá-los, igualaram-se em selvageria, arrancando a pele dos pregadores e amarrando suas carcaças em gaiolas ao redor das agulhas da catedral, de modo que a sua lenta putrefação servisse de lição aos outros.

– O quê? Não acha que os Crow receiem que esse tipo de revolução aconteça aqui, acha?

– Não! Esse disparate anabatista é mais para estudiosos fanáticos e miseráveis. Veneza oferece conforto demais para precisar temer a heresia, especialmente pelos luteranos demonstrarem tanto talento para o comércio. Por essa mesma razão, a cidade também continua a ser vista como pura em sua fé. Por isso a novidade desse decreto contra a blasfêmia e imprecações, pois, como todos sabemos, preocupa-se com depravação, tanto quanto com a promoção da verdadeira fé. É um momento inoportuno para a sua curandeira, pois ela pode ser pega na contra-corrente. Fiammetta está certa. Mesmo que você lhes conte a verdade, isto é, que estava lá porque achou que ela tinha roubado o seu rubi seis anos atrás, ela não deixará de ser ladra e você o anão de uma cortesã unindo-se a uma mulher acusada de assassinato de crianças e bruxaria, com uma casa cheia de ungüentos malcheirosos e um livro de feitiços escrito em linguagem cifrada. Não a salvaria, e provavelmente danaria vocês todos.

– Então o que eles vão fazer?

– Ouça, a minha especialidade é a vida das prostitutas, não das bruxas. Não sei o que vão fazer. Vão processá-la...

– Vão machucá-la?

– Pelo Santo Cristo, homem, é claro que vão machucá-la. Ferem todos que ferem o estado, sabe disso. O que houve, Bucino? Ficou mole de cabeça tanto quanto do seu membro?

– Não zombe de Bucino, Pietro. – Minha senhora agora mostra-se calma. – La Draga salvou a vida dele. Sabe disso. E, embora pareça que nos roubou, também foi boa conosco durante muito tempo.

– Humm. Bem, eu sei o que é estar à beira da morte. Ainda assim, você faria melhor em esquecê-la. Ou faça a sua representação por trás do tribunal, e não perante ele. Se tem alguém na sua cama com influência na justiça, Fiammetta, proporcione-lhe um momento particularmente bom e, depois, peça-lhe um favor. Mas, se puser a cabeça acima do parapeito, não me culpe se for arrancada.

Está escuro. Aretino foi embora, e minha senhora está trabalhando na cama, deitada do lado do nosso construtor de navios, ajudando-o, a duras penas, a alcançar uma espécie permeável de prazer. Loredan, o nosso Crow influente, deverá jantar conosco daqui a alguns dias. La Draga ainda não está morta nem foi condenada, e não há nada que possamos fazer a não ser esperar. E, apesar de não haver vinho no mundo suficiente para impedir o horror por vir, há o bastante em meu estômago, nesse exato momento, para entorpecer o pânico por algum tempo.

A noite está quente, e estou sentado do lado de fora, observando os barcos negros deslizarem na água negra, suas lanternas como pirilampos guiando-os na noite. Conversas e risadas são transportadas pelo ar. Aretino percebeu bem: a Alemanha pode estar em chamas, mas Veneza está satisfeita demais para uma revolução. Essa cidade está sempre me deixando perplexo: a maneira como acredita em sua própria propaganda. Em Roma, os homens diziam todo tipo de coisa sobre a grandeza cívica, mas privadamente – às vezes, até mesmo publicamente – sempre reconheciam o cheiro da podridão. Aqui não. Aqui vivemos no maior estado da cristandade; poderoso, rico, pacífico, justo e intacto, a cidade virgem que nenhum inimigo consegue penetrar, o que é bastante estranho, considerando-se que para cá acorrem homens de toda parte do mundo, com a intenção expressa de penetrar onde e quem puderem, virgem ou não.

É claro que é um mito. Se o Paraíso fosse na Terra, por que precisaríamos morrer para alcançá-lo? E ainda assim... e ainda assim... em alguns aspectos, é verdade, o que é o mais intrigante de tudo.

Há um livro que é discutido, hoje em dia, nos círculos instruídos. De um florentino de nome Niccolò Machiavelli, um homem que foi destituído do governo e submetido ao *strappado*, e que usou o seu exílio para escrever um tratado sobre a arte de governar, que ele vê como menos fundamentada nos ideais cristãos do que no pragmatismo. Para ele, os governantes mais bem-sucedidos controlam pela força e medo em vez de pelo consenso. Quando o li pela primeira vez, achei-o bastante bom, pois os homens, eu acho, são como ele os descreve, mais suscetíveis ao castigo do que à bondade. Porém – apesar de a minha disposição natural ser a do cínico – não acho que isso se aplique a Veneza. Evidentemente, os homens se assustam com o poder (só Deus sabe como, nesse momento, nós mesmos, agora, estamos aterrorizados com ele), mas não é somente o medo que mantém o estado intacto. Mais uma vez, Aretino tem razão. Veneza oferece conforto demais para que fomente uma revolução. E não somente para os que a governam. Aqui, parece que até mesmo a pobreza é mais suportável do que em outros lugares. Sim, há muitas vezes mais mendigos do que pode sustentar, mas enquanto aqueles que chegam de fora da cidade são submetidos ao exílio depois de serem açoitados, se você nasce aqui e senta-se na escadaria da entrada da igreja com a mão estendida, contanto que fique em sua própria paróquia, ninguém a amputará, e receberá esmolas suficientes para sobreviver, se não, viver. E apesar de ser possível sentir fome, sempre há mais um festival pelo qual esperar ansiosamente, para participar de sua cerimônia e esplendor, e ter a oportunidade de tirar partido da caridade ébria. Não seria o bastante para mim, se bem que eu viva de expedientes, e não do coto de meus braços e pernas.

De resto, os profissionais que atuam no comércio ou arriscam suas vidas nos negócios... bem, todos eles têm uma confraria. Pague suas dívidas e a confraria o reembolsará: ajudará no dote de sua filha, o sustentará se perder o emprego, até mesmo pagará seu enterro, se você não tiver dinheiro, e fornecerá pranteadores para aumentar o cortejo. Portanto, e daí se você não faz parte do governo? Pelo menos tem independência suficiente para não se sentir governado, e dinheiro o bastante para desfrutá-la. Cada peça da engrenagem do estado é bem lubrificada e conservada, de modo que, contanto que os navios continuem chegando e o dinheiro continue circulando, quem vai querer viver em outro lugar?

Quem, exceto os criminosos? E no entanto, mesmo aqui, apesar de sua reputação de rigor e violência na justiça – ladrões e impostores são tosquiados e perdem seus membros entre os Pilares da Justiça, traidores e hereges são lançados no mar –, há uma certa compreensão de clemência. Aretino tem razão nisso, também. Em todos esses anos que estou aqui, embora tenha visto muitos assassinos na forca e deixados se contorcendo, nunca senti o cheiro de carne de bruxa em uma pira. Se bem que ache que os ossos de pequenas almas mortas antes de nascer serão rapidamente qualificados como vítimas de assassinato em uma época em que o mundo se tornou tão temeroso de difamar Deus.

A garrafa de vinho, agora, está vazia, e estou tonto demais para buscar outra. Mas não a ponto de não distinguir o preto do branco, a esperança da desesperança. Não podemos ajudá-la sem nos prejudicarmos. Pior ainda: mesmo nos prejudicando não a ajudaremos. Girei essa idéia na minha cabeça como pratos em varas, ao fazer malabarismo, e todas caíram e se quebraram. Se o diabo como cachorro em sua janela se revelasse um anão com talento para arrombar casas, não faria a menor diferença: ela continuaria na mesma situação por causa dos ossos, do livro, das patas de cachorro, dos presságios e dos comentários que se propagarão como fungo: a garota que cura acessos com cinzas de um sodomita, a mulher que livra o útero de bebês indesejados, a bruxa que prende os paus dos homens com água benta e sortilégios. Deus sabe que eu mesmo acreditei em parte disso. Deus sabe que parte disso é verdade. Veneza, afinal, é a amante do mercado: se alguém quer muito uma coisa, outro ganhará dinheiro fornecendo-a, seja ela seda, pecado ou bruxaria. Uma mulher compra um vestido novo para atrair um amante, só para se ver grávida enquanto ainda é virgem ou seu marido está fora, em viagem de negócios. O que ela pode fazer? Algumas expelem os bebês em sangue naturalmente, e podemos dizer que foi a vontade de Deus. Para as outras, ansiando por essa liberação, La Draga é um substituto. O resultado é o mesmo. Nenhum bebê. O quanto a sua intervenção é pior do que o ato dos homens e mulheres que praticam o pecado da sodomia no casamento para evitar a concepção? Acho que é menos o ato do que como o chamamos.

De maneira semelhante, quando estamos aflitos e não há nenhum remédio, a igreja nos diz que o sofrimento é bom: a vontade de Deus novamente. Mas quem de nós não interromperia a dor se pudesse? Beba essa xícara de ervas e sangue e se sentirá melhor. O Diabo está nas ervas, no sangue ou na mulher que os prepara? Quanto ao caso do amor e obsessão: bem, na medida em que um homem com uma cabeça sobre os ombros sabe que é uma doença que infecta a mente tanto quanto o corpo, um poeta inteligente pode ser tão perigoso quanto uma bruxa, quando se trata de propagar ou atacar a aflição. Portanto La Draga é uma bruxa. Eu sou um cafetão. Minha senhora é uma prostituta. Todos nós somos culpados. A diferença é que ela foi descoberta. Por minha culpa. Mas o meu sacrifício não adiantará nada, a não ser incriminar minha senhora e a mim. Quando uma cortesã é publicamente denunciada, mesmo em voz baixa, por bruxaria, sua cama se torna tão contaminada quanto sua reputação.

E se não envolvesse minha senhora? Se o sacrifício fosse só meu? Eu faria isso? Tentaria ajudar essa ladra e impostora? Essa mentirosa? Essa mulher que me segurou em seus braços e salvou minha vida? Mesmo que, em troca, não consiga salvar a sua, pelo menos ela saberia que tentei, que nunca quis sua danação.

Eu faria isso? Não posso responder. Pois não sei. Tudo o que sei é que, sempre que penso nela, meu estômago se enche de bílis, mas se é por sua traição ou seu sofrimento, não posso afirmar, pois o pânico dos dois, de certa maneira, se misturou em mim.

E essa confusão, juro, não tem nada a ver com o vinho.

Capítulo Trinta e Quatro

OS DIAS PASSAM DEVAGAR. HOMENS VÊM E VÃO, mas o nosso Crow envia mensagens de que ficou detido por negócios do governo. Gabriella que, aparentemente, fica mais inocente quanto mais tempo serve a uma casa do pecado, é mandada com Marcello à repartição da prisão da igreja para perguntar sobre sua prima, uma jovem do distrito de Celestia que foi levada pelos oficiais da Igreja dez dias antes. As notícias que nos trazem não acrescentam praticamente nada ao que já sabíamos. Uma mulher, Elena Crusichi, foi acusada de bruxaria, com depoimentos da Igreja e de testemunhas, e será julgada quando as provas estiverem prontas. Foi removida da prisão local do distrito para a central, embaixo do Palácio do Doge, e é mantida lá à custa do estado, o que significa que morrerá lentamente de fome – Veneza é tão parcimoniosa quanto qualquer outro lugar, quando se trata de dinheiro e justiça. Parentes têm permissão para lhe levar comida contanto que não contenha nada que possa ajudá-la em seus feitiços e adoração ao Diabo.

Se não podemos libertá-la, podemos, pelo menos, alimentá-la bem. A partir de agora, Mauro cozinhará para uma prisão tanto quanto para um bordel.

Hoje à noite, finalmente, lorde Loredan virá nos visitar, e como todo mundo sabe que seus humores orgânicos fluem tão livremente de seu palato quanto de seu pau, Mauro tem a missão de produzir o seu primeiro clímax, e para isso está agora cacarejando na cozinha, tão alto quanto o capão que, depois de assado com molho de laranja e canela, será um dos pratos. Depois, supondo-se que o nosso lorde ainda consiga localizar seu pau sob toda a comida em sua barriga, ficará por conta da minha senhora.

Embora a sorte de La Draga tenha afetado todos nós – até mesmo Gabriella perdeu um pouco de seu viço –, minha senhora reprime sua ansiedade com a força de vontade, entregando-se ao trabalho, à tarefa de se tornar irresistível de novo. Desse modo, apesar de não poder conservar seu amante, ainda pode salvar sua amiga. Ela agora se encarrega tanto da casa quanto eu, e a sua energia quase me dá esperança. Passou o dia todo em sua cozinha pessoal, com pastas e perfumes, cremes e pinças. Sua pele está alva como um cisne e macia como seda, seus seios erguidos como luas cheias surgindo de um pôr-do-sol de veludo escuro, e exala a fragrância do jasmim com um quê de rosa-almiscarada. A maioria dos homens lhe daria qualquer coisa que pedisse pelo prazer de observá-la desatar seu corpete. Mas Loredan é um homem nascido para o privilégio, alguém que espera, em vez de desfrutar, a perfeição, e é conhecido por chegar e partir sem um único elogio passar por seus lábios (embora não seja tão parcimonioso com sua carteira).

O fato é que, exceto sua capacidade de pagar na hora, conheço pouco a respeito do grande Crow, sobre o que faz quando está governando Veneza. Tudo o que conheço são seus gritinhos dissonantes quando está na agonia do prazer: rompantes em *staccato* que passei a comparar com o crocito cortante do corvo, ave que, em inglês, tem seu nome, *crow.* Alguns de nossos clientes habituais trazem consigo suas preocupações e triunfos (quando o negócio é bom, Alberini oferece milagres de reflexão e transparência, mas quando um navio chega arruinado e é ele que tem de pagar a sua substituição, resmunga e se queixa como se minha senhora fosse a sua esposa e não sua amante). Mas Loredan deixa as questões do estado nas câmaras do Palácio do Doge: fica feliz em falar de Veneza como ideal, mas os fatos guarda para si mesmo. Como membro de uma das família mais importantes, das que, com efeito, governam os governantes, ele é, não tenho dúvidas, tanto um servidor diligente do estado, atuando onde é eleito, quanto um político que usa a influência de sua família para subornar ou comprar os votos de que precisa para chegar exatamente aonde quer. Apesar de não ocupar mais seu lugar no grande Conselho dos Dez – seu posto expirou há um mês –, não há quem ele não conheça, e se houver um escândalo a ser revelado ou ocultado, ele certamente será informado. No que se refere à sua capacidade de solidariedade – bem, é conhecido por ser generoso com o que está em seu poder oferecer, como um convite para a Sensa. Mas isso... Só Deus sabe o que ele pode ou vai fazer.

Mas nós, também, logo ficaremos sabendo.

Geralmente, ele chega ao entardecer e parte ao amanhecer. Mas nessa noite, está atrasado, portanto ela e eu estamos nervosos como cães enjaulados quando ele chega. Fico em meu quarto, enquanto ela o entretém, um livro no colo, mas sem assimilar nenhuma palavra. Passada meia-noite, ouço o barco partir, o grito do barqueiro ao penetrarem no canal principal. Espero ela aparecer. Finalmente a procuro. Está sentada, olhando para a água, o cabelo caindo emaranhado sobre seus ombros, como me lembro na noite catastrófica em Roma, quando ela se entregou ao inimigo para salvar nossas vidas. Soldados e burocratas. Sempre os clientes mais difíceis. Vira-se e quase posso ver o encontro dos dois em seus olhos.

– Não pude falar nada, Bucino. Ele já sabia de tudo.

– Como? O que isso quer dizer?

– Não sei, exceto que está sendo comentado. No governo. Isso está bem claro. O julgamento começa na semana que vem, perante os juízes eclesiásticos e um representante da corte de justiça do estado.

– O que mais ele disse?

– Ooh... que as leis sobre blasfêmia e imprecações existem para proteger o estado contra a propagação da desordem e da heresia. E que o assassinato de bebês, dentro e fora do útero, é uma transgressão grave. Meu Deus! E disse isso depois de eu tê-lo servido! Aposto que a sua cabeça já tinha retornado à câmara do conselho antes que seu sêmen secasse nos lençóis. – Ri com amargura. – E sou considerada boa no meu trabalho.

– A culpa não é sua. Ele sempre foi um peixe frio. Louvamos seu status, não sua afabilidade. O que você lhe contou?

– Que ela havia curado o filho da minha vizinha e eu me oferecera para interceder por ela. Não sei se acreditou em mim. Não contei direito. – Ri novamente. – Durante seis anos, fui sua maneira de relaxar depois das exigências do governo. Nunca me viu chorar, e acho que ficou sem saber o que fazer.

E nós dois sabemos que as lágrimas ainda estão perto. Ela não está habituada a fracassar com homens e, de maneiras diferentes, experimentou isso mais vezes nas últimas semanas do que em anos e anos. Mas não é hora de ser derrubada.

Sacode a cabeça com impaciência.

– Ele disse que ia fazer tudo o que pudesse. E até onde sei, acho que fará. Aretino tem razão, Bucino. Há uma inquietação evidente no ar. Ele passou a noite toda distraído, mesmo antes de eu levá-lo para a cama. Quando lhe perguntei por que andava tão ocupado e sem poder aparecer, respondeu que era por causa de questões de relações exteriores, e quando tentei descobrir mais, fechou-se de novo como um molusco. Mas quando Fausto esteve aqui, na outra noite, disse-me que os turcos voltaram a acossar os navios venezianos e que ninguém quer admitir os prejuízos.

La Serenissima. A tensão por baixo da serenidade.

E o que vamos fazer agora? A pergunta é desnecessária, pois a resposta está evidente para nós dois. Temos de esperar e ver.

Capítulo Trinta e Cinco

MARCELLO E EU LEVAMOS A COMIDA DIARIAMENTE, atracando o barco na ponta do cais, à esquerda dos Pilares da Justiça, e atravessando a *piazzetta* até a entrada lateral da prisão. Passei a apreciar uma certa simetria na arquitetura da justiça e da punição, que não tinha notado até então: não somente o fato de o cadafalso ter sido construído de maneira a ficar bem visível do Palácio do Doge, como o fato de o palácio que abriga os que fazem as leis também encarcerar os que as infringem. Se bem que nisso, como em todo o resto, haja uma hierarquia. Com bastante dinheiro, pode-se comprar o direito a uma das celas cujas janelas gradeadas dão para a própria *piazzetta*, de onde se desfruta o ar fresco e a visão dos pilares, em meio aos quais, com dinheiro e boa recomendação, você não acabará. Afirmo que há mendigos que negociariam casas com esses habitantes, pois além de comerem a sua própria comida, podem, até mesmo, receber amigos e parentes. Em mais de uma ocasião, vi nobres, acusados de trapaça ou coisa que o valha, jogando cartas ou conversando com jovens ou mesmo, ocasionalmente, com damas bem-vestidas.

Aqueles com menos influência ou menos dinheiro são enterrados nas celas mais úmidas, subterrâneas, e embora não escutem a agonia dos homens e mulheres enforcados no lado de fora, tampouco nós escutamos a deles. Ainda me lembro do meu velho historiador contando como quando queimaram uma notória gangue de sodomitas – considerado o pior crime, pois alguns deles eram nobres e a sua associação cheirava a insurreição contra o governo –, estrangularam os Crow antes que o fogo os atingissem, mas deixaram para os garotos mais pobres e mais bonitos, com quem tinham brincado, a parte dos gritos.

Na entrada da prisão, damos a comida ao carcereiro e – a conselho de Aretino (suas relações com a ralé são irrepreensíveis) – deslizamos uma moeda para baixo da panela para assegurarmos que chegue a ela. Perguntei dezenas de vezes se poderia vê-la, para ter certeza de que estava sendo alimentada, mas meu charme coxo não me levou a lugar nenhum, e a resposta foi sempre a mesma: os acusados de heresia são confinados sozinhos e não têm permissão de ver ninguém.

Nossos dias se tornam mais escuros quando o sol de verão fica mais alto no céu.

Duas manhãs atrás, o jovem amante de minha senhora partiu em uma galé redonda, rumo a Chipre. Passou a última noite com ela. Apertei sua mão quando chegou e pedi que perdoasse o meu comportamento. Ele pareceu quase embaraçado – apesar de toda a experiência dela, ele ainda não passa de um pirralho –, mas fazermos as pazes foi importante para mim. O que se passou entre eles, não faço a menor idéia, exceto que o som que atravessou as paredes de seu quarto, nessa noite, foram tanto de dor quanto de paixão, e, no dia seguinte, ela não apareceu até o sol se pôr. Eu, que faria qualquer coisa para atenuar seu sofrimento, fui inútil. Sei que está sentindo terrivelmente a falta de La Draga. Como um homem que vive há tanto tempo com mulheres, aprendi que há momentos em que somente elas podem ajudar umas às outras.

Também sinto a falta de La Draga. Não somente por agora, mas por todos os momentos anteriores em que preferi ignorá-la.

O julgamento, uma vez iniciado, acontece por trás de portas fechadas em uma das câmaras do conselho no palácio. Durante os primeiros dias, fiquei do lado de fora, tentando localizar as testemunhas que chegavam, alimentado pela fantasia de que, se reconhecesse a mulher que tinha abordado La Draga na praça, eu lhe mostraria quanto mal um diabo com dentes de cão é capaz de fazer a um mentiroso. Mas o palácio engolfa centenas de pessoas diariamente – os governantes e os governados – e velhas iradas se parecem todas.

Passado um tempo, o falatório começa a jorrar como vazamento em um cano velho: que uma das que a tinham acusado perdera um bebê no oitavo mês de gravidez e, depois, encontrara pregos enferrujados e dentes extraídos debaixo de seu travesseiro, um sinal indiscutível de bruxaria. Mas La Draga não admitiu nada, e a sua defesa – de uma lógica tranqüila e clara –, às vezes, ofendeu aos que presidiam como juízes. Além disso, para testar a sua veracidade, foi submetida à tortura da corda, embora, ao que parece, não tenha modificado o seu depoimento.

Eu, que nunca fui um homem de rezar – nunca entendi direito se estou falando com Deus ou comigo mesmo –, peguei o hábito de me dirigir a Loredan. Seus grasnados de prazer sufocados ecoam na noite com uma regularidade monótona, já que minha senhora poupa a sua criatividade para os que têm influência. Acho que o desejo deixado pelo frangote alimenta, agora, Loredan. Ele deve sentir isso, pois ela está incandescente de beleza e ternura e, apesar de sua aparente implacabilidade, não é um homem cruel. Sei que percebeu a ansiedade da casa; até mesmo profissionais não conseguem fingir alegria quando há tanta tristeza. Foi ele que, quando os rumores do julgamento começaram a circular, surpreendeu-nos, assegurando minha senhora de que o tratamento de La Draga pelo tribunal estava sendo moderado, considerando-se a disposição da época atual, e que a corda tinha sido usada de maneira comedida.

Há alguns dias, quando ele estava jantando, ajudei a servir e encetei uma conversa sobre a reforma da Igreja e a história do estado de Contarini. Falamos sobre a ênfase maior na caridade do que na devoção, e sobre o papel da pureza em um governo justo. Duvido que tenha-se deixado enganar por minha paixão quando tratamos do poder da clemência na justiça, mas acho que gostou da discussão, pois seus argumentos foram excelentes.

Seria mais fácil se fôssemos governados por tolos; pelo menos, assim, não esperaríamos nada. Acho que nunca senti tanto medo.

Na tarde do sexto dia, estou voltando para casa, depois de levar a comida, e vejo um barco imponente atracado na nossa entrada. Não há nenhum cliente agendado para antes do anoitecer, e minha senhora não entretém recém-chegados sem que, antes, eu os avalie. Quando atravesso a porta da entrada principal, ouço passos descendo a escadaria, e a figura do turco emerge na minha frente, o turbante alto, a roupa esvoaçante e suntuosa.

Não nos vemos desde o dia em que impediu que eu me afogasse e que as garras da ave perfuraram meus ouvidos. Meu Deus, há quantos séculos foi isso?

– Ah, Bucino Teodoldi. Esperava poder vê-lo antes de partir. – E seu sorriso é largo. – Estava... visitando a sua patroa.

– Estava?

Ele ri.

– Não se preocupe. Não precisará pôr meu nome em seu precioso livro contábil. Tínhamos um negócio a discutir. Quis vir antes para perguntar sobre a sua saúde, mas... outras coisas exigiram a minha atenção. Diga-me, como vai você?

– Vivo.

– O corpo, sim, mas acho que não tanto o espírito.

– Eu... estou preocupado com algumas coisas, só isso – replico.

– Ah. Fui chamado de volta à corte. As relações entre os nossos dois grandes estados se tornaram ácidas de novo, e apesar de ainda não estarmos em guerra, está claro que não serei bem acolhido aqui por muito mais tempo. – Faz uma pausa. – Não lhe ensinei minha língua. – E faz mais outra pausa, com certeza para me dar tempo de mudar de idéia. – Mas creio que, talvez, tenha feito a escolha certa. Apesar de Veneza não apreciá-lo, há aqueles que gostam muito de você. – Estende a mão para mim. – Cuide-se, meu amiguinho. Gostei muito da sua companhia.

– E eu da sua. – Aceito a mão, e ao fazer isso, imagino uma cidade cheia de elefantes, fontes, pavões, mosaicos, funâmbulos, e me pergunto, por um instante breve, o que a esplêndida Constantinopla teria me oferecido. Mas é só um instante. E passa.

Lá em cima, minha senhora está no *portego*, falando com Gabriella. Mas se interrompe ao meu ver, e dispensa a criada.

Ao sair, os olhos de Gabriella evitam os meus. Minha barriga aperta de pânico.

– O que foi? O que aconteceu?

– Bucino, entre. – Minha senhora estende a mão para mim, sorrindo. Seus olhos brilham, mas ela é especialista em simular entusiasmo quando não sente nenhum, e estou completamente dominado pelos nervos para perceber a diferença entre esperança frenética e desespero. – Parece cansado. As suas pernas estão doendo? Sente-se aqui comigo.

– Minhas pernas estão bem. – Sobre a mesa, percebo a rebuscada encadernação de couro vermelho de Petrarca, o cadeado prateado trancado. – Por que o livro está aqui? Aconteceu alguma coisa? Responda.

– Eu... eu... soube por Loredan. Parece que ele pode conseguir que a visitemos na prisão. Só que é preciso dinheiro, um pagamento, uma espécie de propina...

Propina. É claro. O lubrificante que azeita todas as posições e princípios nesse estado puro. Está uivando para a lua, Gasparo Contarini – pois essa cidade já foi vendida ao Diabo.

– Quanto?

Ela abre uma pequena gaveta na escrivaninha e empurra uma bolsa para mim. Eu a pego, eu, que posso dizer a forma e peso de um ducado sem vê-lo, melhor do que a maioria dos homens. Não é uma soma pequena.

– Onde conseguiu isso?

– Não importa.

Meus olhos voltam-se para o livro.

– Não é o que está pensando – apressa-se a dizer. – Não pus em risco o nosso futuro. Não vendi o livro. – Faz uma pausa. – Simplesmente... extraí algumas páginas.

– O quê?

– Retirei duas das ilustrações e os sonetos que as acompanham.

– Para quem?

Mas é claro que sei.

– Meu Deus, vendeu-os ao turco. Como...

– Ouça, Bucino. Faz sentido. Sei que vivemos precariamente, e era uma soma grande demais para levantarmos sozinhos. Se eu tivesse tentado vender o livro todo, não haveria tempo para encontrar aquele que oferecesse o preço certo e a cidade ferveria de comentários. Então, soube que o turco estava para partir, e fui visitá-lo. O apetite do sultão por novidade é famoso, e como ele tem mais mulheres do que eu tenho homens, acho que vai gostar da companhia de algumas romanas lascivas. Desse modo, conservamos intacta a parte principal do livro e levantamos o dinheiro de que precisamos. Seu turco foi muito generoso.

– Mas por que não me falou sobre isso? Teríamos analisado a possibilidade.

– Porque... – Interrompe-se. – Porque você teria considerado um risco grande demais para o nosso futuro e dito não.

Será que ela está certa? O velho Bucino teria recusado, com certeza. Quanto ao novo, o que teria feito, não faço idéia, pois ela decidiu por mim.

– Aretino sabe?

– Abdullah Pashna foi idéia dele. Disse que, de qualquer maneira, por direito, só possui uma das gravuras. Pois, se não fôssemos nós, elas não existiriam.

Ah, meu turco tem razão. Há quem goste muito de mim.

– Duvido que a sua mãe aprovasse – observo com calma.

Ela encolhe os ombros.

– Minha mãe morreu sozinha, de sífilis. É nisso que deu ela colocar os negócios à frente do coração. Você tem sorte. Abdullah daria muito mais por você, sabe? Mas como somos sócios, eu lhe disse que você não estava à venda.

– Oh, graças a Deus tenho você, Fiammetta Bianchini. – E rio.

– Bucino... – Ela põe a mão sobre a minha. – Lamento, mas tem mais uma coisa que você tem de saber.

O quê? Esperava que a deixassem livre? Desconsiderassem os ossos, esquecessem o livro, perdoassem os amuletos e poções, as adivinhações e fórmulas mágicas, fizessem ouvidos moucos ao veneno do comentário maldoso do Diabo? O fato é que La Draga era culpada antes de ser chamada a juízo em qualquer tribunal. Não sou tão idiota nem estou tão cegamente apaixonado para não ter sabido que seria assim. Mas então, há milhares de outros, igualmente culpados, e quantos deles só morrerão em suas próprias camas? Não existe estado cristão em que a justiça não seja uma mercadoria, tão vendável quanto um carregamento de seda ou a virgindade de uma mulher. Só se tem de saber o preço e a quem pagar. Nem um estado sequer em toda a cristandade.

Exceto, parece, em Veneza.

O nosso grande Crow diz que fez tudo o que pôde. Foi isso o que disse à minha senhora, e é nisso que ela acredita. Ela diz que ele não precisava lhe contar antes do veredicto ser divulgado, mas quis avisá-los. Parece que houve "discussões" sobre esse caso; apesar de as poções e adivinhações por si só poderem ser consideradas fé mal orientada, os ossos a haviam condenado. Os ossos e o fato de abertamente ter mantido relações com prostitutas e cortesãs. Embora tudo isso se baseasse em falatórios, pois ela não tinha fornecido nenhum fato nem nome. Como disse Aretino, é uma questão de tempo certo, tanto quanto de culpa. Com a instabilidade no exterior, o estado tem de se sentir inatacável internamente. Tudo isso conspirou para formar o veredicto, severo, mas inevitável. O veredicto e a sentença.

– Mas ele pode e vai interceder agora, Bucino. Ele me prometeu. Ela não vai ser queimada, está ouvindo? Não vai ser queimada nem vai sofrer excessivamente.

Não sofrer excessivamente. E parece que temos de estar gratos por isso. Dane-se a complacência de sua misericórdia, a retidão podre de sua justiça. Ainda bem que La Draga não está em liberdade, ou eu encomendaria uma poção a ela que faria seu pau despencar na próxima vez que tentasse usá-lo. Estou com tanta raiva que a minha cabeça dói. Mas por enquanto, quando ele vier, terei de sorrir de maneira afetada e lhe agradecer sua generosidade sem limites, pois a verdade é que, sem ele, nós nunca teríamos conseguido atravessar as grades da prisão.

Todavia acabou não sendo nós.

Na tarde seguinte, logo antes de escurecer, subo no barco na frente da minha senhora, a bolsa bem escondida em meu gibão, e estendo a mão para ajudá-la a embarcar, como é de praxe, para que todos possam confirmar que sou seu criado. Mas ela sorri e sacode a cabeça.

– Não posso ir com você, Bucino. A mediação que Loredan providenciou só permite um único visitante. E por mais que os paguemos, haverá falatório. Por isso não pode ser eu. Não... – Ela impede meu protesto no mesmo instante. – Não é uma questão para ser discutida. Já está decidido. É você que é esperado no portão. Eu vou esperá-lo aqui. Agora, vá.

Capítulo Trinta e Seis

NÃO É O MESMO HOMEM A QUEM ENTREGO sua comida diariamente. Esse sorri maliciosamente ao me ver – sem dúvida, há milhões de piadas possíveis sobre um anão visitando uma bruxa –, mas parece que nem todos os homens que realizam trabalhos vis se tornam vis, e quaisquer que sejam seus pensamentos, guarda-os para si mesmo. Ele me introduz em um pequeno pátio, onde outro homem vem ao meu encontro e, por sua vez, atravessa comigo uma porta, e descemos um, dois, três lances de escada. A pouca luz que resta do dia se extingue enquanto descemos. Nesse subsolo é sempre noite. Aí, um terceiro carcereiro está esperando. É grandalhão e fede como seus prisioneiros, se bem que tanto de cerveja choca quanto de sujeira. Olha-me como se eu fosse uma barata até a bolsa estar sobre a mesa. Ele a esvazia e arruma as moedas em três pilhas. Três carcereiros, três pilhas. Conta-as de novo, depois ergue os olhos para mim, demonstrando escárnio.

– Onde está o resto?

Já houve tempo em que homens do seu tamanho me amedrontavam, tanto pela estupidez de seus cérebros quanto pela força de seus punhos. Mas agora, não ligo. Agora, penso neles como meros pedaços de carne com uma boca. Que Deus leve suas almas, se puder encontrá-las.

– Vá se foder – respondo, sorrindo largo.

Ele resmunga por um momento, como se fosse achatar minha cabeça contra a parede, depois, começa a rir, aproxima-se e me dá um tapinha no ombro, como se eu fosse o seu irmão há muito perdido. De repente, mostra-se doce como mel, oferecendo vinho, fazendo questão de buscar velas extras e um banco, enquanto me leva à cela, para que eu não precise me sentar no chão.

Sigo-o pelo corredor escuro. Passamos por umas 12 câmaras, cada uma do tamanho de um chiqueiro, a luz enfumaçada de seus dois lampiões projetando uma figura ocasional enroscada no chão ou no canto, mas nenhum rosto e, de súbito, sinto mais pavor de meus próprios passos do que jamais sentiria de sua agressividade. O escuro, o cheiro, a umidade. Meu Deus, por que alguém teria medo de morrer se a vida fosse isso? Ele tem de contar as celas para se certificar de que chegou à certa, e então põe os lampiões no chão para abrir o cadeado.

Entro. De início, acho que não tem ninguém ali. Depois, no escuro, diviso no fundo da cela uma pequena figura sentada em um catre, seu corpo de frente para a parede. Ela... Como devo chamá-la agora, quando, na minha mente, deixou de ser La Draga? Ela, Elena, não ergue os olhos nem se move quando entro. Relanceio os olhos para o carcereiro e ele encolhe os ombros, pondo o banco e uma das velas do meu lado, e sai fazendo a porta ranger atrás de si. As chaves chocalham ruidosamente no cadeado.

Posiciono-me a sua frente, e seguro a vela de modo a ver o seu rosto. Os olhos estão em um estado terrível; isso eu percebo logo. Estão inchados; um está quase fechado, e o outro se contrai, cheio de pus, enquanto ela pisca sem parar.

– Elena?

Nenhuma resposta.

– Elena. Pode me ver? Estou aqui. Bem na sua frente.

Ela põe a cabeça de lado e franze o cenho ligeiramente.

– Ha! É o Diabo ou um cachorro?

E, como nunca fomos íntimos o bastante para rirmos juntos, temo, por um instante, que isso possa ser loucura e não humor.

– Nenhum dos dois. Sou eu, Bucino. – Respiro fundo. – Lembra-se?

Ela emite um leve ruído.

– Então, é melhor você vestir branco daqui por diante e caminhar ereto, ou poderá ser confundido com um e com outro.

Não consigo deixar de rir, mas os nervos desencadeiam reações diferentes nos homens. Perto, talvez na cela do lado, escuto um baque surdo, depois a voz de uma mulher gemendo.

– Você está... Eu... Como vai você?

Sua expressão é metade escárnio, metade sorriso. Cada um de seus gestos já foram vistos por mim milhares de vezes antes, e ainda assim, sinto um nó na garganta ao observá-los agora.

– Sou uma bruxa, sabe? Mas não posso me libertar e sair voando pela janela.

– Eu... Não há nenhuma janela aqui – replico baixinho.

Ela faz um ruído de impaciência com a língua.

– Sei disso, Bucino. Então, como entrou aqui?

– Dinheiro. Fiammetta intercedeu através do ilustre Crow, e demos dinheiro aos guardas.

– Ah.

– Também teríamos dado dinheiro ao tribunal, quer dizer, para tentar interromper isso, só que...

– Só que eles recusariam. Está tudo certo. Eu sei. Mostraram-se muito orgulhosos do seu próprio rigor.

– Mas as pessoas dizem que foi tão inteligente quanto eles.

Ela encolhe os ombros.

– Ela jurou que era o cão do Diabo saindo pela minha janela, quando todo mundo sabe que mal consegue enxergar as pontas dos dedos. Quando lhe perguntei, não conseguiu distinguir entre o juiz e a estátua do lado dele.

Dá um leve sorriso torto ao se recordar disso. A luz agora está melhor, ou são meus olhos que se adaptaram melhor. Sua face está encardida. Exceto o fio de lágrimas que vaza de uma das vistas. Tenho tanta vontade de levantar a mão e limpá-la. Observo-a se contrair, na tentativa de afastar a dor.

– Tem recebido a comida que mandamos?

Ela confirma com um movimento da cabeça, se bem que não pareça ter comido muito.

– Disseram que somos nós que a enviamos? Temos feito tudo o que podemos por você.

– Disseram-me que tenho um benfeitor. – Pronuncia a palavra como se quase fosse uma libação. – Um benfeitor para um malfeitor. Depois disseram o bom para o mau, porque acharam que eu não compreenderia. Acharam que o meu livro foi escrito pelo Diabo, até eu decifrá-lo para eles. Leram parte, no tribunal: era um remédio para constipação. Talvez eu devesse ter cobrado deles.

– Duvido que tivesse ajudado. A merda se acumula de novo rapidamente em algumas pessoas.

Ela sorri da minha rudeza.

– Como vai ela? Foscari já partiu?

– Sim – respondo. – Ela está... ela está perdida sem você.

– Acho que não. – Ela pisca de novo rapidamente várias vezes. – Ela ainda tem você.

Observo novo espasmo de dor passar por seu rosto. Respiro fundo.

– O que há com seu olhos, Elena? O que aconteceu com eles?

– É uma infecção, por causa da lente. Sofro disso há muitos anos. Tem um remédio que uso, um líquido para aliviar a inflamação. Sem ele... Bem, vai gostar de saber que, agora, não estou enxergando quase nada.

– Ah, não – reajo. – Não. Isso não me causa nenhum prazer.

Da cela do lado, o baque surdo recomeça, e depois, o gemido, dessa vez mais alto. Em seguida, de outro lugar, uma voz grita insultos, um coro de loucura.

Ela ergue a cabeça para o som.

– Faustina? Não fique assustada. Você está segura. Deite-se, tente dormir. – E a sua voz é suave, como a que falou de almas de vidro a um anão afogando-se na dor. Vira-se para mim. – Ela bate com a cabeça nas paredes. Diz que assim afugenta os pensamentos.

Os gemidos transformam-se em lamúrias, depois cessam. Ficamos, por um momento, escutando o silêncio.

– Eu... trouxe-lhe uma coisa.

– O que é?

– Estenda a mão.

Quando a estende, vejo as marcas de sangue deixadas pelas cordas em seus punhos e braços.

– São os bolos adocicados de Mauro. Cada um leva um xarope especial, para ajudá-la.

– Quem preparou a dose? – E sua cabeça se inclina e se ergue, da maneira que conheço tão bem.

– Você. A receita é sua. Da que misturamos com grapa. Mauro fez um melado dela. Experimentou as misturas. Um entorpecerá a dor e a deixará sonolenta, dois a drogarão o bastante para... suportar.

Segura o embrulho na palma de sua mão.

– Acho... acho que vou experimentar um pouco agora. Mas só a metade de um. Os molhos de Mauro sempre foram muito picantes para mim.

Pego um em sua mão e parto um pedaço – mais da metade – e lhe dou bem aos pouquinhos, um pedacinho de cada vez. Ela os mastiga com cuidado, e percebo que sorri ligeiramente ao sentir o seu gosto doce.

– Machucaram você? – Ponho um dedo no vergão em seu braço.

Ela baixa os olhos para o braço, e o fita como se, de alguma maneira, pertencesse a outra pessoa.

– Vi coisa pior em outros. – Ela resmunga. – Faz com que, por algum tempo, eu pare de pensar em meus olhos.

– Ah, Deus, ah, Cristo, perdoe-me – falo, e uma vez tendo começado, o resto jorra como um grande rio de angústia. – Lamento tanto... Não a denunciei, tem de saber disso... Nunca foi o que... quer dizer... eu realmente entrei em sua casa, sim. Depois que a vi em Murano, naquele dia... Abri... abri a sua arca e descobri o livro e os círculos de vidro. Mas coloquei-os de volta no lugar, e não os mostrei nem falei deles com ninguém. Quanto aos ossos, bem, eu não... isto é... Estavam na minha mão, e o saco caiu quando eu tentava me escorar... Nunca tive a intenção de fazer isso...

Ela agora está muito quieta, daquela maneira que só ela consegue, tão quieta que acaba sendo a sua imobilidade que interrompe a minha fala.

– Elena?

– Nunca mais fale sobre isso, Bucino. Não há nada a dizer. O vidro está quebrado e o líquido, derramado. Não tem mais importância. – Sua voz soa tranqüila, sem ansiedade, sem nenhuma emoção, embora seja cedo demais para a droga fazer efeito. – A mulher da outra margem do canal tem raiva de mim há muito tempo. Tentei ajudá-la com um bebê que estava morto no útero. Como não consegui salvá-lo, concluiu que o matei. Gritava isso aonde quer que fosse, a quem quisesse escutar. Era só uma questão de tempo, até alguém ouvir.

– E os ossos? – pergunto depois de algum tempo. – De onde vieram?

Não responde nada. Então, na forma de seus lábios, percebo, pela primeira vez, um eco da antiga La Draga, a que eu temia, aquela cujo silêncio falava de segredos e poderes ocultos. Se resistiu à corda, certamente resistirá a mim. Quem sabe não vieram dela? Ou talvez, como um padre, guarda segredos de outras pessoas? Só Deus sabe quantas mulheres existem nesta cidade que escondem suas barrigas inchadas debaixo das saias, para salvar a própria reputação. E os bebês morrem quando são comprimidos e cuspidos do útero todos os dias.

– Você sabia que a condenariam por isso?

Ela sacode um pouco a cabeça, e sua expressão se suaviza.

– Nunca consegui predizer o futuro, sabe? Simplesmente jogava os feijões e dizia às pessoas o que elas queriam ouvir. Dinheiro fácil. Quanto ao passado, bem, ninguém pode mudá-lo. Oh, você teria muito a cobrar, se pudesse fazer isso... – Hesita. – Eu poderia lhes devolver o rubi. Meu avô disse que foi a melhor cópia que já fez.

Ficamos sem falar por um instante. Sem dúvida, nós dois estamos recordando.

– No entanto, fiquei preocupada com que notassem antes de você levá-lo ao judeu.

– Hah... Bem, não notei. Seu avô tinha razão. Foi uma falsificação de mestre.

– Mas você soube que tinha sido eu? Depois, quando descobriu?

Revejo nós dois de novo, ela sentada na cama, paralisada como um animal, e eu com os lábios perto do seu ouvido. Lembro-me da textura da sua pele, dos círculos escuros ao redor de seus olhos, o ligeiro tremor de seus lábios.

– Sim, eu sabia que tinha sido você. – Mas estar certo não me causa a menor satisfação. – A idéia foi sua?

Ela hesita.

– Se quer saber se sempre fui ladra, a resposta é não.

– Por que então?

– Meragosa e eu decidimos juntas.

– Não foi isso que perguntei.

– Por quê? Gostaria de dizer que foi porque ela descobriu sobre mim. Sobre os meus olhos e o que estava fazendo, e sabendo disso, obrigou-me a roubar a pedra. – Interrompe-se. – Mas não é verdade. Fizemos isso juntas porque podíamos, e porque na época, bem, na época, eu estava precisando de dinheiro.

– Então, roubou a mãe dela também?

– Não, não! Nunca fiz isso. – E de repente, fica muito agitada. – Eu não sabia nada sobre a mãe dela. Meragosa nunca me procurou para pedir ajuda, e eu poderia ter ajudado, havia coisas que eu poderia ter-lhe dado para aliviar seu sofrimento. Contei isso a Fiammetta, e tem de acreditar em mim. Não soube nada sobre a sua doença e a sua morte.

– Está bem. Está bem. Acredito em você. – Ponho minha mão sobre a sua, para acalmá-la, e deixo-a aí por algum tempo, em silêncio. – Sei que não é cruel.

– Oh, mas poderia ter sido cruel com *você*, se pudesse, Bucino. – E sua voz assume um quê do espírito da antiga La Draga. –Tinha raiva de você, no começo. Isso eu tenho de admitir. Trabalhei tanto naqueles primeiros meses, para ela, para vocês dois. Mas você nunca confiou em mim, nunca. Assim que o seu cabelo tivesse crescido, você me tiraria da sua vida, da vida dos dois. Meragosa via isso tão bem quanto eu. Nunca seríamos boas o bastante para vocês dois. Foi o que ela disse.

Agora é tarde demais para mentiras. Especialmente para mim. Apesar de toda a sua desonestidade, Meragosa tinha razão. Formávamos uma sociedade, minha senhora e eu. E eu tinha decidido que ninguém mais participaria dela. Nem mesmo aquelas pessoas de quem mais precisávamos.

– Se é isso o que achava, por que voltou? Sabia que eu desconfiava de você, e ainda assim voltou e nos ajudou de novo. Meu Deus, fiquei tão impressionado com você.

Ela não diz nada. No silêncio, o gemido retorna. Agora que sei o que está acontecendo, a força do baque contra a pedra é quase pior do que o grito que o acompanha. Uma, duas vezes, depois mais outra, mais outra.

– Faustina? – Move a mão buscando o resto do bolo, depois se levanta e arrasta os pés até as grades. Levanto-me para ajudar. – Faustina, está me ouvindo? Ponha a mão pelas grades. Você está aí?

Depois de um tempo no escuro, vejo um braço comprido e fino se esticar, como o membro de um suplicante doente. Elena empurra o bolo na palma daquela mão, e fecha os dedos para segurá-lo.

– Coma-o. É doce, e fará com que durma.

Agora, ao voltar para a cama, apóia-se em meu ombro. Não sei se por causa da fraqueza ou da poção surtindo efeito.

– O seu tamanho o torna uma boa bengala, Bucino. Muitas vezes tive vontade de me apoiar em você, quando minhas costas doíam com a posição forçada de corcunda. Porém, mesmo quando a raiva acabou, continuei com muito medo da sua rabugice.

Observo o sorriso em seu rosto. Ela sempre me provocou, desde o começo. Ainda assim, também havia algo mais, nela e em mim, que não se restringia a raiva apenas. Era como se tivesse medo de algo em si mesma. Eu sempre soube o que ela estava sentindo: raiva, malícia, medo, culpa, triunfo. Percebia cada emoção expressa em seu rosto. Exatamente como devia perceber o que se passava em mim. Meu Deus, como pudemos ternos equivocado tanto?

Estamos agora sentados juntos no catre, embora seu forro tenha tão pouca palha que quase não difira do chão, e ela se recosta na parede.

– Continuo sem entender. Ficou conosco e nos ajudou. E nunca mais roubou nada – digo um pouco depois.

– Não... – Interrompe-se. – Embora vocês tenham uma fortuna no interior de seu cadeado prateado.

– O quê?

– Um cinco dois seis.

– Meu Deus. Quando descobriu?

– O que acha? Quando tive permissão para entrar em sua câmara especial?

– Decifrou o segredo do cadeado?

– Sempre fui boa em coisas desse tipo. – Faz uma pausa. – Ela as usa com seus homens?

– Não. É um investimento. Vamos vendê-lo para nos manter na velhice.

– Então, espero que consiga uma soma generosa. Quando ficar velho, vai ter de tomar cuidado com as suas juntas, Bucino. Elas se enrijecerão mais rápido do que na maioria dos outros homens.

E a sua preocupação gela meu sangue de novo.

– Sempre conheceu tão bem os anões?

– Um pouco. Aprendi mais depois de conhecê-lo.

– Queria... gostaria de ter tido mais tempo para conhecê-la.

Ela sacode a cabeça.

– Não temos tempo para isso, agora. – Estende a mão, e toca o alto da minha cabeça. – Na verdade, não é como uma berinjela, sabe? Eu só disse isso para irritá-lo na primeira vez em que me perguntou o quanto eu era cega. Lembra-se? Oh, você estava sempre tão ansioso por brigar comigo... – E agora, sinto uma instabilidade nela. – Eu não...

– Psiuu. – Ponho minha mão de novo sobre a dela. Depois a seguro, com cuidado, com minhas duas mãos. Acaricio sua pele, passando minha mão delicadamente por seu pulso, onde aplicaram a corda. – Você tem razão. Não precisamos falar do passado. – Seus dedos me ajudaram tanto. Fizeram a dor torturante cessar. Eu daria qualquer coisa para fazer o mesmo por ela, agora.

– Acho... acho que estou cansada. Talvez me deite um pouco.

Ajudo-a a se estender na cama, e ao fazer isso, seu cheiro, doce e azedo, é como um perfume inebriante à minha volta. Sinto um arrepio atravessá-la.

– Está com frio?

– Um pouco. Deita-se comigo? Também deve estar cansado.

– Eu... eu... Sim, me deito.

Tento ser cuidadoso, ajeitando-me de modo a não incomodá-la, mas, assim que o meu corpo entra em contato com o seu, sinto que começo a ficar teso. Meu Deus, dizem que homens têm ereção quando abrem o alçapão no cadafalso. Será que Adão teve mais controle sobre seu próprio corpo diante da maçã? Acho que, se Deus quisesse que nos comportássemos melhor, teria nos ajudado mais. Afasto-me rapidamente, para que ela não perceba.

Ficamos deitados assim por um momento e, então, docilmente, passo meu braço ao redor do seu corpo. Ela segura a minha mão.

Quando fala, a sua voz soa sonolenta, engrolada por causa da poção.

– Acho que nunca fui boa nessas coisas, Bucino. Só fiz isso algumas vezes, e nunca gostei. – Dá um longo suspiro. – Ainda assim, não me arrependo. Por causa dela.

Finalmente, entendo tudo. Agora, quando é tarde demais.

– Oh, acho que tem muito pouco do que se arrepender – respondo, e aperto delicadamente a sua mão. – Acredite, já vi o bastante disso para saber que é algo mais do corpo do que da alma. Você fez muito mais pelas pessoas cessando seu sofrimento do que se tivesse lhes dado prazer.

– Acha mesmo? – E, se ela não estivesse tão cansada, tenho certeza de que me contaria mais, pois essa é uma conversa que deveríamos ter tido há muito tempo. Mas posso senti-la escapulindo. Puxo-a para mais perto de mim e a abraço, sentindo o ritmo da nossa respiração, o peito subindo e descendo, até seu corpo relaxar contra o meu. Ela adormece. Assim como a triste Faustina na cela do lado. E apesar de não ser a minha intenção, pois quero me lembrar de cada segundo dessa noite, parece que também adormeço.

A alvorada não penetra a laje subterrânea, e a vela há muito se extinguiu. Portanto é o barulho que me desperta: seus passos pesados e o tilintar raivoso das chaves. Sento-me na cama, pois não quero ser pego assim, mas não consigo me desvencilhar direito, pois ela continua a segurar a minha mão, e mesmo dormindo, não a solta.

Ele está à porta, sua vela se intrometendo em nossa intimidade.

– Acabou seu tempo. Vou esperar aqui fora, e se não sair agora, ficará no subterrâneo pelo resto da sua vida.

– Elena. Elena?

Sinto-a se mexer do meu lado.

– Divertiram-se, hein? – Ele levanta a lamparina acima de sua cabeça, de modo a iluminar nós dois. – Bem, todo mundo merece uma última foda. Especialmente se pagam por isso.

Ela agora está sentada, embora seus olhos estejam tão endurecidos e fechados, que não sei se consegue me ver.

– Elena – sussurro. – Tenho de ir. Sinto muito. Preste atenção. Lembre-se dos bolos. Um para dor e dois... dois ou três antes de a levarem... Vão ajudar. Vai se lembrar, não vai?

– Ei! Saia, já! – Agora que o dinheiro se esgotou, volto a ser uma barata.

Só que agora sou eu que não quero largar a sua mão.

– Está tudo bem, Bucino. Tudo bem. – Retira a mão delicadamente. – Não vamos mais brigar. Você pode ir agora.

Levanto-me e ando com as pernas enrijecidas ao portão entreaberto. Vejo o sorriso malicioso do carcereiro. Nesse momento, tenho ganas de matá-lo, de me lançar sobre ele, enfiar meus caninos no seu pescoço e ver o sangue jorrar.

– Bucino?

A sua voz me chama de volta.

– Eu... Tem uma coisa que preciso lhe dizer. O nome dela... o nome dela é Fiammetta. – Interrompe-se por um segundo, como se tudo fosse um esforço grande demais. – E voltei porque senti falta de vocês. De vocês dois. E porque queria fazer parte da vida de vocês.

A porta bate atrás de mim, e ela se vira, de novo, para a parede.

Capítulo Trinta e Sete

PASSEI A NOITE DA SUA EXECUÇÃO NA MINHA CADEIRA na *loggia*, a uma altura suficiente para ver a água, os telhados baixos o bastante para capturarem o cinza antes do nascer do sol. O tempo se move devagar. Não durmo e não penso. Ou, se penso, não me lembro no que ou em quem. Fiquei acordado, na expectativa, muito antes do momento. A hora antes do amanhecer tem um quê incisivo. É a hora da última aposta, a hora da intimidade final da noite, a hora da prece antes do sino das matinas.

A casa está em silêncio quando desço a escada para o térreo e saio para a plataforma de madeira. A correnteza bate negligentemente nos costados da nossa gôndola, e me movo aos pouquinhos até a extremidade da madeira, até o canal ficar debaixo de mim. O alvorecer está no ar, se bem que ainda não no céu. Posso senti-lo. Dá para senti-lo, como um grande guincho, içando o sol lentamente até o seu ponto de ruptura acima do horizonte. Olho para baixo, para a água. Continuo com medo dela. Embora saiba que talvez não seja mais funda do que a altura de uma sala, ainda me dá a impressão de ser insondável. Tenho razão de estar amedrontado. Estive dentro dela. Sei que o afogamento é a pior morte no mundo.

Mas Elena Crusichi não se afogará. Ouvirá o som oco da água contra a madeira quando a levarem para o meio do amplo Canal Orfano. E, mesmo com o bolo de Mauro deixando-a sonolenta, sentirá o pânico surgindo. Mas nunca sentirá ser sugada nas profundezas escuras. Porque, quando estiver sentada do lado do padre, com as mãos amarradas na frente, esperando, sem aviso, o homem que está atrás dela deslizará uma corda por sua cabeça e ao redor de seu pescoço, e com duas ou três torções rápidas e vigorosas, primeiro a asfixiará, e depois tirará a sua vida. É claro que o estrangulamento não é nada. Como em todas as formas de morte, há graus de proficiência: pode ser demorado ou breve, uma semidecapitação cruel ou uma asfixia intensa, súbita. Tudo depende da habilidade e experiência do algoz. E nos prometeram o melhor. Ela ofegará e sentirá ânsia de vômito, e a luta será impetuosa e se encerrará logo.

Somente o seu corpo descerá ao fundo do mar. Elena Crusichi já terá partido.

Foi isso que os temperos substanciosos de Mauro, o pedido de minha senhora e suas pernas abertas fizeram por nós. Não houve perdão na última hora. Loredan não mentiu para nós. Fez tudo o que pôde, mas ele mesmo admitiu: se fossem outros tempos, talvez. Um crime sedicioso em um momento sedicioso exige uma resposta austera. Não haverá nenhuma exultação maliciosa, nenhum espetáculo. A questão não é a crueldade, mas a estabilidade. Veneza, a pacífica, exige Veneza, a justa.

Quanto ao que acontece em seguida, bem, enquanto estou aqui, sou confortado pela lembrança – meu Deus, tão cruciante durante todos esses anos – de um poema que Aretino me leu uma vez em Roma, quando ele e eu éramos, os dois, novos na casa de minha senhora, e ele vinha à cozinha praticar sua habilidade vernacular no meio dos criados. Ah, ele estava se sentindo ultrajado, naquele tempo; quase como uma garota, inteligente, afetado, disposto a voar até o sol, e eu era jovem e estava com raiva demais da minha deformidade para não me sentir atraído a voar com ele, e achar a idéia de rebelião contra a Igreja, e até mesmo contra Deus, inebriante. Lembro-me de sua voz, tão cáustica e forte.

Do verão ao inverno, os ricos
Estão no Paraíso, e os pobres estão no Inferno.
E o cego engana quem espera a pomba,
Com abstinência e absolvições e Nossos Pais
Servem somente para enriquecer o pomar,
Para os monges e seus mosteiros.

– Então, Bucino! Se isso for verdade, qual de nós deverá temer a morte? Aqueles que já têm tudo ou aqueles que nada têm? Imagine o seguinte: como seria se o fim não fosse o Paraíso ou o Inferno, mas simplesmente a ausência de vida. Meu Deus, aposto como haveria Paraíso suficiente para a maioria de nós.

Estou certo de que confessou essas idéias hereges há muito tempo, pois agora escreve com uma certa beleza sobre Deus, e creio eu, não somente para se manter nas boas graças do estado. A revolução é uma fantasia do jovem, há muita vida à frente, durante a qual mudará de idéia. Mas, ainda que eu não mais seja jovem, ainda penso nesse poema, ainda me pergunto sobre o homem que o compôs, se a sua ausência de vida significava também uma ausência de sofrimento.

O ar está quente e diáfano. Na minha frente, o céu está manchado de rosa e malva, cores insensatas, extravagantes demais para o momento – exatamente como a manhã em que saí da casa de minha senhora em busca do cardeal. Muitos morreram, então. Milhares e milhares.. como os fragmentos no piso de mosaico.

A luta terá cessado. A proeza será feita. Ela será um deles.

E nós? O que somos agora?

– Bucino?

Não ouço a porta se abrir, embora a sua voz, mesmo baixa, atravesse-me como uma faca.

Está de penhoar, o cabelo solto e despenteado caindo em suas costas. É claro que tampouco ela dormiu, simplesmente fez sua vigília solitária. Está segurando um cálice.

– Mauro fez isto para você. Malvasia aquecida.

– Ele está de pé?

– Todos estão acordados. Não creio que alguém tenha dormido.

Bebo um gole. É doce e quente. Completamente diferente da água. Passado um tempo, ela põe a mão no meu ombro. Ouço alguém chorar lá dentro. Gabriella. Há muito por que chorar. Não terá mais ninguém para aliviar suas dores lancinantes durante os ciclos da lua.

– Acabou – digo.

– Sim, acabou. Agora entre, vamos dormir um pouco.

*

Mas parece que não acabou. Ainda não completamente.

Durmo. Mas não sei por quanto tempo, pois quando uma batida frenética me desperta, a impressão é a de que ainda está amanhecendo. Não sei como, mas consigo ir até a porta e abri-la. Deparo-me com a cara perplexa, agitada, de Gabriella. Oh, Deus, oh, Deus, e se a perdoaram? E se estivermos salvos?

– Tem de vir, Bucino. Ela está lá embaixo, no ancoradouro. Mauro a viu quando foi jogar o lixo fora. Não sabemos o que fazer. A patroa está lá, mas você tem de vir.

Minhas pernas estão arqueadas de cansaço, e quase me derrubam quando me apresso, estou todo torto. Primeiro, vou à *loggia* no *portego*, pois, pelo menos, dali posso ver o que está acontecendo. Minha senhora está em pé diretamente embaixo de mim, no ancoradouro, imóvel, quase paralisada. Na frente dela está uma criancinha. Tem uma penugem de cabelo branco, com o fulgor do sol nascente atrás. E a seus pés, uma pequena mala bojuda.

Disparo escada abaixo e saio pelas portas que dão para a água. Minha senhora joga a mão para trás, como um sinal para impedir que eu prossiga. Eu paro. A criança relanceia os olhos para cima, depois os baixa de novo.

A voz de minha senhora é como a seda mais pura.

– ...cansada tendo vindo de tão longe, tão cedo. Quem a trouxe? Viu o sol surgir do mar?

Mas a criança não responde nada. Fica simplesmente ali, piscando com a luz.

– Deve estar com fome. Temos pão e geléias frescas lá dentro.

Ainda nada. Sua mãe fingia ser cega; agora, a filha é tão perita quanto na simulação de surdez. É um teste astuto, ser tão boa em guardar conselho por iniciativa própria. E uma habilidade que não se aprende cedo. Rodeio as saias de minha senhora, com cuidado, até ficar de frente para ela.

Ela é menor do que eu e, nas últimas semanas, suas pernas se tornaram mais robustas. Acho que está usando a sua recente firmeza para sustentar sua determinação. Meu Deus, ela tem muito de sua mãe para me perseguir até a minha morte. Oh, que dor revê-la. Mas, também, uma alegria, uma alegria absoluta. Seus olhos abrem e fecham para mim, depois se mantêm abertos, sem piscar, por um solene segundo inteiro. Em seguida, tornam a se mover. Pelo menos, admitiu que estou ali.

Minha senhora põe a mão em meu ombro.

– Vou buscar alguma coisa para comermos.

Assinto com a cabeça.

– E traga a taça gravada também – sugiro, sem alterar a voz. – Aquela que Alberini lhe deu como primeiro presente.

Ouço seus passos entrando na casa.

Examino a pestinha na minha frente. Está suja em volta da boca, como se tivesse comido, ainda há pouco, alguma coisa grudenta, e há uma mancha, também de sujeira, na sua testa. Talvez tenha adormecido encostada na madeira suja do barco, e acordado com essa mancha. Sob o halo de seus cachos brancos e revoltos, as maçãs do rosto são cheias, como se tivesse grandes bolhas dentro delas, e sua boca forma um beiço carnudo. Meu Deus, ela é adorável. Vejo-a no teto de uma sala em um palácio, as asas pequenas demais para o seu corpo rechonchudo, sua truculência transformada em malícia, ao se segurar, no ar, na cauda de Nossa Senhora, enquanto se impulsionam em direção ao Paraíso. Ticiano poderia usá-la para atrair bons ducados de suas madres superioras unhas-de-fome. Mas seria inocência o que ele capturaria ali? Não tenho tanta certeza. Certamente há força. E desconfiança. Garanto que um quê da inteligência de sua mãe, também.

É claro que ela, melhor do que ninguém, sabia que não haveria crianças nesta casa, a menos que nos fosse dada uma, e o quanto seria amada e bem cuidada, se isso acontecesse. Um avô velho e uma mãe no fundo do mar. A última vontade e testamento de Elena Crusichi. E percebo que será assim para mim: que toda vez que olhar para ela, verei uma na outra. Agora, e por quanto tempo eu viver. Essa é a natureza da minha punição.

Minha punição, e também, a nossa salvação.

Minha senhora está tão nervosa com a excitação que quase deixa o copo cair. O pão está quente em uma cesta, meia dúzia de rolinhos de pão.

Estendo um para ela, pois o seu cheiro tentaria até mesmo São João Batista, atraindo-o de seu deserto. Ela quer, tenho certeza. Mas não vai ceder. Porém, dessa vez, há um movimento sutil de sua cabeça.

Ponho a cesta no chão e pego mais quatro ou cinco pãezinhos. São macios demais para o malabarismo, mas tento assim mesmo: giro alguns no ar até o aroma de pão quente nos envolver. Agora, ela está observando, e há excitação em sua expressão.

Deixo um cair. Cai perto do seu pé. Pego o resto, depois o que caiu, e o estendo solenemente para ela. Por um segundo, parece que só vai segurá-lo, mas então, em um gesto rápido, o põe na boca, de uma vez só.

– Veja – digo, enquanto o mastiga. – Tenho mais uma coisa para você. – Ergo a mão para pegar a taça da mão de minha senhora. – Está vendo? Isto aqui do lado, a inscrição? Não é bem feito? O seu avô faz coisas assim?

Ela balança a cabeça ligeiramente, assentindo.

– É para você. Ele a deixou aqui, conosco. Está vendo? Veja. Veja as letras. Aqui está o seu nome. F i a m m e t t a.

Atrás de mim, ouço minha senhora inspirar bruscamente.

A criança olha com avidez para onde estou apontando. Embora seja pequena demais para decifrar as letras, sabe o seu nome.

– É para você. Para beber nela, enquanto estiver aqui. Pode segurá-la, se quiser. Mas tem de tomar cuidado, pois se quebra com facilidade. Mas acho que você já sabe que vidros se quebram.

Ela assente com a cabeça e estende as mãos para aceitá-la, fechando-as em concha para segurá-la entre as palmas, cuidadosamente, como se estivesse segurando uma coisa viva, e olha fixo para as letras. E acho que vejo um brilho em seus olhos que me diz que logo as estará lendo. Olha para as letras por um longo momento, depois a devolve para mim.

– Então, vamos entrar?

Pego sua mala, e ela entra conosco em casa.

Nota da Autora

A VENEZA DESTE ROMANCE FOI PROFUNDAMENTE PESQUISADA. Apesar de seus personagens principais, Fiammetta Bianchini e Bucino Teodoldi, serem frutos da minha imaginação, a cidade (assim como Roma antes de ser saqueada) foi famosa por suas cortesãs, e algumas dessas mulheres eram conhecidas por possuírem anões, além de papagaios, cachorros e outras excentricidades.

Alguns dos outros personagens no romance são reais. O pintor Tiziano Vecellio (Ticiano, como é conhecido) e o escritor Pietro Aretino viveram em Veneza nessa mesma época, assim como o arquiteto Jacopo Sansovino, que foi responsável pelos edifícios mais belos da Alta Renascença em Veneza, embora suas encomendas mais famosas estivessem apenas no começo nos anos em que se passa a história.

Durante a sua longa e eminente carreira, Ticiano pintou vários nus, em particular o retrato de uma mulher deitada em uma cama com um cachorrinho adormecido e duas criadas no segundo plano. O cenário da obra foi realizado em sua própria casa, e a tela parece ter estado em seu estúdio em meados da década de 1530. Acabou em Urbino, em 1538, comprada pelo herdeiro legítimo, na época, do ducado de Urbino. Por isso o seu título: *A vênus de Urbino*. Apesar de historiadores da arte divergirem sobre o significado do quadro, parece provável que Ticiano tenha usado como modelo uma cortesã veneziana. A obra está atualmente na galeria Uffizi, em Florença.

Pietro Aretino é menos conhecido fora de seu país natal. Apelidado de o Flagelo dos Príncipes, suas cartas e sátiras angariaram-lhe tantos inimigos quanto amigos. Era conhecido por suas relações com cortesãs e era notável ao escrever tanto obras religiosas quanto pornografia, em particular *Os sonetos ilustres*, compostos para dar apoio a seus amigos Giulio Romano e Marcantonio Raimondi, complementando sua série de 16 gravuras conhecidas como *As Posti* ou *Os Modi,* que provocaram um tremendo escândalo na sociedade romana em meados da década de 1520. Não sobreviveu nenhuma cópia das gravuras originais, embora alguns fragmentos sejam mantidos no British Museum. Os versos de Aretino foram republicados juntamente com cópias grosseiras dos originais, e, a partir de meados do século XVI até hoje, são muito procurados por colecionadores de *memorabilia* erótica. Dois dos 16 desenhos e os sonetos que o acompanhavam, entretanto, foram perdidos definitivamente. Mais tarde, Aretino escreveu *Os Ragionamenti*, mais um tratado essencialmente pornográfico, incluindo uma seção sobre o treinamento de uma cortesã, publicado na década de 1530. Alguns anos depois de sua morte, em 1556, a Contra-Reforma produziu o Índice de Livros Proibidos. A obra de Aretino estava no alto da lista.

Com relação ao gueto judeu em Veneza, sabe-se que um certo Asher Meshullam, filho de um líder da comunidade judaica, converteu-se ao cristianismo em meados da década de 1530. Como só consegui descobrir muito pouco a seu respeito, optei por dar outro nome ao meu converso e, sem dúvida, uma experiência diferente.

O que me levou até La Draga... Uma mulher chamada Elena Crusichi, conhecida como La Draga, é realmente mencionada nos registros dos tribunais da época. Tinha a reputação de curandeira e era parcialmente deficiente e cega. Senti-me atraída pelos fragmentos disponíveis de sua história e também por seu nome, mas tomei liberdades ficcionais com sua personalidade e destino, pois a verdadeira La Draga parece ter sobrevivido até a velhice, apesar dos atritos com as autoridades. Veneza, de fato, comportou-se melhor do que vários estados no que se refere às acusações de bruxaria, e não existem registros de queimações públicas. Entretanto, sabe-se que criminosos que constrangiam o estado, tanto por seus atos quanto pelo momento em que foram cometidos, eram despachados mais discretamente, por afogamento no Canal Orfano.

No mesmo espírito de confissão, devo acrescentar que, apesar de ter realmente existido um Registro de Cortesãs (um panfleto de certa maneira satírico sobre as proezas e preços dessas mulheres), em Veneza, pré-datei a sua existência em alguns anos.

Esta é a extensão da minha manipulação consciente da história. Outros erros, pelos quais peço, antecipadamente, desculpas, são devidos ao fato de que uma pesquisa extensa e um profundo amor pelo período não são, infelizmente, suficientes para transformar uma escritora de ficção em uma historiadora.

Agradecimentos

EU NAO PODERIA TER ESCRITO ESTE LIVRO sem o apoio inspirador de várias pessoas.

Por sua erudição e conversa revigorante, estou em dívida com o historiador da Renascença, Lauro Martines. Da mesma forma, com minha ex-professora de arte, Berenice Goodwin, e com Sheila Hale, a mais recente biógrafa de Ticiano: nos dois casos, o olhar arguto e o amor por Veneza me salvaram dos meus muitos erros. Tom Shakespeare ajudou-me a criar Bucino, como um personagem vivo. Gillian Slovo, Eileen Quinn, Michael Cristofer e Janessa Laskin se revelaram companheiras leais em minha jornada. Em Veneza, Estela Welldon ofereceu-me o lugar ideal para escrever, e em Londres, o pessoal da British Library e do Warburg Institute tornaram minha pesquisa extremamente agradável.

Gostaria também de agradecer a todos da Time Warner, Reino Unido, Random House, EUA, por seu estímulo e apoio, especialmente à minha agente Clare Alexander e à amiga e editora de muito tempo Lennie Goodings.

Uma menção especial às minhas filhas adolescentes, Zoe e Georgia, que suportaram aulas intermináveis sobre a história de Veneza, o catolicismo da Renascença e a política sexual da época, com extraordinário bom humor e somente um leve indício ocasional de exasperação. E que, quando o trabalho se tornava árduo, alimentaram dedicadamente sua mãe, preparando o jantar, quando ela – devido à excitação com a história – se esquecia de alimentá-las.

Mas antes de todos, meu amor e gratidão a Tez Bentley, que me acompanhou intelectualmente nessa jornada preciosa, e às vezes intimidadora, ao passado, e cujas acuidade, sensibilidade e visão contribuíram para que eu fosse mais ambiciosa do que, de outra maneira, eu teria ousado.

Bibliografia

Aretino, Pietro. *The Ragionamenti*. Odissey Press, 1970.

________________. *School of Whoredom*. Prefaciado por Paul Bailey. Hesperus Press, 2003.

________________. *The Letters of Pietro Aretino*. Tradução de George Bull. Penguin, 1976.

Bradford, Sarah. *Lucrezia Borgia*. Penguin Viking, 2004.

Beecher, Donald, e Massimo Ciavilella, organizadores. *Eros e Anteros: The Medical Traditions of Love in the Renaissance*. Ottawa: Dovehouse Editions, 1992.

Chambers, David, e Brian Pullan, organizadores. *Venice: A Documentary History 1450-1630*. Blackwell Press, 1992.

Calimani, Richard. *The Ghetto of Venice*. Oscar Montadori Press, 1995.

Castiglione. *Book of the Courtier*. Penguin Classics, 1967.

Camporesi, Piero. *Bread of Dreams*. University of Chicago Press, 1989.

Cellini, Benvenuto. *Benvuto Cellini's Autobiography*. Penguin, 1999.

Coruzet-Pavan, Elizabeth. *Venice Triumphant*. John Hopkins University Press, 2002.

D'Aragona, Tulia. *Dialogue on the Infinitive of Love*. University of Chicago Press, 1997.

Davis, Robert. *Ship Builders of the Arsenale*. John Hopkins University Press, 1991.

________________. *The War of Fists*. Oxford University Press, 1994.

________________ e Gary Marvin. *Venice: The Tourist Maze*. University of California Press, 2004.

Eisenbichler, Konrad, organizador. *The Premodern Teenager*. Toronto, centre for Reformation and Renaissance Studies, 2002.

Ferraro, Joanne. *Marriage Wars in Late Renaissance Venice*. Oxford University Press, 2001.

Fortini Brown, Patricia. *Private Lifes in Renaissance Venice*. Yale University Press, 2004.

________________. *Narrative Painting in the Age of Carpaccio*. Yale University Press, 1998.

Goffen, Rona. *Franciscans in Venice*. Yale University Press, 1990.

Guicciardini, Luigi. *The Sack of Rome*. Italica Press, 1993.

Hook, Judith. *The Sack of Rome*. 1972, Palgrave Macmillan, 2004.

Hope, Charles. *Titian*. Chaucer Press, 2003.

Hollingsworth, Mary. *The Cardinal's Hat*. Profile Books, 2002.

Howard, Deborah. *The Architectural History of Venice.* Yale University Press, 2002.

Lane, Frederic. *Venice: A Maritime Republic.* John Hopkins University Press, 1973.

Lavin, Mary. *The Virgins of Venice.* Penguin, 2004.

Lawner, Lynne. *I Modi, Erotic Album of Sixteenth Century.* Northwestern University Press, 1988.

Martines, Lauro. *Strong Words.* John Hopkins University Press, 2001.

Masson, Georgina. *Courtesans of Rome.* St Martin's Press, 1976.

McCray, W. Patrick. *Glass Making.* Ashgate Press, 1999.

Molmenti, Pompeo. *Venice Private Life.*

Morris, Jan. *Venice.* Faber and Faber, 1993.

Muir, Edward. *Civic Ritual in Renaissance Venice.* Princeton University Press, 1981.

Norfwich, John Julius. *History of Venice.* Penguin, 1983.

Pullan, Brian. *Rich and Poor in Renaissance Venice.* Blackwell Press, 1971.

Riddle, John M. *Birth Control in Antiquity.* 1992.

Rodgers, J., e R. M. Ward. *The Turks.*

Rosenthal, Margaret F. *The Honest Courtesan.* University of Chicago Press, 1992.

Roissaude, Jacques. *Medieval Prostitution.* Barnes and Noble, 1997.

Ruggiero, Guido. *Binding Passions.* Oxford University Press, 1996.

____________. *Boundaries of Eros.* Oxford University Press, 1989.

Tosco, Gianfranco. *Murano: A History of Glass.* Arsenale Editrice.

Teitzan-Conrat. *Dwarfs and Jesters in Art.* The Pahidon Press, 1957.

Turner, J. G. *Schooling Sex.* Oxford University Press, 2003.

____________. organizador. *Sexuality and Gender in Early Medieval Europe.* Cambridge University Press, 1993.

Talvacchia, Bette. *Taking Positions.* Princeton University Press, 2001.

Zorzi, Alvise. *La Vita quotidiana nell' eta di Tiziano.* Rizzoli, 1990.

Este livro foi composto na
tipologia Perpetua em corpo 12,5/16,4 e
impresso em papel off-white 80g/m²
no Sistema Cameron da Divisão Gráfica
da Distribuidora Record